LA CONGIURA DI DANTE

FABRICE PAPILLON

LA CONGIURA DI DANTE

Traduzione di
MARIA MORESCO

PIEMME

Questo romanzo è un'opera di fantasia. Personaggi e situazioni sono invenzioni dell'autore e hanno lo scopo di conferire veridicità alla narrazione e sono quindi utilizzati in modo fittizio. Qualsiasi analogia con fatti, eventi, luoghi e persone, vive o scomparse, è puramente casuale.

Pubblicato per

PIEMME

da Mondadori Libri S.p.A.

ISBN 978-88-566-9802-2

I Edizione febbraio 2025

Anno 2025-2026-2027 - Edizione 1 2 3 4 5 6 7 8 9 10

Ai miei genitori, Didier e Liliane

1

Giovedì 4 aprile 2024
Parigi, V arrondissement
Ore 2 e 54

Place du Panthéon frusciava del ronzio delle poche auto che scorrevano lungo rue Soufflot, adattandosi alle curve del monte di Sainte-Geneviève.

Tutto intorno sonnecchiavano le maestose facciate del *lycée* Henri IV e della chiesa di Saint-Étienne-du-Mont.

Rue d'Ulm, rue Clovis e rue Clotilde erano deserte. Il Quartiere Latino riposava senza mai addormentarsi del tutto. Era Parigi, gli occhi sempre aperti, le orecchie tese, pronta a risvegliarsi per la sirena di un'ambulanza e a scintillare al riflesso azzurrino delle scie dei lampeggianti.

Una Renault Scenic della Brigata Anticrimine percorreva rue Lhomond, senza sapere niente di ciò che stava accadendo sotto le sue ruote.

Venticinque metri più in basso, nelle viscere dell'umile collina, una squadra avanzava in silenzio. I rumori della superficie filtravano appena dai rari interstizi che punteggiavano le lastre di ghisa, rivestimento dei vecchi pozzi di sondaggio.

Più che respirare, si boccheggiava; mancava l'aria, l'intrico delle gallerie sbilenche dava del filo da torcere.

Le lampade frontali urtavano di continuo le pareti di calcare, che stillavano uno strano sudore. Con il novanta per cento di umidità e appena quindici gradi, le cave sotterranee di Parigi non avevano nulla di accogliente.

«Dammi la mappa. Ci siamo persi un'altra volta. È un labirinto del cazzo.»

Il capocolonna si girò e sfregò le spalle contro le strette pareti. Per un riflesso sbagliato, alzò il mento e sbatté la lampada frontale contro il soffitto della galleria. Borbottò qualcosa e allungò la cartina umidiccia al suo vice.

La testa rinchiusa in un casco troppo piccolo per lui, le guance rattrappite e le arcate sopracciliari schiacciate, Castelain sentiva le tempie tamburellare al ritmo del suo battito sballato. L'emicrania aumentava, odiava quella missione. Era sempre stato claustrofobico.

Ovviamente era un lavoro pagato bene.

Bisogna dire che l'obiettivo completamente folle richiedeva una maestria eccezionale. I rischi erano enormi.

Non conosceva il mandante, ma non dubitava che fosse parecchio fuori di testa.

Si concentrò sulla mappa inflaccidita e individuò le tubature che attraversavano come scie nere il sottosuolo sotto place du Panthéon, tra rue Clotaire e rue Clotilde. Proprio lì sopra si ergeva la statua di Jean-Jacques Rousseau, l'espressione severa, un libro in mano, con indosso una specie di vestaglia e ai piedi un paio di improbabili pantofole, come se l'avessero svegliato di soprassalto appena prima di scolpirlo contro la sua volontà.

L'operazione era stata organizzata con una precisione che non aveva nulla da invidiare all'impressionante pendolo di Foucault posto al centro del Panthéon, le cui oscillazioni dimostrano che la Terra gira su sé stessa.

Castelain si sforzava di decifrare i simboli che ricoprivano la carta dell'Ispettorato generale delle cave. Erano passati attraverso la cantina di un edificio di rue d'Ulm, in cui una squadra precedente aveva trovato un vecchio pozzo di sondaggio riempito negli anni Cinquanta dell'Ottocento con dei materiali abbastanza friabili da poter essere facilmente rimossi. Quei pozzetti scendevano in verticale, attraversando gli strati privi di interesse – terreni alluvionali e sabbiosi, arenarie, marne bianche e rocce d'altro tipo – per raggiungere infine la pietra più amata dai cavatori del Medioevo: il celebre calcare luteziano con il quale era stato costruito un buon terzo degli edifici di Parigi, tra cui lo stesso Panthéon.

In totale, quattrocento chilometri di tunnel lardellavano il ventre della capitale, un vero e proprio gruviera trasformatosi in un dedalo malsano e ufficialmente vietato al pubblico. Per fortuna, un reticolo relativamente isolato protendeva i suoi tentacoli nei pressi del Panthéon.

La colonna si era rimessa in movimento, attraversando una sala piuttosto ampia – ma sempre molto bassa – che si apriva su diverse vie. Dopo l'ennesima esitazione, Castelain si decise.

«Di qua. È la galleria che porta al pozzo d'estrazione.»

Appena una cinquantina di metri più in là, un piccolo lumino contrassegnava il punto di arrivo. Non si era sbagliato, ma il tempo stringeva. Ora toccava alla parte più difficile.

La settimana precedente, la squadra di supporto aveva liberato il pozzetto che risaliva fino al fianco destro della cripta del Panthéon. Dovevano ancora bucare uno strato sottile della lastra dei sotterranei dell'antica chiesa reale voluta da Luigi XV, divenuta il mausoleo delle personalità più degne della storia di Francia. La squadra non aveva alcun bisogno di raggiungere il pianoterra e la sua ampia navata, adorna di immense colonne corinzie e sormontata dalla spettacolare cupola a cassettoni. Avrebbero evitato così di esporsi ai numerosi dispositivi d'allarme e di videosorveglianza che vi si trovavano. Il loro obiettivo era lì, nella cripta. Ben al fresco. Venivano dalle viscere della città e sarebbero rimasti al riparo sottoterra. Nessuno li avrebbe visti.

Almeno in un mondo ideale.

Perché i lavori preparatori della squadra logistica avevano prodotto una crepa ben visibile nel pavimento della cripta. Certo non lo avevano bucato completamente – il che avrebbe subito mandato all'aria l'operazione – ma si erano così accaniti contro il massetto che avevano finito per incrinare la pavimentazione.

Nei giorni precedenti, i servizi tecnici del Panthéon avevano installato un piccolo sensore sismico in grado di monitorare in tempo reale l'allargamento della microfrattura. Non si scherza con gli edifici storici, soprattutto quando ospitano i defunti più venerabili di Francia.

Castelain e il suo gruppo chiaramente ignoravano questo particolare. E che il loro tempo fosse molto più limitato di quanto immaginavano...

Alle 3 e 17 terminarono di allargare la breccia con l'aiuto del loro martello perforatore elettrico.

L'allarme partì immediatamente.

Gli otto uomini, Castelain in testa, si issarono con agilità sul pavimento lastricato della cripta. Si trovavano in un corridoio che dava accesso a otto tombe – quattro da una parte e quattro dall'altra – numerate da 15 a 22.

Lì non avrebbero trovato niente di ciò che cercavano, erano tutte vuote.

«Andiamo, l'obiettivo è più avanti.»

La colonna sgattaiolò nel corridoio centrale, al livello della crociera del transetto, almeno questo era ciò che si trovava sopra le loro teste, al pianterreno. Alla loro destra lì sotto c'era l'ingresso del vestibolo, uno spazio piuttosto vasto occupato da quattro sepolcri, tra cui quello di Jean-Jacques Rousseau e, proprio di fronte, quello del suo peggior nemico, Voltaire.

A sinistra si profilava il corridoio che portava alle tombe di una quarantina di protagonisti del Primo Impero, per la maggior parte intimi di Napoleone, i cui nomi privi di interesse non dicevano nulla ai membri della squadra. Nelle altre tombe, invece, sonnecchiavano personalità illustri come Victor Hugo, Émile Zola, Alexandre Dumas e Jean Jaurès.

Ma anche lì, nulla di interessante.

Entrarono nel quarto corridoio e incontrarono otto porte a crociera – di nuovo quattro per parte – una delle quali proteggeva il loro obiettivo. Di notte, in assenza di turisti, rimanevano chiuse a chiave.

Passarono rapidamente davanti al sepolcro che ospitava Jean Monnet, André Malraux, Jean Moulin e Simone Veil, e si fermarono di colpo davanti alla tomba numero 8.

«È questa» sussurrò Castelain.

Una goccia di sudore gli scivolò lungo le tempie.

L'operazione più delicata della sua carriera stava per cominciare. Deglutì e posò la sua roba sulle lastre di pietra. I suoi uomini lo imitarono. Due di loro si occuparono della porta, che fecero saltare come si stappa una bottiglia di champagne. Erano bastati due piedi di porco, senza incontrare molta resistenza.

All'interno, in un'oscurità quasi totale, regnava un silenzio di morte. Solo una feritoia distillava un debole chiarore. La cripta non era completamente interrata; alcune finestrelle in cima alle pareti permettevano un'aerazione naturale.

A sinistra, racchiuse in una nicchia, due tombe di pietra erano disposte l'una sull'altra. Quella in basso formava una specie di panca che permetteva di issarsi verso quella in alto.

Non c'erano dubbi. Erano nel posto giusto. Sul sepolcro superiore era inciso il nome della sua celebre inquilina: MARIE CURIE-SKLODOWSKA.

Quanto al suo consorte, Pierre Curie, era relegato in basso, come schiacciato sotto il peso del genio della sua sposa, per l'eternità così come nella loro vita passata.

Tre membri della squadra si misero al lavoro sulla pietra tombale della scienziata servendosi di smerigliatrici.

I minuti passavano.

Nello stesso momento, due membri della sicurezza, allertati dal sismografo che dieci minuti prima si era bruscamente imbizzarrito, percorrevano i corridoi della navata centrale, proprio sopra di loro. Erano solo a pochi metri dall'ingresso del vestibolo.

L'insopportabile guaito delle fresatrici già feriva i loro timpani. Avanzavano a passi felpati, in allerta. Non erano armati, ma erano comunque dotati di gas lacrimogeno.

Di sotto, il gruppo era riuscito a dissigillare la lastra che ricopriva la tomba. La fecero ruotare e la posarono a terra.

La tomba di Marie Curie era aperta. Un'emozione improvvisa travolse la squadra. Dopotutto, lì dentro giaceva una delle personalità più famose al mondo. Anche degli ignoranti come loro ne avevano sentito parlare e conoscevano, molto vagamente, i suoi lavori sulla radioattività. Che sapessero anche dei due premi Nobel da lei ricevuti in due diverse discipline scientifiche – caso unico nella storia – sarebbe stato pretendere troppo.

«Avete visto la Madonna? Sbrigatevi. Non abbiamo tutta la notte.»

Castelain era nervoso, come in preda a un brutto presentimento.

Quattro uomini si impossessarono della cassa di abete e faticarono a estrarla dal blocco di pietra. Pesava una tonnellata.

«L'hanno sepolta con il suo pianoforte o cosa?»

Quando finalmente ebbero deposto il carico a terra, fu lo stesso Castelain a usare il piede di porco per far saltare il coperchio.

Come previsto, i guai stavano per cominciare…

Il peso insolito del sepolcro – quasi cento chili – era giustificato dal secondo feretro deposto nel primo: una cassa di piombo spessa due millimetri e mezzo, pensata per bloccare l'emissione delle onde radioattive accumulate dalla scienziata durante tutta la sua vita.

Due mercenari si tolsero l'uniforme nera e indossarono una tuta opalina che avevano messo negli zaini. Guanti in nitrile e maschera d'ossigeno completavano l'insieme: sembrava di essere nel bel mezzo di un'operazione a Černobyl'.

E qualche somiglianza c'era.

«Tutti gli altri escano immediatamente.»

Marie Curie aveva maneggiato polonio e radio per tutta la vita, al punto da morirne prematuramente. La sua leucemia fulminante, a sessantasei anni, era stata sicuramente causata dalla sua prolungata esposizione alle radiazioni ionizzanti. Che avevano reso il suo corpo letteralmente radioattivo, almeno al momento della sua morte, negli anni Trenta.

Anche se erano passati nove decenni, Castelain rimaneva prudente e non voleva esporre i suoi uomini. Prese il contatore Geiger e fece una prima misurazione nell'aria ambiente: 0,031 microsievert all'ora. Ovvero niente. Per mettere in pericolo la propria salute – in tempi brevi – bisognava sottoporsi a un flusso di un milione di microsievert (o un gray, nel gergo nucleare), cioè trenta milioni di volte maggiore rispetto a quello registrato in quel momento. Ora non restava che misurare il livello di radioattività all'interno della cassa di piombo.

I due tecnici con la tuta antiradiazioni si occuparono del coperchio. Mentre lo colpivano con martello e scalpello sui bordi superiori del rivestimento metallico, dal corridoio si alzarono delle grida confuse.

Castelain fece segno ai suoi uomini di fermarsi e tese le orecchie. Afferrò il walkie-talkie.

«Cos'è questo casino?»

«Due persone hanno fatto irruzione. Le abbiamo neutralizzate. Potete continuare.»

«Due... cosa? Di chi stiamo parlando?»

Il capogruppo si stava agitando, e il tempo stringeva. Se era stato dato l'allarme, nonostante la garanzia dell'assenza di un dispositivo di sicurezza nei sotterranei, significava che presto sarebbero arrivati altri coglioni.

Ma interrompere la missione era fuori discussione. Si voltò verso i due scagnozzi vestiti da astronauti.

«Muovetevi, forza!»

Un ultimo colpo fece penetrare lo scalpello sotto il coperchio. Facendo leva, riuscirono finalmente a scoperchiare la bara di piombo.

I tre uomini si immobilizzarono.

Non credevano ai loro occhi.

Uno dei tecnici lasciò cadere il martello, che colpì il suolo con un rumore sordo.

All'interno, grazie alla perfetta tenuta della cassa di piombo, la scienziata appariva letteralmente mummificata. Come se fosse stata sepolta pochi giorni prima... Il suo viso, nonostante il colorito scuro, era perfettamente riconoscibile. La fronte bombata, la capigliatura bianca... Castelain ebbe un brivido nel vedere che le palpebre e gli occhi erano scomparsi, lasciando le orbite spalancate e creando l'impressione di trovarsi di fronte a uno zombie che presto si sarebbe alzato come un diavolo a molla che esce dalla scatola. Aveva la bocca aperta e, più in basso, gambe, cosce, busto e braccia erano perfettamente a posto. I suoi vestiti, in compenso, erano stati probabilmente assorbiti dalla pelle prima che avvizzisse; non se ne vedeva più traccia. Le braccia e i piedi nudi erano gracili, come nelle foto d'epoca della scienziata. L'intero corpo, sebbene rigido, era quindi sostanzialmente conservato. Si potevano persino distinguere gli steli di alcune rose, con ancora qualche petalo...

Era un incontro surreale, a quasi un secolo da quando era stata composta nella bara. Un simile risultato poteva forse essere spiegato con gli effetti delle radiazioni, che magari avevano consumato gli organi interni dandole quell'aspetto quasi essiccato?

A quel pensiero, Castelain prese il contatore Geiger e lo avvicinò al cadavere. All'interno della bara i crepitii aumentarono leggermente. Lo appoggiò agli arti e al cranio di Marie Curie. L'apparecchio scoppiettò più forte, con radiazioni alfa e beta due volte più elevate che nel rumore di fondo circostante. Niente di serio, per fortuna, nulla che potesse far male anche solo a una mosca. Il capogruppo fece segno ai suoi uomini di rilassarsi e di togliersi le maschere d'ossigeno. Non correvano rischi. In quasi un secolo, la radioattività del corpo di Marie Curie si era notevolmente attenuata. Restava soltanto una leggera contaminazione da radio 226 a livello delle masse ossee più consistenti: piedi, bacino e scatola cranica.

Per l'ultimo atto, Castelain decise di agire da solo.

Impugnò una sega elettrica oscillante a batteria, un modello solitamente utilizzato nelle sale autoptiche. La accese e si avvicinò al cranio conservato di Marie Curie. Esitò, fece un respiro profondo. Con uno stridio acuto, tagliò la scatola cranica della scienziata, che si sgretolò. Doveva andarci piano; rovinare la merce era fuori questione.

Dopo pochi secondi di quel barbaro trattamento, posò lo strumento e, aiutandosi con le dita, cercò come meglio poteva di rimuovere i pezzi di cranio. In capo a un minuto, il cervello avvizzito della due volte premio Nobel fu allo scoperto. Immerse entrambe le mani ed estrasse l'organo, qua e là ancora gelificato. Subito uno dei suoi uomini gli tese un grosso barattolo. Castelain depositò con delicatezza il cervello nel recipiente, pieno di formalina. Poi chiuse il coperchio e strinse la guarnizione per espellere l'aria.

Ripose la refurtiva nello zaino e uscì dalla cripta, seguito dai suoi uomini.

Avevano lasciato tutto com'era, con l'aggiunta di una sorpresina per gli inquirenti... Marie Curie, con il cranio mutilato, rimase immobile nella sua bara sventrata.

Una volta fuori, la squadra si preparò a svignarsela attraverso il pozzo di estrazione. Castelain intravide due sagome che si contorcevano, imbavagliate e legate come salami.

«Cosa facciamo di loro?» chiese il suo braccio destro.

Nello stesso momento, pesanti passi risuonarono dietro la porta del vestibolo.

«Il mandante è stato chiaro: nessun testimone. E non possiamo portarceli dietro nei tunnel. Non abbiamo più tempo.»

Fissò il vice dritto negli occhi.

Il messaggio era limpido e agghiacciante.

2

Giovedì 4 aprile
Parigi, XV arrondissement
Ore 8 e 23

«Rilegga il testo ancora una volta. È l'unico modo. Lo sa bene...»

«Sì, sì...»

«Ha preso la sua pillola? Altrimenti tutto questo non servirà a niente.»

«Sì, sì!»

«La ascolto.»

Louise sospirò, irritata. Quel medico cominciava a darle sui nervi e il tempo stringeva. Si era svegliata in un bagno di sudore, dopo l'ennesima notte in grigio – non completamente in bianco – due o tre ore rubate all'insonnia e all'angoscia.

Ogni settimana la stessa fatica. E lei disperava di beneficiare di quel trattamento teoricamente miracoloso.

«Mio padre va a sbattere con violenza, io mi risveglio sul sedile posteriore. La botta è enorme, assordante, un rumore mostruoso di ferraglia e vetri infranti. Mio fratello è volato attraverso il parabrezza, mio padre è schiacciato contro il volante e mia madre emette un rantolo rauco...»

Di nuovo le lacrime defluirono agli angoli delle palpebre.

Doveva tenere duro.

Protocollo di merda.

«Mi tolgo la cintura di sicurezza... Riesco a uscire dall'abitacolo... Mio fratello è sul terrapieno, perde sangue... I miei genitori respirano ancora... C'è una cabina telefonica proprio prima del cartello che indica l'uscita dal paese... La vedo a cento metri da me, devo comporre il 15, so che è gratuito, che è il numero dell'ambulanza... Ma... ma...»

Louise scoppiò a piangere.

Era troppo difficile. Anche trent'anni dopo. Le aveva provate tutte: pillole colorate, terapie e persino dei ritiri spirituali. La missione che l'aveva recentemente coinvolta, e che si era conclusa con la scomparsa dell'astronauta Ethan Miller e con un forte senso di impotenza per non essere riuscita a salvarlo, a causa della mancata messa a punto di un antidoto tempestivo, aveva risvegliato il trauma della morte atroce dei suoi genitori. La sua impotenza, sempre e comunque...

Perché era rimasta lì, prostrata, a dieci metri dalla Peugeot 505? Finché la Peugeot non era esplosa?

Senza tentare il minimo gesto. Abbandonando suo padre e sua madre a una morte orrenda, su quella strada ghiacciata, all'inizio della notte, in pieno inverno. In disperata solitudine, a quell'ora, su quella strada. Bruciati vivi, dopo aver agonizzato per alcuni interminabili minuti – con tutto il tempo di chiamare i soccorsi – fino allo scoppio del serbatoio.

Quanto a suo fratello, meglio sarebbe stato se fosse morto anche lui. Louise si vergognava a morte, era proprio il caso di dirlo. «Eccesso di senso di colpa» ipotizzavano gli strizzacervelli.

Louise stava seguendo un protocollo creato dopo gli attentati del 13 novembre 2015 che prevedeva l'assunzione di un betabloccante, il propranololo, qualche minuto prima di rivivere il trauma attraverso la lettura del crudo racconto dell'evento violento. Si ricordava ancora delle parole da imbonitore del medico, in quello stesso reparto di psichiatria dell'ospedale Georges-Pompidou, l'anno precedente: «Si tratta del metodo Brunet. L'idea è quella di sbloccare la memoria a lungo termine e di impedire che il suo brutto ricordo resti immagazzinato per sempre. È molto semplice: lei scrive la scena dolorosa che ha vissuto. Nel modo più diretto, senza compromessi. È difficile, ma è indispensabile. Deve descrivere tutto, anche i dettagli più insopportabili. Poi, ogni settimana, verrà qui e leggerà il testo ad alta voce. Ma poco prima prenderà una compressa di propranololo. Ripeteremo questa procedura per parecchie settimane: farmaco e lettura del testo. E vedrà che, dopo un po', tutto questo bloccherà il riconsolidamento mnestico. Alla fine smetterà di provare il senso di colpa e riuscirà a liberarsene. La avverto, sarà dura, soprattutto all'inizio.» Non mi dire, aveva pensato Louise.

Dopo le prime sedute, due mesi prima, non aveva più fatto progressi, o quasi.

Osservò i manifesti appesi sul muro sbiadito dello studio medico. Uno evocava una campagna di screening delle malattie psichiatriche, con una rappresentazione realistica del cervello, una specie di mollusco tutto rugoso che la disgustava. In ogni caso, quella non era la mattina giusta.

Si chiedeva come potesse quello stronzo gelatinoso ospitare l'intelligenza. «Le funzioni cognitive superiori» come dicono gli esperti. Per non parlare dell'anima…

Lei aveva un'anima? La sua anima non era definitivamente dannata dopo quello che aveva fatto passare ai suoi famigliari?

Il pianto si intensificò.

Il dottore si arrese, la faccia per metà contrita e per metà esausta. Pessimo soggetto, doveva probabilmente pensare. Di sicuro Louise non era una buona cavia, visto il suo complicato rapporto con l'autorità. Esortazioni del tipo: «Dimentica! Fallo adesso!», così come un mentalista che schioccava le dita per addormentarla, non facevano per lei. Bisognava accettarlo.

«Bene, signorina Vernay, penso che per stamattina ci fermeremo qui. E… non è obbligata a tornare la settimana prossima. Ormai sono passati due mesi e non noto nessun progresso. Penso che sarebbe preferibile…»

«Sì, concordo, grazie dottore.»

La donna girò i tacchi e sbatté la porta.

Il manifesto del cervello si staccò e si raggrinzì sul pavimento.

Fuori, il sole faticava a bucare le nuvole. Parigi prendeva vita, rue Leblanc era affollata come un suk di Marrakech. I parigini suonavano il clacson, mentre una sfilza di scooter e bici elettriche dilagava in un flusso continuo. Non c'era modo di attraversare.

Finalmente Louise si buttò in mezzo alla strada. Di qualcosa bisognava pur morire, tanto valeva farla finita subito.

Una moto inchiodò, slittò e per poco non cadde sul marciapiede. Il conducente rovesciò tutti gli insulti del suo repertorio sulla donna, che restò impassibile, con un sorrisetto sbilenco.

La prossima volta fermati alle strisce, coglione.

Arrivata sull'altra sponda, risalì la via fino all'ufficio.

Era l'unico vantaggio di quegli incontri penosi: l'ospedale Georges-Pompidou era a duecento metri dal suo posto di lavoro. Louise Vernay, quarantaquattro anni, di recente promossa commissaria grazie a un concorso interno dopo aver salvato il mondo, aveva infine lasciato Lione, la sua città natale.

Eppure le aveva provate tutte, pur di non ripiombare nel calderone parigino. Sette anni di polizia giudiziaria nel *sancta sanctorum*, il 36 di Quai des Orfèvres, molto prima del grande trasloco nel quartiere di Batignolles, l'avevano definitivamente vaccinata contro quella vita da ciurma. E a qual punto la ragazza, originaria di Lione, che era fuggita lì dalle crepe insormontabili della sua infanzia, aveva ceduto alla nostalgia e al bisogno di mettere radici. Sfortunatamente, nel giro di qualche anno, le sue controverse prodezze, le sue crisi di nervi con l'Interpol e con l'esercito, le erano costate care: l'esilio, il più lontano possibile, dalla capitale dei Galli. Con il suo diploma da commissaria ottenuto in extremis, era riuscita a tornare nella capitale, l'unica città in cui possedeva ancora qualche legame e molti ricordi. Ripiombata nella gabbia, per quanto dorata fosse.

L'edificio futurista interamente di vetro allungava le sue

protuberanze geometriche sul marciapiede. Le pareti riflettevano intensamente la luce, come se fossero fatte di alluminio. Quell'architettura le ricordava ogni volta la Stazione spaziale internazionale e i suoi immensi pannelli solari riflettenti. E, ogni volta, il dolore le trapassava il cuore. Quel palazzo avanguardistico ospitava non soltanto gli uffici in cui lavorava, ma anche la sede centrale del CEA, il Commissariato per l'Energia Atomica. Uno dei fiori all'occhiello della ricerca francese, e la Mecca della deterrenza nucleare. Lavorare in mezzo ai nuclearisti non la entusiasmava affatto...

Ma era lì che il suo dipartimento aveva preso dimora.

Da quasi due anni, Louise Vernay era assegnata a Viginum, un'agenzia creata poco tempo prima delle elezioni presidenziali del 2022. Un covo di nerd che avrebbero dovuto lottare contro i cyberattacchi provenienti dai Paesi stranieri che miravano a destabilizzare lo Stato e i suoi rappresentanti. Tra i militari, gli ingegneri, gli analisti e gli altri programmatori dell'agenzia, un solo sbirro: lei. Louise Vernay, la cui incompetenza in quegli ambiti raggiungeva i vertici. Unica piedipiatti di quel pollaio digitale, di fatto non poteva più pestare i piedi a nessuno. Era ormai fuori gioco. Il suo ruolo di collegamento con il ministero dell'Interno equivaleva sostanzialmente a un bellissimo compito fittizio.

Louise procedeva svogliatamente sul marciapiede e stava per entrare nell'edificio quando il rombo di una moto di grossa cilindrata distolse la sua attenzione.

Incrociò lo sguardo penetrante del pilota che viaggiava con la visiera alzata.

La fissò con intensità.

Lei ebbe di colpo un brutto presentimento.

Stava succedendo qualcosa di strano.

La moto si avvicinò ancora, ormai era a non più di dieci metri da lei, molto vicino al marciapiede.

D'istinto, la sua mano corse al calcio della SIG Sauer.

Tutto successe in una frazione di secondo.

Il pilota staccò con forza le braccia che gli cingevano la vita e spinse con violenza la persona seduta dietro di lui, che crollò a terra, quasi ai piedi della detective. Concentrata sugli occhi inquietanti del pilota, Louise non aveva nemmeno notato il passeggero, rannicchiato contro la sua schiena.

Poco prima di ripartire, il pilota si rivolse a lei. Distintamente, senza esitazione.

«Tutti i coperchi saranno tolti, e da dentro usciranno le grida degli eresiarchi e dei discepoli di ogni setta. Costui soffrirà come gli altri, nel suo sepolcro rovente. Riuscirete a salvarlo?»

Poi se ne andò zigzagando tra le macchine.

La poliziotta rimase a bocca aperta. Chi era quel tizio? Stordita da quelle frasi deliranti, non ebbe nemmeno la prontezza di guardare il numero di targa. Abbassò il mento e il suo sguardo cadde sul misterioso passeggero, rannicchiato per terra. Si inginocchiò e gli strinse la spalla.

«Ehi, signore, tutto bene?»

Nessuna reazione.

La donna gli sollevò la visiera. Appariva incosciente e aveva gli occhi chiusi. Gli tastò il polso e sentì che le pulsazioni erano troppo deboli. Frugò in tutte le sue tasche ma non trovò alcun documento, nulla che permettesse di identificarlo.

La situazione era tutt'altro che normale. Ripercorrendo mentalmente la scena, si rese conto di essere stata chiaramente *scelta* come obiettivo. Che il *pacco* gettato ai suoi piedi era destinato a lei. Cercò di ricordare i farfugliamenti che il motociclista le aveva sciorinato, quella storia di eretici e sepolcri infuocati... Il passeggero privo di sensi possedeva quasi certamente la chiave di quello scherzo di cattivo gusto. Bisognava rianimarlo prima che schiattasse ai suoi piedi.

Si trovava a duecento metri dall'ingresso del pronto soccorso. Era il caso di chiamare comunque il pronto intervento, quando era così vicina? Le sue nozioni di primo soccorso le gridavano come prima cosa di non muovere la vittima. Abbracciò il caos circostante con uno sguardo circolare e calcolò che un'ambulanza avrebbe impiegato almeno dieci minuti a farsi largo e arrivare fino a lei.

«Che situazione assurda» sbuffò.

Fermò una Clio che procedeva con il muso incollato al paraurti del furgone davanti. Con l'aiuto del conducente depose il più delicatamente possibile il corpo esanime all'interno della Renault, quindi cominciò a farle strada, a piedi, urlando a tutte le macchine di spostarsi e lasciarli passare. Tre minuti dopo, quella squadra improvvisata arrivò di fronte alle porte scorrevoli del pronto soccorso della clinica universitaria.

Louise si precipitò verso lo sportello dell'accoglienza.

«Venite, presto! C'è un tizio svenuto, credo che sia in coma! Respira appena.»

L'infermiera alzò gli occhi sull'isterica che la stava arringando.

«E il "tizio", come lo chiama lei, dov'è esattamente?»

«Sulla macchina. È parcheggiata lì, appena dietro la porta. Si sbrighi!»

Un minuto dopo, i barellieri arrivarono davanti alle portiere della Clio, affiancati da due specializzandi.

«Dove l'ha trovato?» domandò uno dei due, con fare sospettoso.

«Sul marciapiede. A due passi da qui. È caduto da una moto.»

«Ma come? Non le hanno spiegato che non bisogna mai spostare la vittima di un incidente stradale? Se ha un trauma alla spina dorsale e rimane paralizzata perché lei ne ha aggravato le condizioni, la colpa sarà soltanto sua.»

«Ehi, stia calmo, già che ve l'ho portato in tre minuti... E poi non è stato un incidente. È caduto dal mezzo, era il passeggero della moto. Il pilota non si è fermato, ma non ci sono stati traumi. È solo scivolato giù ai miei piedi. Ed era già mezzo andato.»

Lo specializzando, occupato a eseguire le procedure di primo soccorso, ascoltava distrattamente. L'aveva già classificata nella categoria «pazza scatenata».

Si rivolse al collega.

«Respira, ma è bradicardico.»

Il battito molto rallentato poteva essere il segno di una emorragia cerebrale. Si voltò verso l'infermiera che lo tallonava.

«Chiami la terapia intensiva, lo portiamo in sala traumi!»

Louise seguiva la barella e il personale sanitario. Un ragazzo che svolgeva il servizio civile nel pronto soccorso la bloccò nell'atrio.

«Spiacente, signora, ma gli accompagnatori non possono entrare. Resti in sala d'attesa, la terremo informata.»

Louise sventolò il tesserino di riconoscimento, che esibiva la parola POLIZIA in lettere rosso sangue e la dicitura COMMISSARIA ben visibile in grassetto. Una qualifica altisonante a cui non si era ancora abituata. Aveva accettato di fare il concorso, alla Scuola nazionale superiore di polizia di Saint-Cyr-au-Mont-d'Or, vicino a Lione, su pressione del suo capo, il numero due della polizia giudiziaria regionale. Ma avrebbe preferito mille volte restare una semplice agente, alla testa del suo gruppo alla squadra Omicidi lionese. L'indagine sul campo le mancava terribilmente.

Il ragazzo capitolò di fronte al pedigree di Louise, che – esagerando, come sempre – aveva aggiunto che la vittima era «il testimone vitale di un caso criminale» sotto la sua responsabilità.

«Va bene, può andare, ma non tocchi niente, metta la mascherina e non intralci il lavoro dei medici.»

All'interno, due assistenti rimossero delicatamente il casco e tagliarono i vestiti della vittima. Nello stesso tempo, un'infermiera mise sul viso dell'uomo una maschera d'ossigeno, tenendole aperta la mascella inferiore perché non inghiottisse la lingua.

Louise, leggermente in disparte, aveva l'impressione di assistere a un episodio di una serie Netflix. Si mise a osservare i gesti precisi del rianimatore.

«Tutto a posto, lo intubo.»

Louise vedeva la morte in agguato e si aspettava il peggio da un minuto all'altro. *Riuscirete a salvarlo?* Quelle parole surreali non smettevano di risuonare nella sua mente.

Dopo aver collegato il respiratore artificiale, l'anestesista si girò verso l'infermiera che aveva appena inserito una cannula e prelevato un campione di sangue.

«Oltre alle solite analisi, faccia mettere l'alcolemia.»

Si chinò ed esaminò le pupille del paziente. Erano contratte, ridotte a due capocchie di spillo.

«Aggiunga la ricerca di sostanze tossiche.»

Louise non riuscì a fare a meno di intervenire.

«Tossiche? È stato avvelenato?»

Il rianimatore alzò la testa e si rese conto che un'estranea non facente parte del personale stava osservando tranquillamente la sua squadra nel pieno del lavoro.

«Lei chi è? Cosa cazzo ci fa qui?»

La poliziotta dovette nuovamente sfornare la sua bugia e sfoggiare il magico distintivo.

«Forse è drogato. Ne mostra i segni.»

«Drogato? Con quale sostanza, secondo lei?»

«Non so… Un derivato della morfina, probabilmente.»

«Eroina?»

«Forse. Le analisi ce lo diranno. Ma…»

Il medico esaminò le braccia della vittima.

«Non vedo tracce di punture.»

Ispezionò più attentamente l'avambraccio sinistro e si girò verso l'infermiera.

«Per caso ha provato più volte a infilare la cannula? Vedo un puntino un po' più in alto.»

La ragazza, offesa, rispose arricciando le labbra.

«Ah, no, dottore, ho trovato la vena al primo colpo. L'ago è entrato come nel burro.»

«Allora può darsi benissimo che si sia iniettato qualcosa. Però mi stupisce che non si trovino altri segni… Di solito i tossici sono dei colabrodi.»

Il medico proseguì l'esame clinico. Sollevò le braccia del paziente e le lasciò ricadere come due pesi morti. Azione semplice ma efficace. Il braccio sinistro cadde in modo strano, asimmetricamente rispetto al destro. Il rianimatore ripeté la manovra. Stesso risultato.

«Okay, okay, sospetto ictus. Facciamogli una TAC. Passa davanti a tutti: urgenza assoluta.»

«Mi dispiace, dottore, ho due apparecchi in manutenzione e il terzo è guasto da trentasei ore. Dovevano ripararlo ieri sera, ma...»

Il medico maledì tra sé e sé la sempre più critica carenza di mezzi degli ospedali pubblici.

«Allora una risonanza magnetica! Ci vorrà più tempo, dite al tecnico radiologo di darsi una mossa. Ogni secondo è prezioso. Forza!»

Louise non si perdeva una parola.

Cinque minuti dopo, il paziente, con una flebo e attaccato a un respiratore, fu deposto con infinite precauzioni sul lettino, pronto per essere infilato nel dispositivo di imaging a risonanza magnetica.

La detective ottenne di poter entrare nella cabina di controllo, posta a diversi metri dall'impressionante anello bianco. Una spessa vetrata separava il macchinario dalla postazione. Durante l'esame, il campo magnetico è così potente che anche il più piccolo oggetto metallico, in assenza di barriere di protezione, può venire proiettato con violenza contro l'anello. Un incidente è sempre dietro l'angolo.

Il corpo scivolò all'interno del macchinario, poi il tecnico lanciò la prima sequenza.

Penetranti detonazioni attraversarono la vetrata, come i raggi laser di un brutto film di fantascienza. Louise sentiva crescere l'angoscia; quei colpi la mettevano a disagio.

«Ci vorrà molto tempo?»

«Una ventina di minuti al massimo.»

Lo schermo di controllo si riempì delle prime immagini in bianco e nero dell'organo. Louise cercava di decifrare i volumi e le linee, ma ovviamente non capiva nulla di quello che vedeva. Apparve il cervello, con le sue pieghe non molto gradevoli alla vista. A tratti, a seconda delle angolazioni, assomigliava a una grossa noce.

«Vede qualcosa?» chiese spazientita l'investigatrice.

«Non sono un radiologo, mi occupo solo dell'acquisizione delle immagini.»

In quello stesso momento, senza che nessuno se ne accorgesse, la testa si mise a tremare freneticamente all'interno del casco stereotassico.

Sui monitor, le immagini si fecero via via più sfocate.

«Che cazzo sta succedendo?» sibilò l'operatore.

«C'è qualche problema?»

Il brutto presentimento di Louise riaffiorò.

L'operatore fermò immediatamente il dispositivo e si precipitò nella stanza adiacente.

La tavola stava finendo di far scorrere il paziente per risputarlo fuori dalla mascella circolare, mentre un lungo bip monocorde aveva preso il posto degli striduli impulsi della risonanza magnetica.

Sul display del cardioscopio, una linea diritta aveva sostituito le volute che rappresentavano i battiti del cuore.

Impietrita, Louise rimase senza parole. Non aveva capito niente. Era successo tutto così in fretta…

Il tecnico era sotto shock. Aveva forse commesso un tragico sbaglio? Un errore di regolazione? Il suo macchinario aveva avuto un grave guasto? Neanche lui ci capiva niente.

Nonostante il ritorno del rianimatore e un intervento impeccabile, gli operatori sanitari non furono in grado di sovvertire il corso del destino.

In preda allo sconforto, finirono per scollegare il respiratore. Era finita.

3

Giovedì 4 aprile 2024
Parigi, XVII arrondissement
Ore 15 e 44

«Ha resistito quasi due anni senza creare problemi. Niente male.»

Il commissario generale non sorrideva nemmeno. Nelle sue parole non c'erano né significati nascosti né ironia. Erano una pura e semplice constatazione.

Nicolas Grimaldi dirigeva la Omicidi da tre anni e nel corso della sua carriera non aveva quasi mai incrociato Louise, o almeno non ne aveva alcun ricordo. In compenso, conosceva il suo curriculum e le sue ripetute scenate alla polizia giudiziaria di Lione, fino alla chiusura di un'indagine fuori dal comune le cui ramificazioni, che andavano dagli Stati Uniti alla Stazione spaziale internazionale, passando per la portaerei HMS *Queen Elizabeth* e la base di lancio di Bajkonur in Kazakistan, non erano passate inosservate. Certo, Louise Vernay era un caso particolare, un problema serio. Ma i suoi risultati, qualunque cosa si potesse pensare di lei, destavano ammirazione.

«Comunque sia, non è molto normale questa sua storia del moribondo sbatacchiato nella risonanza magnetica... Cosa dicono i dottori?»

Louise si sentiva a disagio. La nuova sede della polizia

giudiziaria, il famoso «Bastion» incastonato nel quartiere di Batignolles, un grattacielo superprotetto di trentamila metri quadrati, era troppo fredda e impersonale per ispirare fiducia. L'ufficio del capo aveva perso ogni fascino. I parquet, le modanature e i camini del Quai des Orfèvres erano solo un ricordo. Adesso c'erano gelide piastrelle, finestre antiproiettile, cemento, vernice immacolata e modernità. Funzionalità. Efficienza.

Durante quella sua prima visita nei nuovi uffici della Direzione regionale della polizia giudiziaria, Louise avvertì una sensazione di malessere. Soprattutto, temeva di ripiombare nella categoria «fuori di testa coinvolta in storie senza capo né coda».

«Sono confusi. Non hanno la minima idea di cosa sia successo. Propendono per un problema del macchinario, ma di solito quell'aggeggio è del tutto inoffensivo. Brancolano nel buio.»

«Va bene, ce lo dirà l'autopsia.»

Louise osservava Grimaldi con la coda dell'occhio. Ovviamente aveva sentito parlare di lui. Un poliziotto rispettato, che aveva fatto carriera senza commettere errori. Impeccabile. In gamba, ma senza picchi particolari. Con un occhio attento alla diplomazia e al politicamente corretto. A capo della polizia giudiziaria prima di Bordeaux e poi di Marsiglia, era arrivato al Bastion nel 2021, riannodando i legami con gli uffici parigini, che come molti altri aveva frequentato in precedenza.

L'abbronzatura artificiale lo rendeva un tantino sospetto. Che fregatura aveva in serbo per lei? Decise di essere schietta.

«E... mi ha convocato solo perché le confermi le mie dichiarazioni? Ho spiegato tutto ai colleghi poco fa, all'ospedale...»

Grimaldi si alzò. Era alto appena un metro e settanta e sembrava sperduto in quell'ufficio insulso. Attraverso i vetri leggermente oscurati, il traffico si distendeva lungo il boulevard Berthier, ancora segnato dalle stigmate dei lavori sulla linea tranviaria terminati di recente. I «signori» della polizia giudiziaria si trovavano relegati alle porte di Parigi, intrappolati tra i boulevard des Maréchaux e il Périphérique, a poche centinaia di metri da Clichy. A completare quel bel panorama stradale che stringeva l'edificio in una morsa, un immenso fascio di binari fiancheggiava il palazzo a ovest. Uno scenario paradisiaco.

Certo, gli architetti avevano badato a progettare un grande spazio verde, il parco Martin Luther King, ma l'atmosfera generale era tutt'altro che bucolica.

«L'ho convocata in relazione a ciò che il motociclista le ha detto. Può ripetermelo?»

«Non me lo ricordo molto bene... Qualcosa del tipo: "I coperchi verranno sollevati e da dentro gli eretici grideranno". Ha parlato anche di una setta e di un sepolcro infuocato... Ha aggiunto: "Riuscirete a salvarlo?" Credo parlasse della vittima.»

Grimaldi si era piazzato davanti a una delle finestre e contemplava il Palazzo di Giustizia. L'immenso grattacielo nuovo fiammante squadrava l'edificio del Bastion, sottolineando la supremazia della giustizia sui forzati della procedura che sgobbavano ai suoi piedi.

«E cosa voleva dire, secondo lei? Di cosa stava parlando?»

«Di niente. Ho solo l'impressione che abbiamo a che fare con uno parecchio schizzato che si è messo in testa di raccontarcela in stile medievale, tanto per abbellire un buon vecchio omicidio.»

Grimaldi sorrise. Gli avevano parlato del linguaggio fiorito della funzionaria.

«In quel momento non era ancora morto, Louise.»

Ecco che le si rivolgeva chiamandola per nome. Bel segno o brutto segno? Tentativo di familiarità calorosa o patetico riflesso paternalista? Del tipo: «Non era morto, mia povera Louise, finché lei non ha rovinato tutto per l'ennesima volta. Ha toppato di nuovo.» La donna si diede un contegno.

«È vero, ma era messo male. Quando l'ho scaricato all'ospedale, l'hanno intubato al volo. Era già a un passo dal tirare le cuoia. Quando sapremo chi era, potremo...»

«Loïc Eyrolles, vicedirettore del CEA.»

Louise sollevò un sopracciglio. *Prima notizia utile, la ringrazio per essersi tenuto l'informazione per sé per tutto questo tempo.*

«Lavorava al CEA? Il Commissariato per l'Energia Atomica? Ma...»

«Lo so, la sua agenzia, Viginum, si trova nello stesso complesso in cui è situata la loro sede principale.»

«Quindi il pacco non era destinato a me in particolare. Volevano gettarlo davanti al suo ufficio, simbolicamente, e io sono passata di lì per caso...»

«Sì, può darsi. Ma non cambia niente: lei è l'unica testimone. Il motociclista si è rivolto a lei. Inoltre Eyrolles non lavorava affatto in rue Leblanc. Lavorava a Bruyères-le-Châtel, vicino ad Arpajon, nell'Essonne, nella sede della DAM Île-de-France.»

«La che?»

«La Direzione delle Applicazioni Militari.»

«Le Applicazioni Militari? Al CEA? Quindi stiamo parlando...»

«Sì, dell'arsenale nucleare.»

Un fungo atomico si allargò nella mente di Louise.

«Perciò non c'è bisogno che glielo spieghi, Vernay. Le toccherà accollarsi l'esercito e, vista la posta in gioco, probabilmente anche i suoi servizi segreti. E conto che lei dia prova, diciamo, di estrema diplomazia, se la interrogheranno.»

Dunque le cose stavano così.

«Non si preoccupi, non pianterò su nessun casino. Ho imparato la lezione. Come diceva, sono due anni che faccio la brava.»

Grimaldi fece un sorrisetto soddisfatto. La bomba inesplosa che gli era stata descritta con dovizia di superlativi non sembrava poi così fuori controllo. Saggezza dovuta all'età, forse. O forse il ruolo di commissaria? Decisamente non aveva il look del mestiere, ma era una donna. E se ne sentiva crudelmente la mancanza, all'interno del Corpo di Ideazione e Direzione della polizia nazionale. Forse era l'occasione buona per farla uscire dall'ombra. E al tempo stesso per tenerla costantemente d'occhio. Era ancora il modo migliore per controllare un elettrone libero.

«Bene, Louise, posso chiamarla Louise?»

Ecco che riattacca, pensò lei annuendo con diffidenza.

«Ho una proposta da farle. Immagino che lei non voglia concludere la sua carriera al Viginum...»

Louise deglutì.

«Io... No, infatti...»

«Ebbene, le propongo di rientrare nella polizia giudiziaria. Ho bisogno del suo fiuto per riuscire a chiudere questa indagine.»

Poteva forse mettersi a saltare dalla gioia nel bel mezzo di quel raggelante ufficio? Fece appena in tempo a formulare un vago ringraziamento che subito Grimaldi riprese.

«Tanto più che ho qui un altro caso che, con ogni evidenza, è collegato al suo.»

Il capo le mostrò un fascicolo che sonnecchiava sul suo sottomano di cuoio.

«È successo stanotte, nei sotterranei del Panthéon.»

«La profanazione della tomba di Marie Curie?»

Grimaldi corrugò la fronte. Chiaramente quei morti di fame dei giornalisti avevano subito messo le mani sul caso e ora ci andavano a nozze. La notizia girava in loop su France Info e su BFM TV. Anche se avevano chiuso *sine die* il monumento storico, la cosa si stava diffondendo alla velocità della luce.

«Aspetti...» mormorò Louise, che cominciava a capire. «Poche ore prima della morte di un esperto di bombe atomiche, hanno profanato la tomba della madre della radioattività?»

«Un "sepolcro rovente"» aggiunse Grimaldi. «Il cadavere della scienziata è ancora leggermente radioattivo. E la sua bara è stata trovata aperta, dunque con "il coperchio sollevato"...»

Louise rifletteva a tutta velocità: era entrata in modalità da combattimento. Tutti i suoi vecchi riflessi riemersero.

«Si delinea una bella caccia al tesoro... Un gruppuscolo

ecoterrorista pronto a tutto pur di costringerci ad abbandonare il nucleare?»

«Non so se siano ecologisti, ma di certo non scherzano. I ficcanaso della stampa al momento lo ignorano, ma abbiamo per le mani due cadaveri. Due cadaveri *freschi*, intendo dire, oltre a quello della polacca.»

Il capo fece girare tre foto davanti a Louise. Vi si vedevano due corpi legati e imbavagliati, con una ferita aperta alla testa e immersi in una pozza di sangue.

«Okay, quindi qualcosa è andato molto storto…»

Vernay parlava a sé stessa. Il suo sguardo cominciava a scrutare i minimi dettagli della scena del crimine.

«E se ho pensato a lei, Louise, è anche per via di una peculiarità… Una circostanza che credo le farà tornare in mente certi ricordi, come a qualche suo collega dell'epoca. Gli assalitori sono passati attraverso delle gallerie sotterranee, prima di risalire fino alla cripta del Panthéon.»

«Delle gallerie? Come le catacombe?»

«Esatto.»

Uno tsunami della memoria sommerse l'investigatrice. Gli agenti della Omicidi, di cui allora faceva parte, erano stati profondamente segnati dal caso delle gallerie, nel 2018. Un gruppo di fanatiche – tutte donne – aveva fatto parlare di sé nei sotterranei di Parigi. Una delle operazioni della polizia giudiziaria, a cui Louise aveva partecipato, si era conclusa con un fiasco stellare. Un collega aveva perso la vita nelle profondità di quei budelli oscuri. Si ricordava perfettamente di lui: il brigadiere capo Louis Monzoni, detto Obelix, una montagna di centodieci chili, ultimo anello del gruppo di cui faceva allora parte. Il «gruppo Brunier».

E questo la fece pensare anche a Marc Brunier. Che brutta sorte era toccata a quel poliziotto così rispettato! La morte violenta della figlia, davanti ai suoi occhi, proprio in fondo alle gallerie sotterranee, l'aveva devastato.

In pochi secondi altri volti si materializzarono nella mente della detective: c'era anche quel tenente, Brénam, specialista in lavori sporchi. E poi Lionel Varin, detto «il Tossico», ex dell'antidroga, esperto di pedinamenti e spesso incaricato dei compiti di più bassa manovalanza. Era l'assistente del procedurista. In effetti, tutti i gruppi della brigata anticrimine contavano una persona, definita procedurista, incaricata dei verbali e degli innumerevoli sigilli necessari per ogni scena del delitto. Una vera e propria rottura per i poliziotti come Louise, troppo anticonformisti e istintivi per potersi realizzare nel ruolo del meticoloso asceta delle scartoffie. Di carattere opposto al suo, il procedurista del gruppo Brunier era un agente silenzioso e pignolo, per non dire rigido. Una bella penna, un ex studente di letteratura. Ma che rompicoglioni! L'archetipo dello stoico moderno, austero e purista, per cui il lasciarsi andare, sotto qualsiasi forma, era fonte di disprezzo: aborriva l'alcol, il tabacco e le canne tra amici. Un guastafeste di cui non sentiva certo la mancanza. Lo detestava, e la cosa era reciproca.

Come diavolo si chiamava? Aveva un nome ridicolo...

In quel preciso istante, qualcuno bussò alla porta del capo.

«Ah, capiti a proposito! Entra, Lorrain!»

Louise serrò le mascelle.

Ecco come si chiamava: Lorrain. Lorrain Ceylac.

4

Giovedì 4 aprile 2024
Parigi, V arrondissement
Ore 17 e 37

«Aveva una faccia orrenda, comunque…»

«Se avessi due crateri al posto degli occhi e lo stesso colorito marcio, neanche tu saresti un bello spettacolo.»

Le due specialiste della Scientifica ridacchiarono senza smettere di lavorare sul cranio frantumato di Marie Curie. Le loro pinze magnetiche rimuovevano la polvere dattiloscopica che si mescolava ai frammenti di materia ossea.

Avevano sgobbato per tutto il giorno sulla scena del crimine, in formazione ridotta per via dello spazio angusto in cui si trovavano a lavorare. Con l'aiuto del CrimeScope, la lampada miracolosa che rivelava l'invisibile, avevano identificato numerose impronte papillari e alcune tracce biologiche. Ma considerando le mandrie di turisti che quotidianamente calpestavano quei luoghi, c'erano poche possibilità di isolare dei segni specifici lasciati dai criminali. Avevano anche tentato di scovare qualche schizzo di sangue, grazie al luminol con cui avevano cosparso la maggior parte delle superfici.

Inutilmente.

Quanto all'ingegnere, aveva bombardato di foto l'intero perimetro e riportato tutte le misure sul suo taccuino millimetrato. Con l'aiuto del procedurista, aveva anche dovuto confezionare tutti i sigilli. In più, tra quelle rotture di scatole, si era anche sorbito i pezzi grossi che avevano sfilato per tutta la giornata: erano arrivati il capo della Omicidi, il sostituto procuratore e perfino il questore. Il carattere atipico, per non dire eccezionale, del duplice omicidio, unito alla profanazione della tomba di un'icona nazionale, aveva messo tutto quel piccolo mondo in agitazione. Il momento culminante era stata la visita del capo di gabinetto del ministro dell'Interno, intorno a mezzogiorno. Tutti quegli andirivieni avevano disturbato il lavoro meticoloso delle specialiste della Scientifica. Per fortuna avevano delimitato le zone «inviolabili» servendosi del loro nastro giallo e nero.

Sul pavimento erano sparsi diversi indicatori. Le lettere A e B indicavano la posizione degli agenti di sicurezza uccisi a bruciapelo; i loro corpi erano stati portati all'istituto medico legale in tarda mattinata. Una larga macchia brunastra tingeva le lastre di pietra calcarea. L'emoglobina resiste a lungo e sarebbe stato molto difficile restituire la sua lucentezza alla pietra chiara, a meno di smerigliarla.

Una decina di numeri indicavano gli elementi materiali, come i bossoli da nove millimetri e qualche residuo di plastico che forse gli assalitori avevano dimenticato nella fuga. Ma il grosso del lavoro era consistito nel fare numerosi rilievi intorno e dentro il buco che collegava la cripta a un pozzo abbandonato, la cui costruzione risaliva probabilmente a diversi secoli prima.

Una squadra specializzata era entrata per cercare tracce dei responsabili, ma si era subito persa nel dedalo delle gallerie.

Nel tardo pomeriggio, finalmente, gli esperti della Scientifica avevano potuto dedicarsi all'impressionante salma della scienziata polacca.

Louise era appena entrata nel vestibolo e sbirciava la tomba di Rousseau. Un sepolcro di legno piuttosto rustico, su cui erano intagliate delle sobrie colonne doriche e una mano con una chiave in pugno che sembrava voler sbucare dal mausoleo per svignarsela. Non era mai stata d'accordo con le fumose teorie del filosofo. Credere che si nasca buoni e che la società ci corrompa era un po' troppo facile. E ingenuo. Quindici anni di polizia giudiziaria le permettevano di affermare che certi svitati nascono svitati, bastava sentire le testimonianze dei genitori, degli amici e degli strizzacervelli. L'investigatrice gettò poi un'occhiata alla statua di Voltaire, proprio di fronte. La sua tomba di marmo era incastonata sullo sfondo, in un angolo.

«Lo sai che sono morti nello stesso anno, a due mesi di distanza?»

Lorrain Ceylac adorava sfoggiare la propria sapienza. L'ex capitano era stato promosso comandante e attualmente dirigeva uno dei nove gruppi della Omicidi. Lui e i suoi uomini erano incaricati dell'indagine. Louise avrebbe dovuto sostenerlo e mostrarsi collaborativa.

«Più che altro so che non potevano sopportarsi. Solo una mente contorta poteva pensare di piazzarli uno davanti all'altro per l'eternità.»

Poi aggiunse perfidamente: «È un po' come se io e te venissimo sepolti uno di fronte all'altra.»

Ceylac, infagottato in una giacca troppo stretta, incassò.

«In ogni caso sono tutte cazzate» esclamò. «Sia i resti di Voltaire sia quelli di Rousseau sono finiti dispersi dopo la Rivoluzione. È già tanto se sono rimasti un femore e due rotule...»

Louise corrugò la fronte. Non conosceva quel dettaglio. Questo significava che milioni di visitatori si facevano abbindolare da due secoli, come minimo.

«E non sono gli unici» proseguì Ceylac. «Tre quarti delle tombe sono praticamente vuote. Ce l'ha confessato stamattina l'amministratore del Panthéon. Si dà un sacco di arie sui media dicendo che ospita settantotto defunti leggendari, ma la verità è che, a parte Marie Curie, appunto, non ci sono molti corpi interi. Prendi Jean Moulin per esempio...»

«Sì, il suo corpo non è mai stato ritrovato. Probabilmente,

dopo averlo torturato, i nazisti l'hanno gettato in una fossa. Lo sanno tutti, Ceylac.»

«Venite a vedere!»

L'ingegnere della Scientifica era sbucato da un corridoio, ansimante. Louise Vernay e Lorrain Ceylac scavalcarono un nastro, aggirarono le sagome purpuree delle due vittime assassinate a sangue freddo, fecero lo slalom tra gli indicatori che segnalavano gli elementi materiali e imboccarono il corridoio di destra. La terza porta era spalancata e dava accesso ai resti della scienziata più famosa del mondo.

All'interno, la cassa di piombo occupava quasi tutto lo spazio. Le specialiste se ne stavano immobili nelle loro tute integrali, come sull'attenti. Lasciavano al loro superiore il compito di esporre il motivo del loro sconcerto.

«Il cranio è stato segato e aperto con la forza, forse addirittura con le dita.»

«Siete sicuri che prima fosse intero?» domandò stupito Ceylac.

«Sì, certo. I frammenti sono freschissimi, molto bianchi. E poi ci siamo informati: nel 1995, quando hanno trasferito la bara qui al Panthéon, hanno controllato il suo interno. Il corpo era integro, con la testa intatta. È chiaro che sono venuti proprio per questo.»

«E... cos'hanno fatto, esattamente?»

A mo' di spiegazione, l'ingegnere divaricò le due parti della scatola cranica semidistrutta.

«Ecco... hanno asportato il cervello. Il cadavere è miracolosamente ben conservato, come mummificato. Si vedono ancora delle tracce gelatinose: era qui dentro, sicuro come l'oro.»

«Quindi sono venuti a rubare il cervello di Marie Curie?»

Ceylac rimase a bocca aperta.

«E non è tutto: esaminando l'interno, abbiamo trovato questo.»

Lo specialista mostrò una piccola placca nerastra, larga appena tre centimetri quadrati. Ceylac si infilò dei guanti in nitrile e prese il reperto. Aveva un'ottima vista e se ne vantava spesso: «Dodici decimi su entrambi gli occhi. Avrei potuto fare l'astronauta».

«Sembra… C'è inciso sopra il numero 6. E intorno, come una specie di cerchio…»

Girò la minuscola lamella. Questa volta la sua vista prodigiosa non bastava più. L'ingegnere si allontanò e tornò con una buona vecchia lente di ingrandimento alla Sherlock Holmes.

«Dunque, c'è un testo. Se leggo bene… "Tutti i coperchi erano alzati, e dall'interno uscivano le grida degli eretici e…" A questo punto diventa davvero illeggibile…»

«E dei discepoli di ogni setta» completò Louise in un soffio.

Ceylac aggrottò le sopracciglia

«Conosci la citazione a memoria?»

Non si capiva bene se l'ufficiale fosse indispettito dallo zelo mostrato dalla commissaria in materia di cultura generale – di solito era lui l'erudito – o semplicemente stupito che lei conoscesse la fine del messaggio inciso da quei pazzi.

«È quello che mi ha detto il motociclista. Parola per parola.»

Nessuno poteva più dubitare del legame tra i due casi. Era nello stesso tempo un progresso e una fonte di profonda inquietudine. Fin dove si sarebbero spinti? Cosa volevano fare? Quante altre azioni sanguinose? E soprattutto, perché?

«Comandante? Forse abbiamo un testimone…»

Lorrain Ceylac si girò lentamente, fissando Louise con aria sospettosa. Si stava proprio chiedendo come e perché la sua ex collega fosse stata scelta dal motociclista, di proposito o meno, come ricettacolo per le sue folli e agghiaccianti parole. Il suo vice, il capitano Bachir Belaïd, aveva appena rotto la solennità del momento.

«Chi è?»

«Un ricercatore. Sembra che gli assalitori siano passati attraverso uno dei suoi laboratori sotterranei.»

«Sotterranei?» ripeté Ceylac.

«Sì, sotterranei.»

«Esistono dei laboratori sottoterra?» insistette scioccamente il superiore.

Louise alzò gli occhi al cielo.

«Be', vediamo di non fare notte: dov'è questo scienziato pazzo degli abissi?»

«Sta aspettando in una galleria. Bisogna scendere attraverso il pozzo. E camminare per almeno trecento metri. Mettete dei caschi, i soffitti sono bassi, là sotto.»

Pochi minuti dopo, Louise, bardata di un giubbotto antiproiettile – ordine del grande capo, traumatizzato dal caso delle gallerie del 2018 – e con in testa un casco opprimente, scendeva i pioli arrugginiti dell'antico pozzo di estrazione. Ceylac era al di sopra di lei, l'ingegnere e Bachir Belaïd appena sotto. Se fosse scivolata, avrebbe avuto qualche possibilità di cavarsela. Il pozzo sprofondava per quasi trenta metri: la discesa sembrava non finire più. A metà strada, i rumori della superficie svanirono, e restarono solo i suoni sordi e cupi dei quattro investigatori che scendevano la scala con prudenza. Ancora prima di raggiungere il fondo, si veniva colti da una sensazione di claustrofobia.

Arrivata in basso, Louise riconobbe subito la fisionomia bizzarra e contorta dei tunnel che percorrevano una buona parte del ventre della *rive gauche* di Parigi – la GRS, Grande Rete Sud – con il suo angosciante silenzio e i suoi budelli così stretti che si finiva per sfregare continuamente contro le loro pareti irregolari. E soprattutto bisognava senza sosta chinarsi per evitare di andare a sbattere contro il soffitto della galleria. Il posto trasudava umidità, tanto che la commissaria sguazzava da una pozza all'altra. Nessuna illuminazione: soltanto le torce e le luci frontali indicavano il percorso. Il capitano Belaïd aveva recuperato una cartina e faceva del suo meglio per seguirne le tortuosità.

«Ma la sai davvero la strada?»

Louise non era per niente rassicurata. Un principio di nausea, prodotta dai ricordi traumatici dell'operazione del 2018, cominciava a travolgerla.

«Ho fiducia nella mappa dell'Ispettorato generale delle cave. Siamo qui, andiamo di là, verso i giardini del Lussemburgo.»

L'investigatrice gettò un'occhiata al documento che svelava un lato affascinante della Parigi sotterranea. Una specie di macchia segnalava le cave in cui, per secoli, i forzati del Medioevo avevano scavato immensi blocchi di calcare. Senza l'aiuto di nessuno strumento meccanico – anche solo di una macchina a vapore – quei cavatori dovevano certo essere morti giovanissimi, dopo aver sofferto i tormenti fisici e morali di una simile fatica, immersi nell'oscurità, rischiando continuamente di soffocare per mancanza cronica di ossigeno.

Senza contare i crolli improvvisi e le cadute dall'alto dei pozzi di estrazione che crivellavano la superficie della capitale. La Grande Rete Sud misurava, da sola, un centinaio di chilometri. Una serie di diramazioni davano su gallerie secondarie. Non bisognava perdersi... Per non parlare delle «gattaiole», rozzi buchi scavati in cima a certi muri e che permettevano di collegare due tunnel normalmente separati. Le carogne che avevano sparato a sangue freddo ai custodi del Panthéon potevano essersi intrufolate ovunque.

Al termine di una caotica passeggiata, i quattro membri della polizia giudiziaria sbucarono in una sala impressionante. Vi aleggiava un odore rancido, un misto di humus ed escrementi.

Louise fece una smorfia e si tappò le narici.

Lo spazio era immerso in una semioscurità. L'investigatrice ispezionò il luogo servendosi della torcia.

«Abbassi la luce! Sono molto delicati.»

La voce si era levata dal fondo della cavità. Aveva un timbro rauco che incuteva rispetto.

«Buongiorno anche a lei» rispose sferzante l'investigatrice.

L'uomo fece due passi avanti. Il suo viso si stagliava appena nella penombra, impedendo di farsi un'idea precisa dell'aspetto dell'*ospite*. Sembrava di mezza età, piuttosto alto e magro, con una chioma ancora rigogliosa tendente al grigio argento. Belaïd fece rapidamente le presentazioni, ma si inceppò sul pedigree del ricercatore. Consultò il suo taccuino.

«Dunque... Alban Vogel, direttore del Jardin des Plantes

e dell'arboreto di Chèvreloup, professore al Museo di storia naturale.»

Louise spostò lo sguardo verso il suolo. L'odore di terra umida e letame la disgustavano, impedendole di concentrarsi.

«Coltiva sterco o roba del genere?»

«Più o meno. Letame di cavallo, fieno e solfato di calcio.»

Ceylac si avvicinò alle lunghe file nauseabonde che si stendevano da un capo all'altro della sala buia. Una ventilazione naturale, assicurata da un pozzo di sondaggio posto all'estremità della cavità, faceva scorrere un po' di aria fresca. Il pozzetto forniva anche il debole chiarore che fluttuava in quello strano antro.

«Ma... sono funghi!»

«Esatto» sussurrò Vogel. «Agaricus bisporus, già coltivato nell'antico Egitto. Se ne trovano incisi sui muri delle tombe dei faraoni intorno al 1450 avanti Cristo. In Francia vengono serviti a Versailles, alla tavola di Luigi XIV. E per tutto il XIX secolo li si coltiva nelle vecchie cave di calcare, come questa. E il loro nome volgare... Sono sicuro che lo sapete...»

Vernay aveva la sgradevole impressione di partecipare a un gioco idiota, del tipo: «Indovina il fungo».

«I prataioli!» esclamò Belaïd, orgoglioso di sé stesso.

«Emozionante» ironizzò Louise. «Quindi è questo il suo laboratorio? È molto tecnologico...»

Il problema di Louise era che il suo carattere polemico finiva sempre per prevalere.

«La natura ha molte più cose da insegnarci di quanto sembra credere lei, commissaria. Ha mai sentito parlare della biomimesi? Nel mondo decine di équipe cercano di riprodurre i miracoli della natura per volgerli a nostro vantaggio. La tela del ragno, per esempio... Elasticità, finezza e grande robustezza. Una vera meraviglia... Un materiale ineguagliato dall'uomo.»

Louise non sapeva più che pesci prendere. Il tizio si stava rivelando carismatico e chiaramente erudito. Ma qualcosa la disturbava; non poteva fare a meno di trovarlo tronfio e antipatico... Era per via dei sentori acri del letame?

«Okay, in sintesi, ha visto degli uomini passare da qui? A che ora? Com'erano? È riuscito a vederli in faccia? Da che parte sono scappati?»

«Non ho visto niente. Sono arrivato un'ora fa e mi sono limitato a constatare che avevano vandalizzato una parte della mia coltivazione.»

«Vandalizzato?»

«Sì, devono essere passati di corsa, senza tante cerimonie. Hanno rovinato diversi strati e distrutto almeno il trenta per cento degli esemplari. E, mi creda, farli crescere è molto difficile. Anche perché non vengono più prodotti a Parigi. Dalla fine del XIX secolo, con i lavori per la costruzione della metropolitana, le colture sono state trasferite in Turenna e nella regione di Saumur. Questa è una coltura sperimentale.

Louise dubitava dell'interesse scientifico di una fungaia piantata a trenta metri di profondità.

«E cosa sperimenta, esattamente?»

«Studio il funzionamento del micelio, il loro apparato vegetativo. Entra in simbiosi con la maggior parte delle piante e degli alberi, legandosi alle loro radici. I filamenti sotterranei dei funghi attingono l'acqua e le sostanze nutritive molto in profondità, il che permette di alimentare gli altri vegetali, anche a distanza di chilometri. Riesce a immaginare se le società umane funzionassero nello stesso modo? Al posto dell'individualismo, dell'intolleranza e dell'odio?»

Louise deglutì. Il ricercatore aveva parlato con voce stentorea, senza un'ombra di esitazione. Come un guru capace di mobilitare le folle. Non aveva senso: quel posto sordido che puzzava di sterco di sciacallo, quelle improbabili collezioni di funghi, la misteriosa squadra che ci era intrufolata e quell'accademico quasi mistico che stonava con tutto l'insieme.

Mentre Vernay cercava di leggere tra le righe, Belaïd dava un'occhiata in giro. Contava meccanicamente le file di caschetti bianchi che coronavano i funghi più conosciuti e più consumati al mondo. Anche lui si poneva delle domande: che interesse poteva avere lo studio di una specie così comune? Qualcosa non tornava. A quel punto si bloccò davanti a delle strane creature che non c'entravano niente con il resto.

Gambi esili, cappelli ogivali, colore bruno giallastro, e riunite in grappoli. Anche loro crescevano su un letto di escrementi, ma molto più considerevole.

Belaïd si chinò, annusò e si raddrizzò con un moto di disgusto. Sterco di vacca, decisamente!

Quei funghi non gli erano ignoti. Al contrario... L'ufficiale aveva passato sette anni alla Narcotici, prima di entrare nella Omicidi. All'improvviso ebbe un lampo di genio.

«Funghetti psichedelici! Lei coltiva *Psilocybe*!»

Anche l'ingegnere della Scientifica li conosceva bene. Inevitabilmente, il sequestro di sostanze stupefacenti e la loro analisi costituivano una grossa parte della sua attività. Si avvicinò ai funghi sospetti.

«Esatto. Propendo per la varietà *Psilocybe* semilanceata.»

Il professor Vogel annuì, con una smorfia ammirata agli angoli della bocca. Louise lo stava osservando: non mostrava alcun segno di nervosismo. Quel tizio coltivava dei tipetti psichedelici capaci di spedirti in orbita nell'esosfera, eppure non provava alcun imbarazzo.

«E questi funghetti a cosa le servono?»

Lorrain Ceylac l'aveva interpellato con un'aria sospettosa tutt'altro che velata.

«Collaboro con l'ospedale della Pitié-Salpêtrière a una sperimentazione clinica con la psilocibina, uno dei principi attivi di questi funghi. Se ben dosata, fa miracoli nella cura della depressione o della dipendenza da nicotina. È un po' come con gli oppiacei, se volete: è tutta questione di dosaggi. I derivati della morfina possono mandarvi all'altro mondo, per esempio in caso di overdose di eroina. Ma, se somministrati con sapienza, alleviano i peggiori dolori. Vi fanno dormire in sala operatoria. Calmano la tosse più ostinata...»

Vogel si avvicinò a Louise. Il suo sguardo assunse un'intensità inquietante.

«Vede, commissaria, è come in natura: tutto dipende dall'equilibrio. Dal rispetto degli equilibri. Si tratta di entrare in simbiosi con il prodotto, e non di diventarne vittima, come se fosse un parassita insaziabile. Quando gli uomini cedono alle loro pulsioni più basse e soccombono alle tentazioni più oscure, spezzano gli equilibri. Da un concetto di benessere o di piacere, scivolano nel dolore. Nella mancanza. Cadono nei più profondi recessi del loro io. Diventano l'incubo di loro stessi e l'unica via d'uscita che hanno è volerne sempre di più. Autodistruggersi sempre di più. O farla finita per sempre.»

Louise rimase impietrita. Davvero era come un libro aperto, per quell'uomo? Mostrava ancora i tratti tipici dei tossici, o quei segnali inconsapevoli che rivelano l'astinenza? Eppure erano due anni, da quando era tornata a Parigi, che teneva duro. Ma non passava settimana, anzi giorno, senza che ci pensasse. A quello, e alla zavorra mentale che la trascinava verso il fondo nonostante i suoi vani tentativi di curare il male alla radice.

La detective sentì confusamente che quell'indagine poteva portarla all'Inferno, dove avrebbe dovuto affrontare i suoi demoni personali.

Ciò che ancora ignorava, in quel momento, era che avrebbe sperimentato qualcosa di ancora peggiore.

5

Venerdì 5 aprile 2024
Parigi, XII arrondissement
Ore 9 e 24

Ovviamente non aveva chiuso occhio, quella notte.

Dopo due anni di routine insignificante, era precipitata di colpo in una delle indagini più complesse di tutta la sua carriera.

Si stava rituffando nell'atmosfera di un'epoca tortuosa e tormentata, in cui l'adrenalina scorreva a fiumi, tanto quanto l'alcol e le droghe. Louise aveva sempre cercato di apparire forte, ma non era mai davvero riuscita a reggere alla pressione. Perciò aveva bisogno di eccitare i suoi neuroni dopaminergici con l'aiuto di certe molecole galvanizzanti: etanolo, THC e CBD.

A due o tre riprese aveva provato delle novità sequestrate da colleghi della Narcotici. Pescava dagli armadi del Quai des Orfèvres, che di rado restavano chiusi a chiave. Nulla a che vedere con le terrificanti stanze della nuova sede di rue du Bastion.

Louise aveva deragliato. Una poliziotta non poteva permettersi simili sbandamenti, che avrebbero potuto costarle la carriera, e anche molto di più. Una volta trasferita a Lione, la sua città natale, si era ripresa e aveva ridotto drasticamente il consumo di marijuana. La sua ultima indagine di rilievo, conclusasi con la morte del primo uomo che avesse veramente amato, l'aveva vaccinata in maniera definitiva. Il suo ritorno a Parigi assomigliava a una penitenza che si infliggeva per riprendere contatto con la normalità. L'astinenza – rotta solo dalla nicotina e da qualche birra, non bisognava comunque esagerare – faceva parte di quel programma ragionevole. Così come i suoi tentativi di psicoterapia. Voleva davvero rimettersi in sesto. Tornare a essere la ragazza brillante che aveva cercato di seguire la sua strada: fare giustizia, sbattendo dietro le sbarre i peggiori psicopatici. Com'era ovvio, la tragica scomparsa dei suoi genitori, di cui si sentiva responsabile, aveva irreparabilmente spento il suo entusiasmo e l'aveva portata, ancora giovanissima, a cercare sollievo con l'aiuto di sostanze illecite.

Da quando era tornata nella capitale, l'assenza di pressioni professionali le aveva permesso di riprendersi. Lentamente, ma inesorabilmente.

Le serate si trascinavano, tra libri che abbandonava di continuo, in mancanza della concentrazione necessaria, e insulse serie tv che proliferavano sulle piattaforme televisive di tutto il mondo.

Quanto alle notti... Continuavano a essere il suo peggior nemico. L'investigatrice poteva anche salvare la faccia durante il giorno. O fingere di non avere pensieri.

Ma di notte si ritrovava a tu per tu con la propria mente. I suoi neuroni non le davano la minima tregua e non le risparmiavano nessuna sofferenza. Le sarebbe piaciuto potersi disconnettere. Perché nessuno aveva inventato un microchip in grado di spegnere il cervello? Certo, le restavano i sonniferi, le buone vecchie benzodiazepine, che fanno piombare in un pesante sonno artificiale. Ma non erano molto meglio degli altri stupefacenti, e Louise le evitava come la peste. Passare da una dipendenza all'altra... no, grazie.

Quella mattina, quindi, procedeva in modalità zombie. Stava in piedi grazie a mezzo litro di caffeina. Bisognava pur trovare un espediente, qualcosa per resistere. Il caffè, e un pacchetto di sigarette.

Una dieta ancora più necessaria dal momento che stava per affrontare la cosa che odiava di più: la dissezione del cadavere.

Con la nausea in agguato, l'investigatrice varcò la soglia dell'Istituto di medicina legale, fiancheggiato dalle sue eterne colonne bianche e dalla bandiera tricolore francese. Non era cambiato nulla. Sempre lo stesso edificio antiquato di mattoni rossi, stretto tra la Senna e i binari della metropolitana, a due passi dalla Gare de Lyon. L'obitorio stonava in quel quartiere irto di grattacieli e trafitto da grandi viali rumorosi. Il tempio della morte, immobile e silenzioso, nascosto nel cuore del tumulto dei vivi.

Non appena mise piede nel deprimente atrio dell'istituto, gli effluvi della formalina le aggredirono le narici. Cominciava la tortura. Dalla sua memoria scaturirono mille immagini di dissezioni, come altrettanti flash disgustosi. Avrebbe potuto lasciare che fossero i suoi colleghi a sorbirsi quel compito ingrato, ma voleva vedere. Capire. Fare tutte le domande necessarie al medico legale. Non trascurare niente. Stava iniziando la caccia al tesoro, non era il caso di lasciarsi sfuggire qualche elemento essenziale.

Louise si dotò dell'apposita uniforme: camice, cuffia, mascherina e guanti di nitrile. Mentre si bardava, si stupì di non vedere alcun membro della squadra. Né il procedurista del gruppo Ceylac né l'ingegnere della Scientifica, nessuno dei quali poteva sottrarsi alla prova. E lei non era particolarmente in anticipo...

Che avessero rimandato l'autopsia? In quel momento, un rombo stridente si alzò dalla sala riservata alla necroscopia del vicedirettore del Commissariato per l'Energia Atomica.

Vernay entrò senza bussare – come al solito – e si immobilizzò di colpo.

Sei figure strampalate, infagottate in camici azzurri, volsero lo sguardo verso l'investigatrice. Una di loro, con un'ampia visiera piegata davanti al viso e il grembiule protettivo chiazzato di sangue, frammenti di carne e schegge d'osso, impugnava una sega oscillante simile a un frullatore a immersione su cui avessero montato un disco dai denti affilati al posto delle lame. L'emoglobina gocciolava dall'impugnatura. Nascosto dietro la sua protezione insanguinata, il medico legale restò stupidamente con il braccio in aria.

«Allora, Vernay, non ha sentito la sveglia? Meglio tardi che mai...»

La voce di Ceylac aveva sibilato tra i sentori di carne guasta e candeggina. Dalle altre mascherine chirurgiche uscirono delle risatine soffocate.

«Non capisco... Non avevamo detto alle nove e mezza?»

«No, alle otto e mezza. Ma sarà certo colpa del passaggio all'ora legale di qualche giorno fa...»

«Brutto pezzo di merda» mormorò Louise abbastanza forte perché la sentissero. «Sono sicura che tu mi abbia detto alle nove e mezza.»

L'investigatrice individuò le sagome del procedurista e dell'ingegnere della Scientifica, con la macchina fotografica a tracolla. Il loro capo non aveva nessun bisogno di essere lì, a meno che non volesse screditare Louise.

«Cosa cazzo vuoi fare? Vuoi starmi attaccato al culo tutto il tempo? Bisognerebbe chiamarti Droopy, non Ceylac.»

«Non è la *tua* indagine, Vernay. E non è la *tua* squadra. Sono io a capo di entrambe. Non devo rendere conto a te, anche se sei una commissaria. Del resto, viene da domandarsi come tu lo sia diventata... e non aggiungo altro.»

Ceylac si era interrotto appena prima di oltrepassare il limite. Louise ribolliva. Sotto la mascherina, il suo viso era diventato scarlatto. La tensione era al culmine; se anche il morto si fosse risvegliato brontolando «Se non vi dispiace, potreste finirmi?», nessuno avrebbe reagito. Per troncare la discussione, il medico riprese il suo lavoro e tagliò la scatola cranica.

Nel contempo, un assistente terminò la sutura delle incisioni extra large praticate tra il petto e l'addome, come si tira su la lampo di un giubbotto, mentre l'altro lavava scrupolosamente lo scalpello e le forbici da dissezione, quelle formidabili cesoie che permettono di rompere le costole una per una per raggiungere gli organi vitali. La vittima era stata squartata come un coniglio e poi grossolanamente richiusa; dei campioni di polmone, cuore e fegato fluttuavano in piccoli contenitori pieni di formalina sigillati con cera fresca. Tutti facevano finta di niente. Anche l'ingegnere della Scientifica aveva ricominciato a scattare.

«Vi sarebbe di troppo disturbo aggiornarmi su quello che avete scoperto?»

L'investigatrice aveva gridato per sovrastare lo stridore della sega elettrica.

Stanco di discussioni, il medico legale posò il suo strumento di tortura e alzò la visiera, facendo un profondo sospiro. Odiava essere interrotto nel bel mezzo del lavoro.

«In sintesi, niente da segnalare all'esame esterno. Nessuna lesione, nessun ematoma, nessuna frattura apparente, nessun foro d'entrata o d'uscita di proiettile da arma da fuoco. Un dettaglio: due segni di puntura molto freschi, qui e qui.»

Il medico indicò l'interno dell'avambraccio del defunto. Quell'osservazione fece eco a quella dell'anestesista rianimatore, che aveva notato la stessa cosa all'ospedale Georges-Pompidou.

«Cosa ne deduce?»

«Uno dei punti corrisponde alla cannula usata al pronto soccorso per mettergli la flebo. L'altro potrebbe essere stato causato dall'ago di una siringa o più probabilmente da una cannula precedente, che aveva lo scopo di iniettare un potente anestetico.»

Louise alzò le sopracciglia.

«È stato addormentato?»

Già al pronto soccorso avevano ipotizzato che gli fosse stato somministrato un derivato della morfina.

«Sicuramente. Stamattina presto ho ricevuto i risultati delle analisi tossicologiche chieste dal Georges-Pompidou. Hanno trovato tracce di Sufentanil, ma anche di curaro e di Pentothal. Sono prodotti utilizzati in sala operatoria per l'anestesia generale. In particolare, il Sufentanil è l'oppioide più potente. Evidentemente hanno voluto mantenere la vittima in uno stato di sedazione profonda, il più a lungo possibile, probabilmente allo scopo di praticare un pesante intervento chirurgico.

Louise adesso capiva meglio perché il nuclearista fosse ridotto a un vegetale.

«E che operazione ha subito?»

«Be'... È proprio questo il problema. Tutti gli organi sono integri e, nonostante un'arteriosclerosi piuttosto grave con un rischio significativo di coagulo sanguigno e quindi di embolia, non ho trovato nessuno stent né tanto meno un bypass, che avrebbero potuto giustificare la necessità di un'operazione ingente. Nell'insieme, non è stata rilevata alcuna sutura o alterazione che attesterebbe un intervento di qualsiasi tipo. Per cui è logico che non si trovi nessuna cicatrice post chirurgica sulla vittima.»

Louise sognava una sigaretta o una tazza di caffè, o entrambe. I suoi neuroni si stavano surriscaldando; il dottore giocava con i suoi nervi.

«Allora cosa è successo? L'hanno macellato o no?»

«Per il momento sembra di no.»

«E per quale motivo lo avrebbero addormentato?»

«Per ora non ne ho idea.»

«E la causa della morte?»

«Visto lo stato delle arterie, la vittima era un candidato ideale per un evento cardiovascolare. È sfuggito all'infarto del miocardio ma, tenuto conto della stenosi delle carotidi, può darsi che abbia avuto un ictus ischemico. Le analisi del Pompidou sono eloquenti: hanno trovato tracce di statine e di diuretici. Quindi soffriva di ipercolesterolemia e ipertensione. I suoi polmoni mostrano che era un fumatore, per quanto moderato. A cinquant'anni suonati, collezionava quasi tutti i fattori di rischio.»

Louise ricordò le osservazioni dell'anestesista, che già

il giorno prima ipotizzava un «possibile ictus». Dunque si trattava di questo? Di una stupida morte naturale?

«Sfortunatamente la cosa non regge» sbuffò il medico legale.

Louise si rianimò. Se lo sentiva che il morto non era pulito, che nascondeva un segreto.

«La risonanza magnetica effettuata al pronto soccorso non mostra alcun segno di ictus. In compenso, quando stamattina ho ricevuto le immagini, ho subito individuato una macchia insolita nei nuclei della parte anteriore del cervello. Le ultime immagini sono sfocate e penso che finalmente stiamo per scoprirne il motivo. E per determinare la causa della morte. Sempre se non vi dispiace lasciarmi continuare, ovviamente...»

Louise annuì. Quella vecchia volpe, da anatomopatologo consumato qual era, si era fatto la sua idea fin dall'inizio, ben prima dell'autopsia. Lasciava crescere la suspense, ma sapeva esattamente cosa stava facendo. Louise era spuntata nel momento più opportuno, nel punto culminante dello spettacolo. In fondo, i giochetti di Ceylac le avevano risparmiato una ripugnante macelleria. Le cose serie cominciavano adesso. Ancora una volta tutto avveniva in corrispondenza dell'organo più nobile e misterioso della specie umana: il cervello.

Louise ebbe un conato quando si focalizzò sul volto, cosa che aveva accuratamente evitato fino a quel momento. La testa non aveva più niente di umano: il cranio era stato scoperchiato dall'occipite alle sopracciglia e la pelle ripiegata davanti al viso, lasciando scoperta tutta la parte ossea. Il vicedirettore del CEA era stato letteralmente scotennato... Naturalmente era abituata. Naturalmente era una cosa che non era mai riuscita davvero a reggere. Con uno stridore insopportabile, il medico riprese a incidere il cranio fino alla dura madre. Vernay distolse lo sguardo per evitare di vomitare la colazione. Come facevano i medici legali a trapanare cadaveri per tutto il giorno? Bisognava essere svalvolati.

Il lavoro delle cesoie sembrava durare in eterno. Non si ha idea di quanto sia solido il casco che ci fa da testa. Dopo tre lunghi minuti, il dottore completò il taglio. Afferrò l'osso frontale e lo tirò all'indietro con entrambe le mani, in modo tale da scoperchiare il cranio della vittima. Apparve una massa viscida: dei filamenti gelatinosi si allungavano ancora tra il cervello e l'osso staccato. Senza perdere tempo, appollaiato sul suo sgabello, il medico prese un bisturi sottile e cominciò a incidere le prime pieghe spugnose. Procedeva con delicatezza e cautela, aprendo lentamente i grumi rugosi di materia cerebrale fino alla zona più profonda dell'encefalo.

Evidentemente non voleva prelevare il cervello nella sua interezza per esaminarlo sul tavolo, sebbene quella fosse la procedura abituale. Anche gli assistenti sembravano stupiti. Forse temeva di alterare o rompere qualcosa di fragile? Per il momento rovistava, curvo su ciò che restava della testa della vittima. Di tanto in tanto gettava un'occhiata alle immagini della risonanza magnetica, come per orientarsi.

Louise provò dapprima una sensazione di disgusto, di fronte a quel corpo flaccido e massiccio, la cui testa scuoiata e segata aveva un che di urtante. Poi un ghigno nervoso si dipinse sulle sue labbra. A guardarlo bene, con le sue enormi cicatrici e il cervello all'aria, sembrava proprio una creatura formata da un ammasso di membra provenienti da più cadaveri, e il medico legale una specie di Victor Frankenstein pronto a dargli vita armeggiando con le sue cervella. Quel pensiero la rilassò e le rese la scena più sopportabile.

«Pinzette!»

Uno degli assistenti porse un paio di sottili pinze chirurgiche al medico, che le spinse lentamente fino in fondo al cervello.

«Ecco, ti ho presa...»

Estrasse un rettangolino metallico, affilato come la lama di un taglierino. Si girò verso il lavandino in acciaio inox fissato al tavolo da dissezione e ripulì il suo ritrovamento sotto un piccolo getto d'acqua. L'artista del bisturi pareva soddisfatto. Molto soddisfatto, addirittura.

«Ecco cosa potrebbe averne provocato la morte. Il nostro amico già non era al massimo della forma, ma questo minuscolo intruso gli avrà dato il colpo di grazia.»

«Cos'è?» farfugliò Ceylac.

«Non lo so esattamente, ma così su due piedi vi posso dare la mia opinione sulla causa del decesso: arresto cardiorespiratorio in seguito alla lacerazione dei nuclei del cervello anteriore fino al romboencefalo.»

I sei camici che lo circondavano rimasero a fissarlo con aria inebetita. Nessuno aveva capito un'acca di quella filastrocca. Il medico legale riprese con fare goloso.

«Le ultime immagini della risonanza magnetica sono sfocate, e per un buon motivo: i tessuti cerebrali si sono surriscaldati e con loro tutta la testa, rendendo impossibile la produzione di una fotografia nitida. Il fatto è che, all'interno, questo pezzetto di metallo, con ogni probabilità costituito da una lega ferromagnetica, ha interagito fortemente con il potentissimo campo magnetico della risonanza. E, come si può vedere dall'esame interno, i nuclei del corpo striato ventrale sono stati lacerati e il pezzo di metallo si è spostato fino al bulbo rachidiano.»

«E siccome il bulbo rachidiano presiede alle funzioni automatiche come la respirazione e il ritmo cardiaco, il tizio è morto all'istante...» balbettò l'ingegnere della Scientifica, compiacendosi di quei vaghi ricordi delle lezioni di anatomia.

«Esatto. È la prima volta in tutta la mia carriera che mi imbatto in un omicidio del genere, che definirei ingegnoso e persino spettacolare. Una scommessa pazzesca, tra l'altro, visto che implicava che il paziente finisse con la testa in un macchinario per la risonanza magnetica e non sotto uno scanner radiologico.»

Ceylac si massaggiava il mento e faticava a seguire il discorso.

«Cioè, lei ci sta dicendo che qualcuno ha deliberatamente ficcato quel pezzetto di metallo tagliente nel suo cervello con la speranza che venisse sottoposto a una risonanza magnetica? Ma... confesso che non ho ben capito in che modo quel tipo di esame abbia potuto provocare dei danni simili...»

Il medico riprese in tono accademico.

«La risonanza magnetica è composta da un magnete potentissimo a forma di anello, che agita gli atomi di idrogeno in modo tale da allinearli nella stessa direzione. Dopodiché, questi atomi vengono messi in risonanza, da cui il nome dell'esame, immagine a risonanza magnetica. Se si introduce un pezzo di ferro, cobalto o nichel – o una lega di questi tre metalli – vicino al magnete o nel corpo del paziente, verrà inevitabilmente attirato con grande forza verso le pareti dell'anello. È esattamente quello che è successo. Il pezzo di metallo è stato attirato verso il magnete e ha lacerato tutto lungo il suo percorso. Se l'esame fosse durato sufficientemente a lungo, avrebbe persino potuto perforare la pelle nella parte superiore del collo e finire appiccicato all'anello. Come una pugnalata al contrario, se preferite, con una lacerazione dall'interno verso l'esterno.»

Un silenzio di piombo salutò le rivelazioni del medico legale. Bisognava digerire quelle informazioni e le spiegazioni tecniche. E poi bisognava lasciarsi trasportare dall'immaginazione per riuscire a cogliere tutta la perversità e la complessità di quella messinscena.

«Ma... lei per primo dice che non c'è nessuna cicatrice, nessuna traccia di operazione chirurgica: come ha fatto l'assassino a mettergli quella cosa nel cranio?»

A mo' di risposta, il medico legale si chinò sul viso della vittima, sollevò la pelle dello scalpo che lo ricopriva e si divertì ad armeggiare con le narici. Poi prese un segaossa e senza scomporsi tranciò il naso dall'alto al basso. Quindi spolverò la cavità e indicò la sommità delle fosse nasali.

«Hanno infilato quella roba per di qui. Il naso comunica direttamente con il cervello tramite il bulbo olfattivo. Sarà bastata un'incisione nell'osso etmoide, estremamente sottile e già di per sé pieno di fori per lasciar passare i nervi olfattivi. Niente di più semplice, e abbastanza discreto da far sì che non ci si accorga di nulla. Ma se si porta alla luce la cavità nasale, illuminandola a dovere, si riesce a vedere bene l'incisione, che è stata cauterizzata con cura. Siccome i nuclei del cervello anteriore sono proprio contigui, è bastato semplicemente spingere un po'.»

«E la cosa richiede una massiccia anestesia totale?»

«In linea di massima no, ma se capisco bene la loro logica,

hanno cercato di far ricoverare la vittima e di fare in modo che venisse sottoposta a una risonanza magnetica. Era dunque necessario che presentasse una perdita di conoscenza e dei segni clinici preoccupanti, compatibili con un ictus o un'emorragia cerebrale. La sedazione profonda, una specie di coma artificiale, è un espediente eccellente.»

Dietro la mascherina, Louise non riusciva più a respirare. Dai tempi del Covid e dei lockdown non sopportava più quella costrizione. Abbassò il pezzo di tessuto e inspirò profondamente. Il feroce e imprevisto sezionamento del naso della vittima l'aveva disgustata. Urtò Ceylac, che si era chinato sul cadavere, come per verificare di persona quelle informazioni – cosa che non era assolutamente in grado di fare – e si avvicinò al medico legale.

«Quindi, se ho capito bene, si tratta senza ombra di dubbio di un omicidio?»

«Ne sono sicuro. Se il paziente non fosse stato sottoposto a una risonanza magnetica, forse avrebbe potuto scamparla, ma certamente avrebbe subito una menomazione grave.»

Louise afferrò l'arma del delitto con le pinzette che il medico legale aveva depositato in una specie di ciotola d'acciaio. Osservò il sottile pezzo metallico, i cui bordi taglienti brillavano sotto la luce delle lampade scialitiche. Rimase impietrita.

«C'è una scritta. È minuscola, ma c'è, ne sono sicura.»

Il medico legale porse una lente di ingrandimento all'investigatrice, che stringendo gli occhi provò a decifrare i caratteri infinitesimali.

«"Il peccatore… condotto da Caronte attraverso l'Acheronte… andrà dalla città rossa al nono cerchio di ghiaccio… e poi perirà per la collera del cerchio più piccolo."»

Capovolse la lamella affilata e scoprì una figura circolare, di forma vagamente ovale, con una cifra incisa proprio al centro.

Il numero 6.

Come sulla placca trovata nel cranio di Marie Curie.

6

Venerdì 5 aprile 2024
Parigi, XII arrondissement
Ore 14 e 17

Il gruppo di Ceylac si era riunito al gran completo.

L'ufficio 612, solitamente freddo e scialbo come tutto il resto del palazzo, si era trasformato in un incasinatissimo quartier generale: muri e tavoli erano disseminati di foto delle vittime – comprese quelle, rivoltanti, dell'autopsia del mattino –, ma anche di ingrandimenti delle sottili lamelle metalliche rimosse dal cervello dell'alto funzionario del CEA e dal cranio di Marie Curie.

Accanto a Lorrain Ceylac e a Bachir Belaïd, il suo vice, si ammassavano il capitano Noah Filhol, il procedurista che aveva lavorato senza sosta sulla scena del crimine e durante tutta l'autopsia, e due sottufficiali che completavano la squadra: il maggiore Emma Mascret – una donna nel fiore degli anni, a cui avevano affibbiato l'affascinante nomignolo di «Mama» – e il brigadiere capo Raphaël Beauché, detto «Malcostume» per via del suo precedente incarico nella Buoncostume. Erano tutti chini sull'iscrizione.

«"Il peccatore condotto da Caronte attraverso l'Acheronte"... Dunque, siamo in piena mitologia. Caronte...»

Belaïd faceva scorrere l'indice sullo schermo del cellulare.

Come tutti gli scansafatiche, si limitava a sbirciare su Wikipedia.

«"...Caronte è il traghettatore degli Inferi. È suo compito far attraversare il fiume Acheronte alle anime di tutti coloro che devono entrare nel regno dei morti. Esecutore del destino che regge la vita degli esseri umani, Caronte non risparmia né la gioventù, né la bellezza, né il valore."»

Il che non prometteva nulla di buono.

«In greco antico viene chiamato lo "psicopompo".»

Dei sorrisetti si dipinsero sulle loro labbra. Beauché si immaginò una specie di creatura mostruosa col cervello abnorme alimentato da una pompa. Emma si figurò piuttosto un vecchio sadico avido di fellatio.

Ceylac, visibilmente prostrato dall'insipienza dei colleghi, fece un respiro profondo e si mise a declamare.

«"Caronte custodisce queste acque e il fiume e, orrendo nocchiero, a cui una larga canizie invade il mento, si sbarrano gli occhi di fiamma, sordido pende dagli omeri il mantello annodato". Sono versi tratti dall'*Eneide* di Virgilio.»

Virgilio? A Belaïd e a Malcostume quel nome non diceva un bel niente. Quanto a Mama e al procedurista, ne avevano sentito parlare ma evidentemente non l'avevano mai letto.

Ceylac li squadrò a labbra strette, sempre felice di spargere il suo sapere. Non era mai stato capace né di dirigere i suoi uomini né di mostrare alcuna autorità naturale. Governava il gruppo tramite la sua presunta superiorità intellettuale, che in realtà era una forma di disprezzo.

Quell'atteggiamento irritava Vernay al massimo grado. La detective se ne stava seduta in un angolo, vicino alla finestra dal vetro fumé, e fissava il balletto delle macchine sul boulevard Berthier, sei piani più in basso.

Belaïd riprese la sua analisi letteraria.

«Dunque, il messaggio prosegue dicendo che il peccatore andrà dalla città rossa al nono cerchio di ghiaccio.»

Il vice esitò prima di rituffarsi nel web e si voltò verso il suo capo.

«Ovviamente tu sai di cosa si tratta...»

«Il nono cerchio di ghiaccio è l'ultimo cerchio dell'Inferno secondo Dante Alighieri.»

Ceylac, che aveva preparato con cura la messinscena, aprì il suo cassetto, ne estrasse un tascabile e lo gettò sul tavolo, in mezzo al guazzabuglio di foto, una più inquietante dell'altra. Dante, *Divina Commedia. Inferno*.

«Nell'*Inferno*, la prima cantica della *Divina Commedia*, incontriamo Dante in persona, accompagnato da quel Virgilio che vi ho appena citato. Ve lo ricordate?»

Silenzio. Nel frattempo, Louise se la rideva.

«Il poeta latino... Ve ne ho parlato ventisette secondi fa...»

Silenzio di tomba.

«Va be', pazienza. Insomma, Dante e Virgilio varcano le porte dell'Inferno e attraversano l'Acheronte grazie a Caronte. Poi visitano i cerchi dell'Inferno, uno per uno. Incontrano decine di anime dannate, costrette a giacere per l'eternità in condizioni più o meno crudeli a causa dei loro peccati.»

Prese un foglio A4 e disegnò una specie di imbuto, che suddivise in diversi scomparti, come altrettanti piani di un missile piantato a testa in giù. Poi recitò la lezione che aveva ripassato alcune ore prima.

«Nella parte più alta, il Limbo forma il primo cerchio, che è anche il più largo. Quindi, Dante e Virgilio scendono e incontrano in sequenza le anime punite per la lussuria e per l'ingordigia. Nel quarto cerchio ci sono gli avari. Nel quinto gli iracondi. Nel successivo gli eretici. Nel settimo i violenti. Poi i fraudolenti. In pratica, i sette peccati capitali. Infine raggiungono l'ultimo cerchio, dove risiede Lucifero. In quella nona fossa, la più profonda, si ritrovano sulle rive di un lago. I corpi dei traditori dei parenti – il crimine morale più grave, secondo Dante – sono imprigionati nel ghiaccio. Possono muovere soltanto la testa, e i loro occhi versano lacrime che si congelano all'istante.»

Un brivido percorse i poliziotti della Omicidi. Con quel

genere di citazioni, non riuscivano a capire dove l'assassino volesse andare a parare, al di là di voler fare il sofisticato.

«E la "città rossa" cos'è?» domandò Belaïd.

«Qui, confesso...»

Ceylac aveva balbettato, indispettito. Afferrò il libro e lo sfogliò velocemente, in cerca di un'eventuale menzione. Filhol, che continuava a navigare su internet, colse la palla al balzo.

«A quanto pare, "città rossa" è un'espressione architettonica che indica le città di Bourges, Lione, Le Mans, Limoges... Ma anche Albi, Bologna, Timimoun e Marrakech.»

«Ah be', fantastico, sarà facile indagare... Se bisogna frugare in tutti quei posti...»

Beauché stava già piantando delle puntine dalle capocchie colorate sul planisfero appeso di fianco alla porta.

«Malcostume, Timimoun è in Algeria, non in Marocco.»

Mama passava spesso le vacanze in Maghreb.

«E non è tutto» rincarò il procedurista. «Se consideriamo le città dalle tinte ocra, allora si può estendere la definizione a Collonges-la-Rouge, a Petra in Giordania, a Jaipur in India, a Sedona in Arizona...»

Il brigadiere capo, disgustato, gettò la scatola delle puntine sulla scrivania.

«Per il momento, della città rossa ce ne sbattiamo.»

I cinque investigatori del gruppo di Ceylac puntarono all'unisono lo sguardo verso la finestra.

Louise, sempre raggomitolata sulla sua seggiola, aveva parlato in modo calmo ma tagliente.

Stava osservando la loro scenetta dall'inizio senza imparare niente di nuovo. Al contrario.

Fin dal primo messaggio pronunciato dal motociclista misterioso vicino all'ospedale Georges-Pompidou, ripetuto poi sulla lamella metallica di Marie Curie, Vernay aveva subito pensato all'*Inferno* di Dante. L'inizio della frase, «Tutti i coperchi saranno tolti, e da dentro usciranno le grida degli eresiarchi e dei discepoli di ogni setta», era una frase ispirata al decimo canto della famosa cantica, come Google le aveva permesso di scoprire. Si era confidata con Ceylac, che adesso poteva farsi bello, dato che aveva approfittato di quell'informazione per ripassare il poema di Dante.

Il seguito della frase, in compenso, era frutto di un'improvvisazione sul tema e non figurava esplicitamente nel testo, almeno nella traduzione che Vernay aveva potuto consultare. «Costui soffrirà come gli altri, dal suo sepolcro rovente» indicava dunque in particolare la vittima. Perché doveva soffrire? Quale crimine o peccato aveva commesso? Erano quelle le vere domande. All'investigatrice non interessava tanto l'analisi parola per parola, quanto il sottotesto e i sottintesi.

«E perché dovremmo sbattercene della "città rossa"?»

Il comandante aveva parlato con una voce acuta che trasmetteva la sua esasperazione.

«Perché le vere domande sono altrove. Del resto, la trovata dell'*Inferno* di Dante è piuttosto rozza.»

«Rozza?» si strozzò Ceylac. «Trovi che provocarci con dei riferimenti a Dante sia rozzo?»

Louise fece un sospiro stanco. Alzò svogliatamente il braccio come per dire: «Lascia perdere».

«Io... devo ammettere che sono abbastanza d'accordo con la commissaria.»

Emma Mascret aveva parlato con voce esile, per paura di farsi sgridare. Prendeva timidamente le parti della sua superiore. Solidarietà femminile? La menzione del grado di Vernay irritò Ceylac, che le lanciò un'occhiataccia.

«Innanzitutto cosa ne sai tu, di cosa è rozzo o no?»

Mama gonfiò il petto; il tono arrogante del suo capo non le piaceva per niente.

«Be', anch'io trovo piuttosto banale il richiamo all'*Inferno*. Suona un po' posticcio, no? Roba da thriller da due soldi. O forse l'assassino è uno scrittore di polizieschi a corto di ispirazione... Non tutti possono essere Olivier Norek o Franck Thilliez.»

«Leggi i thriller?» esclamò Malcostume, stupito da quei riferimenti.

«Non solo. Li scrivo anche.»

Il suo collega cadde dal pero. Tutti sapevano che a Mama piaceva scribacchiare, e non solo gli atti procedurali. Tutti tranne lui.

«D'altronde manderò il mio ultimo manoscritto al Premio *Quai des Orfèvres*.»

Beauché fece un fischio ammirato.

«SILENZIO!»

Ceylac era furioso. Aveva urlato tanto da far tremare le foto sui muri.

«Abbiamo tre cadaveri per le mani, più un'icona nazionale decerebrata in pieno Panthéon! E uno o più schizzati che si prendono gioco di noi con delle citazioni da sociopatico. Credo che il tutto meriti un minimo di rispetto e di concentrazione!»

Rivolse le pupille dilatate verso Vernay.

«Quanto al tuo giudizio sull'*Inferno*, possiamo farne a meno. Ci interrompi, ci distrai, ma non proponi niente.»

«Devi solo lasciarmi parlare.»

Ceylac girava a vuoto, mezzo isterico, a corto di argomenti.

«Bene... Avanti! Avanti! Siamo tutt'orecchi!»

Louise si alzò lentamente e avanzò fermandosi proprio di fronte ai colleghi.

«Dunque, nel primo messaggio si parla di eretici e dei loro discepoli. E va bene, perché, se giriamo la minuscola lamella trovata nel cranio della Curie e quella infilata nel cervello di Eyrolles, il tizio del CEA, abbiamo in entrambi i casi un cerchio un po' impreciso e, all'interno, un solo e unico numero. E secondo voi a cosa si riferisce questo 6?»

«Be'... io penso che sia il VI arrondissement» disse Belaïd.

Vernay ammutolì. Non era per niente la risposta che si aspettava.

«Perché quello strano cerchio assomiglia ai contorni di Parigi. Guardate.»

Il capitano si avvicinò alla mappa, quasi sempre presente negli uffici pubblici, che raffigurava Parigi e i tre dipartimenti limitrofi che costituivano la cosiddetta «piccola corona». La cartina riproduceva la zona di intervento tradizionale della BC, la Brigata Anticrimine della Direzione regionale della polizia giudiziaria: Parigi, Hauts-de Seine, Seine-Saint-Denis e Val-de-Marne.

«Come potete vedere, il VI arrondissement collega il V, dove si trova il Panthéon, e il XV, dove il tizio del CEA è stato buttato a terra per poi schiattare al pronto soccorso. Penso che sia un grosso indizio rispetto alla prossima consegna.»

«Quale consegna?» balbettò Mama.

«La prossima vittima.»

Louise e Ceylac avevano risposto contemporaneamente; si scambiarono un'occhiata priva di qualsiasi complicità. Era l'unico loro punto d'accordo, fino a quel momento. Proprio come Belaïd e Filhol, erano convinti che simili messinscene facessero presagire un seguito raccapricciante. E che probabilmente ci sarebbero stati altri omicidi. Evidentemente era cominciato un macabro conto alla rovescia, scandito da una successione di nuovi messaggi in codice – rozzi o meno che fossero – legati all'*Inferno* dantesco.

«Niente male, Belaïd» ammise Vernay. «Potrebbe avere un senso. Dobbiamo ragionarci sopra.»

Obbedendo a un riflesso pavloviano, Malcostume prese una puntina rossa e la infilzò nella cartina proprio al centro del VI arrondissement.

«Io credo piuttosto che il 6 sia più semplicemente un riferimento al sesto cerchio dell'Inferno» riprese Louise. «La prima citazione proviene dal decimo canto, che descrive nel dettaglio il sesto cerchio. Quello degli eretici e dei "seguaci della loro setta". Dato che il numero era inciso su tutte e due le lamelle che abbiamo trovato, è un po' come se Marie Curie venisse indicata come l'eretica suprema, per aver scoperto la radioattività e maneggiato i primi materiali che emettevano radiazioni: radio, polonio. Ed è come se Eyrolles, vicedirettore delle applicazioni militari del CEA, che quindi lavorava sulla bomba atomica e sulle armi nucleari in generale, fosse, un secolo più tardi, uno dei suoi degenerati adepti. "Un seguace della setta" di Marie Curie.»

«La setta dei nuclearisti?» ipotizzò Filhol.

«Esatto. La setta di quelli che hanno scoperto il potere dell'atomo e lo hanno progressivamente trasformato in un'arma mostruosa. Poi si parla di "sepolcri roventi". La bara di Marie Curie originariamente era molto radioattiva, e quindi molto calda. Quanto a Eyrolles, si potrebbe dire che anche lui ha esalato il suo ultimo respiro in una tomba rovente. Sdraiato in un anello con un campo elettromagnetico così forte da ridurgli la testa in gelatina.»

Ceylac sembrava dubbioso. E non soltanto per partito preso.

«Okay, però la tua interpretazione è molto banale, molto terra terra.»

Uno pari, palla al centro.

«Troviamo inciso un 6, è il sesto cerchio. Sono degli eretici. Dei malvagi nuclearisti. Ma ti ricordo che la Curie non aveva la minima idea di cosa maneggiava. E che pensava che le sue scoperte avrebbero avuto degli utilizzi positivi. Non le si può rimproverare di aver voluto inventare le armi nucleari. A quel punto guardiamo agli studi di Einstein, piuttosto. Non a Marie Curie.»

«Hai ragione» concesse lei. «La Curie non è certo il bersaglio giusto. Ma probabilmente i killer non avevano Einstein sottomano...»

Subito Louise pensò che doveva indagare sullo scienziato tedesco. Dov'era sepolto? E se avessero cercato di impadronirsi anche del suo cervello? Alla fin fine, non era un'idea così stupida.

«Intanto bisogna concentrarsi sui fatti. E i fatti sono evidenti: abbiamo a che fare con uno o più individui molto organizzati, capaci di mobilitare delle vere e proprie squadre d'assalto e di percorrere le gallerie di Parigi quasi senza lasciare traccia. Per non parlare dei loro omicidi a sangue freddo. Sono estremamente pericolosi.»

I poliziotti della Omicidi annuirono in silenzio, con le facce serie. Non sarebbe stata una passeggiata.

«E la cosa più folle è questa faccenda della risonanza magnetica. La coltellata dall'interno. È semplicemente geniale. Il tizio che ha immaginato una cosa del genere deve essere per forza un iperdotato, una persona ad alto potenziale cognitivo o qualcosa del genere. È uno scienziato, oppure è circondato da medici e scienziati. Per noi è una fortuna: una simile organizzazione, un simile profilo, non sono comuni.»

«Hai delle piste?» domandò Noah Filhol.

«Non proprio. Ma potremmo concentrarci sull'ambiente medico e della ricerca. Per esempio quello della fisica nucleare. A cominciare da tutti i colleghi di Eyrolles, al CEA.»

«Ho iniziato stamattina» si rianimò Emma Mascret. «Sono distrutti. Il tizio aveva una buona reputazione. Non era il tipico stronzo che alcuni potrebbero aver voglia di ammazzare. Gaudente, sempre pronto a fare bisboccia. Non era neanche il tipo del ricercatore ascetico che vive in un mondo parallelo. Al contrario, era empatico. Forse anche troppo.»

«Cosa vuoi dire?»

«Non so... Ho l'impressione che le persone lo trovassero un po' invadente. Si immischiava in tutto, si interessava a ogni cosa. Faceva gli straordinari. Gironzolava per i laboratori fino a tardi.»

«Era pur sempre il vicecapo, no?» ribatté Malcostume.

«Certo. Ma si tratta di attività molto delicate. Sono tutti un po' paranoici, laggiù. Non bisogna dimenticare che la DAM è sotto una duplice tutela: quella della ricerca pubblica e quella dell'esercito.»

«E allora?» insistette Beauché, la cui curiosità era stata stuzzicata.

«Niente, solo un'intuizione. Era benvoluto ma qualcuno si faceva delle domande. Esagerava un po', per dirla altrimenti. Al punto in cui siamo, è ovvio, non significa niente. Ma penso che bisognerebbe indagare sulla sua vita, sul suo entourage.»

«Ottimo, Mama. Continua.»

Tutti si girarono verso Ceylac. Un complimento? Un incoraggiamento? Il carattere del tizio del CEA lo stava influenzando o cosa? Era la prima volta che non si compiaceva solo di sé stesso... Louise spense subito gli entusiasmi.

«Piano coi sogni. Le forze armate tengono gli occhi aperti, e penso che non avremo accesso a un bel niente. Appena cercheremo di entrare nel vivo, nei dettagli, ci ritroveremo davanti il buon vecchio segreto militare. Bisogna giocare d'astuzia per contattare gli ingegneri, i ricercatori che frequentava quotidianamente, e farli parlare delle sue attività. Delle attività di tutti loro. La chiave è lì. Una chiave per il momento nascosta in una graziosa cassaforte coperta da un grande timbro con scritto "top secret".»

Ci fu un breve silenzio.

«Okay, forza, mettiamoci al lavoro» sbuffò Ceylac. «Mama, tu continua a seguire la pista di Eyrolles e a frugare nella sua vita. Noah, tu occupati degli esami e dei risultati delle analisi di laboratorio, e cerca di saperne di più su questa faccenda della risonanza magnetica. Perché resta un grosso interrogativo: come potevano essere sicuri i killer che a Eyrolles avrebbero fatto una risonanza magnetica e non una TAC? Stamattina il medico legale ci ha detto che la cosa più logica – e la più rapida – sarebbe stata una TAC al cervello.»

«Mi ricordo che ieri il medico del pronto soccorso era arrabbiato perché le tre TAC erano rotte» confidò Louise. «Due erano in manutenzione e la terza fuori uso da diverse ore. È stato costretto a ripiegare sulla risonanza magnetica.»

«Sono stati capaci di penetrare nel Panthéon attraverso le gallerie sotterranee e scavando nella pietra. Potrebbero benissimo aver sabotato le TAC» osservò Belaïd.

«Hai ragione. Allora torna al pronto soccorso e cerca di capire cos'è successo. Chi si è avvicinato alle TAC? Come si sono rotte? Ci servono dei testimoni. Dobbiamo ricostruire le ore che hanno preceduto le due operazioni.»

Ceylac, particolarmente loquace – era a un passo dal suscitare l'ammirazione dei colleghi – si rivolse poi a Raphaël Beauché.

«Tu corri nei sotterranei, ricostruisci il loro percorso. Da dove sono entrati nelle gallerie prima di arrivare sotto al Panthéon? Sono stati trovati dei varchi d'accesso alle catacombe forzati o aperti? Una squadra d'assalto di questo genere lascia qualche segno, per forza. Portati la Scientifica, voglio che passiate tutto al setaccio.»

Dopo aver distribuito i compiti ai quattro colleghi, il comandante si girò verso l'unica persona che non aveva ancora ricevuto alcuna missione.

«Quanto a te, Louise...»

L'investigatrice corrugò le sopracciglia. Avrebbe osato darle un ordine? A lei? Si stava già preparando a spaccargli la faccia.

«Fai come sei abituata. Da sola, per conto tuo. Ciao.»

L'ufficiale la lasciò lì, come uno stronzo fumante, richiudendosi la porta alle spalle. Tutti se n'erano andati a lavorare sul campo ed era evidente che non avevano la minima voglia di accollarsi l'elemento estraneo.

Vernay accusò il colpo. Si lasciò cadere su una sedia, davanti alla scrivania piena di documenti e fotografie. Lo sguardo le cadde sulla cartina di Parigi appesa al muro.

Era vero, assomigliava al cerchio irregolare sulle due lamelle metalliche.

Era così semplice? Il prossimo omicidio o la prossima profanazione sarebbero avvenute nel VI arrondissement?

Forse si stava sbagliando. Se fosse stata lei a prendere la strada più banale? Se il gruppo di Ceylac avesse avuto ragione a scavare nei messaggi ispirati all'*Inferno*?

Anche la sua ipotesi su Marie Curie, «eretica in capo», non era molto convincente.

E bisognava riconoscere che Ceylac non aveva torto. Einstein era il vero precursore della bomba atomica. Lei d'altra parte si era posta una domanda legittima: che si stessero preparando a prelevare il cervello del genio tedesco, o quello che ne restava? Se il prossimo obiettivo fosse stato proprio lui?

Un barlume di speranza attraversò la mente di Louise. Magari sarebbe riuscita a battere sul tempo quei pazzi scatenati.

Prese lo smartphone, aprì Google e digitò in fretta: *Dov'è sepolto Einstein?*

La risposta la colpì come una frustata.

Non esiste una tomba di Albert Einstein. Le sue ceneri sono state sparse in un luogo tenuto segreto, conformemente alle sue ultime volontà. Ma prima, nonostante il testamento, il suo cervello è stato trafugato.

Louise rimase senza fiato.

Il suo cervello era *già* stato rimosso.

7

Lunedì 18 aprile 1955
Princeton, New Jersey, Stati Uniti

Thomas Stoltz Harvey era stato buttato giù dal letto a notte fonda da una telefonata improbabile.

«Il dottor Einstein è appena deceduto. La famiglia desidera un'autopsia. Il prima possibile.»

La sveglia segnava l'1 e 30.

Harvey non ne sapeva nulla, ovviamente. Aveva trascorso il fine settimana sulla costa a coccolare la sua due alberi ed era rientrato la sera tardi. Dormiva da appena due ore quando il trillo del telefono l'aveva svegliato di soprassalto.

«Il dottor Einstein? Albert Einstein?»

Una botta di adrenalina gli si era riversata nelle vene. Si era rimesso i vestiti del giorno prima e si era gettato in macchina senza neanche lavarsi i denti.

Harvey dirigeva il reparto di anatomopatologia dell'ospedale di Princeton, a due passi dal prestigioso ateneo statunitense che formava una buona parte delle élite del Paese, tra cui l'ex presidente Woodrow Wilson e il miliardario Laurance S. Rockefeller. Quest'ultimo aveva appena acquistato un modesto terreno di duemila ettari sulla paradisiaca isola di Saint-John, nei Caraibi...

La cosa faceva ovviamente sognare Harvey, che si immaginava di costeggiarne le rive con la sua povera barchetta da dodici metri per venire infine accolto in gran pompa dall'erede dei Rockefeller.

Ma non aveva compiuto nulla di eccezionale che potesse far balenare la possibilità di un trattamento simile.

Nulla eccetto forse una minuscola prodezza: era sopravvissuto alla tubercolosi, che l'aveva costretto a sospendere gli studi di medicina e a marcire per due anni in un sanatorio del Connecticut.

Altri non avevano avuto quella fortuna, né il suo coraggio. Marie Curie era morta nello stesso momento in un sanatorio dell'Alta Savoia, dall'altra parte dell'Atlantico. Chiaramente non avevano la stessa età e nemmeno la stessa patologia, ma quella coincidenza gli aveva dato forza.

Tolta quella ridicola vittoria sulla malattia, non aveva alcun motivo di attirare l'attenzione di Rockefeller.

Harvey mordeva il freno e, nonostante un'onorevole carriera accademica, non riusciva a farsi notare e a entrare nel novero dei *grandi*.

Fino a quella notte.

A quarantadue anni, forse avrebbe ottenuto la sua consacrazione.

Alla 1 e 44 entrò in reparto e raggiunse la sala settoria più grande. L'edificio sonnecchiava; l'attività notturna ridotta e le luci fioche rendevano il momento ancora più straordinario, quasi sovrannaturale.

Un inserviente aveva già trasferito il cadavere dello scienziato sul tavolo di acciaio inox. Il corpo era coperto da un lenzuolo candido.

Ancora prima di scostarlo, come per prolungare il piacere, Harvey consultò il resoconto dei colleghi. *Domenica 17 aprile, ore 16 e 45: il dottor Einstein arriva in ambulanza. Lamenta forti dolori addominali che impediscono le palpazioni di prassi.* Il medico legale conosceva il domicilio del premio Nobel, frequentato da numerose personalità. Era stato lì che il fisico aveva cofirmato la lettera con cui Roosevelt veniva incoraggiato a dotarsi di armi nucleari. L'abitazione si trovava a non più di duecento metri dal centro ospedaliero; l'ambulanza aveva sicuramente impiegato meno di cinque minuti per arrivarci. *Diagnosi: colecistite acuta con evoluzione in peritonite. Ore 17 e 45: preparazione della sala operatoria in previsione della rimozione della cistifellea. Ore 18: il dottor Einstein rifiuta di sottoporsi all'operazione. Dichiara: «Desidero morire quando voglio. Non è mio interesse prolungare la vita artificialmente. Ho fatto la mia parte, è ora che me ne vada. Lo farò con eleganza».*

Il chirurgo accennò un sorriso ammirato. Il genio tedesco aveva decisamente del fegato.

Alla pagina seguente era riportata la richiesta dei famigliari: *Autopsia per l'accertamento delle cause reali della morte.* Poi le istruzioni: *Conformemente alle ultime volontà del dottor Einstein, il corpo sarà cremato e le sue ceneri sparse in un luogo tenuto segreto.*

Questa volta, Harvey aggrottò le sopracciglia. Una cremazione, che bestemmia! Lui, quacchero praticante, non avrebbe mai pensato a una cosa simile. Voleva essere sepolto accanto ai suoi genitori, dopo una commemorazione tenuta dalle persone a lui più vicine della Società religiosa degli amici, la comunità cristiana di cui era un membro fervente. Rileggendo il resoconto e le ultime parole di Einstein, capì che lo scienziato intendeva agire nella morte così come aveva fatto durante tutta la sua vita: con grandissima modestia e discrezione. Il genio non aveva alcun desiderio di diventare un'icona, e ancora meno l'oggetto di un eventuale culto che qualcuno avrebbe potuto tributargli, per esempio venerandone il sepolcro. Ma questo poneva un grosso problema... Quelle ultime volontà non piacevano a Harvey.

Così, prima di operare, congedò l'inserviente.

Voleva agire da solo. Sarebbe stato il *suo* momento. Stava per dissezionare il più grande genio di tutti i tempi e indubbiamente per entrare nella storia.

Il medico legale recitò una breve preghiera, si fece il segno della croce e scostò il lenzuolo bianco.

Che shock!

Il corpo pallido di Einstein giaceva disteso come un volgare quarto di manzo. Le sue carni erano avvizzite. Aveva settantasei anni; i gonfiori sparsi e il vello di peli bianchi che ne ricopriva il torso lo riconducevano al suo stato di comune mortale. Come poteva un dio vivente apparire così simile agli altri cadaveri che l'anatomopatologo aveva sezionato durante la sua carriera?

Era davvero la sola e autentica forma di uguaglianza al mondo. Alla fine, ci riduciamo tutti a un mucchio di carne e ossa senza vita.

Ciò che segue, in compenso, ripristina una gerarchia. Einstein sarebbe andato in Paradiso, senza alcun dubbio. Harvey si chiese quanti dei suoi *clienti* refrigerati avessero meritato quel coronamento supremo... E quanti invece sarebbero riusciti a guadagnarsi soltanto il premio di consolazione del Purgatorio? E quanti ancora sarebbero sprofondati nelle tenebre ardenti? Quelle domande lo fecero subito pensare al celebre quadro di Botticelli e alla sua rappresentazione dell'Inferno basata su Dante. Quel capolavoro lo colpiva da sempre, e aveva trascorso lunghe notti immerso nella sua lettura: la *Divina Commedia* era uno dei libri che amava di più. Quando tagli cadaveri per tutto il giorno, quando la morte ti fissa da mille volti, non puoi fare a meno di interrogarti sui misteri celesti e sulle decisioni «di smistamento» dell'Onnipotente.

Ma quale sorte attendeva lui, Thomas Stoltz Harvey?

La sua promiscuità con la morte rendeva la questione più pregnante che mai.

Doveva distinguersi. Meritare il Paradiso in Terra come in Cielo.

Harvey osservò nel dettaglio quel volto familiare. I capelli arruffati, le palpebre cadenti, e naturalmente gli incredibili baffi. Si aspettava che lo scienziato aprisse improvvisamente gli occhi bonari e gli facesse una linguaccia, come sulla famosa foto scattata cinque anni prima. Poi afferrò un bisturi, lo affondò appena sotto lo sterno e praticò un'incisione fino al pube. Un movimento sicuro, perfettamente rettilineo, senza la minima ombra di emozione. Immediatamente l'odore di uova marce dell'idrogeno solforato che macerava nelle viscere si diffuse per tutta la stanza. Harvey non ci faceva più caso da tempo, tanto più che la mascherina di stoffa lo proteggeva in parte da quei sentori nauseabondi.

Gli bastarono due minuti per constatare una dilatazione anomala dell'aorta, che alla fine era scoppiata come un palloncino nell'addome, provocando una grave emorragia interna. Nonostante avesse determinato rapidamente le cause della morte, il medico legale esaminò gli organi – era il protocollo – prima di ricucire il premio Nobel. Un'immensa cicatrice si estendeva dal collo al pube.

Adesso si sarebbe occupato dell'essenziale.

Di quello che, ne era intimamente convinto, avrebbe cambiato il senso della sua esistenza.

In un attimo, scotennò la testa dello scienziato tedesco e mise a nudo l'osso. La pelle sanguinolenta ricopriva il viso e nascondeva gli iconici baffi. Quindi tagliò il cranio e tirò all'indietro l'osso frontale.

Rimase immobile per due lunghi minuti.

Non riusciva a staccare gli occhi dal cervello più potente della storia dell'umanità, come se in un lampo potesse rimettersi in moto e rivelare i segreti del suo genio, all'origine delle folgoranti intuizioni che avevano sconvolto la nostra percezione dello spazio e del tempo.

Le istruzioni erano chiare: cremazione *completa* del corpo dello scienziato.

Richiesta irricevibile.

Il medico legale andò a verificare che la porta della sala autoptica fosse ben chiusa. E, per prudenza, diede un giro di chiave. Nessuno poteva entrare né vederlo.

Inspirò profondamente, poi immerse le mani nella scatola cranica.

Due minuti dopo, l'organo era posato sulla bilancia, fissata a sinistra del piccolo lavandino d'acciaio.

Harvey spalancò gli occhi.

Com'era possibile?

Il cervello di Einstein pesava solo milleduecentotrenta grammi! Duecento grammi in meno del peso medio di un cervello umano.

Il cuore gli batteva all'impazzata. Non avrebbe mai fatto in tempo ad analizzarlo; famiglia, colleghi e giornalisti di tutto il mondo aspettavano il suo verdetto sulle cause del decesso.

Infine prese un grosso barattolo pieno di formalina e vi immerse il cervello. Nascose il suo furto sul fondo di un borsone.

Rimise a posto l'osso del cranio, risollevò il cuoio capelluto e lo suturò alla bell'e meglio.

Gli restava poco tempo per portare via il cervello trafugato e studiarlo con calma nel suo laboratorio dell'università della Pennsylvania, a ottanta chilometri da lì.

Ricoprì il cadavere con il lenzuolo bianco e si diresse verso la porta, con il borsone a tracolla. Doveva solo scrivere un rapporto circostanziato, forse anche rispondere a qualche giornalista, con il consenso della famiglia e dei piani alti dell'ospedale. Se tutto fosse andato bene, sarebbe arrivato all'università all'alba.

Quando varcò la soglia, una sagoma si stagliò nella penombra. Di primo acchito pensò che probabilmente l'assistente avesse cercato di spiarlo; sapeva quanto fosse curioso.

«Può riportare indietro il corpo» sussurrò Harvey.

«Posso sapere cosa tiene nella borsa?»

Il medico legale rimase impietrito.

Quella voce, rauca e possente, gli era del tutto sconosciuta.

Strizzando le palpebre, si rese conto che la sagoma era molto più alta del suo assistente.

Istintivamente indietreggiò di un passo e si acquattò nel telaio della porta.

«Lei chi è?»

«Mi chiamano Virgilio.»

8

Lunedì 8 aprile 2024
Roma
Ore 11 e 26

Come previsto, la nuova *consegna* non aveva tardato.

Belaïd si era sbagliato di grosso con la sua teoria del VI arrondissement di Parigi.

Gli assassini pensavano decisamente in grande.

Il nuovo cadavere si trovava a più di mille chilometri da lì, proprio nel cuore della capitale d'Italia. Il collegamento con il caso su cui stava indagando la Omicidi era stato rapido: i media europei avevano parlato della profanazione della tomba di Marie Curie, e la scoperta di una lamella ricoperta di incisioni si era diffusa rapidamente. Gli inquirenti italiani, posti di fronte a indizi dello stesso tipo, avevano informato l'ufficiale di collegamento del servizio di sicurezza interna dell'ambasciata francese, con cui avevano contatti quotidiani. La cooperazione tra i due Paesi era di vecchia data, soprattutto in materia di immigrazione, terrorismo e criminalità organizzata. E poi Louise si era distinta a Roma nel corso della sua ultima indagine internazionale, due anni prima. Dato che era stata testimone della defenestrazione del direttore della Specola Vaticana, era stata interrogata dai colleghi romani. Da allora aveva mantenuto un legame diretto con uno degli investigatori e, non appena l'informazione era stata trasmessa alla Omicidi, si era rivolta a lui.

Di certo non avrebbe aspettato l'ordine di servizio ufficiale, sarebbe stata un'insopportabile perdita di tempo.

Perciò, senza dire niente, se n'era andata in Italia. Del resto, lo stesso Ceylac l'aveva invitata a levarsi di torno. Non faceva una piega.

Volevano che lavorasse da sola? Tanto meglio. Non aveva bisogno di nessuno.

Sul taxi che la portava dall'aeroporto Leonardo da Vinci di Fiumicino ai sublimi giardini di Villa Borghese, esaminò di nuovo le poche pagine trasmesse dalla polizia italiana, corredate di foto ripugnanti. Il cadavere, ammanettato su una specie di trono – una sedia di legno sormontata da un enorme schienale –, era completamente nudo, coperto di sangue e con il volto devastato dalla sofferenza. Una serie di lacerazioni sul torace tracciavano un nuovo messaggio in codice, mescolando francese e latino: *Benvenuti nello stadio neolytico dell'antropocene. Gyrum Novem*. Il mistero si infittiva, tanto più che quello strano adagio non figurava di certo nell'*Inferno* di Dante. Ma la cosa più rivoltante, a guardare le foto, concerneva la testa. Il cranio segato, in modo irregolare e come a scatti, lasciava presagire il peggio. Il taglio non aveva nulla a che vedere con quello di un medico legale, come l'investigatrice aveva potuto verificare per l'ennesima volta – con disgusto – tre giorni prima nella sala settoria sul cadavere del vicedirettore del CEA. Con ogni evidenza, l'osso era stato tagliato mentre il suo proprietario era ancora vivo, infliggendo un orribile martirio durato lunghi minuti.

Era chiaro che, seppur in piena notte, gli assassini non avrebbero mai corso il rischio di praticare quella tortura nel bel mezzo di uno dei più importanti siti turistici di Roma. Sicuramente il corpo era stato trasportato lì. Le urla avrebbero attirato l'attenzione dei nottambuli che si aggiravano per i sentieri verdeggianti del parco: nonostante chiudesse alle diciannove e trenta, nessun cancello poteva fermare gli appassionati che continuavano a frequentarlo anche a tarda ora.

Una delle foto realizzate dai tecnici della Scientifica romana era particolarmente eloquente. Vi si vedeva il cervello immerso nel cranio, per metà in poltiglia. Era per via del taglio a vivo? La sega era penetrata troppo profondamente, devastando una parte dei lobi cerebrali? Oppure…

Louise fu attraversata da un brivido.

Oppure si erano divertiti a triturare il cervello mentre la vittima era ancora viva, per infliggerle un indescrivibile supplizio?

Cosa poteva provare una persona a cui veniva lacerato il cervello un po' alla volta, mentre continuava a essere cosciente?

Non voleva pensarci. La nausea le saliva dallo stomaco all'esofago, tanto più che l'autista sfrecciava come un pazzo lungo viale Giulio Cesare, ignorando bellamente i semafori e gli stop di cui quella strada era disseminata, salvo poi inchiodare all'ultimo momento.

Sul ponte Nenni, che sovrastava le acque torbide del Tevere, finalmente l'emulo di Fangio rallentò. Tre o quattro curve dopo, svoltarono sulla via Flaminia e raggiunsero la porta monumentale della celeberrima Piazza del Popolo, fermandosi poi quasi subito davanti al maestoso ingresso dei giardini di Villa Borghese. Gli ottanta ettari del parco contavano nove ingressi, e quello era senza dubbio il più impressionante. Due templi dalle immense colonne ioniche incorniciavano l'inizio della strada che si immergeva nella tenuta. L'alto cancello in ferro battuto era aperto, senza nessun tipo di barriera o controllo. Le indagini, che proseguivano da più di quarantotto ore, probabilmente erano abbastanza avanzate da lasciar entrare di nuovo i turisti almeno in una parte del sito.

Il taxi risalì viale George Washington tra due filari di lecci. La miriade di pullman che abitualmente stazionavano lungo il viale si erano volatilizzati. Solo i pochi automezzi sparsi qua e là indicavano il lento ritorno alla normalità.

L'autista si fermò sul piazzale del Fiocco, davanti alla graziosa fontana omonima che annunciava l'imminenza dell'orrore.

Un po' più in alto, alcuni poliziotti e *astronauti* della Scientifica ancora si affaccendavano dietro il largo nastro che delimitava la scena del delitto. Il coroner aveva fatto rimuovere il corpo due giorni prima per instradarlo verso l'Istituto di medicina legale della città. Anche se il cadavere insanguinato non era più visibile, Louise sapeva che ne avrebbe percepito la presenza. Le foto presenti nel rapporto le avevano riempito la mente e la ossessionavano.

Si immobilizzò di fronte allo stagno.

Lo trovava uno degli angoli più incantati di Roma. I raggi del sole facevano scintillare di magici riflessi la superficie dell'isolotto. Come avevano potuto infangarlo? Le barche, che di solito solcavano quelle acque smeraldine con il loro carico di innamorati, erano saggiamente ormeggiate sulle rive, con i remi riposti all'interno.

Louise alzò lo sguardo verso il tempio in stile neoclassico, ornato di colonne ioniche e sormontato da un frontone triangolare. Dietro il portico si stagliava l'imponente statua del dio Esculapio. E proprio lì, ai piedi della scultura, era stato lasciato il cadavere, su un trono di legno. La messinscena era stata preparata con cura, come attestavano le fotografie.

«Luisa!»

La donna si voltò con fare guardingo.

«Massimo?»

Faticava a riconoscere l'agente che l'aveva interrogata due anni prima. All'epoca imberbe, ora sfoggiava un look da hipster. I suoi capelli corvini leggermente ricciuti continuavano a dargli un'aria giovanile, ma i ciuffi sale e pepe che ne costellavano la folta barba rendevano più difficile stabilirne l'età. Non era comunque privo di fascino, con il suo sorriso appariscente.

«Sì! Come stai?»

Louise rispose con poche parole educate nella lingua di Molière, per evitare di biascicare un miscuglio di spagnolo e pessimo italiano. Massimo Bianchi aveva nelle forze dell'ordine italiane un grado equivalente a quello del comandante divisionario nella polizia francese. Apparteneva alla Catturandi, la prima sezione della Squadra Mobile di Roma.

«Arrivi al momento giusto. Stiamo finendo gli ultimi rilievi. Siamo riusciti a ricostruire il percorso del corpo, abbiamo scoperto tracce di sangue sull'erba e sul pontile che porta alla statua.»

Bianchi parlava un francese eccellente, ma il suo accento si faceva notare. Arrotava le *r* come una vecchia Citröen Due Cavalli, e le sue frasi erano un canto. Poteva sciorinare orrori e descrivere i delitti più sordidi con un'intonazione gioiosa che lo faceva sembrare un vero sadico, almeno per una francese come Louise. Eppure, malgrado tutto, risultava molto più simpatico e seducente di Ceylac, di cui era pari grado. In quel momento, Louise avrebbe preferito di gran lunga avere la nazionalità italiana e lavorare con un collega del genere, piuttosto che con quel «pozzo di scienza dei miei stivali».

Bianchi la condusse fino al pontile che collegava la riva al tempio, costruito su una minuscola penisola. Louise passò sotto il nastro e fece lo slalom tra gli indicatori che segnalavano tracce e indizi, tra cui due belle impronte di scarpe. Ai piedi della statua del dio Esculapio, che non aveva mai visto così da vicino, una macchia brunastra segnalava l'ubicazione del «trono di tortura». Sondò il perimetro e tento di raffigurarsi il percorso della vittima. Gli psicopatici che le avevano aperto il cranio da viva si erano certamente intrufolati lì nel cuore della notte, senza farsi notare, il che non era così semplice, soprattutto se muniti di un enorme sedile di legno. Come avevano agito? Si trattava ancora una volta dell'opera di una squadra d'assalto ben addestrata, come al Panthéon?

E per quale motivo se l'erano presa con quella persona? Chi era? Qual era il suo peccato?

Nello stesso istante, Bianchi brandì un sacchetto di plastica contenente una lamella metallica.

«Il medico legale l'ha trovata ieri, durante l'autopsia, sepolta nel cervello.»

Louise se ne impadronì. Una parte della risposta – e il seguito del macabro rebus – si trovava lì.

Sulla faccia più leggibile, di nuovo un cerchio irregolare contornava una cifra. Questa volta si trattava di un 7.

L'investigatrice cominciò a spremersi le meningi. A cosa rimandava il settimo cerchio?

Bianchi le leggeva nel pensiero. Si era posto la stessa domanda il giorno prima. Erano sulla stessa lunghezza d'onda e condividevano la stessa idea sui delitti.

«I violenti. Il settimo cerchio dell'*Inferno* di Dante imprigiona le anime di coloro che si sono resi colpevoli di violenza contro il prossimo, contro sé stessi e contro Dio, e cioè gli assassini, i suicidi e i bestemmiatori. Chi ha ucciso è condannato a trascorrere l'eternità nel Flegetonte, un fiume di sangue bollente che lo ustiona notte e giorno.»

In quel momento, Louise si girò verso lo stagno.

Era solo la sua immaginazione, o davvero sulla superficie balenavano dei riflessi rossastri? Come ipnotizzata, credette di scorgere una sagoma vestita di stracci, il viso nascosto sotto un largo cappuccio, in piedi su una barca e intenta ad attraversare il laghetto con l'aiuto di un lungo remo. Lo spettro di Caronte, il traghettatore infernale, la riempì di terrore.

Batté più volte le ciglia cercando di riprendersi.

«Quindi, secondo te, quel tizio è stato torturato a morte perché aveva a sua volta commesso un atto di violenza? Qual è il concetto? Occhio per occhio, Dante per Dante?»

Bianchi sorrise.

«Non sai quanto hai ragione. Se hanno incaricato del caso noi della Catturandi, è perché la vittima è ben nota ai nostri servizi.»

La prima sezione della Squadra Mobile si occupava di criminalità organizzata, non di reati comuni. Non la si scomodava per criminali da due soldi.

«Era un membro attivo della 'Ndrangheta» precisò Bianchi.

Questa rivelazione mandò Louise in confusione.

«Aspetta, sei sicuro che il tizio non abbia nulla a che fare con l'ambiente del nucleare? Con la radioattività? Con la bomba atomica?»

«Per niente. Ha una fedina penale lunga un chilometro ed è sospettato di aver compiuto una serie di esecuzioni per conto di uno dei padrini più influenti della 'Ndrangheta.»

Louise sapeva che quell'organizzazione criminale era considerata tra le più potenti del mondo, e dunque tra le più pericolose. Gli autori dell'omicidio avevano un bel fegato. Si esponevano a una terribile rappresaglia. Intanto, il pedigree del morto mandava all'aria le ipotesi dell'investigatrice e dava ragione a Ceylac.

Bisognava ripartire da zero. Cercare altri collegamenti.

Tornò a osservare la placca di metallo.

«Dicevi che il medico legale l'ha trovata sepolta nel cervello?»

«Esatto. E molto in profondità, tra l'altro.»

«All'altezza dei nuclei anteriori?»

Louise ricordava che il coroner aveva insistito sulla collocazione proprio in quella zona della lamella metallica che aveva lacerato i tessuti cerebrali del vicedirettore del CEA.

«Aspetta... Mi pare che abbia detto una cosa del genere, in effetti...»

Bianchi diede una scorsa ai suoi appunti.

«Sì, è così: ne ha parlato, ma per dire che non c'erano più. I nuclei.»

Louise aggrottò la fronte.

«In che senso?»

«Be', secondo il medico, dopo aver scoperchiato il cranio come dei macellai, non solo hanno inserito la lamella, ma hanno anche asportato dei pezzi di cervello. Il coroner, usando il suo gergo, l'ha definita...»

L'italiano girò una pagina e poi un'altra.

«Ecco qua: "Exeresi di una parte dei gangli della base".»

«E secondo lui li hanno asportati apposta? Voglio dire, intenzionalmente, o solo perché hanno macellato il tizio a casaccio?»

Bianchi alzò le spalle.

«Non ne ho idea. Ma al medico pareva un lavoro piuttosto preciso. Insomma, quella era l'impressione che dava.»

Louise rigirò la lamella metallica all'interno del sacchetto di plastica. Chiaramente non era in grado di distinguere quegli scarabocchi incisi lì sopra che consegnavano un nuovo messaggio all'attenzione degli inquirenti.

Bianchi sfogliò il taccuino.

«Il messaggio è in italiano. Dice: "Il peccatore incontrerà il dio degli Inferi nel nono cerchio di ghiaccio e perirà fra atroci sofferenze. Uno dopo l'altro, tutti i peccatori saranno annientati dalla potenza vendicatrice del primo cerchio".»

Louise alzò le sopracciglia e consultò il suo smartphone.

«Assomiglia molto al messaggio trovato sulla lamella del vicedirettore del CEA... Aspetta... Ecco: "Il peccatore, condotto da Caronte attraverso l'Acheronte, andrà dalla città rossa al nono cerchio di ghiaccio e poi perirà per la collera del cerchio più piccolo".»

Tese il cellulare al collega. Bianchi rilesse più volte il messaggio.

«È vero. Ma stavolta si spingono un po' più in là, no? Parlano di vendetta. E soprattutto dicono che "tutti i peccatori saranno annientati". E "fra atroci sofferenze"...»

Louise deglutì. Il poliziotto aveva ragione. Non si trattava più di un bersaglio singolo, ma di una minaccia *collettiva*.

«E la scritta incisa sul torso? "Benvenuti nello stadio neolytico dell'antropocene". Avete un'interpretazione, una pista? Un legame con il testo della lamella?»

«Niente di concreto» ammise Bianchi. «Il tutto sembra opera di una banda di psicopatici... Non c'è logica. Il neolitico è nella preistoria, mentre l'antropocene è... adesso, almeno secondo qualche esperto. Indica il periodo a partire dal quale l'uomo ha cominciato a dominare le sorti della Terra.»

«E la firma in latino? *Gyrum Novem*?»

«Vuol dire qualcosa tipo "nono giro".»

«Che casino!» mormorò Louise tra sé.

Quei fuori di testa si stavano dando alla pazza gioia. Esisteva una qualche logica in tutto ciò? Era uno schema ragionato? O semplicemente si stavano divertendo a prendere in giro la polizia per il piacere di vederla impantanarsi in un'indicibile melassa? Mentre si arrovellavano per cercare di interpretare quei messaggi, gli investigatori non si concentravano sull'essenziale: fare di tutto per neutralizzare gli aguzzini. Aguzzini che peraltro si divertivano a trafugare cervelli in giro per l'Europa.

Immersa nei suoi pensieri, Vernay rivolse lo sguardo alla statua, che aveva un po' trascurato. La metafora del Flegetonte, il fiume di sangue in cui i dannati si ustionavano per l'eternità, poteva spiegare la scelta di quel modesto laghetto. O c'era qualcos'altro?

L'investigatrice osservò il solenne dio greco-romano dai muscoli prominenti, avvolto dalla propria dignità oltre che da una toga con pieghe e orli splendidamente eseguiti, tanto da sembrare veri. Il dio impugnava un lungo bastone di legno, simile a quello cardinalizio, attorno al quale si attorcigliava un serpente.

Il famoso bastone di Esculapio, simbolo degli operatori sanitari.

Avevano dunque scelto il dio della medicina, Asclepio in greco, per continuare il loro sanguinoso indovinello? Cosa volevano indicare? Una pista esplicita forse? I mandanti facevano parte della comunità medica, il che avrebbe spiegato la prodezza tecnica dell'accoltellamento dall'interno? Ma se era così, perché aver vergognosamente improvvisato il taglio del cranio del criminale calabrese? Era un lavoro da macellai. Forse il loro intento era invece denunciare i medici. Ma perché?

Per il momento, quei suonati che giocavano a fare i serial killer hollywoodiani logoravano i nervi dell'investigatrice.

Louise distolse lo sguardo e lo fece scorrere in giro, abbracciando lo sfondo. Grappoli di curiosi si ammassavano attorno al perimetro vietato. Un po' in disparte, un gruppetto guardava altrove, con il naso all'insù. Cosa stavano fissando?

L'investigatrice strinse gli occhi. E se avessero individuato un oggetto, una prova, o anche solo una semplice traccia? Qualcosa che poteva essere d'aiuto per l'indagine? Il suo intuito le sussurrava che un indizio, un elemento decisivo, era a portata di mano. Si chinò, oltrepassò il nastro e andò verso l'assembramento.

Una decina di uomini di età matura discutevano ai piedi di un albero, in un tono brioso assolutamente fuori luogo. Si erano resi conto che a poche decine di metri era stato compiuto un sordido assassinio?

«Si può sapere cosa state facendo?» domandò Louise in un inglese perfetto.

Almeno quello lo sapeva bene.

Due teste canute fissarono la sconosciuta con aria perplessa.

Solo allora la francese si accorse di una figura che le ricordava qualcuno. Un corpo alto e magro. Un leggero ancheggiamento...

«Stiamo osservando questo splendido centenario, un *Cedrus libani*. Direi che è stato piantato tra il 1852 e il 1854.»

L'uomo, che le aveva risposto in francese, girò la testa e accennò un vago sorriso.

«Buongiorno, commissaria.»

Louise spalancò gli occhi.

«Ma... cosa ci fa lei qui?»

9

Lunedì 8 aprile 2024
Roma
Ore 12 e 34

Louise aveva le allucinazioni.

Nonostante lo avesse incontrato solo una volta, il ricordo rimaneva vivo, e per un buon motivo: risaliva ad appena qualche giorno prima, in un contesto decisamente particolare. A trenta metri di profondità, sotto il Panthéon. In una frazione di secondo le immagini del loro incontro, come le colonie di funghi – comprese le *Psilocybe* dalle virtù psichedeliche –, le attraversarono la mente.

«Professor… professor…?»

«Vogel. Alban Vogel» rispose il naturalista con la sua voce cavernosa.

«Posso sapere cosa ci fa qui, sulla scena del crimine?»

«La scena del crimine?» si stupì Vogel. «Lo scopro adesso. Ma questo spiega la presenza dei suoi colleghi.»

Louise fece una smorfia che la diceva lunga. Era una cosa difficile da credere. Intorno a Vogel, gli altri poliziotti, che non capivano una parola di francese, cominciavano a spazientirsi.

«Sto partecipando, proprio come i miei colleghi, a EuroGard X, il decimo congresso europeo degli orti botanici. Quest'anno si tiene a Roma. Perlustriamo i parchi più belli della città su invito del direttore, il professor Giovanni Sacchetti.»

Vogel tese il braccio verso un tizio basso e grassoccio i cui occhi sporgenti si stavano palesemente gustando il fisico della francese.

Louise strinse le labbra in segno di disgusto e ribatté: «Bella coincidenza, non le pare? Che lei si sia trovato su due scene del crimine dalle caratteristiche simili a pochi giorni di distanza...»

«Non voglio contraddirla, ma quella di Parigi non era una vera e propria scena del crimine. Marie Curie era già abbastanza morta quando hanno aperto la sua tomba, no?»

In apparenza non sapeva nulla dei due custodi uccisi a sangue freddo. Per una volta, l'informazione non era trapelata.

«Sì, certo, ovviamente... Mi riferivo al punto in comune, la lamella incisa infilata nel cranio...»

«Ah! Quindi avete trovato una lamella anche nella testa della vittima italiana?»

Vernay annaspò. Aveva appena divulgato un altro dettaglio dell'inchiesta che non era ancora uscito sui giornali. La sua diffusione poteva compromettere le indagini.

«Non... Non intendevo dire questo... Non si può parlare proprio di una lamella... Cioè, non esattamente...»

Vogel la squadrò con fare beffardo, divertito dalla sua agitazione. Ma Louise non era decisamente dell'umore giusto.

«Va be', senta, in ogni caso tutto questo non la riguarda. Ma quando tornerà a Parigi, venga al Bastion a raccontarmi nel dettaglio cosa stava facendo la notte scorsa, e anche quella della profanazione del Panthéon. E verificheremo tutto, mi creda.»

Detto ciò, l'investigatrice girò i tacchi.

«Aspetti!»

Il professore si staccò dai colleghi, che continuavano a estasiarsi davanti al tronco del cedro come se fossero al cospetto dell'ottava meraviglia del mondo. Erano come su un altro pianeta.

«Mi dispiace molto, non volevo offenderla.»

Louise, che non sapeva perdere, continuò a tenere il broncio. Chi si credeva di essere quel maschio bianco cinquantenne? Che poi, definirlo cinquantenne era già un complimento. Vogel sembrava già decisamente avviato verso la fine del decennio. Il sole aveva fatto invecchiare precocemente il suo viso, che appariva attraversato da rughe profonde e screpolature, cosa di cui non si era potuta accorgere nella penombra delle gallerie sotterranee del Panthéon. L'altra faccia della vita di un naturalista, trascorsa fondamentalmente all'aperto e in balia dei capricci degli elementi.

«È vero quello che si dice? Che su queste famose lamelle sono incisi dei messaggi ispirati all'*Inferno* di Dante? E anche il numero 6 dentro un cerchio?»

Vernay si bloccò. Sapeva decisamente troppo. Sembrava che la provocasse apposta. Aveva voglia di farsi ammanettare o cosa?

«Da dove ha preso queste informazioni?»

L'accademico brandì il cellulare e le mostrò il sito di un giornalaccio che si autodefiniva rivista d'informazione. Louise pensò subito che quegli scribacchini avevano la lingua troppo lunga e che sarebbe stato meglio tagliargliela. Chi aveva spifferato la cosa? Il procuratore? Il giudice? O uno dei ritardati del gruppo di Ceylac? E perché non Ceylac in persona, per mettersi in mostra? Era il suo sogno finire in prima pagina. Il che avrebbe spiegato anche la sua fretta di sbarazzarsi di lei. Non cedere un millimetro di ribalta, non rimanere mai nell'ombra. Un motto che gli si adattava alla perfezione.

«Non bisogna credere a tutto quello che scrivono i giornali» disse sferzante Louise.

Riprendendo il cammino verso il laghetto, gettò uno sguardo in tralice al professore. Nonostante il viso parzialmente butterato, incuteva rispetto. Un metro e ottantacinque abbondante, una corporatura sottile ma armoniosa che denotava sia un buono stile di vita sia un debole per la palestra. Tuttavia faticava a immaginarselo in sala pesi, tutto sudato in mezzo a una banda di maschi intenti a fare sollevamenti o a correre su un tapis roulant come criceti sulla ruota. Intanto, si stava dimostrando pugnace, per non dire appiccicoso. E per nulla disposto a mollare l'osso.

«Se queste informazioni sono esatte, immagino che le cifre incise nei cerchi siano legate ai vari cerchi dell'Inferno, giusto?»

Questa volta, a Louise sfuggì un sorrisetto. Il botanico era giunto alle stesse conclusioni sue e di Bianchi, con buona pace di Ceylac. Decise di lasciarsi un po' andare. In fondo, quel tizio poteva forse aiutarla a farsi strada nella nebbia.

«Be'... Non siamo tutti d'accordo, nel gruppo, ma in effetti è un'ipotesi.»

«C'era un 6 a Parigi, giusto? E qui a Roma? Se non sono troppo indiscreto, beninteso...»

Vernay esitò.

«Un 7» ammise infine.

«Uhm... Prima gli eretici. Ora i violenti. Una progressione ineluttabile... Restano solo due tappe prima della città rossa e del cerchio di ghiaccio...»

Vernay, sbalordita, diventò una furia.

«Aspetti, conosce addirittura il contenuto dei messaggi cifrati? Luridi giornalisti del cazzo, li avessi tra le mani...»

«No, no, non c'entrano niente. Mi riferivo semplicemente al testo dantesco. Sa, ho ricevuto un'istruzione classica, prima letteraria alla Sorbona e poi Scientifica alla Normale.»

Louise era colpita. Quel tizio era un vero pozzo di scienza. Mentre le raccontava la propria vita, ripensò all'accesa discussione di tre giorni prima con i membri del gruppo di Ceylac. Gli investigatori erano bloccati su uno dei messaggi in cui si diceva che il peccatore sarebbe andato «dalla città rossa al nono cerchio di ghiaccio».

«Ha parlato della città rossa: sa cosa significa?»

«Ma certo, è Dite. La città di Lucifero in persona. Si trova in fondo all'Inferno, costeggiata dal Cocito, un immenso lago ghiacciato.»

In quel momento, Massimo Bianchi emerse dal lago di Esculapio – o meglio dal pontile, dato che non era né fradicio né congelato – e si avvicinò ai due francesi.

Louise fece sbrigativamente le presentazioni. Cogliendo la palla al balzo, Vogel interpellò l'italiano.

«La vittima che avete trovato qui ha un legame con quella parigina?»

Bianchi lanciò uno sguardo stupefatto alla collega.

«Non esiste il segreto investigativo, in Francia?»

Vernay tossicchiò.

«Lascia stare, il professor Vogel è un po' ossessionato da questo caso, da quando la squadra di criminali del Panthéon ha devastato i suoi funghi.»

Ma l'accademico non demordeva.

«E, mi domandavo, anche voi avete trovato una tomba profanata, a margine di questo omicidio? Come in Francia con Marie Curie? Con una seconda lamella con inciso il numero 7?»

I due poliziotti si immobilizzarono, come folgorati.

«Da quel che sappiamo no» disse Bianchi. «Ma... non sarebbe impossibile che...»

«Ma chi?» si intromise Vernay. «Chi potremmo associare al profilo della vittima? In Francia avevamo un esperto di nucleare e la madre della radioattività. Qui ci vorrebbe un assassino famoso... Addirittura il padre o la madre della violenza!»

I due agenti si girarono verso l'erudito dalla fronte bombata. Di sicuro il suo cervello occupava un bello spazio nella scatola cranica.

«Presumo che abbiate letto Victor Hugo.»

Louise deglutì. Era stata una studentessa modello, soprattutto in matematica, ma si era ben guardata dal sorbirsi dei mattoni come quelli di Hugo. Alla fine, fece una smorfia evasiva che non voleva dire niente.

«Avete letto il suo *Lucrezia Borgia*?» insistette Vogel. «È un'opera magistrale. Lucrezia ha commesso dei delitti, ma nulla in confronto a quelli del resto della sua famiglia, e in particolare di suo fratello Cesare. Se esiste una dinastia italiana che incarna la massima violenza, è proprio quella dei Borgia.»

Bianchi annuì. In Italia erano ben noti i misfatti – veri e presunti – compiuti da quella famiglia.

«I Borgia? Ne ho sentito vagamente parlare...» mormorò Louise.

Intorno a lei, i poliziotti cominciavano a raccogliere gli indicatori alfanumerici disseminati sul prato verdeggiante, fino al ponticello che collegava la riva al tempietto. Stavano levando le tende.

«Pensa che la tomba di uno dei Borgia possa essere stata profanata?» riprese Bianchi.

«Può darsi. Logica vorrebbe che fosse quella di Cesare Borgia ma, per quanto ne so, è sepolto in Spagna. In compenso, c'è un uomo che l'ha conosciuto bene e che mi sembra corrispondere meglio alla statura di una Marie Curie. Si tratta del vecchio segretario di Cesare Borgia, Niccolò Machiavelli.»

«Machiavelli!» esclamò Louise. «Ovvio... Chi altri?»

«Effettivamente...» concordò Bianchi. «Lo scrittore ha cantato le lodi del suo padrone nel suo libro più importante: *Il Principe*...»

Era uno dei fondamenti della cultura italiana, e persino europea.

«Secondo Machiavelli, la politica non era che violenza» rincarò Vogel. «Ha fatto l'apologia di Cesare Borgia, che ha assassinato o fatto assassinare un numero incalcolabile di avversari e persone a lui sgradite. Ha persino pugnalato il fratello Giovanni al solo scopo di consolidare il proprio potere e soddisfare le proprie ambizioni. L'espressione "machiavellico" viene da qui.»

Il cervello di Louise marciava a cento all'ora, facendola ribollire di impazienza. E se quel tizio le stesse togliendo le castagne dal fuoco?

«Dove si trova la sua tomba? Lo sa?»

«Credo che sia in Santa Croce» rispose subito Bianchi, battendo sul tempo l'accademico.

«Santa Croce? E dov'è?»

«È una basilica fiorentina, molto famosa perché ospita le tombe dei più grandi ingegni d'Italia. Oltre a Machiavelli, ci sono Rossini, Michelangelo, Galileo...»

«Aspetta, intendi dire che è il vostro Panthéon?»

«In un certo senso. Abbiamo un Panthéon a Roma, ma ospita molti meno personaggi celebri. Santa Croce è unica. Tra l'altro, c'è anche una tomba di Dante, all'interno.»

«Ma allora non credo ci siano più dubbi!»

Louise era sovreccitata. Avrebbe voluto nominare Vogel consulente della polizia giudiziaria seduta stante! Per merito suo, ora aveva finalmente in mano qualcosa di concreto. In quanto a modalità operativa, la somiglianza dei crimini di Parigi e di Roma non si limitava più agli omicidi: avevano coinvolto il tempio dei grandi in Francia, probabilmente volevano fare lo stesso in Italia. E, con un po' di fortuna, l'investigatrice sarebbe forse riuscita ad anticipare gli assassini. Bianchi, che nutriva la stessa speranza, afferrò immediatamente il cellulare.

Un minuto più tardi, al termine di una litania di frasi in italiano, il viso del detective si illuminò.

«I colleghi di Firenze mi hanno appena comunicato che la basilica è in fase di evacuazione... Hanno ricevuto un allarme bomba.»

L'adrenalina schizzò come un siluro nelle vene dei due poliziotti. L'allarme bomba, il modo migliore per creare un diversivo e raggiungere il sepolcro!

«Andiamo!» esclamò Louise sfrecciando lungo il prato verso le auto della polizia.

«Firenze è a tre ore di macchina! Non arriveremo mai in tempo!» frenò Bianchi.

«Non avete niente che vola, qui a Roma? Non è mica stato Leonardo da Vinci a inventare l'antenato dell'elicottero?»

Louise non indietreggiava davanti a nulla.

«Okay, chiamo i carabinieri. I loro elicotteri stazionano all'aeroporto di Roma-Urbe, vale a dire a soli dieci minuti da qui.»

*

La polizia terminò di isolare tutto il perimetro. Era impossibile accedere alla basilica, costruita alla fine del XIII secolo. L'evacuazione era stata rapida, in quel giorno feriale lontano dall'assalto estivo dei turisti.

I francescani lasciarono la loro chiesa con la morte nel cuore. Vegliavano su di essa come una lupa sui suoi piccoli. E giustamente... La basilica racchiudeva tesori straordinari, tanto che, negli ultimi secoli, i monaci avevano più volte rischiato la vita per proteggerli.

La polizia aspettava gli artificieri, che tardavano ad arrivare. Una ventina di minuti dopo, un veicolo blindato si avvicinò finalmente al cordone di sicurezza.

Oltrepassò rapidamente le barriere e si fermò davanti all'ingresso dell'enorme chiesa. Sei uomini ben equipaggiati scesero dalla camionetta. Sembravano delle creature di fantasia, metà astronauti e metà palombari; la loro tenuta aveva qualcosa di impressionante. Era composta principalmente da kevlar, per attutire gli urti in caso di esplosione, e pesava più di trenta chili. Quell'equipaggiamento era necessario quando bisognava intervenire su «ordigni esplosivi improvvisati», vale a dire bombe artigianali e pacchi esplosivi.

Con un simile abbigliamento pensato per resistere al calore, alla frammentazione e alla pressione, era impossibile distinguere i tratti del volto. Il casco balistico si mangiava tutta la testa, e la stretta visiera permetteva a stento di intravedere le pupille.

Gli artificieri si introdussero nell'edificio, trasportando diverse casse di materiale e un robot sminatore.

*

Louise e Massimo Bianchi decollarono dalla base di Roma-Urbe a bordo di un Agusta AW109 dei carabinieri. Il bimotore si alzò in un vortice di polvere e schizzò verso nord a quasi trecento chilometri orari. A raggiungere Firenze ci avrebbe messo una cinquantina di minuti. Nel lasso di tempo impiegato dagli artificieri per mettersi al lavoro, sarebbero già stati quasi a metà del volo. Probabilmente sarebbero arrivati per l'inizio delle operazioni. La polizia di Firenze avrebbe formato un cordone abbastanza stretto? Come essere sicuri che la basilica fosse stata svuotata di tutti i visitatori? E se qualcuno – un criminale dell'organizzazione – si fosse nascosto furtivamente dietro le tombe, nella cripta, o in un ripostiglio nella sagrestia?

Louise si dipingeva tutti gli scenari. Voleva vedere con i propri occhi; entrare nella chiesa anche a costo di correre dei rischi insensati – nel caso ci fosse stata davvero una bomba – e affrontare il nemico che da giorni si prendeva gioco di lei.

Innanzitutto bisognava far cessare l'ecatombe. Già quattro morti, senza contare la profanazione della tomba di Marie Curie.

Bianchi si era sistemato dietro, mentre Vernay aveva preferito sedersi di fianco al pilota per veder sfilare il paesaggio, anche perché altrimenti, diceva lui, avrebbe vomitato la colazione. L'italiano osservava con discrezione la francese. Quella donna aveva stile. Sapeva farsi rispettare, e il suo fisico snello – che cercava accuratamente di nascondere sotto abiti larghi – la rendeva attraente, per chiunque non si fermasse alla prima impressione.

Da qualche minuto, appariva insolitamente nervosa. Non smetteva di lanciare sguardi in ogni direzione. L'italiano pensò che quella frenesia potesse spiegarsi con una forte pressione da parte dei suoi superiori. Una delle vittime francesi faceva un lavoro molto delicato, in un centro di ricerca che maneggiava la bomba atomica.

Bianchi ignorava una cosa: quando era salita sull'elicottero, Louise aveva ricevuto un messaggio.

Un sms che temeva da mesi, addirittura da anni.

Bisogna prendere una decisione. La situazione peggiora rapidamente. Ti aspetto per parlarne. Il prima possibile.

Le si era fermato il cuore.
Non era né il momento né il luogo.
Come poteva farle questo?
«Manca ancora molto?» chiese irritata Louise nel microfono.
«Trenta minuti» rispose il pilota.
«Non si può andare più veloce?»
«Sono già al massimo, i motori sono al limite. Non vorrà mica che ci schiantiamo, giusto?»
Louise brontolò e non ebbe altra scelta che rassegnarsi. Doveva lanciarsi al più presto sul terreno, nell'azione; questo le avrebbe permesso di rimandare l'inevitabile scadenza ancora per qualche ora...

*

Gli artificieri avevano preso posizione. Come previsto, nessuno era rimasto sul posto. E soprattutto nessuno poteva vederli. Tutti si tenevano alla larga, alla giusta distanza di sicurezza.
Quello che sembrava essere il capo si tolse il casco balistico e respirò rumorosamente.
«Quanto pesa questo affare! Si soffoca, qui dentro!»
Si avvicinò alla porta, la socchiuse e verificò che non ci fosse nessun poliziotto nei paraggi. Poi richiuse il pesante battente.
«Tutto a posto, potete mettervi comodi.»
Gli uomini deposero il casco, e tre di loro si tolsero addirittura l'equipaggiamento completo, rimanendo in jeans e scarpe da ginnastica. Afferrarono tre valigette e si diressero verso il loro obiettivo, mentre gli altri stavano di guardia. Si apprestavano a darla a bere ai poliziotti, che non avrebbero tardato a chiedere notizie via radio.
Dopo aver intercettato il convoglio degli artificieri, la squadra si era occupata di controllare il sistema di comunicazione. Uno dei loro membri aveva fatto parte, in passato,

dell'EOD* e conosceva quindi il gergo degli artificieri. Avrebbe potuto facilmente ingannare anche un poliziotto esperto.

Perché gli artificieri avessero cercato di fare gli eroi non era chiaro a nessuno. La squadra non ci teneva a fare sfoggio di violenza. Voleva solo impadronirsi del loro equipaggiamento, imbavagliarli e portare a termine la propria missione. Ma uno di loro aveva provato a fermarli e si era preso una pallottola in testa. Il che quantomeno aveva dato una calmata a tutti gli altri.

Con l'aiuto della loro potente smerigliatrice, i tecnici cominciarono ad aprire la tomba. Sopra di loro, un'iscrizione latina avvertiva: HIC CLAUDOR DANTES PATRIIS EXTORRIS AB ORIS QUEM GENUIT PARVI FLORENTIA MATER AMORIS**.

*

Finalmente l'elicottero stava sorvolando Firenze. I suoi leggendari monumenti si ergevano su entrambi i lati dell'Arno, il fiume che abbeverava la città fin dalla sua fondazione nel I secolo avanti Cristo. Già si indovinavano la cattedrale di Santa Maria del Fiore, il lungo loggiato degli Uffizi e lo splendido Palazzo Vecchio.

Era indiscutibilmente una delle città più belle del mondo, e scoprirla dal cielo procurava una sensazione magica. Il Paradiso prima di piombare nell'Inferno... Cosa sarebbe successo? Qual era l'obiettivo della banda, Machiavelli o chi altro? Le forze dell'ordine, e in particolare gli artificieri, correvano un grave pericolo?

Man mano che l'elicottero scendeva sulla città, in Louise cresceva l'angoscia.

«La basilica è davanti a noi» annunciò il pilota.

* Acronimo inglese per *Explosive Ordnance Disposal*, Bonifica Ordigni Esplosivi [N.d.T.].

** Qui son racchiuso io, Dante, esule dalla patria terra, cui generò Firenze, madre di poco amore.

In effetti era inconfondibile, con la sua ampia facciata in stile neogotico ricoperta di marmo bianco e di marmo verde di Prato. La più grande chiesa francescana al mondo.

«Dove atterreremo?» chiese Bianchi.

«La polizia ha sgomberato completamente piazza Santa Croce, ai piedi della basilica.»

L'immensa piazza occupava uno spazio equivalente a quello di un campo da calcio. Li avevano autorizzati ad atterrare lì, il più lontano possibile dall'ingresso della chiesa, per evidenti ragioni di sicurezza. Se l'edificio fosse esploso, era meglio evitare di morire sotto una pioggia di pietre.

Non appena l'elicottero toccò il suolo, Louise gettò via la cuffia e balzò sulle lastre irregolari e picchiettate, come ricoperte da un rivestimento antiscivolo. La polizia aveva formato un cordone dalle maglie strette; nessuno poteva più passare per le vie che cingevano la piazza. Erano soli, i poliziotti, Louise, Bianchi, gli artificieri – il loro mezzo blindato era parcheggiato vicinissimo alle porte – e probabilmente i figli di puttana che volevano prendersela con la tomba di Machiavelli, o forse addirittura con quella di Dante.

*

All'interno, tre dei sei finti artificieri facevano avanti e indietro.

«Avete finito?» chiese il capo al microfono.

La risposta risuonò subito nel suo auricolare.

«Ci siamo quasi!»

Un minuto dopo, i tre *tecnici* in tenuta informale – meglio evitare impacci per un simile lavoro di forza – fecero vacillare la pesante lapide posata sulla tomba di marmo.

Le due cassette che apparvero sotto i loro occhi racchiudevano i resti del poeta italiano, considerato uno dei più grandi geni di tutti i tempi.

Lo scheletro di Dante sembrava messo a casaccio. I membri della squadra non se ne curarono, non erano lì per ricostruire il puzzle. Si impadronirono del cranio e buttarono il resto senza complimenti in fondo alla tomba. Diverse ossa si frantumarono, come bicchieri di cristallo. Vi aggiunsero un regalino per i poliziotti, il loro marchio di fabbrica.

«Bene, possiamo andare.»

I sei uomini si riunirono e, carichi del loro bottino, si rimisero la tuta protettiva e si apprestarono a uscire come se niente fosse per tornare al veicolo. Ma il primo della fila, che stava già aprendo il pesante battente di legno, si bloccò all'improvviso. Qualcuno si stava avvicinando, e chiunque fosse avrebbe causato guai.

*

«Che diavolo stai facendo?» gridò Bianchi. «Sei impazzita? Torna indietro!»

Già da un po' Louise si dimenava come se un verme solitario le stesse divorando l'intestino. Era più forte di lei. Quel mangiaspaghetti non capiva niente. Né lui né tutti quei coglioni di carabinieri e poliziotti che se ne stavano comodamente rintanati mentre gli artificieri si esponevano al massimo rischio. Il suo presentimento si faceva via via più forte. Ne era sicura. Nel cuore della basilica, in quello stesso momento, stava succedendo qualcosa di grave. Se nessuno aveva le palle di occuparsene, magari lei sarebbe riuscita a salvarli da sola.

Così si era lanciata verso l'enorme chiesa.

*

«Ma che cazzo...»

Al finto artificiere si strozzarono le parole in gola. Aveva solo pochi secondi per reagire.

Qualcuno rischiava di mandare all'aria la loro operazione... Ma come era possibile?

Probabilmente i veri artificieri erano stati ritrovati, imbavagliati e ammanettati, vicino al cadavere insanguinato del loro collega.

Alla fine il capo lasciò che l'audace sconosciuto facesse il suo ingresso. Era inutile provocare uno scontro a fuoco. Soprattutto in quel momento. Con un po' di fortuna, avrebbero potuto neutralizzarlo e andarsene come erano arrivati. La probabilità era bassa quanto quella di convincere il papa a permettere ai preti di sposarsi. Ma niente rischio, niente guadagno.

*

Louise entrò nella basilica.

Dietro di lei, in lontananza, una moltitudine di uniformi vocianti le intimava di rientrare nei ranghi. Era a tanto così dal fargli un bel dito medio. Non era ancora nato chi avrebbe detto cosa fare a Louise Vernay quando si sentiva investita di una missione e il suo intuito le ordinava di intervenire per evitare una catastrofe. Tanto più che non aveva più niente da perdere. Il messaggio ricevuto poco prima la ossessionava e alterava la sua capacità di giudizio. Probabilmente stava correndo un rischio insensato, ma non aveva importanza: poteva crepare lì, in quel momento; quantomeno le avrebbe evitato di dover prendere la decisione più grave della sua vita.

*

All'esterno, le forze dell'ordine erano sconcertate. Un gesto del genere era del tutto inaspettato. Gli artificieri non erano ancora usciti e nessuno poteva allontanarsi dalla propria posizione, tantomeno avventurarsi all'interno.

Fu allora che successe. Due detonazioni, il cui suono attutito però non superò i pesanti e antichi muri.

All'interno, il corpo trafitto da due pallottole da nove millimetri, una delle quali in faccia, crollò a terra lungo disteso. Gli occhi spalancati esprimevano un profondo stupore. Tutto si era svolto in una frazione di secondo. Una morte netta e rapida, prima ancora di aver potuto tentare alcunché. Prima ancora di realizzare che era la fine... Una pozza di sangue scuro cominciò a imbrattare le grandi lastre di marmo bianco.

Il capo della squadra svitò il silenziatore della sua Glock e se lo mise in tasca.

Il piano era salvo. Ora potevano uscire e proseguire indisturbati, bastava solo che salissero in fretta sul mezzo blindato, dileguandosi per le vie della città.

*

Mentre gli artificieri si allontanavano, Bianchi si precipitava dentro la chiesa, in preda a un brutto presentimento.

Attorno a lui regnava un silenzio di morte.

Le opere di Giotto, Vasari e Donatello restavano come sospese in una spaccatura dello spazio-tempo. I mormorii che di solito si elevavano al cospetto di quei capolavori del Rinascimento, come tributo ai geni scomparsi, si erano volatilizzati.

Poi le sue pupille incapparono in una massa scura.

Il poliziotto si fermò impietrito.

Louise giaceva ai piedi di una delle dieci tombe che fiancheggiavano le mura dell'imponente navata.

10

Mercoledì 20 aprile 1955
Philadelphia
Ore 9 e 51

«Ha commesso un terribile errore, Harvey.»

L'uomo aveva parlato con un tono gelido. Il medico legale capì che non avrebbe avuto una seconda possibilità. Aveva sproloquiato con il *New York Times* e ora doveva tenere un profilo basso.

Va detto che non ci era andato leggero. Era stato più forte di lui. Da anni sognava di farsi notare; era un'occasione troppo bella, magari alla fine del cammino lo avrebbe aspettato il premio Nobel.

Il giornale era uscito quella stessa mattina, due giorni soltanto dopo l'autopsia. Il titolo preannunciava il tenore del pezzo: *Un indizio chiave cercato nel cervello di Einstein*[*]. Il seguito riassumeva tutta la questione e la sua ambizione profonda: *Il cervello del dottor Albert Einstein, che verrà studiato secondo i metodi più moderni, potrebbe fare luce su uno dei più grandi misteri della natura: il segreto della genialità.*

* L'articolo è consultabile qui: https://www.nytimes.com/1955/04/20/archives/key-clue-sought-in-einstein-brain-study-of-blood-vessels-in-its.html

Vedendo l'articolo, capì subito che la famiglia, l'università e il mondo intero gli sarebbero stati addosso. Le ultime volontà del fisico erano chiare: «Voglio essere cremato, affinché nessuno possa idolatrare i miei resti». Ma Harvey non era riuscito a fare a meno di rubare il cervello di Einstein. E da quel preciso istante la sua vita era cambiata.

Al momento di lasciare con discrezione la sala settoria col proprio bottino, un uomo si era intromesso. Si era presentato con un nome singolare: Virgilio. Harvey si era creduto spacciato; sarebbe stato costretto a rimettere al suo posto l'organo trafugato e a rispondere del suo atto iniquo. Invece lo strano personaggio lo aveva elogiato. Aveva affermato di volergli «mostrare la via» e fare da guida, e lo aveva invitato a mettersi sotto la sua protezione. Grazie a lui, il medico legale non avrebbe mai corso alcun rischio e non avrebbe dovuto temere nulla da nessuno. Quel tono assertivo però gli era sembrato poco credibile. «Lei faccia il suo lavoro, e io farò il mio» aveva tuonato con la sua voce stentorea. Dunque Harvey poteva perseguire tranquillamente il proprio obiettivo e passare dall'ospedale, dove praticava le autopsie – tra cui quella di Einstein – al suo laboratorio di biologia, in Pennsylvania. Come molti medici, conduceva delle ricerche personali e più precisamente si dedicava allo studio degli organi che talvolta prelevava durante le dissezioni. Perciò era normale che volesse portare il cervello del genio tedesco fino al banco del suo laboratorio per sottoporlo a una serie di analisi molto approfondite.

Con l'intervista sul *New York Times* e le sue terribili conseguenze, Harvey avrebbe ora potuto verificare l'efficienza del suo *protettore*.

Quel mattino, dopo la pubblicazione dell'incendiario articolo, si aspettava una valanga di biasimo da ogni parte, ma dal momento in cui fece il suo ingresso tra le mura dell'università della Pennsylvania, con sua grande sorpresa, nessuno lo apostrofò: né i colleghi né la direzione.

Giunto di fronte al proprio studio, intuì l'alta sagoma di

Virgilio sulla porta. Dunque era andata così... Lo strano personaggio era passato di lì ed era riuscito a spegnere le fiamme che il ricercatore aveva appiccato.

L'uomo ammonì Harvey, rimproverandogli la sua arroganza e la sua incoscienza. Quel tizio era davvero impressionante; non c'era dubbio che ottenesse sempre ciò che desiderava. Chi avrebbe potuto resistergli? Il medico fece atto di contrizione e lo ringraziò per aver agito in modo da persuadere i suoi colleghi a lasciarlo lavorare. Come era riuscito a convincerli?

«Non è un suo problema. Io non interferisco con le sue ricerche, lei non interferisca con i miei metodi.»

Mentre il medico legale si apprestava a tornare in laboratorio, qualcuno irruppe nello studio senza essere invitato. Aveva un'aria furibonda.

«Lei è Thomas Harvey?» ruggì.

«E lei chi è?» rispose Virgilio con voce pacata.

«Sono Hans Albert Einstein!»

L'uomo gettò sulla scrivania una copia del *New York Times*. Harvey restò impietrito. Si dimenticò perfino di respirare. Il suo protettore, per nulla impressionato, si fece carico della pratica.

«Immagino che sia venuto qui per il cervello...»

Il figlio di Albert Einstein sfogò tutta la sua collera.

«È una vergogna! Avete capito? Una vergogna! Voglio che mi restituiate immediatamente ciò che avete rubato! Tutto deve essere cremato! Tutto!»

«Si calmi» rispose Virgilio. «Le spiegherò.»

Poi si girò verso Harvey, il cui viso bluastro lo rivelava prossimo a un colpo apoplettico.

«E lei faccia quello che deve fare. Forza!»

Il medico legale riprese a respirare e se la batté in silenzio. Quello strano personaggio sarebbe davvero riuscito a convincere il figlio del genio tedesco a lasciarlo lavorare? Era altamente improbabile. Non potendo fare altro, si concentrò sul proprio compito, nel poco tempo che aveva a disposizione.

Il suo laboratorio disponeva di una strumentazione moderna.

Posò i suoi arnesi sul piano di lavoro immacolato: bisturi, pinze e lastre di vetro. Quindi pulì le lenti del microscopio. Infine spolverò il microtomo con cura, per non dire con amore. Perché quello era il pezzo forte: Harvey era tra i pochissimi patologi a possederne uno.

Il microtomo permetteva di tagliare un cervello in lamelle sottilissime – dell'ordine di un millesimo di millimetro – in modo tale da poterne osservare le cellule. Il suo obiettivo era semplice: conoscere la citoarchitettura del cervello di Einstein, ovvero mettere in luce la natura, la disposizione e la distribuzione delle cellule che lo componevano.

Prima di dare il via a quella delicata operazione, che avrebbe richiesto mesi, prese il grosso vaso pieno di formaldeide e ne estrasse con delicatezza l'organo gelatinoso.

L'aveva già pesato e si era stupito che fosse più leggero della media. Il segreto della genialità di Einstein non risiedeva dunque affatto nella massa della sua materia grigia. La spiegazione era molto più sottile…

Quando il giorno prima aveva osservato l'encefalo nel dettaglio, aveva rilevato due fenomeni straordinari. Innanzitutto, il suo lobo parietale inferiore era più largo della media. Ora, Harvey sapeva che quella regione era associata principalmente al pensiero matematico e alla visione e scomposizione del movimento. Un indizio decisamente sconvolgente, in relazione alle sue eccezionali capacità di astrazione in materia di fisica fondamentale e spaziale…

Dopodiché, il patologo aveva scoperto che la scissura di Silvio era assente. Normalmente, quel solco profondo attraversa la superficie laterale del cervello. Parte in basso e poi corre verso la zona superiore e posteriore di ciascun emisfero.

Harvey aveva eseguito centinaia di autopsie. Aveva sempre rilevato la presenza di quella fessura, larga e profonda, immediatamente visibile a occhio nudo. Com'era possibile? Ne dedusse che i neuroni di Einstein avessero avuto la capacità di proiettarsi molto lontano, senza essere interrotti da quell'imponente fossato, un abisso in cui certamente, nei comuni mortali, molti pensieri dovevano andare a schiantarsi...

Harvey tornò a manipolare l'organo. Sentì un'eccitazione smisurata, che rasentava l'orgasmo. In quell'istante capì che avrebbe potuto dedicare il resto della sua vita a cercare di svelare i misteri di quel cervello.

Ne sfiorò la superficie ricca di pieghe. Constatò che non presentavano i depositi brunogiallastri tipici dell'invecchiamento. Quei sottili granuli di pigmento erano sempre visibili nell'autopsia delle persone anziane. Sul cuore, sulla pelle e perfino sul cervello. Si formavano con l'età, come una resina di detriti cellulari che si diffonde col tempo. È all'origine delle antiestetiche placche nerastre che macchiano la pelle di tanti vecchi.

Ebbene, Einstein non ne aveva neanche una! A settantasei anni, il suo cervello era liscio e puro come quello di un ragazzo.

Harvey sfoderò il suo taccuino e annotò freneticamente: *Assenza di lipofuscina sulla superficie dei lobi cerebrali.*

Poi prese il cervello e divaricò i due emisferi. Vi tuffò l'indice, lo sfregò e lo esaminò sotto la luce. Niente.

Stessa constatazione in profondità.

Gli brillavano gli occhi.

Il sistema nevoso centrale di Einstein non era dunque invecchiato? Com'era possibile un prodigio del genere?

Nell'ora successiva iniziò la parte più tecnica del lavoro, che era anche la più promettente. La sua eccitazione gli serviva da carburante, lo aiutava a procedere con destrezza e rapidità.

Tagliò alcuni cubetti di cervello, poi li passò sotto il filo del microtomo. Stese accuratamente ogni lamella tra due piccole lastre di vetro. Considerata la quantità di materia da trattare, quel lavoro minuzioso lo avrebbe occupato per mesi! Ma di tempo non ce n'era, adesso. Doveva però riuscire a fissare gli strati cellulari del cervello di Einstein. Era convinto che la loro analisi avrebbe svelato altri segreti e spiegato finalmente l'origine del suo genio assoluto.

Un'ora dopo afferrò uno dei campioni e non poté impedirsi di porlo sotto la lente del microscopio. Cominciò a studiarne i contorni, le forme. Intuiva gli ammassi di neuroni e di cellule gliali. Era, senza alcun dubbio, l'unico metodo valido. Una volta terminato, avrebbe distribuito decine di lamelle ai suoi colleghi patologi, perché recensissero le specificità di ogni fetta di cervello.

Mentre era sempre più preda di un folle entusiasmo, percepì una presenza alle sue spalle. Si girò e fece un sobbalzo.

«Mi ha spaventato!»

Virgilio era vicinissimo a lui, e lo superava in altezza di una testa abbondante.

«Lei... ha parlato con Hans Einstein? Ha intenzione di denunciarmi? Quand'è che dovrò restituire il cervello?»

«Mai. Può tenerlo. E studiarlo a suo piacimento.»

Al medico cadde la mascella. Quell'uomo dalla statura imponente, dopo aver convinto i suoi colleghi e la direzione dell'università, era dunque riuscito a persuadere anche il figlio dello scienziato.

«Sul serio? Voglio dire... è proprio vero?»

«Con l'unica condizione che non faccia più nulla senza consultarmi. In soli due giorni ha già scatenato un terremoto. Deve obbedirmi e seguire la via che ho tracciato per lei.»

«Ma quale via? E lei chi è, poi? Perché tanti segreti? Cosa si aspetta da me?»

«Lei non è l'unico a voler scoprire i misteri del cervello umano. Da molti secoli *noi* cerchiamo di capire. Prima di lei, Rudolf Wagner, Duncan MacDougall e tanti altri hanno cercato di spingersi nei meandri della mente. Di scoprire l'origine dell'anima e del genio dei pochi che hanno fatto progredire l'umanità a passi da gigante. Ma ogni medaglia ha il suo rovescio. Dietro la luce regna l'oscurità. Sotto il cielo strisciano le profondità della terra. Ciò che ci eleva lotta contro ciò che ci attira in fondo all'abisso.»

Harvey non fiatò. Aveva spostato le lamelle in fondo al piano di lavoro, sperando che l'altro non le distruggesse in un accesso di follia. Era costretto ad ascoltare quello sproloquio senza capo né coda. O almeno era quello che pensava allora.

Solo molto più tardi avrebbe scoperto tutto sulla grande opera, e sul ruolo cruciale che gli sarebbe toccato svolgere nel compimento della missione, sotto il nome in codice di *Dante*.

11

Lunedì 8 aprile 2024
Firenze
Ore 15 e 13

Massimo Bianchi era paralizzato.

La sua collega era distesa sulla pancia, inerte. La intravedeva appena nell'oscurità. Un silenzio di piombo rendeva quel momento ancora più insopportabile. La morte si aggirava ovunque.

Sfortunatamente il suo presentimento era fondato.

Cos'era successo?

Finalmente si avvicinò al corpo e con un movimento istintivo cercò di rigirarlo.

«Ehi, vacci piano! Mi hai spaventata a morte!»

Bianchi si raddrizzò, stupefatto.

«Ma… cosa diavolo ci fai per terra?»

Louise era incollata al pavimento, con le braccia proiettate in avanti, intenta a mirare un punto della basilica con la sua pistola di servizio.

«Abbassati e parla piano! Ho sentito un rumore che veniva dalla sagrestia. Sono sicura che sono ancora lì. Quando usciranno li bloccheremo.»

«Ma chi? Chi è ancora lì?»

«I tizi che da giorni ci stanno prendendo in giro. Hanno

sicuramente cercato di aprire una delle tombe. Ne sono sicura. Lo sento. Lo so.»

In quel momento una marea di poliziotti fece incursione nella chiesa, per assicurarsi che tutto fosse in ordine prima di restituire l'edificio ai frati francescani e ai turisti.

Louise si rialzò, sentendosi un po' ridicola. Avanzò prudentemente verso la sagrestia. All'interno, a parte qualche scena impressionante della crocifissione di Cristo sui muri e alcune autentiche reliquie della tunica di san Francesco d'Assisi, non c'era niente. E nessuno.

La francese tornò nella navata e ispezionò i monumenti funebri uno dopo l'altro. Quando raggiunse quello di Machiavelli, che si trovava più o meno a metà, lo esaminò a fondo. Anche lì, nessun segno di effrazione.

Andò verso il fondo, dove i mausolei di Michelangelo e di Galileo stavano l'uno di fronte all'altro.

Sempre nulla.

Tornò sui suoi passi e si fermò ai piedi del sepolcro di Dante. Il sarcofago troneggiava all'interno di una nicchia semicircolare, sul lato destro della navata, tra la seconda e la terza campata. Louise lo trovò davvero appariscente, con le sue tre statue, una delle quali rappresentava la Poesia, accasciata per la tristezza sul bordo del coperchio di marmo, con una corona in mano. Nientemeno. In cima si stagliava Dante, con un'espressione concentrata, alla maniera del pensatore di Rodin. Coronato d'alloro e avvolto in una toga, sembrava in tutto e per tutto un imperatore romano.

Louise provò una sensazione opprimente. Era successo qualcosa. Quei bastardi miravano a Dante. Ne era certa.

«Bisogna aprirlo.»

«Scusa?» domandò Bianchi con voce strozzata.

«Bisogna aprirlo, sono sicura che il cranio non c'è più. Troveremo segni di effrazione, forse anche una lamella. Hanno richiuso il sarcofago, ma sono sicura che si sono impadroniti di parte dei resti di Dante.»

Mentre l'italiano si accingeva a far ragionare l'impetuosa

collega, la suoneria stridente del suo cellulare riempì tutta la basilica.

«Pronto?»

Il poliziotto impallidì.

«Cosa succede?» domandò preoccupata Louise.

«Be', tutto sommato avevi ragione tu... La tomba di Dante è stata profanata. Hanno rubato il cranio e trovato una nuova lamella. E... abbiamo altri morti per le mani, assassinati a sangue freddo.»

Questa volta fu Louise ad accingersi a far ragionare il collega. Quel povero ragazzo stava perdendo la ragione. Aveva il naso letteralmente incollato al sarcofago di Dante Alighieri, chiuso. Nessuno poteva sapere cosa ci avessero lasciato dentro, ammesso che la sua teoria fosse corretta. E di certo non avevano ancora trovato nessun cadavere! Ma prima che potesse dire qualcosa Bianchi riprese la parola.

«Vieni, l'elicottero è ancora qui. Andiamo.»

«Ma insomma, di cosa stai parlando? Andiamo dove?»

«A Ravenna. Saremo lì in una trentina di minuti.»

Il resto fu per lei un vero shock. Aveva avuto una giusta intuizione ma, non conoscendo poi molto della storia italiana, com'era comprensibile, aveva commesso un terribile errore.

Perché i sepolcri di Dante erano due. Ma quello di Firenze non era che un cenotafio, un sarcofago commemorativo, che non aveva mai accolto al suo interno i resti del poeta. La vera tomba era a Ravenna, ma lei lo aveva scoperto solo da pochi minuti. Dante era morto lontano dalla sua città natale, da cui era stato scacciato. I suoi resti si trovavano adesso in un'altra città, in un'altra regione, in un tempietto neoclassico, adiacente a un'antica basilica, anche lei francescana, in cui era stato celebrato il suo funerale.

I criminali avevano organizzato una messinscena che era riuscita a distrarli. Due allarmi bomba, ma solo uno aveva catturato la loro attenzione. D'altra parte non sapevano ancora a cosa mirassero i criminali, e la tomba di Machiavelli era ancora la loro ipotesi condivisa principale, quando si erano messi in moto. Dante era solo un'intuizione... ma Louise era sprovvista delle informazioni necessarie per poterla seguire fino in fondo.

Mentre a Santa Croce erano entrati dei veri artificieri, una squadra di falsi sminatori a Ravenna era riuscita a sostituirsi a quelli veri, mentre si recavano sul luogo dell'allarme. Louise si era sentita mancare scoprendo che avevano freddato uno degli artificieri con una pallottola in testa, per poi impadronirsi del convoglio, delle loro uniformi e di tutto il loro materiale.

In questo modo erano riusciti a penetrare prima nella basilica di San Francesco, e poi nel monumento funebre di Dante. Quel tempietto neoclassico le sembrava così simile al tempio di Esculapio nei giardini di Villa Borghese... Poiché tutta la zona circostante la basilica e il mausoleo era stata chiusa e isolata, la squadra aveva potuto agire indisturbata.

O quasi.

Un uomo li aveva notati dal suo ufficio, che permetteva di vedere all'interno del mausoleo. Il cordone di polizia impediva a chiunque di avvicinarsi dall'esterno, ma nessuno si era preoccupato degli edifici adiacenti. Avvolto nel suo saio marrone scuro, padre Pietro De Michelis dirigeva la comunità dei frati minori conventuali di Ravenna. Era il parroco della chiesa e, come i suoi confratelli nel corso dei secoli, era investito di una missione: proteggere a tutti i costi le reliquie del poeta. Riposare lì per sempre era stata l'esplicita richiesta di Dante, ma il prelato non agiva solo mosso dal desiderio di rispettare la volontà del grand'uomo. Faceva infatti parte di una confraternita, che non aveva a che fare con quella dei francescani: il *Gyrum Novem*. Nessuno poteva turbare l'anima del grande maestro o impadronirsi delle sue spoglie. Per nessun motivo. Altrimenti, avrebbe pagato con la vita. A più riprese quegli illustri resti avevano rischiato di essere ricollocati in Santa Croce, un santuario considerato più degno e consono al sommo poeta. E ogni volta gli intrepidi monaci vi si erano ferocemente opposti. Nel 1519, quando per la prima volta papa Leone X aveva ordinato lo spostamento, i frati minori avevano addirittura scavato in fretta e furia un buco in un muro attiguo al sepolcro, per nascondervi lo scheletro.

Tre secoli più tardi, nel fronteggiare una nuova minaccia, avevano occultato le ossa dietro una porta murata dell'oratorio del chiostro. Quindi avevano mantenuto il segreto per tutta la loro vita, fino a portarselo nella tomba. La cassa murata e sigillata contenente i resti del poeta era stata rinvenuta in maniera del tutto fortuita solo nel 1865, durante alcuni lavori nel convento. Dopodiché, le sue ossa erano state definitivamente disposte in due cassette all'interno della tomba di marmo dove tuttora riposavano.

E ora quei tizi travestiti da artificieri si erano introdotti nel tempietto, dirigendosi alla tomba. E padre De Michelis era entrato in azione, come i suoi illustri predecessori del *Gyrum Novem*. Si era recato sul luogo del misfatto, in barba ai poliziotti ravennati che non erano riusciti a fermarlo in tempo.

Senza alcuna consapevolezza del rischio che correva, si era gettato tra le fauci del lupo. E il lupo lo aveva morso. Con violenza. Due pallottole a bruciapelo, di cui una in faccia. Nessuna possibilità di scampo, nemmeno il tempo di capire che quelli erano gli ultimi istanti della sua vita.

Louise non si dava pace. Si era fatta fregare come una pivella. Proprio come quelle canaglie avevano sperato che facesse. E loro si erano lasciati alle spalle altri due cadaveri; due nuove vittime, uccise selvaggiamente, senza la minima esitazione.

Gliel'avrebbe fatta pagare, fino all'ultimo centesimo.

12

Martedì 9 aprile 2024
Liegi (Belgio)
Ore 16 e 45

Louise penetrò con sguardo vitreo nel complesso.

Lo conosceva meglio del suo stesso appartamento e avrebbe potuto girarlo a occhi chiusi.

L'edificio 34, altrimenti detto Giga Tower – sebbene in senso stretto non avesse niente a che vedere con una torre – era un'anonima palazzina di cinque piani, imbottita di vetro e calcestruzzo.

Dei flash le trapassarono la mente. La tomba di Marie Curie. Il boss del CEA macellato dall'interno. Il cenotafio di Dante a Firenze. Il vero mausoleo del poeta a Ravenna. Il corpo del sacerdote steso in una pozza di sangue. E la sensazione di essere di nuovo persa. Dopo tutto quel putiferio, le autorità italiane l'avevano invitata a tornarsene a casa. Poiché non era più la benvenuta, aveva deciso di affrontare la sua peggiore angoscia. Il messaggio si stampava davanti ai suoi occhi spaventati non appena abbassava le palpebre. Non avrebbe certo lasciato che accadesse.

In fondo al corridoio, la scritta che aveva contemplato mille volte la fece rabbrividire da capo a piedi. Poi si sentì afferrare da un grande terrore. La Morte si aggirava lì vicino…

La triste mietitrice veniva spesso a riscuotere la sua decima in quel gelido reparto.

Louise distolse lo sguardo dalle lettere affisse sulla porta: GIGA Consciousness – Coma Science Group. Suonò, e la porta scorrevole azzurrina si aprì.

Come il suo nome lasciava supporre, il reparto ospitava un gran numero di corpi in stato vegetativo distesi su letti ipertecnologici, sotto l'occhio vigile di una trentina di studiosi fermamente decisi a scoprire i segreti della coscienza umana.

Le camere ampie e confortevoli ospitavano persone con lesioni cerebrali, prigionieri della sindrome locked-in, vittime di lesioni vascolari e di molti altri mali. Tutti in stato vegetativo o in coma profondo.

La maggior parte di loro non ne sarebbe mai uscita.

Ma i medici del Coma Science Group ne erano certi: c'era ancora una piccola luce vacillante in qualche meandro di quei cervelli menomati. Bisognava semplicemente riuscire a coglierne l'effimera manifestazione. A volte diventava talmente sfuggente da assomigliare alla traccia del bosone di Higgs che i fisici avevano impiegato tanti anni a catturare con il loro acceleratore di particelle, al CERN di Ginevra. Ma bastava una scintilla, un riflesso, per dimostrare che non era tutto finito.

La morte cerebrale non era *la morte* e basta.

Qualcosa lottava, da qualche parte. Un infinitesimale soffio di vita.

La manifestazione del puro spirito. Forse perfino la prova dell'esistenza dell'anima.

Quei pazzi ci credevano fermamente, al punto che erano riusciti a convincere anche Louise. Perciò, dopo tutti quegli anni, ancora conservava una minuscola speranza. Una fuggevole scintilla che le permetteva di resistere, con l'aiuto di qualche droga, ovviamente, altrimenti sarebbe stato davvero troppo difficile.

Perché, dunque? Perché era stata convocata con quelle parole definitive, con quel messaggio ingiusto?

Adesso Louise era furiosa. Una fredda rabbia l'aveva invasa al momento di entrare nella stanza.

Piombò dentro con veemenza e si bloccò davanti a colui che da troppi anni ossessionava i suoi giorni e le sue notti.

Era intubato e costellato di sensori collegati a una serie di apparecchiature. Alcuni schermi riflettevano lo stato della sua attività cerebrale. Le curve sinusoidali restavano assolutamente piatte. Perché rifiutavano di fare almeno un piccolo balzo ogni tanto, come era sempre avvenuto in tutti quegli anni?

Disperata, Louise scosse gli apparecchi, tanto che nei corridoi risuonò un allarme.

Subito accorse un'infermiera.

«Ma cosa sta facendo! Si fermi!»

Louise mollò la presa e si lasciò cadere sulla poltrona di fianco al letto d'ospedale.

Un minuto dopo, una donna sulla cinquantina entrò nella stanza con un'espressione arrabbiata.

«Buongiorno, Louise. Mi dispiace, ma non puoi... in questo modo... impunemente...»

«Impunemente?»

Gli occhi dell'investigatrice scintillavano d'odio.

«Impunemente? Proprio tu dici questo? Ma chi vuoi prendere in giro?»

Stava urlando, senza neanche accorgersene.

«Perché tu, invece, puoi mandarmi *impunemente* dei messaggi schifosi? Senza la minima considerazione per quello che ho vissuto, per quello che sono?»

«Ti prego, calmati! I pazienti hanno bisogno di tranquillità, di silenzio...»

Louise si era drizzata con fare minaccioso.

«Piantala di dire stronzate! I tuoi amichetti sono completamente decerebrati, con la testa in poltiglia! Sei l'unica a non rendersene conto!»

La dottoressa si avvicinò a Louise, le prese le mani e le strinse forte tra le sue.

Louise scoppiò in singhiozzi.

Piangeva a dirotto, come una ragazzina. Quella ragazzina impietrita davanti alla macchina in fiamme dei suoi genitori, incapace di correre verso la cabina telefonica per chiamare i soccorsi.

Suo fratello giaceva lì, proprio accanto a lei. Immobile. Con le palpebre chiuse. Era sopravvissuto per tutti quegli anni. A che scopo?

Durante l'incidente, Mathieu aveva attraversato il parabrezza a più di settanta chilometri orari, per poi cadere sul ciglio della strada. Vittima di una grave commozione cerebrale, era destinato a una morte certa. Ma il suo stato era passato da comatoso a «pauci-relazionale», il che, in gergo medico, faceva nascere un'esile speranza. A volte, perciò, sembrava essere capace di un remoto risveglio. Poteva stringere mollemente la mano di Louise, aprire gli occhi, muovere le orbite, e perfino abbozzare dei deboli movimenti che sembravano dire «sì» o «no». Ci voleva molta immaginazione – e molta fiducia nella vita – per interpretare quei minuscoli segnali. Era come spiare una risposta da parte dei fantasmi (un colpo per dire sì, due colpi per dire no) durante una seduta spiritica.

Nel 2014, Louise aveva ottenuto che venisse trasferito da un'unità di cura a lungo termine di Lione al nuovissimo Coma Science Group del dottor Steven Laureys, posto nel cuore del CHU di Liegi, in Belgio.

Lì, molteplici sperimentazioni miravano a riaccendere la scintilla della coscienza, anche nei casi più disperati. Quello era il programma. Quella era la promessa.

All'inizio, avevano dimostrato che Mathieu sentiva la musica. Le onde cerebrali, captate da una batteria di elettrodi, variavano leggermente quando la melodia cambiava ritmo all'improvviso. Era una cosa quasi impercettibile. Bisognava davvero volerci credere.

Louise, inevitabilmente, si aggrappava alla minima speranza. Si fidava dell'equipe medica, e in particolare di Maria Calvino. La neurologa italosvizzera fungeva da braccio destro del dottor Laureys, che aveva accettato un incarico in Canada e ormai tornava in Belgio solo due o tre volte all'anno. La dottoressa vegliava sulle sue pecorelle notte e giorno. Dopo tutti quegli anni, Louise e Maria erano diventate amiche, o quasi. L'investigatrice trovava nella dottoressa ascolto, comprensione e molto semplicemente umanità, una dote alquanto rara tra i medici.

Ma quel giorno tutto sembrava poter andare storto.

Maria aveva ingiunto a Louise di prendere una decisione. In realtà, *la* decisione.

«Abbiamo provato di tutto. Mathieu non risponde più. Non c'è il minimo segno. Abbiamo fatto una TAC e perfino una risonanza magnetica. È tutto fermo. E...»

La neurologa esitò. La mazzata sarebbe stata tremenda; doveva tenere a freno la lingua nella bocca dalle labbra carminio. Quella donna, che certo non lesinava mai sul trucco, aveva carattere; il suo carisma era palpabile. La sua bontà anche. Ecco perché esitava, perfino più del solito.

«Dobbiamo anche liberare questo letto. Altri pazienti, molto gravi, aspettano di raggiungerci. Dobbiamo dargli una possibilità.»

Mancò poco che Louise tirasse fuori la sua SIG Sauer per spararle una pallottola in mezzo agli occhi e riuscire a farla tacere una volta per tutte.

Oppure per spararsi in bocca. Per dimenticare tutto, per sempre.

Con la gola stretta, rivolse lo sguardo verso Mathieu e pregò intensamente perché un segno, un gesto, un battito di ciglia smentissero d'un colpo le insinuazioni della dottoressa. Ma non successe niente.

«E... se io sono... se sono d'accordo... come...»

Ma l'investigatrice, incapace di finire la frase, crollò tra le braccia di Maria.

La neurologa non ebbe cuore di proseguire quella discussione insopportabile. Louise Vernay non era pronta. E, in fondo, un giorno in più o in meno non cambiava nulla.

Doveva convincerla dolcemente. A volte Maria si chiedeva

se fosse davvero portata per quel compito. Amava il proprio lavoro, ma l'asprezza delle situazioni tragiche dei suoi pazienti la devastava. Quando i parenti crollavano, il suo cuore sanguinava e il dolore la mortificava. Beninteso, certi piccoli miracoli le restituivano il coraggio necessario per affrontare nuove prove. Ma col passare degli anni diventava sempre più difficile.

Le due donne lasciarono la stanza in silenzio e andarono nella sala relax.

Incapace di prodigare le cure che avrebbero permesso di guarire l'anima martoriata dell'investigatrice, Maria preparò un caffè ristretto.

Louise inspirò profondamente per fermare le lacrime. Le borse sotto gli occhi erano gonfie e rosse; sembrava una vecchia pazza. Lasciò vagare lo sguardo appannato sui muri del piccolo refettorio. Erano ricoperti di immagini cliniche, foto di TAC, di risonanze magnetiche, solitamente colorate di rosso e di verde. La vocazione dei medici non aveva limiti e traspariva anche nelle loro pause. Probabilmente discutevano dei loro pazienti anche davanti a una tazza di caffè. Nella mente distrutta di Vernay, quelle fotografie si sovrapponevano agli scatti del tizio del CEA che aveva osservato al pronto soccorso dell'ospedale Georges-Pompidou, appena prima della sua morte spettacolare.

La coltellata dall'interno restava uno dei modi di procedere più machiavellici che avesse mai incontrato nella sua carriera di poliziotta. Cosa avrebbero fatto la prossima volta? Louise aveva appena ricevuto il resoconto dell'autopsia del mafioso decerebrato sotto lo sguardo impavido del dio della medicina, nel giardino incantato di Villa Borghese. In allegato c'erano diverse immagini cliniche. Gli italiani avevano fatto una virtopsia – una dissezione virtuale con l'ausilio di una TAC – prima di aprire il cadavere e prelevare campioni di organi e altri fluidi.

Louise estrasse l'iPhone e strisciò il pollice sulla superficie dello schermo.

«Vorrei mostrarti delle radiografie. Visto che mi trovo nella Mecca del cervello, tanto vale approfittarne.»

«La Mecca del cervello! Che esagerata…»

«Non fare la modesta. Tieni conto che in tutti questi anni non mi sono persa una briciola dei vostri successi. Ho letto tutti gli articoli sul centro e mi sono addirittura vista un sacco di documentari sul vostro capo, Laureys. Adesso è una vera e propria star. Soprattutto da quando ha studiato il cervello di Matthieu Ricard, il braccio destro del Dalai Lama, durante una meditazione in stato di piena coscienza.»

Maria sorrise.

«E so che ha studiato anche il funzionamento di molti altri cervelli durante il sonno, sotto anestesia totale, sotto ipnosi e persino sotto l'effetto di stupefacenti. E ho letto i suoi due libri sulla meditazione e sugli stati limite della coscienza.»

Maria fischiò, sinceramente impressionata.

«Mi farai ingelosire… Ho l'impressione che tu abbia una cotta per Steven.»

Louise sbuffò col naso e abbozzò un sorriso.

«Tieni, sono le immagini della risonanza magnetica di una delle vittime, prese appena prima della sua morte. D'altronde, ho per così dire assistito di persona al suo omicidio…»

Maria afferrò lo smartphone e fece scorrere le foto.

«Le ultime due sono sfocate, però.»

«Non noti niente?»

La neurologa tornò a scorrere le immagini a ritroso ingrandendole con il pollice e l'indice.

Louise stava testando le capacità di osservazione e le *reali* competenze della dottoressa. Se non fosse riuscita a rilevare niente, perché mai avrebbe dovuto crederle? E accettare il suo inesorabile verdetto riguardo a Mathieu? Chi era lei per decidere della vita o della morte di un essere umano?

«Mi sembra… Vedo una macchia insolita… Nelle aree subcorticali, all'altezza dei gangli della base…»

La donna era tutt'altro che una pivella; difficile coglierla in fallo. Siccome Louise non ci capiva assolutamente niente ed era costretta a lavorare da sola, non aveva altra scelta che affidarsi a dei consulenti estemporanei. Dopo Vogel e le sue domande lungimiranti, Maria e le sue maledette certezze avrebbero potuto esserle di grande aiuto.

«Ciò che sto per dirti è strettamente confidenziale. Posso contare sul tuo inviolabile giuramento di ipocrita?»

Maria corrugò le sopracciglia divertita.

«Intendi dire Ippocrate...»

Louise le concesse un sorrisetto stentato.

«Sì, Ippocrate. Insomma, il segreto professionale. Posso contarci?»

«No...»

L'investigatrice si gettò all'indietro sulla scomoda seggiola e incrociò le braccia con sguardo cupo.

«No?»

«Puoi contare su una cosa molto migliore: la fiducia. L'amicizia, perfino. Dopo tutti questi anni...»

«Okay, okay» si arrese Louise.

L'investigatrice espose una buona parte dell'indagine. Prima la lamella affilata come un taglierino che sotto la potente attrazione del magnete della risonanza si era spostata fino a lacerare dei nuclei vitali, causando un arresto cardiorespiratorio fatale. La notizia non si era ancora diffusa. La presenza di lamelle incise sì, ma non la diabolica messinscena.

La dottoressa Calvino spalancò gli occhi sbigottita.

«Ma come hanno potuto...? E come potevano essere sicuri che il paziente sarebbe stato sottoposto a risonanza magnetica?»

«Credo che avessero previsto tutto. I macchinari del Pompidou erano tutti fuori servizio, quella sera.»

«Pensi che li abbiano sabotati?»

«Sì, più o meno.»

«Quindi sono disposti a tutto per...»

«Hanno ucciso a sangue freddo due guardie legate sul pavimento, al Panthéon. Il tutto per rubare il cervello di Marie Curie. E anche il furto del cranio di Dante si è concluso con due morti ammazzati.»

La neurologa sbiancò. Louise continuava a maneggiare l'iPhone.

«E questo è il cervello di un'altra vittima, ritrovata a Roma questo fine settimana, sotto una statua del dio Esculapio.»

Questa volta, la dottoressa esibì una smorfia di disgusto. Il taglio devastante del cranio e la superficie del cervello in poltiglia erano decisamente urtanti.

«È una cosa folle, non trovi?»

«Sì, è un macello.»

«Con cosa l'hanno segato, secondo te?»

Maria Calvino esaminò la foto più da vicino.

«Non so, un seghetto o qualcosa del genere.»

«Ma il tizio era vivo, giusto? Vista l'irregolarità del taglio...»

«Può darsi... Ma in quel caso sarà stato necessario tenergli ferma la testa, perché altrimenti non ci sarebbero riusciti.»

«È strano, no? Col loro primo bersaglio fanno una cosa ipersofisticata e completamente inedita, il secondo invece lo massacrano con la motosega.»

La neurologa alzò le spalle, totalmente incapace di spiegare quel paradosso.

«Ma ci sono dei punti in comune» riprese Louise. «Guarda questa tomografia scattata da quei mangiaspaghetti all'inizio dell'autopsia.»

Maria alzò gli occhi al cielo. Decisamente Vernay amava essere provocatoria. Poi si concentrò sull'immagine.

«C'è una cavità anomala al livello dei nuclei profondi... Come se mancassero delle strutture.»

«Esatto. Hanno letteralmente estirpato una parte dell'organo. La stessa regione in cui avevano messo la lametta nel cranio del capo del CEA. E in entrambi i casi hanno lasciato un messaggio che dice più o meno la stessa cosa ed è ispirato all'*Inferno* di Dante.»

Louise tornò ai propri appunti.

«"Il peccatore incontrerà il dio degli Inferi nel nono cerchio di ghiaccio, e perirà fra atroci sofferenze. Uno dopo l'altro, tutti i peccatori saranno annientati dalla potenza vendicatrice del primo cerchio". È una traduzione. Tieni, qui c'è la foto del messaggio originale.»

Maria lesse il testo in italiano e si massaggiò il mento. Qualcosa sembrava affiorare nel suo cervello. Louise proseguì, sempre più eccitata. Non aveva più alcun freno e ormai trattava la neurologa alla stregua di una collega della polizia Scientifica.

«Inoltre, abbiamo rinvenuto un'inscrizione identica sul torace della vittima di Roma e su una lamella lasciata in fondo alla tomba di Dante, a Ravenna: "Benvenuti nello stadio neolytico dell'antropocene. *Gyrum Novem*".»

Maria Calvino sprofondò nella sedia e si appoggiò allo schienale.

«Ti stanno mandando un messaggio in codice.»

«Ma non mi dire, grazie...»

«Intendo dire un messaggio in codice direttamente in relazione con il cervello *in quanto tale*.»

Il sorriso ironico dell'investigatrice svanì.

«Cioè?»

«Be', nel messaggio originale viene usata la parola "giro" anziché "cerchio": "nono giro" e "primo giro". Curioso, perché in italiano si parla sempre di "cerchi" o "gironi", quando ci si riferisce all'Inferno, mai di "giri". E sono quasi certa che Dante abbia utilizzato proprio la parola "cerchio", nella sua opera. L'ho studiata al liceo, come tutti gli italiani.»

«E quindi?»

«In italiano, nella mia disciplina, giro è un termine molto importante. Indica una circonvoluzione cerebrale, vale a dire una delle tante pieghe che danno al cervello la sua forma ondulata e sinuosa. E anche in francese si usa la parola latina: *gyrus*. Che ha esattamente la stessa radice della firma *Gyrum Novem,* sull'altra inscrizione che hai citato. *Giro*, *Gyrum*: tutto porta verso la struttura del cervello. Ed è ancora più pertinente dal momento che noi possediamo appunto nove *gyri* – *gyri* è il plurale di *gyrus* –, cioè nove circonvoluzioni principali in ogni emisfero.»

Louise cominciava a capire cosa voleva dire Maria Calvino.

«Stai insinuando che i "giri" o "cerchi" di cui si parla nei messaggi in codice sono le circonvoluzioni del cervello? E non i cerchi dell'Inferno?»

«Forse. La firma *Gyrum Novem* potrebbe anche significare sia "il cerchio dei nove" o "i nove cerchi", sia "i nove *gyri* del cervello". O ancora "il nono *gyrus* cerebrale".»

Louise ebbe un'illuminazione improvvisa. Prese la foto di una delle lamelle lasciate dalla squadra sulle scene del crimine. Osservò il lato su cui era inciso un numero posto in mezzo a un cerchio. Poi sovrappose mentalmente il disegno alla rappresentazione del cervello.

«Maria, credo che tu abbia ragione...»

«Penso che ci si possa spingere ancora più in là» aggiunse la neurologa in tono vivace. «Nel cervello le circonvoluzioni, delimitate da solchi piuttosto profondi, si raggruppano in lobi cerebrali. Ora, noi possediamo quattro lobi – frontale, parietale, temporale, occipitale – in ognuno dei nostri due emisferi, ossia otto in totale. Se li prendi uno per uno, hanno l'aspetto di una palla, di cerchi pieni, se preferisci. Questi otto lobi gestiscono le nostre funzioni superiori, come la percezione, la cognizione e il linguaggio. Li si potrebbe considerare come i primi otto cerchi.»

«E il nono?»

«Be'... Propenderei per i nuclei più profondi, vicino al bulbo rachidiano. La struttura cerebrale più nascosta, proprio come il nono cerchio dell'*Inferno* di Dante, che è posto nella parte più bassa dell'imbuto, o in fondo all'abisso, se si vuole.»

«I nuclei profondi, quelli che sono stati dilaniati dalla lama di taglierino e quelli che sono stati rimossi al mafioso?»

«Esattamente.»

Louise fece una pausa, sforzandosi di digerire quelle rivelazioni che sconvolgevano la sua visione dell'indagine.

«Ma a cosa servono questi maledetti nuclei? Perché lacerarli, distruggerli, estrarli?»

«Gestiscono le nostre funzioni più istintive, le più primitive, come il sonno, il controllo dell'appetito, la riproduzione nonché il sistema di ricompensa. Quel meccanismo che ci spinge a provare piacere, il piacere sessuale per esempio. È anche all'origine delle nostre dipendenze dalle droghe; stimola la nostra motivazione e il passaggio all'atto. Anche ad atti che a volte possono essere pericolosi, estremi, per garantire la nostra difesa e la nostra sopravvivenza.»

«Quindi? Cosa ne deduci?»

«Non lo so... ma... è come se avessero voluto privare le vittime della loro animalità profonda. Dei loro istinti più primordiali. Magari per reprimerne le pulsioni più deleterie.»

Mentre finiva la frase, la neurologa gettò un'occhiata all'orologio.

«Bene, mi dispiace Louise, ma è tardi. Devo occuparmi di tutto il reparto. E devo iniziare il mio giro. Ci sentiamo presto? Devi prendere una decisione, d'accordo?»

Louise annuì svogliatamente e ringraziò la neurologa, che sparì nei corridoi del CHU. Turbata, l'investigatrice si diresse meccanicamente verso l'uscita. Quella nuova ipotesi mandava all'aria ogni cosa.

Chiamò un taxi e raggiunse la stazione di Liège-Guillemins per prendere l'ultimo Thalys per Parigi. Doveva tornare. Anche se niente e nessuno la aspettava. Temeva la propria stanza, e la solitudine. Si sarebbe di nuovo ritrovata davanti a sé stessa, ad affrontare i suoi demoni. Avrebbe resistito alla tentazione? Il suo sistema di ricompensa esigeva incessantemente di essere alimentato. Salendo sul TGV, Louise si domandò se si potesse vivere senza dipendenze, e quindi senza piacere. Senza eccitazione né motivazione. Insomma, se sarebbe sopravvissuta all'«exeresi dei suoi nuclei profondi»... Sicuramente no. Oppure avrebbe corso il rischio di diventare come... L'immagine di suo fratello costretto a letto si fece strada con violenza nella sua mente.

Era solo una vigliacca.

Se lui avesse potuto parlare, non l'avrebbe supplicata?

E se Maria avesse avuto ragione? Se fosse stato necessario porre fine al suo supplizio?

Louise chiuse gli occhi e sprofondò in un sonno pieno zeppo di angeli caduti e di anime perdute, tutte immerse in un calderone infuocato.

Tutte intrappolate tra i tormenti dell'Inferno.

13

Mercoledì 10 aprile 2024
Roma
Ore 10 e 27

Massimo Bianchi mostrò il tesserino della Squadra Mobile allo sportello del Nuovo Complesso dell'immensa città carceraria di Rebibbia. Le mura del penitenziario, situato nella periferia nord di Roma, si estendevano per più di tre chilometri. Mura spoglie, tristemente grigiastre, sormontate da alcune torrette color azzurro mare, una tinta che sembrava essere stata scelta con un briciolo di cinismo. All'interno di quell'imponente quadrato di sessanta ettari, dei settori geometrici ben separati delimitavano i quattro complessi carcerari: tre riservati agli uomini e uno alle donne. La maggior parte degli ospiti si era macchiata di reati comuni, ma alcuni facevano addirittura parte della criminalità organizzata, ed erano dentro perché implicati in sequestri, aggressioni, omicidi. Tra questi svariate decine scontavano un ergastolo ostativo, senza alcuna speranza di rilascio.

C'era anche qualche area dedicata allo svago, tra cui un campo da calcio – che il poliziotto aveva costeggiato prima di entrare nel decrepito edificio d'ingresso – e un teatro in cui diversi detenuti di lungo periodo si dedicavano all'arte drammatica.

«Ho un colloquio con Giuseppe Rizzo.»

Il secondino alzò il mento con aria sospettosa.

«Rizzo? È in isolamento. È un 41-bis.»

Il Nuovo Complesso – che risaliva comunque agli anni Sessanta – ospitava da solo millecinquecento detenuti, ovvero i tre quarti del totale. Ovviamente il personale non poteva conoscere i nomi di tutti. Ma Rizzo era un caso celebre, al pari di una quarantina di altri carcerati sottoposti al regime improntato al temibile articolo 41-bis della legge varata originariamente nel luglio del 1975, una delle più severe tra i Paesi democratici. I detenuti che vi sottostavano avevano diritto a un solo colloquio al mese e per la durata massima di un'ora. Rizzo, però, negli anni si era guadagnato anche dell'ammirazione; approfittando del suo infinito tempo libero, si era immerso nello studio della filosofia riuscendo addirittura a laurearsi a distanza. Nonostante una fedina penale che avrebbe fatto impallidire Attila e Pol Pot messi insieme, veniva ora considerato un saggio, zen e profondo quanto un discepolo del Dalai Lama. Non era d'altronde il primo da quel punto di vista. Giuseppe Grassonelli, uno dei suoi colleghi dai trascorsi agghiaccianti, si era più volte laureato in carcere, aveva scritto un libro e perfino vinto un premio letterario*, dieci anni prima. E c'erano anche altri esempi.

Bianchi tirò fuori dalla borsa una lettera del procuratore generale e la sbatté sotto il naso del guardiano. Ma il funzionario, zelante, prese il telefono.

«Comandante? Ho una richiesta di colloquio per Giuseppe Rizzo. A lei sta bene?»

Una voce nasale, incomprensibile, risuonò nel ricevitore.

«Okay, può andare» concesse l'agente, sempre con fare diffidente.

La paranoia era una cosa naturale, a Rebibbia. Il carcere,

* Si veda l'articolo di Philippe Ridet pubblicato su *Le Monde* nel settembre 2014, «Des lauriers pour le tueur», che ripercorre la vicenda del capomafia Giuseppe Grassonelli, ispirazione per il personaggio di Giuseppe Rizzo.

uno dei più grandi di tutta Italia, aveva conosciuto diverse evasioni spettacolari.

Massimo Bianchi depositò la pistola e il cellulare in un armadietto di plastica, passò attraverso il metal detector e si avviò, preceduto da un secondino. Risalì il vialetto che costeggiava i laboratori in cui i detenuti avevano l'opportunità di lavorare, quindi si diresse verso gli impressionanti padiglioni carcerari che si allungavano come stelle marine a tre braccia. Visti dall'alto, assomigliavano a eliche pronte a far decollare l'astronave dei condannati verso il vuoto siderale con la scritta A MAI PIÙ RIVEDERCI attaccata alle chiappe come uno striscione pubblicitario.

Il poliziotto della Omicidi era un habitué del posto; vi teneva regolarmente gli interrogatori dei pentiti, che beneficiavano di un regime privilegiato in cambio del tradimento nei confronti dei loro vecchi complici. Giuseppe Rizzo non era uno di loro. Ma era il depositario di informazioni cruciali, e soprattutto conosceva bene la vittima dell'omicidio nei giardini di Villa Borghese. Era stato il suo killer di fiducia, per lo meno all'epoca in cui imperversava in totale impunità al vertice della 'Ndrangheta.

Al momento di entrare nell'edificio più sorvegliato, Bianchi stava pensando alla collega francese, cacciata via dal Paese senza tante cerimonie. Eppure, nell'ipotizzare un'incursione nella basilica di Santa Croce, aveva dimostrato un fiuto eccezionale. Certo, non aveva fatto i conti con l'ingegnosità dei mandanti. L'inganno del doppio allarme bomba, a Firenze e a Ravenna, era degno di un'imponente organizzazione criminale. Quella di Giuseppe Rizzo, per esempio. Per quanto vegetasse nel reparto più duro, isolato dal mondo, privato di qualsiasi interazione con chiunque, murato per ventitré ore su ventiquattro, poteva certamente agire. Tutti sapevano che i mafiosi di Rebibbia godevano di contatti potenti all'interno del carcere, anche tra i secondini, che talvolta *correggevano* certi detenuti su ordine dei capimafia. Questi ultimi la facevano da padrone e disponevano persino di minuscoli cellulari che stavano nel palmo di una mano. Come avrebbe reagito Rizzo al massacro del suo braccio destro di tre giorni prima? Stava forse per scoppiare una nuova guerra di mafia?

Bianchi avrebbe preferito proseguire la sua indagine insieme a Vernay, il cui sesto senso sarebbe stato molto utile… Tanto più che l'investigatrice non lo lasciava indifferente. La sua bellezza, abilmente nascosta sotto abiti maschili e un taglio a caschetto, non gli era per nulla sfuggita.

La guardia aprì un grande cancello nero che dava accesso alle celle del reparto G8, dove si trovavano i detenuti con pene di lunga durata o ergastoli ostativi. In fondo all'ultima corsia si fermarono davanti a una pesante porta blindata. L'area era immersa nella semioscurità. Svariate telecamere bersagliavano il tetro corridoio su cui regnava un silenzio inquietante. Tre secondini stavano di guardia, visibilmente nervosi.

Il comandante della polizia penitenziaria uscì all'improvviso dalla penombra, facendo addirittura sobbalzare Bianchi. Dopo un'energica stretta di mano, calò la sentenza.

«Ha trenta minuti, non uno di più. Rizzo ha già avuto un colloquio la settimana scorsa.»

Il poliziotto della Omicidi protestò pro forma, ma l'ufficiale, che era responsabile della prigione insieme alla direttrice amministrativa, aveva la legge dalla sua. Era fondamentale non irritarlo, col rischio di farsi riaccompagnare all'uscita senza passare per l'interrogatorio.

Finalmente l'investigatore entrò nella zona riservata al 41-bis e avanzò costeggiando le celle di isolamento. Erano ancora più anguste delle celle ordinarie: giusto il necessario per farci stare un letto. Il parlatorio era situato in fondo, in una stanza altrettanto esigua. Nonostante avesse lasciato l'arma di servizio all'ingresso, l'ufficiale dovette sottoporsi a una perquisizione sommaria. Poi prese posto su una sedia mezzo arrugginita. Il nervosismo stava contagiando anche lui. I suoi bronchi cominciarono a emettere dei lievi sibili e la respirazione si fece più faticosa. Con discrezione prese il broncodilatatore e lo premette due volte. Trattenne il respiro per qualche secondo, lasciando al prodotto il tempo di penetrare nei bronchioli.

Fu allora che Giuseppe Rizzo si materializzò dall'altra parte della parete di plexiglas. Mentre si sistemava, il mafioso fissò il poliziotto con sguardo penetrante. Rizzo era tarchiato, aveva radi capelli grigi, il volto rasato a regola d'arte. Tra le mani pesantemente ammanettate teneva un libro, che posò sulla mensola che aveva davanti.

«Soffre d'asma?»

«Cosa te ne frega?»

Pessimo inizio.

Bianchi si pentì subito della sua uscita impulsiva.

«Sono io a renderla così nervoso? Sa, non è che corra grandi rischi.»

Il detenuto alzò i polsi e agitò le manette in un lugubre tintinnio.

«Bene, abbiamo trenta minuti, per cui sarò diretto: il tuo grande amico Luigi Lombardo si è fatto sgusciare come un uovo alla coque. Lo abbiamo trovato stappato come una bottiglia di birra, col cervello sparso in giro. Deve essere stato un martirio.»

Rizzo restò impassibile, come se stesse partecipando a una partita di poker. Non metteva in mostra mai niente; nessuna espressione che permettesse di intuire i suoi sentimenti o di anticipare la sua prossima mossa. Una regola d'oro che gli aveva permesso di uscire da più di una brutta situazione.

«Sì, ne sono al corrente. E so che aveva una lamella nel cervello e un'iscrizionc sul petto.»

«Vedo che le notizie viaggiano veloci anche nel regno del 41-bis» ironizzò il poliziotto.

«Mi ha parlato questa notte. Dall'aldilà. So tutto quello che è successo.»

Il sorriso di Bianchi scomparve. Odiava essere preso in giro.

«Senti le voci, Rizzo? Perché le sento anch'io, figurati un po'. E adesso ne ho una che mi sussurra che marcirai nel tuo buco rognoso fino all'ultimo istante della tua vita.»

«La voce che sente lei non sarà per caso quella del procuratore generale?»

«Sì… Tra l'altro, aspetta… mi sta anche dicendo che, se collabori, forse potrà fare qualcosa per te.»

«Capita a proposito, anch'io posso fare qualcosa per lui.»

Rizzo fece un bel dito medio.

«Non esiti a comunicarglielo.»

Bianchi si tirò indietro sulla sedia. Lo schienale lo graffiò; doveva esserci un chiodo o una puntina che sporgeva. Mobilio di merda. Parlatorio di merda. Il suo nervosismo aumentò. Nonostante il broncodilatatore gli avesse dato sollievo, sentiva un'oppressione al petto. Riprese fiato e cercò di apparire il più calmo possibile. Le ultime ventiquattro ore erano state molto faticose. E non c'era niente da fare, stava diventando claustrofobico. Non c'erano più dubbi.

«Okay, siamo partiti male tutti e due. Ricominciamo da zero. Sono serissimo, Rizzo. Se sai qualcosa, è il momento di parlare. Sei bloccato ventitré ore su ventiquattro nella tua cella, senza nessun contatto diretto con gli altri prigionieri, un colloquio al mese, una sola passeggiata al giorno in un cortile minuscolo, nessuna attività autorizzata, né lavoro o sport in gruppo… Se mi aiuti, ti prometto un alleggerimento. Nessuno ne saprà niente. Resterai al 41-bis ma con un riassetto sostanziale.»

Il boss restò in silenzio, il volto sempre inespressivo. Ma il suo mutismo segnalava un progresso.

«Cosa ti piacerebbe, Rizzo? Cosa potrebbe migliorare la tua quotidianità?»

«Che lei faccia il suo lavoro. Che prenda il figlio di puttana che ha massacrato Lombardo.»

«Benissimo, siamo d'accordo: perché io lo prenda, bisogna che mi aiuti.»

«Posso descriverle ogni cosa. Il modo in cui è successo. Non ho i nomi, ma ho le esatte circostanze di questo macello.»

Il poliziotto alzò le sopracciglia.

«Chi ti ha informato?»

«Le forze della mente, comandante. Gliel'ho detto: questa notte mi ha parlato.»

Bianchi saltò su dalla sedia.

«Smettila di prendermi per il culo! Ti ho proposto uno scambio, lo sai che è una cosa rarissima per uno stronzo come te.»

«Non sto scherzando. Può mettersi a urlare, può sbattere la testa contro il muro, non cambierà niente. E stia attento, rischia di avere un'altra crisi d'asma.»

Il poliziotto era al limite, stava per implodere. Ma perché era così nervoso? Stava soffocando. Quella stanza minuscola lo faceva impazzire.

«Come fai a sopportare tutto questo? Restare rintanato nella tua fogna di due metri quadrati, giorno e notte? Senza luce? Sembri un ectoplasma con carenza di vitamina D! Non capisci che ti sto offrendo una via d'uscita? Una ventata di libertà?»

«Credo di essere più libero di lei, comandante.»

Bianchi scoppiò a ridere. Sentì delle formiche corrergli sul collo e si grattò nervosamente.

«"Da solo, non ho mai conosciuto la noia, nemmeno nell'inoperosità più assoluta: la mia immaginazione, colmando ogni vuoto, bastava da sé a occuparmi." Non lo dico io, ma Jean-Jacques Rousseau. Sa, il filosofo sepolto nella tomba quasi di fronte a quella di Marie Curie, al Panthéon di Parigi.»

Il poliziotto non credeva alle sue orecchie.

«Hai delle informazioni sulla profanazione della tomba di Marie Curie?»

«No, perché?»

Bianchi era sicuro di aver sorpreso un sorriso furtivo sulle labbra del capomafia. Quel tizio lo stava prendendo elegantemente per i fondelli; era una perdita di tempo. La mezz'ora era quasi passata e il poliziotto se ne sarebbe andato a mani vuote.

«Solo il vuoto interiore può suscitare angoscia e sofferenza, tra quattro mura. Ma non è affatto il mio caso. Ho scambiato il mio televisore – l'unico lusso del 41-bis – con la possibilità di prendere in prestito cinque libri alla settimana, che mi portano dalla biblioteca. "Bastare a sé stesso, essere per sé stesso tutto in tutto, ecco certamente la condizione più favorevole per la nostra felicità". Ho sempre avuto un debole per Schopenhauer.»

«Vuoi recitarmi tutto il dizionario delle citazioni filosofiche?»

«Quello che sto cercando di dirle è che la felicità e perfino l'estasi non vengono dal corpo, ma dalla mente. La mente pura. Ha mai sentito parlare di Rom Houben?»

«Andiamo, e chi sarebbe questo tizio? Uno dei tuoi filosofi nevrastenici?»

«Un ex sportivo belga. Vittima di un incidente d'auto, è rimasto in coma vegetativo per ventitré anni. E nel 2006, dopo appunto ventitré anni, quando stavano per staccare la spina, il suo nuovo medico, un certo Steven Laureys dell'ospedale di Liegi, in Belgio, è riuscito a dimostrare che era cosciente. Intrappolato nella sua testa, ma cosciente. La chiamano "sindrome locked-in". Sono addirittura riusciti a fargli usare un'interfaccia, come quella dell'astrofisico Stephen Hawking, sa? Paralizzato, ma in grado di esprimersi con un sintetizzatore vocale. Per quanto ne sappiamo, anche se è sepolto nell'abbazia di Westminster, Hawking parla ancora. O meglio, la sua mente. O, se preferisce, la sua anima. È la stessa cosa. Il corpo è una prigione, ma la mente gode di un'infinita libertà, anche molto tempo dopo la fine della vita materiale. E non lo sappiamo certo da oggi. Si rilegga gli stoici.»

Bianchi stava andando fuori di testa. Il mafioso lo manipolava a piacimento usando l'arte di parlare senza dire niente. Gettò un'occhiata indispettita al quadrante dell'orologio. Restavano solo due minuti e mezzo.

«Rizzo, dimmi che non sono venuto per niente. Dammi qualcosa di concreto, non le tue chiacchiere da vecchio mistico. Fallo per vendicare il tuo amico! Chi ha potuto fare una cosa simile? Cosa rappresentava Lombardo per i tuoi nemici? Hanno voluto colpire te tramite lui?»

Il mafioso volse gli occhi al soffitto e inspirò profondamente.

«Molto bene. Conosce l'animale che simboleggia la mafia, vero?»

«Intendi dire la piovra?»

Rizzo annuì.

«Consideri che Lombardo era uno dei tentacoli.»

«Intendi uno dei boss della 'Ndrangheta, come te? Non mi stai dicendo niente di nuovo. Conosciamo il suo curriculum...»

«Pensi alla piovra, comandante. Segua la piovra. E capirà.»

«Capirò cosa?»

In quel momento, uno scatto risuonò alle spalle di Bianchi; stavano aprendo la porta del parlatorio.

«Il tempo è scaduto» disse il secondino.

«Aspetti, ho quasi finito. Un minuto.»

«Mi dispiace, ma...»

Bianchi si alzò bruscamente e si girò.

«Un minuto, cazzo! Mi hai sentito?»

Il poliziotto aveva urlato a due centimetri dal viso della guardia, che si scompose. Poi fronteggiò Rizzo, che si era levato in piedi, pronto a lasciare la stanza.

«Cosa devo seguire? Qual è il legame con la piovra?»

«Ci rifletta, e capirà.»

Il 41-bis laureato in filosofia prese il libro con cui era entrato e fece per andarsene. Il poliziotto gettò un'occhiata furtiva alla copertina: era il *Trattato sull'uomo* di Cartesio, il grande pensatore francese. Poi il capomafia sparì nell'oscurità e riguadagnò la propria topaia, dove lo attendeva il debole raggio di luce della sua vecchia lampadina a filamento. Era senz'altro uno degli ultimi a usufruire di una simile anticaglia.

Bianchi rimase impietrito, la rabbia che montava. Non aveva raccolto che un indizio molto vago, una pseudo-informazione che probabilmente non avrebbe portato da nessuna parte.

Alla fine decise di cominciare l'indagine sulla piovra con un ottimo polpo alla napoletana da Giorgio, in piazza Navona.

14

Mercoledì 6 febbraio 1907
Haverhill, Massachusetts
Ore 16 e 34

I fiocchi di neve vorticavano davanti alla finestra.

L'ospedale di Haverhill, sito a centoquaranta chilometri da New York, era assai mal riscaldato. Per evitare che i piedi congelassero, le infermiere si frizionavano vigorosamente e coprivano i pazienti con trapunte imbottite di piume d'oca. Spesso i frammenti dell'imbottitura trapassavano la guaina di tessuto e svolazzavano per diversi secondi per poi atterrare su un comodino, un tappeto o il naso di un malato.

Il dottor Duncan MacDougall osservava quelle piccole evoluzioni con attenzione. Da sempre lo affascinavano quegli elementi così vaporosi da riuscire a sfidare la gravità. Sembravano ignorare l'influsso dell'etere, il fluido che determinava il moto dei pianeti – così come era stato postulato da Cartesio – e diffondeva la forza gravitazionale che spingeva gli astri gli uni verso gli altri, come aveva immaginato Newton.

Secondo l'opinione generale l'etere, che riempie il vuoto, era sprovvisto di massa, che costituisce la forma primaria di ogni sostanza. Fiocchi di neve e piume lanuginose erano dunque solo umili derivati di quel fluido, a esso molto vicini per densità e peso. Qualcuno aveva mai pensato di pesarli?

Di studiarne le caratteristiche? La fisica lo aveva sempre appassionato. Si sentiva uno scienziato molto più che un medico. Nel tempo libero, elaborava sistemi di misurazione del peso di grande precisione, che poi testava con gli organi dei suoi degenti deceduti.

Non era un anatomopatologo, ma amava l'anatomia e non disdegnava mai di praticare egli stesso l'autopsia di certi suoi pazienti: un'attività che rallegrava le sue giornate.

Quel gelido mercoledì di febbraio del 1907 non sfuggiva alla routine. MacDougall faceva il suo noioso giro di visite; i malati morivano pacificamente. Come poteva essere altrimenti? I sanitari non disponevano di alcuna cura per la maggior parte delle patologie. All'inizio del XX secolo l'aspettativa di vita negli Stati Uniti non superava i quarant'anni, e le epidemie di tifo e di tubercolosi falciavano legioni di americani nel fiore dell'età – soprattutto negli ambienti più disagiati. Poiché il primo antibiotico sarebbe stato scoperto solo venti anni dopo, MacDougall era costretto a usare grosso modo le stesse corbellerie dei medici medievali: i salassi e la loro più mite alternativa, un mucchio di sanguisughe che succhiavano i corpi costretti a letto. Metodi spesso inefficaci, visto che i malati morivano come mosche dopo settimane di lunga agonia.

Il medico provava un doloroso senso di impotenza.

Per spezzare la noia e sentirsi utile, MacDougall praticava le dissezioni nelle ore notturne, e pesava con una precisione senza precedenti ogni organo, per tentare di afferrare l'affascinante diversità della specie umana. Due cuori, due fegati, e soprattutto due cervelli non mostravano mai lo stesso peso sulla bilancia. Con una semplice matita riportava tutte le sue osservazioni, arricchite da numerosi schizzi, su una miriade di taccuini. Di fatto, seguiva una grande tradizione. Il celebre Jean-Martin Charcot non aveva forse disegnato molti ritratti di idioti e altri pazzi, che ipnotizzava a decine all'ospedale della Salpêtrière, a Parigi? Il neurologo francese aveva riempito parecchi quaderni con un vero e proprio bestiario dei suoi malati devianti.

MacDougall si era sempre domandato se il cervello portasse il marchio fisiologico delle loro deficienze mentali. Aveva studiato la frenologia, una dottrina scientifica sviluppata da Franz Joseph Gall, il grande anatomista del sistema nervoso. I frenologi si dimostravano capaci di rilevare le disposizioni intellettuali e morali in base alla forma del cranio e delle protuberanze che lo strutturano. Poteva valere lo stesso anche per l'interno? In base alla superficie interna dell'osso o perfino alla forma del cervello? Quell'organo lo appassionava, tanto che conservava quelli dei suoi pazienti in vasi di formaldeide, come fossero pie reliquie, in attesa di qualche nuova tecnica che avrebbe permesso di svelarne i misteri.

Ebbene, alcune settimane prima, gli si era presentata un'occasione straordinaria, che gli avrebbe consentito di compiere un passo in avanti decisivo in quel campo.

Tutto era cambiato quando un certo Virgilio gli aveva fatto visita, una notte di dicembre, mentre tornava nel suo studio dopo l'ennesima autopsia.

«Lei è il dottor MacDougall?»

«E lei chi è?»

Il medico aveva subito guardato con sospetto quello strano personaggio, che indossava una redingote scura e portava il cappello sulle ventitré, come andava allora di moda.

«Diciamo che rappresento un mecenate molto interessato alle sue ricerche.»

«Un mecenate? Chi?»

«Conosce Rudolf Wagner?» aveva ribattuto lo sconosciuto eludendo la domanda.

«Il fisiologo bavarese? Ma certo. È un punto di riferimento, i suoi lavori vengono studiati nelle facoltà di medicina. Ha scoperto l'esistenza dell'ovocita, la cellula sessuale femminile.»

Virgilio aveva sorriso.

«Non parlo di quel genere di lavori. Ma di quelli che faceva, diciamo così, in solitaria. Nel suo tempo libero. Di notte, per spezzare la noia.»

MacDougall aveva deglutito. Conosceva molto bene quel

passatempo, in effetti. Comprensibilmente, dato che ne aveva uno pressoché identico.

«Intende le sue ricerche sul cervello? So che ha rimosso, pesato e comparato centinaia di encefali.»

«Novecentosessantaquattro, per essere precisi.»

Il medico di origine scozzese aveva aggrottato la fronte. Quel sedicente Virgilio lo sconcertava. Perché gli stava parlando di quello scienziato morto da quarant'anni? E come faceva a conoscere i suoi lavori con tanta precisione? Osservandolo con discrezione, gli era di colpo sembrato inquietante. Aveva l'aria di uno di quei delinquenti che seminavano il caos nelle bidonville di New York, appartenenti ai Dead Rabbits o alla Gopher Gang, che controllava quasi tutta Manhattan. Le organizzazioni criminali avevano infettato una grossa parte della città e ora si estendevano fino a Chicago. Gli irlandesi e gli italiani conducevano le danze, e quel Virgilio aveva appunto un leggero accento italiano. I mafiosi esibivano un abbigliamento borghese impeccabile e, dietro le ingannevoli apparenze, esercitavano una violenza cieca per arricchirsi senza sforzo.

Il medico si era sentito minacciato, il malessere si poteva leggere sui suoi lineamenti angosciati. L'altro, sempre molto misterioso e poco cordiale, aveva ripreso a parlare senza curarsi dello stato d'animo del suo interlocutore.

«Immagino che lei sappia perché Rudolf Wagner ha studiato e comparato quasi un migliaio di cervelli nel corso della sua carriera...»

«Be', credo che cercasse la prova del genio umano. O che volesse comunque scoprire le palesi differenze tra il cervello dei grandi uomini e quello delle persone normali o persino degli idioti.»

Virgilio aveva annuito.

«Ma, se non erro, non ha dimostrato nulla, no? Eppure aveva a disposizione i cervelli di due giganti: il matematico tedesco Carl Friedrich Gauss e l'anatomista francese Georges Cuvier. Li ha dissezionati e lungamente analizzati senza trovare punti salienti che li rendessero diversi da quello di un uomo qualunque.»

«È vero, ha fallito. Non certo per mancanza di sostegno e di incoraggiamento, in tutti quegli anni.»

Cosa voleva dire? Chi l'aveva sostenuto? Chi l'aveva incoraggiato? E perché?

«Ma la ricerca non è finita» aveva aggiunto Virgilio. «Degli strumenti più moderni potranno senz'altro permettere di progredire nello studio dell'organo supremo. Nel frattempo, nonostante il suo fallimento, Rudolf Wagner ha aperto una discussione esistenziale. Durante il Congresso dei fisiologi di Gottinga, nel 1854, ha proposto di considerare l'esistenza di una "sostanza speciale dell'anima". Ma tra i cinquecento studiosi presenti, nessuno reagì. È un grave errore! Bisogna porvi rimedio.»

MacDougall si era istintivamente tirato indietro sulla sua poltrona. Virgilio, arroccato sulla sedia di legno che stava di fronte alla scrivania del medico, diventava sempre più inquietante e non sembrava molto propenso a essere contraddetto. Sporse in avanti il busto e riprese.

«Siamo d'accordo che l'uomo si differenzia dall'animale perché dispone di un'anima?»

«Questo è indubbio» mormorò MacDougall.

«Su questa base, si pone una domanda fondamentale: l'anima è materiale, alloggiata in qualche punto del cervello, oppure è immateriale? Evanescente, separata dal corpo, come pensava Cartesio?»

«Io... È un grosso dibattito. Personalmente non ne so nulla.»

«Rudolf Wagner ha sempre pensato che l'anima fosse un'entità fisica, che si poteva misurare; una "sostanza speciale" dotata di una densità e di una massa. Ma non è mai riuscito a dimostrarlo.»

Virgilio aveva posato le mani sulla scrivania del medico.

«Immagini questo, MacDougall. Se l'anima esistesse fisicamente da qualche parte dentro di noi, potremmo scovarla e studiarla! Comprendere cosa fa sì che l'uomo sia uomo, ma anche e soprattutto scoprire cosa determina la tempra dei grandi, e presumibilmente il loro genio. È precisamente la sfida che le propongo di raccogliere.»

Il medico era rimasto a bocca aperta. L'altro proseguì con fervore.

«So che lei ha una passione per la fisica e che costruisce bilance di grande precisione.»

Come poteva saperlo? Lo avevano spiato?

Il seguito della conversazione si era rivelato ancora più strano, per non dire surreale.

Ma alla fine MacDougall aveva accettato. Avrebbe potuto disporre del materiale necessario gratuitamente, e la curiosità scientifica l'aveva avuta vinta. Wagner aveva ragione?

Quel 6 febbraio 1907, il medico si apprestava a condurre uno degli ultimi esperimenti suggeriti da Virgilio.

Terminò il suo giro nella stanza dei tubercolotici. Fuori, la neve cadeva a grandi fiocchi e la luce cominciava a declinare. Camminò a lungo tra i letti. Chi avrebbe scelto?

I malati di tubercolosi erano i migliori. Morivano seguendo un iter immutabile. Dunque poteva individuare facilmente quelli che stavano per esalare l'ultimo respiro. Erano così smunti che si mostravano docili, immobili in qualsiasi circostanza. Esattamente ciò che gli serviva.

Due assistenti lo seguivano da vicino. Quando scendeva la sera e la sala sperimentale era illuminata, gli infermieri sapevano che MacDougall si preparava a procedere a un nuovo test.

«Questo qui» disse brevemente il medico.

Aveva appena indicato un uomo malaticcio e incosciente. Il suo polso era quasi impalpabile. Il tisico era sul punto di fare fagotto; un frutto perfettamente maturo.

I due assistenti afferrarono il povero diavolo, leggero come un fascio di rametti, e lo deposero su una barella. Poi i tre scesero in silenzio verso il laboratorio.

Entrarono in una stanza di una quarantina di metri quadrati. Proprio al centro troneggiava un'impressionante bilancia a stadera, i cui enormi piatti misuravano almeno due metri per due. Su quello di sinistra era posizionato un letto, mentre quello di destra reggeva pesi di tutte le misure. I piatti erano appesi alle due estremità di una lunga trave di legno, che poggiava al centro su un robusto cardine di metallo. Il sistema, nonostante la sua taglia spettacolare, permetteva di effettuare delle pesature di elevatissima precisione, intorno al decimo di oncia*.

I primi esperimenti si erano rivelati molto promettenti.

Gli infermieri fecero scivolare il moribondo sul letto il più delicatamente possibile, come per timore che potesse frantumarsi in mille pezzi. Immediatamente la trave oscillò. Il letto si abbassò e sbatté sul pavimento, mentre il piatto opposto si sollevava fino al soffitto. Dall'alto della sua scala, MacDougall rimise in equilibrio la bilancia aggiungendo pesi di ghisa e di piombo corrispondenti alla massa del moribondo. Nel giro di una decina di minuti, la trave era di nuovo perfettamente orizzontale.

Era tutto pronto.

Nulla si muoveva più. Non volava una mosca, d'altronde faceva troppo freddo, soprattutto nei sotterranei.

Per quattro ore e trentasette minuti, il medico registrò ogni minima fluttuazione della bilancia e ne cercò il motivo: il malato aveva orinato? Defecato? Stava sudando? Quelle variazioni erano così deboli che la trave si muoveva appena. Ma nulla doveva essere lasciato al caso, perché la dimostrazione fosse incontestabile.

Pazienza e rigore erano i suoi punti di forza. MacDougall non allentò la concentrazione nemmeno per un secondo.

Alle 22 e 44, il malato emise un fievole rantolo e i suoi muscoli facciali si rilassarono di colpo. Nello stesso istante, la trave oscillò. Era successo qualcosa.

MacDougall si precipitò verso il letto, misurò il polso, auscultò il cuore e controllò persino la respirazione del tisico. Tutto era fermo.

* Un decimo di oncia equivale a 2,83 grammi.

Era finita.

Annotò l'ora del decesso, poi si avvicinò al piatto di destra, che si era abbassato.

Dunque il corpo del defunto si era alleggerito, in modo chiaro e netto, nell'istante stesso del passaggio dalla vita alla morte. Non c'era elemento che potesse spiegarlo. Tutto era perfettamente in ordine; il malato non aveva né sudato in maniera anormale né orinato, cosa che avrebbe prodotto l'evaporazione di un'infima parte dei liquidi corporei attraverso i normali canali fisiologici.

Si trattava perciò di una nuova prova. La quinta in un mese.

MacDougall tolse una e poi due monete da un dollaro che figuravano tra i pesi più leggeri presenti sul piatto. La trave ritornò in posizione orizzontale. Nel complesso, il medico aveva rimosso l'equivalente di mezza oncia, ossia quattordici grammi.

I decessi precedenti avevano provocato lo stesso spostamento del piatto di destra. In un caso, un'oncia e un quarto (trentacinque grammi), in un altro tre ottavi di oncia soltanto (dieci grammi) si erano volatilizzati senza alcuna spiegazione.

Duncan MacDougall sarebbe entrato negli annali della medicina, della scienza e persino della filosofia. Avrebbe sicuramente vinto un premio Nobel, proprio come quella scienziata franco-polacca, Marie Curie, che l'aveva ricevuto tre anni prima tra la sorpresa generale... Chi poteva pensare che una donna fosse in grado di ottenere un simile riconoscimento? Lui, un semplice medico di Haverhill, grazie ai suoi esperimenti di una precisione mai vista, aveva appena deciso tra il dualismo cartesiano – che riteneva l'anima estranea al corpo fisico e dunque al cervello, di essenza immateriale e impalpabile, puramente spirituale – e il materialismo hobbesiano, che al contrario sosteneva che l'anima avesse un'origine fisica e che potesse abbandonare l'involucro corporeo al momento del decesso per raggiungere i cieli e venire infine indirizzata verso il Paradiso, il Purgatorio o l'Inferno.

L'indomani Virgilio, informato circa l'ultimo esperimento del medico, si recò all'ospedale.

Duncan MacDougall osservò lo strambo personaggio dalla finestra del suo studio. Sempre con lo stesso cappello di sghimbescio sulla testa, Virgilio scese dalla sua fiammante Ford R, con i fari a olio, i larghi parafanghi a protezione degli pneumatici da trenta pollici, il cofano bombato e il predellino scintillante. Aveva i mezzi e lo esibiva platealmente. Di quel modello speciale erano stati prodotti solo duemilacinquecento esemplari, riservati a pochi privilegiati. Chi era veramente? Da dove provenivano le sue entrate? E perché si interessava a questioni biologiche e filosofiche così fondamentali? Per chi lavorava? A quale scopo?

Tre minuti dopo, Virgilio entrò nel suo ufficio. Come al solito, non si tolse il cappello e si sedette senza essere invitato a farlo.

«Allora, MacDougall? Ha la risposta? Ha raccolto la sfida?»

Il medico iniziò a parlare con immensa soddisfazione.

«Sono sicuro. Esiste una perdita di sostanza al momento della morte che non è inclusa nei canali di perdita che conosciamo, e che dunque non ha nulla a che vedere con l'urina, le feci o la traspirazione. Penso che si tratti della sostanza dell'anima. E penso che l'ipotesi di una personalità permanente, che persiste dopo la morte del corpo, sia ormai dimostrata.»

Virgilio si appoggiò allo schienale della seggiola di legno che si trovava di fronte a MacDougall. Sembrava tiepido.

«È sicuro di quanto dice?»

«Assolutamente. Una sostanza in grado di essere pesata abbandona effettivamente il corpo umano al momento della morte. Presto renderò pubblica ogni cosa, sto scrivendo un articolo scientifico dettagliato su ciascuno dei miei esperimenti, per conto di una delle maggiori riviste scientifiche americane*.»

Il committente delle suddette ricerche – nonché mecenate di MacDougall, avendo finanziato la costruzione di una bilancia tanto imponente quanto precisa – si massaggiò il mento.

* Duncan MacDougall, «Hypothesis concerning soul substance together with experimental evidence of the existence of such substance», *Journal of the American Society for Psychical Research*, Vol. I, n° 5, maggio 1907, pp. 237-275.

«Bene, bene... Allora, qual è la massa dell'anima?»
«Be'... se faccio la media del peso delle sostanze perse nell'istante preciso del decesso dei cinque tubercolotici, direi tre quarti di oncia.»
«Tre quarti di oncia? Quanto fa in grammi?»
«Esattamente ventuno grammi.»
«Ventuno grammi? Sarebbe questo il peso dell'anima?»
«Ne sono convinto, sì.»
«Congratulazioni, MacDougall. Ha risolto uno dei più grandi enigmi dell'umanità. Adesso dobbiamo scoprire dove alloggia l'anima umana quando siamo in vita, prima che si volatilizzi.»
«Nel nostro cervello, ovviamente. Per quanto riguarda l'ubicazione esatta, propenderei per la ghiandola pineale.»
Virgilio inarcò le sopracciglia stupefatto.
«La ghiandola pineale? Il terzo occhio? Ma è esattamente la sede indicata da Cartesio nel suo *Trattato sull'uomo*! Era convinto che l'anima entrasse in contatto con il corpo tramite quel minuscolo nucleo a forma di pigna.»
Nel citare quel riferimento, nella sua memoria affiorò la suggestiva figura dei tre occhi pubblicata nell'opera del filosofo francese.

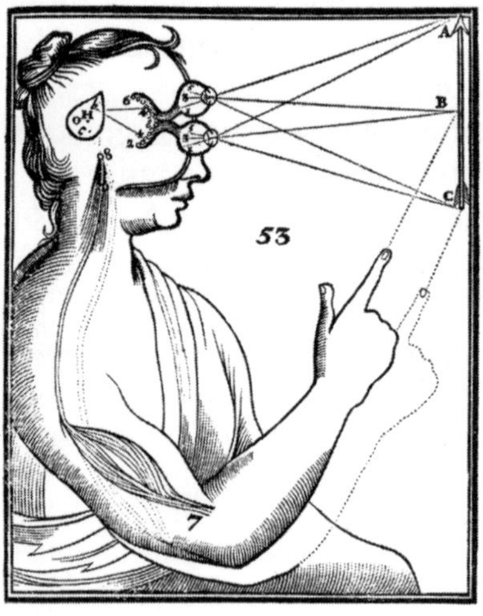

«Ma Cartesio ha sempre pensato che l'anima fosse immateriale, nettamente separata dal corpo, e che non fosse una sostanza fisica... Sarà davvero il punto di riferimento giusto per postulare la posizione precisa della nostra anima?»

«Riguardo alla natura dell'anima si è certamente sbagliato. Ne ho fornito la prova. In compenso, credo che abbia individuato precisamente la sua collocazione. Cartesio resta uno dei pensatori più visionari e razionalisti di tutti i tempi.»

In quel momento, MacDougall si sentì investito di una missione. Issato sulle spalle del gigante francese, si vedeva andare incontro a un analogo destino. Ovviamente non poteva competere con la sua capacità di ragionamento, ma i suoi esperimenti potevano fornire delle risposte attese fin dalla notte dei tempi.

Virgilio si alzò, palesemente soddisfatto.

«Perfetto. La lascio continuare le sue ricerche. Esamini la ghiandola pineale di tutti i pazienti possibili.»

«Non sarà facile. È quasi inaccessibile, conficcata in fondo al cervello, non lontano dal bulbo rachidiano e dal punto d'origine del midollo spinale. Si trova vicino ad altri nuclei profondi. Potrò studiarla solo a morte avvenuta, dissezionando il cervello. E se nel frattempo l'anima è volata via...»

«Capisco. Ma contiamo su di lei, MacDougall. O meglio, ormai dovrei dire "Dante". Perché anche lei, come il poeta, percorrerà i meandri della mente. D'ora in poi comunicherò con lei solo con questo nome in codice. Cerchi, studi, tenti di trovare una traccia fisica... E non parli a nessuno delle sue nuove ricerche.»

Virgilio si avvicinò al volto del medico con espressione minacciosa.

«Ha capito? Non parli mai del suo lavoro sul terzo occhio. Può divulgare le sue scoperte sul peso dell'anima, ma nulla sulla ghiandola pineale. Sono stato chiaro? Altrimenti si esporrà alla collera del primo cerchio. Ed è la collera più terribile e più feroce che ci sia.»

15

Mercoledì 10 aprile 2024
Parigi
Ore 15 e 13

Lorrain Ceylac rimuginava.

Il capo gli aveva affidato l'indagine più delicata dell'anno, e anche la più mediatica. Ma lui era impantanato.

Le solerti investigazioni al CEA non producevano niente di conclusivo. L'entourage di Loïc Eyrolles, il fisico assassinato, confermava la sua totale dedizione al lavoro. Anche se tendeva a strafare, nulla sembrava intaccare la sua integrità. I suoi conti bancari, esenti da proventi di dubbia origine, straripavano di denaro pulito. Nessun dato sensibile era stato rinvenuto nelle viscere digitali dei suoi computer. A prima vista, Loïc Eyrolles non aveva nulla della spia al soldo di qualche potenza straniera che una squadra superaddestrata avrebbe eventualmente voluto eliminare.

Quanto alla sua vita privata – sposato, due figli brillanti (uno iscritto al Politecnico come il papà, l'altro alla École centrale) –, era incredibilmente noiosa. Nemmeno l'ombra di un'amante o di un gigolo che avesse ravvivato la scialba esistenza di quell'ingegnere-ricercatore d'eccellenza.

In effetti, appariva *troppo* perfetto. Quella era la sola cosa che stupiva gli investigatori e li induceva a sospettare che fosse una copertura. «Troppo liscio – come un sasso levigato – per essere sincero.»

Perciò Lorrain Ceylac aveva deciso di raddoppiare gli sforzi. L'intuito gli diceva di continuare a scavare. Ma in che direzione? Su chi? Non lo sapeva, ma qualche cosa non tornava. E poi bisognava pur ammettere che l'assassinio del mafioso a Roma e l'incredibile furto del cranio di Dante, al costo di due nuovi morti ammazzati, lasciavano necessariamente supporre un legame tra il caso francese e quello italiano. Ma quale? Quale segreto poteva unire un eminente esperto di Energia Atomica e un criminale di bassa lega, senz'altro responsabile di numerose e sordide violenze?

I messaggi in codice giravano intorno agli stessi motivi. Ceylac li aveva letti e riletti, e non smetteva di cercarne il significato nascosto: *Il peccatore incontrerà il dio degli Inferi nel nono cerchio di ghiaccio, e perirà fra atroci sofferenze. Uno dopo l'altro, tutti i peccatori saranno annientati dalla potenza vendicatrice del primo cerchio*. Doveva esistere un codice, una griglia di traduzione occulta, proprio come accadeva nel caso dei cercatori di manoscritti del Rinascimento, che raschiavano i palinsesti per riesumare la sottoscrittura, o di certe spie che rendevano visibile l'inchiostro simpatico alla fiamma di una candela. Chi poteva incarnare il dio degli Inferi? A cosa si riferiva il primo cerchio? E il nono cerchio di ghiaccio? Su un punto Louise Vernay aveva ragione: i rimandi all'*Inferno* di Dante non potevano essere interpretati in maniera letterale. Un pazzo isolato, uno psicopatico, avrebbe potuto sfruttare il testo al primo livello. Ma un'organizzazione così gelidamente metodica, munita di un braccio armato capace di uccidere senza battere ciglio pur di raggiungere i suoi obiettivi, non aveva nulla di irrazionale. Ogni cosa era ragionata, e gli indizi seminati puntavano per forza verso un punto preciso che bisognava scoprire, proprio come si cerca l'uscita di un labirinto. A che gioco giocavano? Dove volevano arrivare? Quanti morti si sarebbe finito per piangere?

E che dire di quel messaggio ancora più incoerente: *Ben-*

venuti nello stadio neolytico dell'antropocene? Ceylac, da fine letterato, aveva subito notato il madornale errore ortografico. Neolytico anziché neolitico. Forse l'inscrizione era stata eseguita da stranieri che non padroneggiavano bene la lingua? Oppure anche in quel dettaglio bisognava cercare un significato occulto?

Il detective girava in tondo: non era preparato a quel tipo di enigma criminale. Ceylac aveva imparato tutto dalle vecchie volpi del Quai des Orfèvres e si sentiva a proprio agio solo nei casi più classici; una scena del delitto, delle tracce rilevate dalla Scientifica, una ricerca nel database delle impronte digitali e in quello delle impronte genetiche, l'analisi delle telecamere di videosorveglianza e dei cellulari, nonché le buone vecchie indagini di quartiere. Ne seguivano l'arresto dei sospetti, sette volte su dieci appartenenti all'entourage delle vittime, gli interrogatori condotti nelle stanze del seminterrato, dotate di specchi unidirezionali tutti macchiati, e infine i resoconti procedurali post-confessione. Per molto tempo, i rapporti e le raccolte di prove, impeccabilmente sigillate, avevano rappresentato la sua quotidianità. Era stato il proceduralista del gruppo di Marc Brunier per una decina d'anni. Brunier, quel comandante di polizia taciturno e istintivo, aveva incarnato uno dei simboli della Omicidi. Mancava a tutte le squadre. Le sue imprese, anche durante la stagione degli attentati, nel 2015, quando aveva affiancato la sottodirezione antiterrorismo nelle sue indagini, avevano segnato tutti i suoi colleghi della giudiziaria. Metodico, teneva duro nonostante la nausea quotidiana suscitata dalle immagini delle scene del crimine e dalle insostenibili testimonianze delle vittime e dei loro cari. Come tanti altri, aveva vissuto molto male il trasloco del Quai des Orfèvres nell'anonimo palazzone delle Batignolles. D'altra parte, non ci aveva mai messo piede sul serio, trovandosi in trasferta ad Ajaccio, in Corsica, proprio nel momento dello spostamento della Direzione regionale della polizia giudiziaria. Poi era sparito dai radar. Forse era morto, senza che nessuno ne sapesse niente.

Ceylac doveva a Brunier il suo rigore, e anche il suo razionalismo. Aveva risolto innumerevoli casi al suo fianco, redigendo dei rapporti perfetti, inattaccabili, sempre elogiati dai giudici istruttori e dai pubblici ministeri. Padroneggiava il codice di procedura penale come le sue tasche, ma nel contesto attuale, tutto questo non gli sarebbe stato di nessun aiuto. Arrancava...

Dopo ventiquattro ore, un'unica certezza: i macchinari per la TAC dell'ospedale Georges-Pompidou erano stati deliberatamente sabotati qualche ora prima dell'arrivo di Loïc Eyrolles al pronto soccorso. Quella importante scoperta aveva dato del filo da torcere al suo proceduristа: Noah Filhol aveva dovuto radunare diversi esperti specializzati in quel tipo di apparecchiatura, ottenere il loro consenso in merito a un malware – una forma di pirateria informatica che era stato difficile portare alla luce – e analizzare con minuzia le immagini della videosorveglianza, che sembravano indicare degli andirivieni anomali nell'area delle TAC.

Riguardo all'incursione al Panthéon, le indagini si erano allora orientate verso i gruppi criminali dotati di grande capacità organizzativa e logistica.

Ceylac profondeva tutte le sue energie in quel caso, ma inutilmente. Girava a vuoto.

Certo, Louise Vernay – all'anagrafe Louise Labbé, nome che nessuno si arrischiava a usare in sua presenza, col rischio di farsi cavare gli occhi – poteva rivelarsi una preziosa risorsa. Ma il suo grado di commissaria lo metteva a disagio. Cosa aveva fatto per meritarlo? Si era bruciata con l'esercito e con l'Interpol, eppure era riuscita a terminare il ciclo di formazione alla Scuola superiore di polizia di Saint-Cyr-au-Mont-d'Or, uscendone addirittura promossa con il massimo dei voti. Ma Ceylac restava convinto che Vernay fosse fatta per essere una commissaria quanto lui per diventare campione del mondo di pelota basca. L'invidia lo accecava. E ne era consapevole.

Louise aveva appena combinato un nuovo casino in Italia, sebbene non avesse fatto altro che seguire il suo sesto senso.

Aveva chiaramente fiutato la pista giusta, prima che l'operazione si risolvesse in un disastro. L'aveva scampata per un soffio, e Ceylac aveva temuto per la sua vita. Per quanto ne fosse intimorito e la invidiasse, ne rispettava la sagacia, l'ostinazione e il coraggio. Qualità di cui a volte lui difettava... La vera erede di Brunier era lei.

Ed era proprio questo che esasperava l'ufficiale di polizia.

Lui avrebbe avuto il fegato di correre incontro a terroristi intenti a svolgere la loro missione criminale? Lei lo aveva fatto, pur avendo sbagliato la chiesa... Avrebbe avuto i *cojones* di tener testa ai più alti gradi dell'esercito, se non addirittura a tutta la Terra, se necessario?

Quanto al capo della Omicidi, sembrava apprezzare quel carattere. L'aveva catapultata sulla doppia inchiesta francese dall'oscuro bugigattolo in cui vegetava. Nicolas Grimaldi riteneva che avesse un'indole da testa calda capace di portare a casa dei risultati laddove la maggior parte delle sue pecorelle giravano come trottole senza ottenere niente.

Ed era esattamente ciò che stava succedendo.

Ceylac percorse gli anonimi corridoi del sesto piano assegnato alla Omicidi, lo sguardo piantato sulle piastrelle gelide. Gettò meccanicamente un'occhiata verso una delle sale riunione e si bloccò di colpo.

L'investigatrice, l'aria abbattuta e gli occhi gonfi, se ne stava lì. Sola. Si dondolava sui piedi. Nessuno sembrava prestarle attenzione. Qualcuno si era accorto della sua presenza?

Il detective deviò il suo percorso ed entrò senza bussare.

«Louise? Cosa ci fai qui?»

Avrebbe dovuto dire: «Cosa c'è che non va?». Ma era più forte di lui. L'idea di esprimere la minima commiserazione nei confronti della collega lo contrariava.

Louise restò in silenzio e sbuffò col naso. I suoi pensieri erano tutti rivolti al fratello e al dilemma insopportabile che la tormentava.

«Louise?» insistette Ceylac.

Nulla, di nuovo. Lo sguardo della donna era vuoto.

«Devi essertela vista brutta, a posteriori... Se ti fossi ritrovata nell'altra basilica...»

L'agente non sapeva più come avviare la conversazione. La sofferenza di Vernay si sentiva lontano un miglio; andava veramente male. Era a un soffio dallo sfiorarla, o addirittura dal prenderle le mani e consolarla. Mentre avvicinava i palmi, lei sbatté le palpebre e piantò finalmente le sue iridi acquose in quelle del poliziotto.

«Avete scoperto qualcosa?»

Aveva parlato freddamente, com'era tipico di lei. Senza smancerie. Ceylac indietreggiò di un passo.

«Sì, certo. Ovviamente.»

L'agente non voleva né perdere la faccia né ammettere la propria incapacità di ottenere dei risultati in sua assenza.

«Le TAC sono state deliberatamente messe fuori uso prima dell'ammissione di Eyrolles al pronto soccorso del Georges-Pompidou. Non è stato facile scoprirlo, anche in quel caso sono stati molto abili, sono entrati nel sistema operativo dei macchinari usando l'equivalente di un virus informatico.»

Era tutt'altro che una rivelazione. Louise era già convinta che si fosse trattato di un sabotaggio, era evidente.

«Rifaccio la domanda: avete trovato qualcosa che già non sapevo?»

Ceylac tossicchiò per mascherare il proprio disagio.

«Abbiamo... abbiamo cominciato a scambiare informazioni con la SDAT* e la DGSI**. Per non parlare dello Stato maggiore dell'esercito e della direzione dei servizi di intelligence militari, che ci stanno alle calcagna. È chiaro che abbiamo a che fare con un'organizzazione di alto livello, soprattutto vista la morte di Lombardo, noto membro della mafia calabrese.»

«E questo cosa significa?»

* Sottodirezione antiterrorismo, dipendente dalla Direzione centrale della polizia giudiziaria.
** Direzione generale della sicurezza interna.

«Senti, sono solo tre giorni che lavoriamo insieme, stiamo mettendo in atto le procedure...»

«Ho capito, non avete in mano niente.»

Ceylac fu punto sul vivo.

«Noi almeno facciamo progressi. Perché tu, a parte il tuo spettacolino a Firenze, che avrebbe potuto mettere gravemente in pericolo gli artificieri, cosa sei riuscita a fare?»

Vernay accennò un sorriso amaro. Eccoli di nuovo alle solite.

«Calma, non ti sto rimproverando nulla. Constato semplicemente che siete impantanati. Siamo tutti impantanati, tranquillo.»

«Sì, cioè no, abbiamo cominciato a individuare le organizzazioni criminali attive che potrebbero avere legami con la 'Ndrangheta.»

«Tipo chi?»

«I corsi. Come ben sai, sull'isola c'è una ripresa della criminalità organizzata. E storicamente...»

«Storicamente un bel niente. Tutto questo non ha nulla a che vedere con i corsi. E tu lo sai benissimo. Altrimenti, perché non i baschi? E i bretoni, già che ci siamo? Ho visto che il Fronte di liberazione bretone-Armata rivoluzionaria bretone chiede un referendum per l'indipendenza, e in caso contrario minaccia di passare all'azione. Magari sono loro, no?»

Ceylac finse di ignorare l'ironia graffiante della collega.

«Sospettiamo anche che Eyrolles non fosse così pulito come sembra.»

Louise aggrottò le sopracciglia e andò a sedersi al tavolo delle riunioni.

«Questa cosa è interessante.»

«È lucido come uno specchio. Patente immacolata. Nessuna multa da anni. E dopo aver frugato da cima a fondo nei suoi aggeggi informatici con i cervelloni della PTS*, niente porno nelle cronologie di navigazione.»

* Polizia tecnica e scientifica.

«Ah sì, questo è davvero molto sospetto. Nascondeva per forza qualcosa. Non hanno trovato altri computer? O la chiave per aprire una cassetta in cui magari ha infilato un pc?»

«Abbiamo passato casa sua al setaccio, ma ti ricordo che è una vittima, perciò dobbiamo fare i conti con l'avvocato della famiglia, che comincia a trovarci troppo invadenti e sospettosi. Per non parlare dell'esercito che, non appena ficchiamo il naso un po' troppo, ci sventola davanti il segreto militare. D'altronde il tizio lavorava alla deterrenza nucleare e alla messa a punto delle armi atomiche.»

Vernay annuì meccanicamente.

«E sul Panthéon nessuna novità?»

«Nessuna» ammise l'ufficiale di polizia. «Sulla bara non ci sono tracce utili, di sicuro indossavano guanti e passamontagna. E nella cripta, visto l'affollamento nelle ore d'apertura, è impossibile distinguere quelle che potrebbero essere collegate alla squadra.»

«E i tunnel sotterranei?»

«Siamo riusciti a ricostruire tutto il percorso. Sono entrati dalla cantina di un edificio di rue d'Ulm, non lontano dalla Normale. Hanno letteralmente riaperto un vecchio pozzo di sondaggio. Un lavoro grosso. C'è stata per forza una prima squadra che si è sobbarcata lo scavo e l'estrazione dei detriti. Idem sotto il Panthéon: c'è un vecchio pozzo, riempito da tempo, che sfocia proprio in verticale nella cripta. Di sicuro hanno dovuto ripulirlo tutto. Il che ha richiesto necessariamente diverse notti.»

«Ah sì, come minimo... Ci tenevano proprio al cervello della Curie. Non hanno lesinato sui mezzi. Deve essergli costato una piccola fortuna... E sappiamo come si sono liberati delle macerie senza essere visti?»

«Le abbiamo trovate nel seminterrato del palazzo di rue d'Ulm. I proprietari ci hanno dato accesso alle loro cantine, erano piene di detriti. Poi, sotto il Panthéon, hanno nascosto tutto nelle gallerie secondarie. Era più semplice.»

«E il laboratorio del professor Vogel? La fungaia? Avete trovato qualcosa di particolare?»

«Niente... A parte decine di piante devastate, come ci aveva segnalato Vogel.»

«Ci hanno camminato sopra durante la fuga, giusto?»

«No, apparentemente no. Sembrerebbe piuttosto che abbiano distrutto le coltivazioni intenzionalmente.»

«Intenzionalmente? Perché mai l'avrebbero fatto?»

Ceylac alzò le spalle e strinse le labbra come per dire: «Che ne so io?» Louise si appoggiò allo schienale della poltrona in similpelle. Analizzava con minuzia nella sua mente la serie di informazioni fornitele dal capogruppo. L'ufficiale non era stato né avaro né reticente. Un ottimo punto di partenza per rendere più caloroso il loro rapporto. Ceylac doveva essere davvero con le spalle al muro per vuotare il sacco in quel modo, pensò Vernay.

«E riguardo all'intervento chirurgico sul cervello di Eyrolles per metterci la lamella? Abbiamo un'idea di dove si sia svolto? Secondo il medico legale è un lavoro da professionisti. Ci volevano un neurochirurgo e strutture tecniche idonee.»

«Non è detto. Una volta che il tizio era incosciente, in sedazione profonda, è bastato perforare l'osso dentro il naso per infilare la lamella tagliente. Una piccola cauterizzazione, e il gioco è fatto.»

«Ma bisognava comunque azzeccare il posto giusto, se si voleva provocare la lacerazione dei tessuti vitali proprio in quel punto preciso...»

«È vero, ma secondo la Scientifica bastava andare in linea retta. Un medico che conosca bene l'anatomia poteva farlo. Magari anche un medico legale, avvezzo alla specifica geografia del cervello. A furia di farli a fette...»

Louise Vernay fece una smorfia dubbiosa. La cosa non quadrava. L'operazione, di una precisione formidabile, non era di certo opera di uno scalzacane.

«Penso comunque che varrebbe la pena fare un giro nei reparti di neurochirurgia per verificare se per caso Eyrolles è stato ricoverato nelle ore precedenti alla sua morte. Magari sotto falso nome. Bisognerebbe far vedere la sua foto e assicurarsi che...»

«Okay, non abbiamo aspettato che ce lo dicessi tu. Ci siamo fatti tutti gli ospedali dell'Île-de-France. E non abbiamo ancora finito. Ma non ho a disposizione tutto l'organico di Parigi. Ho dei rinforzi dal gruppo di Pinel e di Belkacem. Ma hanno anche altri lavori da fare. Non possono aiutarci a tempo pieno.»

«Dobbiamo andare da Grimaldi. Deve venirci incontro. È molto importante e...»

«Ho già assediato il suo ufficio. Mi ha dato quello che poteva.»

Louise sbuffò. Era sicura di poter ottenere di più dal capo della Omicidi. Mentre si alzava per filare nell'ufficio del boss, il suo cellulare vibrò. Era Massimo Bianchi. L'italiano stava chiamando in modalità video tramite la app Signal, una precauzione minima per criptare la conversazione.

La commissaria tornò subito a sedersi e posò il cellulare davanti a sé.

«Ciao, Massimo. Aspetta un secondo.»

Alzò il mento e fulminò Ceylac con lo sguardo.

«Permetti?»

«Aspetta, è il collega della Catturandi che lavora sui casi di Roma e Ravenna?»

«Esatto. Se puoi lasciarci...»

«Ti ho appena detto tutto quello che sapevo. Ho bisogno anch'io di essere illuminato. Non sei l'unica a lavorare su entrambi i casi, a voler fare dei collegamenti. Siamo una squadra...»

«Ma guarda, adesso siamo una squadra? Sbaglio o quando abbiamo iniziato a lavorare sul caso mi hai cacciata via? Tipo: "Fai come sei abituata, da sola, per conto tuo"?»

L'ufficiale si schiarì la gola.

«Okay, non sono stato molto corretto. Ma capiscimi: due ore prima, tu non esistevi. Almeno, qui alla Omicidi... E tutto a un tratto ti imponi.»

«Pronto? Ditemelo, se disturbo…»

Dietro la videocamera del suo smartphone, Bianchi si stava spazientendo. Gli sembrava di assistere a una lite domestica.

«Scusa, mi dispiace.»

Stanca di discutere, Louise fece ruotare leggermente l'iPhone.

«Ti presento il comandante Lorrain Ceylac, che dirige il gruppo della Omicidi che indaga sulla morte di Eyrolles e sul furto del cervello di Marie Curie.»

Poi orientò di nuovo il telefono su di sé.

«Hai delle novità?»

«Sto uscendo dal carcere di Rebibbia, qui a Roma. Sono riuscito a interrogare Giuseppe Rizzo. È un boss della 'Ndrangheta, molto vicino a Lombardo. Ha un regime carcerario molto severo, il cosiddetto 41-bis.»

Ceylac e Vernay annuirono. Lo conoscevano bene: era tristemente famoso.

«Non ho avuto molto tempo, ma sono sicuro che sa qualcosa.»

«Ha dato qualche informazione? Una pista? C'è un legame con la 'Ndrangheta?»

«No, no. Niente di concreto. Ma sono certo che ha volutamente seminato degli indizi per mettermi sulla strada giusta. Gli ho proposto uno scambio, come quelli che si fanno con i pentiti. Ma non ne ha voluto sapere. Mi sono dovuto accontentare delle sue allusioni. Per esempio ha fatto un riferimento specifico al Panthéon e a Marie Curie. Parlando di Rousseau, che era sepolto lì, non lontano dalla scienziata.»

«Cosa ha detto sul Panthéon?»

«Niente di preciso. Mi ha fatto tutto un discorso sulla beata solitudine della prigione, dicendo che in realtà era più libero di me. È stato a quel punto che ha citato Rousseau, e anche Schopenhauer.»

«Fa l'intellettuale?»

«Si è laureato in filosofia in prigione. Tra gli ergastolani è diventata quasi una moda. Poi me l'ha menata con un certo

Rom Houben, un ex sportivo vittima della sindrome locked-in, ma che è stato di nuovo in grado di comunicare dopo anni in stato vegetativo.»

Vernay rimase impietrita. Ogni sfumatura rosata scomparve lentamente dal suo viso.

«Rizzo mi ha raccontato che stavano per staccargli la spina, ma un medico gli ha salvato il culo in extremis. Era sicuro che Houben fosse cosciente, all'interno del suo cervello, nonostante lo stato vegetativo.»

Louise sentì la nausea salirle dallo stomaco. Le gocce di sudore le imperlarono la nuca, e il suo polso divenne irregolare. Il cuore perse due colpi.

«Un medico? Quale medico?» domandò faticosamente.

«Aspetta, me lo sono scritto... Eccolo: Steven Laureys. Lavora in Belgio, a Liegi.»

Louise sentì un'immensa vertigine. Nonostante fosse seduta, rischiò di svenire. Si aggrappò al tavolo e represse un violento conato di vomito.

«Stai bene?» chiese Ceylac preoccupato.

Vernay stava palesemente crollando; non era più nel suo stato normale. Qualcosa di grave la tormentava.

«Louise? Cosa ti sta succedendo?»

L'ufficiale si avvicinò e le mise la mano sulla spalla.

«Io... Massimo... Cosa ha detto esattamente? È molto importante...»

«Ha specificato che il tizio, Rom Houben, aveva una sindrome locked-in, ma che ha potuto ricominciare a comunicare grazie a un'interfaccia messa a punto dal medico. Ha detto che era un po' come l'astrofisico Stephen Hawking, che poteva parlare tramite un sintetizzatore, pur essendo completamente paralizzato.»

«Ma... Perché ti ha parlato di queste cose?»

«Non ne ho idea, Louise. Mi ha preso per i fondelli. Ha alzato una bella cortina fumogena con la solitudine, la prigionia e la libertà, dicendo di tutto per evitare di affrontare le questioni di fondo. Ma posso dirti che era molto colpito dalla morte di Lombardo.»

Louise era persa nei suoi pensieri, la faccia disfatta. Ceylac intervenne.

«Cos'altro ha detto?»

«Alla fine mi ha lasciato un indizio, a quanto pare importante. Ma ho fatto fatica a capire. Mi ha detto di seguire la pista della "piovra". È così che in Italia chiamiamo le grandi organizzazioni mafiose.»

«La piovra? Perché la piovra?»

«Be', l'unica cosa pertinente che ho trovato è che la piovra è un animale molto intelligente. E che ha nove cervelli.»

«Nove cervelli?» ripeté Ceylac.

«Otto cervelli periferici, uno in ogni tentacolo, e un cervello centrale nella testa. Sono tutti interconnessi e lavorano insieme. Ovviamente sono molto più primitivi del cervello umano, ma sono comunque dei sistemi nervosi imbottiti di neuroni.»

«Quindi? Cosa ne deduci?»

«Ho l'impressione che Rizzo abbia voluto dirmi che stavano tagliando le teste di un unico organismo. Una dopo l'altra. Già due su nove, Eyrolles a Parigi, e Lombardo a Roma. Tutte con un *modus operandi* piuttosto simile e una lamella nel cranio...»

«Vuoi dire che, secondo te, Eyrolles era legato alla 'Ndrangheta?»

Ceylac gongolava. La sua intuizione, quindi, era quella giusta? Eyrolles nascondeva le sue vere intenzioni, e forse la chiave era a portata di mano... Un legame con la mafia calabrese era un'ipotesi realistica? O addirittura probabile? Come avrebbe potuto l'esercito farsi sfuggire questa cosa? E che ruolo poteva aver giocato Eyrolles?

«Non saprei, ma è molto strano. Rizzo ha insistito su questa metafora. Sembrava volermi dire che era solo l'inizio. Le cifre sulle lamelle forse indicano i "cervelli" di un'organizzazione che cadono uno dopo l'altro... C'è stato il numero 6, poi il numero 7. Chi sono i primi cinque? Sono già morti? O arriveranno dopo? E i numeri 8 e 9? Il numero 1 potrebbe essere il "cervello centrale", il più importante.»

«Quindi i cerchi dell'Inferno starebbero a indicare i padrini della mafia calabrese?»

«Forse. Ma dubito che tutto giri intorno alla 'Ndrangheta. Forse si tratta di un'altra organizzazione.»

«*Gyrum Novem*» sussurrò Louise. «Il giro o cerchio dei nove cervelli.»

L'investigatrice stava riprendendo colore e si sforzava di tornare in sella. Non doveva cedere alle emozioni travolgenti suscitate dal pensiero di suo fratello. Eppure non poteva impedirsi di confrontare il destino di quel tizio, Rom Houben, con quello di Mathieu. E se si stessero sbagliando nel volerlo staccare dalla macchina? E se anche lui potesse tornare a comunicare? Doveva parlarne il prima possibile con Maria Calvino. Perché non tentavano lo stesso protocollo con lui? Perché non utilizzavano il sintetizzatore? Tenendo per sé quelle domande, si ributtò cautamente nella mischia.

«Il cerchio dei nove cervelli?» rilanciò Ceylac. «È il senso della scritta latina *Gyrum Novem*, secondo te?»

«È possibile» mormorò Louise. «In ogni caso, il legame con il cervello è ovunque. I messaggi in codice, il furto dei crani...»

Poi Louise evocò la somiglianza tra la forma dei cerchi disegnati sul rovescio delle lamelle metalliche e quella di un cervello. Le curve riproducevano esattamente quelle dell'encefalo in sezione sagittale. Sollevò inoltre l'ipotesi dei cerchi presenti nell'organo, gli otto lobi principali più i nuclei profondi che potevano incarnare il nono cerchio, all'origine delle nostre emozioni, del piacere e di altre pulsioni.

«Intendi dire che, a tuo parere, i nove cerchi di cui parlano i messaggi in codice indicano le zone del cervello?»

«Sì, può darsi. Le lamelle sono sempre state introdotte nei nuclei profondi, come il nono cerchio dell'Inferno che si trova sepolto in profondità nelle viscere della terra.»

«Ma allora i tentacoli della piovra?»

Louise non seppe rispondere. Era totalmente persa. Tutto si confondeva nella sua mente. Un solo cervello e diversi lobi?

Diversi cervelli, come altrettanti tentacoli? L'una cosa era compatibile con l'altra?

«Non ne ho idea... Mi dispiace, sono molto stanca. Devo riflettere a mente fresca.»

Bianchi stava per ribattere, quando la sua immagine fu oscurata da una chiamata in arrivo.

Ceylac spalancò gli occhi nel leggere il nome apparso sullo schermo dell'iPhone di Vernay.

Maria, assistente Steven Laureys / Liegi.

«Ma... Non è il medico di cui parlava Bianchi tre minuti fa?»

Anche Louise restò senza fiato. Quella coincidenza era sconcertante. Il cuore le batteva all'impazzata.

«Scusami, Massimo, devo assolutamente rispondere. Ti richiamo dopo.»

Louise sparì nei corridoi della Omicidi, in cerca di un luogo protetto, lontano da sguardi e orecchi indiscreti. Rispose. La voce di Maria Calvino risuonò di colpo nel suo orecchio.

«Louise? Devi tornare subito qui. È urgente. È successo qualcosa... Qualcosa di incredibile.»

16

Mercoledì 10 aprile 2024
Liegi
Ore 20 e 52

Louise era saltata sul Thalys delle 17 e 55 in preda a un'angoscia tormentosa. Doveva gioire? O temere il peggio? Maria Calvino si era rifiutata di spiegarsi al telefono. Arrivò nella sede del Coma Science Group praticamente correndo. Ancora ansimante, si precipitò verso l'ufficio di Maria Calvino.

«Ah, Louise! Ti stavo aspettando.»

La dottoressa diede un'occhiata all'orologio.

«Ottimo tempismo.»

«Ottimo tempismo per cosa?»

«Ti spiegherò. Ma prima devo raccontarti ciò che è accaduto qualche giorno fa… e di nuovo ieri sera.»

«Cos'è successo?»

Il tono di Louise si faceva sempre più acuto. L'angoscia era palpabile. L'attesa e tutti quei misteri stavano diventando insostenibili. Formulò la domanda che la assillava.

«Riguarda Mathieu? Tenterete di sperimentare il sintetizzatore vocale?»

Maria Calvino sbarrò gli occhi stupefatta.

«Un sintetizzatore vocale? Ma Louise, tuo fratello… Te l'ho

spiegato, non può... Insomma, non può più, nella maniera più assoluta... Mi dispiace. No, non riguarda Mathieu.»

L'investigatrice incassò il colpo. Si afflosciò sulla seggiola di fronte alla scrivania della neurologa.

«Ma allora perché mi hai...»

Louise non fu in grado di finire la frase.

«Lo capirai. Riguarda la tua indagine.»

«La mia indagine?»

«Sai che qui conduciamo esperimenti di ogni tipo, e che studiamo i fenomeni ai confini della coscienza.»

«Sì, sì... Ve la tirate abbastanza, sui media. Tra un po' sosterrete di poter resuscitare i morti. Come Rom Houben. E io tra l'altro mi chiedo perché non volete tentare lo stesso protocollo con Mathieu. Due pesi e due misure.»

La neurologa aggrottò la fronte. Conosceva bene Rom Houben, uno dei casi più emblematici dell'équipe di Steven Laureys, intorno al 2008-09.

«Ascolta, Louise, non so cosa ti abbiano raccontato di Rom. Ma contrariamente a ciò che avevamo pensato, non ha mai comunicato. La sua tomografia a emissione di positroni aveva rilevato uno stato minimo di coscienza, molto diverso dallo stato vegetativo terminale di Mathieu...»

Louise grondava di rabbia, ma si tratteneva dall'esplodere.

«...e nonostante quelle condizioni e un cervello quasi normale, non siamo riusciti a farlo esprimere.»

«Non ha utilizzato un sintetizzatore vocale, come Stephen Hawking?»

«No, nella maniera più assoluta. L'abbiamo semplicemente aiutato a posare un dito su una tastiera, per fargli comporre delle frasi.»

«Il risultato è lo stesso, no? Era un cosiddetto vegetale, ed è riuscito a comunicare!»

«No, per niente. Era quello che credevamo. Ma dopo svariate verifiche, si è scoperto che eravamo noi del personale medico a guidare inconsciamente la sua mano per comporre le frasi. Lui non ha mai detto né scritto nulla. Steven Laureys, del resto, ha ritrattato. È stato un po' troppo precipitoso, nelle sue prime dichiarazioni. L'entusiasmo, la speranza, senza dubbio. Ci credevamo tutti.»

Louise tentennò tra lo scoramento totale e l'incredulità.

«Va be'... Quindi, cosa è successo? Cosa volevi dirmi?»

Maria Calvino si alzò e girò intorno alla scrivania. Si sedette sulla seggiola vicina all'investigatrice e si curvò in avanti come per sussurrarle nell'orecchio, in modo confidenziale.

«Abbiamo due ricercatori – per la precisione due post-dottorandi, medici per formazione – che lavorano su alcuni fenomeni molto... sorprendenti.»

La curiosità di Louise fu leggermente stuzzicata.

«Quali fenomeni?»

«Da un lato, le NDE, le esperienze di pre-morte, *near death experiences* in inglese.»

«Ah, sì, il momento in cui credi di schiattare, vedi un lungo tunnel con una luce bianca in fondo, e alla fine vieni richiamato sulla Terra e fai retromarcia in un lampo.»

«È un buon riassunto» disse divertita la ricercatrice. «L'altro fenomeno, che a volte è connesso con le NDE, è la decorporazione. L'esperienza extra-corporea, o *out-of-body syndrome*.»

Stavolta Louise, la cui incrollabile razionalità non vacillava mai, rise apertamente.

«Questa è davvero comica. Tutti quei suonati che dicono di uscire dal loro involucro corporeo, di librarsi sopra di sé e di fare dei viaggi cosmici. Ne conosco alcuni che sostengono addirittura di aver incontrato gli extraterrestri.»

Maria, imbarazzata, si schiarì la gola.

«Sì... Può sembrare folle. D'altronde, abbiamo una spiegazione per il tunnel, per la luce e per l'impressione di uscire dal corpo. È tutto legato alla rappresentazione cinestetica. Una forte disattivazione della corteccia visiva e un'attivazione insolita nell'emisfero sinistro del cervello.»

«Be', tante grazie. Un mucchio di stronzate per ragazzine sceme.»

La neurologa sembrava sempre più a disagio. Alla fine

si tolse dalla tasca un registratore e lo posò sulla scrivania, proprio davanti a Louise.

«Non potrei fare quello che sto per fare. Ma mi fido di te ciecamente, e faccio appello al tuo segreto professionale.»

«Ti fermo subito: non sono né un avvocato né un medico come te, e tra noi, il segreto non è una virtù cardinale. Al contrario, quando veniamo a sapere qualcosa che può servire per un'indagine o per prevenire un crimine, ti devo dire che lo usiamo al volo.»

«Prevenire un crimine… Appunto…»

Maria schiacciò il tasto "play" del registratore. Immediatamente ne scaturì una voce nasale.

«Era… angosciante… dei tunnel… contorti…»

«Dei tunnel? Con la luce bianca in fondo?»

Louise identificò senza difficoltà la seconda voce: era quella di Steven Laureys in persona, il grande capo del Coma Science Group.

«No, no… Non c'è luce… c'è un buco. Una specie di buco nel soffitto. E… sopra… delle tombe. Parecchie tombe.»

Silenzio. Non si sentiva altro che il fruscio dovuto alla scarsa qualità del registratore.

«E… erano una decina… come dei militari… volevano assolutamente aprire una tomba.»

«Una tomba? Quale tomba?»

«C'era un'iscrizione… non in francese. In russo, o in polacco forse.»

«E dopo?»

«Aprono la tomba… Lei è ancora bella… quasi viva… E poi… Non capisco, ma… Poi…»

Di nuovo un silenzio prolungato.

«Sì, Laurent? Lei ha parlato del cranio, giusto? Cosa hanno fatto del cranio?»

«Lo hanno aperto. Hanno preso il cervello.»

Maria spense il registratore. Louise era di sasso.

«E allora? Che roba è? Un tizio che ha visto al telegiornale la profanazione della tomba di Marie Curie e che racconta di essere uscito dal proprio corpo, di aver svolazzato fino al Panthéon e di aver vissuto la cosa di persona, è così?»

«Non esattamente. Per prima cosa, il "tizio", come lo chiami tu, è del tutto incapace di guardare la televisione, visto il suo stato. E poi, questa registrazione risale a poco più di una settimana fa. A mercoledì scorso.»

Louise si scompose. L'operazione Panthéon si era svolta la notte successiva.

«È impossibile, non può aver visto la scena *prima* che si svolgesse! Vi renderete di nuovo ridicoli, come per Rom Houben.»

«Io c'ero, Louise. Sono io che ho fatto la registrazione. Era mercoledì 3, quindi il giorno prima della profanazione. Te lo garantisco. Steven potrà confermartelo.»

L'investigatrice si rifiutava di crederci. Odiava le storie paranormali, buone solo per i giornalacci scandalistici. Se la neurologa diceva la verità, allora perché non era capace di riattivare il cervello di suo fratello? Magia per magia...

«Stai esagerando, Maria. E lo fai per distrarre la mia attenzione da Mathieu. Probabilmente le tue intenzioni sono buone, ma è tutto molto maldestro.»

«No, Louise. Ti giuro che è vero. E comunque... Laurent ha parlato di nuovo la notte scorsa. Verso la stessa ora dell'altra volta, intorno alle 22. Non ho potuto registrarlo, ma... Se tutto va bene, forse parlerà anche stasera. Tra meno di un'ora. Se lo stimoliamo nel modo giusto, potrebbe ripetersi. Come una settimana fa, quando Steven gli ha fatto ripetere ciò che aveva visto durante l'esperienza extracorporea.»

Trenta minuti dopo, Louise e Maria Calvino vegliavano in silenzio il paziente chiaroveggente nella sua stanza superaccessoriata. Il suo colorito diafano si abbinava bene ai suoi presunti doni. Laurent Mallet fluttuava da qualche parte tra due mondi. Come per la maggior parte dei *clienti* del Coma Science Group, dall'esterno era impossibile individuare il minimo soffio di vita. Per Louise erano tutti spacciati e pronti per finire in una bara – o in un inceneritore. Non c'era nessun motivo per staccare Mathieu e lasciar sopravvivere gli altri. Due pesi e due misure, continuava a ripetersi.

Come al solito, l'investigatrice era spazientita.

«Cosa gli è capitato?»

«Un ictus molto esteso. È stato salvato in extremis. Vegeta per la maggior parte del tempo, ma periodicamente il suo cervello riparte, e lui parla. Di solito i suoi discorsi non hanno né capo né coda. E in ogni caso, se tu non mi avessi parlato della tua indagine, non avrei prestato la minima attenzione al suo sproloquio della settimana scorsa, né a quello di ieri sera. Ma adesso...»

«Parli sul serio, Maria? Lo sai che mi stai rifilando una cosa folle, come in quel film di Spielberg con i mutanti che predicono i crimini poco prima che avvengano! *Minority Report*, se non sbaglio.»

«Spielberg non ha inventato nulla, ha adattato un racconto di Philip K. Dick di cinquant'anni prima.»

«E allora? Cosa cambia? A meno che tu non pensi che Philip Dick si sia ispirato a fatti reali...»

«No, non dico questo... Ma anche lui aveva problemi mentali e psichici. Il suo cervello non era come il nostro.»

Maria si corresse.

«Insomma, in ogni caso non come il mio, questo è sicuro.»

Louise finse di ignorare la frecciata.

«E com'era il suo cervello?»

«È andato in malora. Gli è addirittura stata diagnosticata la schizofrenia. È possibile che i suoi disturbi siano all'origine del suo genio. I suoi libri hanno ispirato film come *Blade Runner* o *Atto di forza*. Non è qualcosa che venga dal nulla. Senza contare che Philip Dick è morto per un accidente cerebrovascolare. Scommetto che sarei riuscita a salvarlo, come ho salvato Laurent dal suo ictus. Ma quando è morto ero una bambina.»

Louise sembrava perplessa. Maria Calvino si attribuiva dei poteri quasi divini. Lavorare in quel reparto le aveva fatto male e, contrariamente a quanto affermava, il suo cervello non era più messo tanto bene...

«E secondo te il fatto di avere un accidente cerebrovascolare predisporrebbe alla "precognizione"?»

«Non lo so. Di sicuro il cervello subisce un colpo durissimo, e non sappiamo ancora molto delle riorganizzazioni cellulari e delle derivazioni vascolari che si verificano. Perlomeno quando si sopravvive. Non è impossibile che certe capacità...»

Laurent Mallet, disteso immobile come una statua, con delle flebo a entrambe le braccia e la testa e il petto pieni di elettrodi, emise un debole rantolo. Louise controllò l'ora: le 22 e 07. Nello stesso istante, lo schermo dell'elettroencefalogramma cominciò a dare segni di agitazione. Le curve sinusoidali, fin lì apatiche, iniziarono ad ampliarsi, come onde che si ingrossano all'inizio di una tempesta. Maria Calvino si alzò di scatto e si avvicinò al paziente. Con una mano gli strinse il palmo destro, con l'altra gli accarezzò la fronte.

«Laurent? Mi senti?»

Massaggiò le dita smagrite.

«Sono Maria, sono qui. Sono proprio accanto a te, sono io. Mi senti?»

Parlava a voce alta, addirittura altissima. Che, oltre al resto, quel tizio fosse anche sordo? O il suo cervello era così distante dallo stato cosciente che bisognava stimolarlo attraverso tutti i sensi?

«Laurent, ti ascolto. Puoi ripetermi cosa hai visto ieri sera? Sono qui, ti ascolto.»

L'elettroencefalogramma scattò immediatamente disegnando picchi irregolari. Evidentemente la neurologa aveva appena trovato il tasto di accensione.

«Io... io...»

«Cos'hai visto ieri sera? Laurent? Cos'hai visto? Raccontamelo ancora una volta.»

Maria massaggiava sempre più vigorosamente la mano del malato. Avrebbe finito per spezzargli le ossa!

«Ho visto... ho visto degli uomini... una decina di persone tutte vestite di nero entrare in una chiesa immensa... e dirigersi verso un anfratto… Camminano con passo sicuro, non fanno alcun rumore… È notte…»

Louise era perplessa. La descrizione ricordava quanto successo al Panthéon; il monumento era stato un tempo una grande chiesa, e ne conservava la struttura e l'aspetto. Il tizio si ripeteva…

«E dopo cosa succede, Laurent? Mi senti? Sono qui. Ti ascolto. Cosa succede, dopo?»

«Arrivano… Si fermano e guardano il pavimento. Per terra ci sono delle inscrizioni. Vedo… Vedo dei nomi…»

«Dei nomi? Che nomi vedi, Laurent?»

«Newton mi pare… Ma gli altri… È difficile… Forse Darling… Hanno una specie di martello pneumatico… Spaccano il pavimento e poi estraggono una bara… La aprono…»

L'uomo faticava a esprimersi; una metà del viso era paralizzata, mentre l'altra sussultava penosamente. Bisognava tendere l'orecchio e compiere un grosso sforzo per distinguere le parole.

«La aprono e prendono il cranio. Poi se ne vanno, in tutta fretta…»

«E la chiesa? Puoi descrivermela? Che aspetto ha?»

« È… è… immensa. Una lunga navata centrale, con pavimenti a scacchi neri e bianchi… E sopra un gigantesco scafo di nave capovolto…»

Ora Louise pensò alla basilica di Firenze. Ma il pavimento era del tutto diverso… Cercò di ascoltare con più attenzione. Apparentemente, il tizio stava parlando di un edificio molto particolare. La sua impressionante vastità sembrava designare un luogo unico nel suo genere. Notre-Dame? Impossibile, era bruciato tutto, e ci sarebbe voluto ancora qualche mese perché la ricostruzione si concludesse. Ma allora cos'era?

«Scappano, e dove vanno? Laurent, dove vanno con il cranio?»

«Io… Io non lo so… Io… Io…»

All'improvviso la curva sinusoidale dell'elettroencefalogramma si placò. I picchi si attenuarono, sostituiti da ondulazioni sottilissime sullo schermo verde.

«Laurent? Laurent?»
Il paziente era ripiombato nella catatonia.
«È finita» mormorò Maria Calvino. «Hai sentito?»
«Sì… È piuttosto vago, però… E poi assomiglia a quello che ha raccontato sul Panthéon. Ha ripetuto la storia della squadra, della bara, del cranio…»
«Ma la stessa cosa, se ho capito bene, è successa anche in Italia, no? Perché non una terza volta da qualche altra parte, allora?»
«Sì, è possibile. Oggi non ci ha dato nessun indirizzo.»
«Sei o non sei un poliziotto? Bisogna servirti tutto su un piatto d'argento?»
Louise si scostò leggermente. La dottoressa si stava prendendo delle libertà…
«No, grazie, credo di riuscire a cavarmela. Ho registrato tutto col cellulare. Riascolterò e cercherò di capire cosa se ne può ricavare.»
«Fantastico» sibilò Calvino tra i denti. «Mi sembri proprio bella carica. Non è impossibile che ammazzino altre persone. Ho l'impressione che dovresti metterci un po' più di brio. Datti una mossa.»
Louise aggrottò la fronte. Il cuore prese a battere più forte. La neurologa cominciava seriamente a esagerare.
«Senti un po', io non ti chiedo di darti una mossa per riportare Mathieu tra noi, giusto? Perciò fai il tuo mestiere, e io farò il mio. Non farò saltare il banco solo perché un comatoso ha delle pseudo-premonizioni! È un delirio totale.»
«Come vuoi. Ma poi non dire che non sei stata avvisata. Io ho fatto quello che dovevo, ho la coscienza a posto.»
Maria Calvino girò i tacchi e andò a chiudersi nel proprio ufficio, sbattendo ostentatamente la porta.
A Louise cadde il mento. Cosa le era preso? La dottoressa era sull'orlo della crisi. La pressione era troppo forte in quel reparto, dove ci si confrontava incessantemente con i traumi, la sofferenza, la morte… e ora con il paranormale.
L'investigatrice si arrese e andò via in gran fretta. All'esterno,

gli edifici futuristici del CHU luccicavano come mille lampioni durante la festa delle luci a Lione. Prese una profonda boccata d'ossigeno.

La neurologa che da anni si prendeva cura di Mathieu stava impazzendo. Come poteva fidarsi della pertinenza delle sue decisioni e delle sue diagnosi? Doveva ottenere il trasferimento di suo fratello, e al più presto.

17

Giovedì 11 aprile 2024
Londra
Ore 17 e 46

Durante la notte, Vernay si era raggomitolata nelle lenzuola, la testa sepolta tra le mani, come una bestiola impaurita. Le immagini di suo fratello, quelle del "precog" del Coma Science Group e tutte quelle delle scene del crimine di Parigi, Roma e Ravenna, avevano vorticato nella sua mente come stracci macchiati di sangue nel cestello di una lavatrice. Stava diventando pazza anche lei. Su chi poteva fare affidamento? A cosa poteva aggrapparsi? Tutto si sfilacciava e si torceva per poi sparire in un buco nero. C'erano solo oscurità profonda e completo sfinimento.

Verso le sei del mattino, stanca di combattere, e sebbene convinta che fosse inutile, aveva finito per riascoltare la registrazione fatta il giorno precedente al CHU. Non credeva a una sola parola, e soprattutto non voleva crederci. La sua viscerale razionalità la proteggeva da sé stessa. Altrimenti, perché non sperare nella "resurrezione" di Mathieu attraverso pratiche occulte? La sua precedente indagine internazionale, che l'aveva portata negli Stati Uniti, in un contesto di presunta presenza extraterrestre, aveva rafforzato la sua natura cartesiana, logica e sistematica. Come poteva Maria Calvino credere alla fondatezza delle profezie di Laurent, quella specie di pizia dei tempi moderni? Vernay non riusciva ad attribuire alla neurologa un interesse per l'esoterismo. D'altra parte, la frequentazione costante di tutti quei cervelli scardinati poteva averle schiuso altri orizzonti, meno *ottusi*, come avrebbe detto qualcuno.

Prigioniera della sua stanzetta d'albergo di rue de Guillemins, in attesa del primo Thalys, Louise era quindi ripiombata nel balbettio del precog. Senza convinzione, svogliatamente, aveva fatto qualche ricerca su internet e si era subito accorta di una cosa evidente: Newton + tomba + chiesa portavano immediatamente a Londra, a Westminster Abbey. La celebre cattedrale, consacrata all'inizio dell'XI secolo, era stata teatro dell'incoronazione di quasi tutti i monarchi britannici e ospitava circa tremilatrecento tombe di re, regine, ma soprattutto di illustri connazionali che incarnavano il genio del regno: poeti, scrittori, esploratori, alti ufficiali e naturalmente eminenti scienziati. Era né più né meno il Panthéon britannico. Louise ricordava gli spettacolari funerali di Elisabetta II, nel settembre del 2022, e l'incoronazione di Carlo III un anno dopo. Quelle cerimonie avevano offerto delle stupende vedute dell'imponente abbazia, che collimava sotto ogni aspetto con la descrizione del paziente: pavimenti a scacchi neri e bianchi – del coro della cappella eretta da Enrico VII – e splendidi soffitti gotici le cui volte ricordavano una culla o lo scafo rovesciato di una nave.

L'investigatrice aveva ascoltato diverse volte lo stesso frammento, per cercare di identificare il cognome che il malato aveva farfugliato dopo quello di Newton. Darling poteva assomigliare a Darwin. E in effetti anche il grande naturalista britannico, padre della teoria dell'evoluzione delle specie, era sepolto in quella celebre chiesa, vicino a Isaac Newton. Sebbene quest'ultimo godesse di un cenotafio spettacolare, la sua bara si trovava nascosta sotto il pavimento della cattedrale proprio come quella di Darwin, ed era dotata di una pietra tombale molto semplice incorporata nel pavimento, che i visitatori calpestavano allegramente. Un altro dettaglio che corrispondeva con la descrizione di Laurent Mallet, il malato chiaroveggente di Maria Calvino…

Poi Louise aveva scorso i nomi di altre personalità che giacevano nel Scientists' Corner dell'abbazia, posto nel centro della navata, ovvero nel cuore dell'edificio, nella zona più frequentata. Aveva trovato per primi Michael Faraday e il fisico James Clerk Maxwell.

Poi, il colpo di scena.

Nel 2018, le ceneri dell'astrofisico Stephen Hawking erano state sepolte proprio di fianco a quelle di Newton e Darwin!

Aveva subito pensato alle parole del mafioso riferite da Massimo Bianchi. Dopo aver alluso al Panthéon, aveva esplicitamente menzionato Hawking e il suo sintetizzatore vocale. Alle 6 e 30, Louise aveva perciò contattato il collega italiano, fortunatamente raggiungibile a qualsiasi ora. Anche lui, come lei, conduceva una vita da scapolo incallito, dedicandosi giorno e notte ai suoi casi. Aveva forse una scelta? Quel mestiere non era altro che tirannia e ossessione. Solo il lavoro accanito, da criceto in frenetica corsa nella sua ruota, le permetteva di resistere. Altrimenti si sarebbe ritrovata davanti alla vacuità della sua esistenza e a una profonda solitudine.

Il commissario non solo aveva confermato l'allusione di Giuseppe Rizzo a Stephen Hawking, ma aveva precisato il commento del mafioso: «Per quanto ne sappiamo, anche se è sepolto nell'abbazia di Westminster, Hawking parla ancora…»

Il capomafia aveva dunque veramente seminato una miriade di indizi nel suo breve colloquio con l'investigatore italiano. Non potevano essere semplici coincidenze. Sembrava al corrente di tutto e intendeva aiutare la polizia, molto probabilmente allo scopo di vendicare il suo amico Lombardo, torturato come un cane. Dato che quei discorsi enigmatici andavano acquistando un significato, Bianchi aveva deciso di rileggere tutti i suoi appunti in maniera approfondita per cercare di trarne altre informazioni importanti.

Nel frattempo, Westminster era diventata il loro nuovo

obiettivo. Questa volta gli investigatori sarebbero riusciti ad arrivare prima della squadra di criminali? O durante l'operazione, come in Italia? La corsa contro il tempo era iniziata.

Bisognava anche ottenere la collaborazione assoluta degli inglesi. Gli accordi in materia di polizia restavano validi, nonostante l'uscita del Regno Unito dall'Europa. Ma le tensioni alle frontiere legate ai flussi continui di migranti avevano alterato le relazioni tra la Francia e l'Inghilterra. Louise aveva avvertito Ceylac, non tanto per associarlo all'operazione – lo considerava un peso morto – quanto perché usasse la propria influenza, e quella del capo della Omicidi, per ottenere un ordine di missione ufficiale. Bianchi fece lo stesso con il capo della Catturandi, la prima sezione della Squadra Mobile di Roma.

Le vittime francesi e italiane che la letale squadra aveva lasciato sulla sua scia avevano rapidamente convinto le autorità britanniche della serietà della minaccia. Scotland Yard era stata subito mobilitata, insieme a un distaccamento dello Special Air Service, le truppe d'élite. Gli investigatori francesi e l'italiano, avevano ottenuto il permesso di unirsi a loro e si erano precipitati sul Thalys delle 14 e 36, per poi essere condotti sul luogo a sirene spiegate.

La cattedrale era stata evacuata per motivi di sicurezza. Il problema era la vicinanza immediata del Parlamento. Per il momento le autorità si erano limitate a vietare l'accesso a chiunque non facesse parte del personale. Nei dintorni avevano preso posto i tiratori scelti, mentre un elicottero sorvolava il quartiere.

In quel tardo pomeriggio, Vernay, Ceylac e Bianchi aspettavano nel Dean's Yard, all'interno di un furgone nero con i finestrini oscurati, a poche decine di metri dal sacrario dei defunti illustri. Per convincere i loro colleghi ad agire, avevano affermato di basarsi su fonti *affidabili*. Gli inglesi non avrebbero mai accettato una storiella di premonizioni prodotta da un moribondo paralizzato in un letto a Liegi. Avrebbero considerato quelle congetture uno scherzo di cattivo gusto.

Gli investigatori francesi e il loro collega italiano avevano quindi elaborato di concerto una narrazione più credibile, fondata su indizi e soffiate… E su una manifesta alterazione delle parole di Giuseppe Rizzo. Era per una buona causa.

La cattedrale era deserta; solo le videocamere di sorveglianza spiavano l'area. Un piccolo rover dotato di una telecamera 360 gradi, teleguidato da un operatore del SAS, percorreva i pavimenti di Westminster, sotto cui riposavano i grandi eruditi scomparsi. Dato che lo Scientists' Corner era costituito essenzialmente da tombe invisibili, nascoste sotto la pavimentazione dell'immensa chiesa, si distinguevano solo i nomi e alcune iscrizioni, in latino o in inglese, incise per terra su pietre nere, e più di rado bianche. I visitatori dovevano usare l'immaginazione per figurarsi i sepolcri nascosti sotto i loro piedi. Non mancavano certo sepolcri e cenotafi appariscenti, a ornamento dei muri dell'abbazia, proprio come al Panthéon o nella basilica di Santa Croce. Ma la disposizione degli scheletri degli scienziati rendeva un'eventuale incursione difficile, se non impossibile.

Le ore passarono senza che succedesse niente. Non c'era il minimo segno di un tentativo di effrazione.

Louise, in preda a un costante formicolio alle gambe, continuava a uscire dal furgone per fare due passi. Ovviamente aveva fumato, parecchio, e si era scolata due thermos di caffè con grande disappunto di Ceylac, che non ne aveva visto neanche l'ombra. Quanto a Bianchi, se la rideva sotto i baffi davanti ai due colleghi francesi. L'italiano non fumava – la sua asma glielo proibiva – e non osava nemmeno sfiorare il liquido nerastro offerto da Scotland Yard.

Alle 4 del mattino, ci si dovette arrendere all'evidenza. O le informazioni dei francesi erano, se non false, quanto meno imprecise, o la squadra d'assalto aveva rinunciato. Quella seconda ipotesi poteva considerarsi una specie di vittoria. Ma come esserne certi? Il sogno premonitore di Laurent Mallet riguardava forse un altro luogo. Oppure, molto semplicemente, anticipava un evento che si sarebbe prodotto in futuro. Ma quando? Le autorità britanniche non potevano prolungare l'operazione per giorni e giorni.

Alle 4 e 13, mentre la polizia si apprestava a levare le tende, Vernay, con lo sguardo incollato alle immagini delle telecamere di sorveglianza della cattedrale e a quelle del rover telecomandato, notò qualcosa di anomalo.

«Ehi! Guardate, lì, l'immagine del rover tremola.»

Ceylac lanciò pigramente un'occhiata allo schermo.

«Mah... probabilmente è a corto di batterie. Sono dieci ore che è lì dentro.»

Bianchi osservò l'immagine con più attenzione. Strizzò le palpebre e si concentrò.

«Hai ragione, è strano. Si ferma per qualche secondo e poi riparte. Sono come delle scosse.»

Anche l'agente britannico che aspettava con loro all'interno del furgone osservò lo strano fenomeno. Quindi afferrò la ricetrasmittente, direttamente collegata con il quartier generale delle operazioni.

«Avete visto l'immagine del rover? È normale che arrivi disturbata a intervalli regolari? Cosa sta facendo, là dentro?»

Una voce attutita risuonò negli auricolari dei poliziotti.

«*È posizionato sulla tomba di Newton. Immobile. La batteria è debole, abbiamo smesso di farlo girare da un po'.*»

«È possibile che la scarsità di energia, la batteria quasi esaurita, spieghino questi tremolii?»

«*Non lo so. Chiedo al SAS.*»

Diversi secondi trascorsero in un pesante silenzio.

«*Allora, apparentemente non è normale. Quando la carica si esaurisce, il rover emette un segnale di allarme e, se non gli si cambiano le batterie, semplicemente si spegne. Forse è un malfunzionamento.*»

«Aspettate!» esclamò Louise. «E se fosse qualcos'altro? Se fosse il riflesso delle scosse provocate da un attrezzo, per esempio un martello pneumatico?»

Breve silenzio.

«*Ascolti, vede bene che tutta la zona è pulita. Niente da*

segnalare all'interno della cattedrale, neanche un movimento. Figuriamoci dei martelli pneumatici!»

Bianchi non si arrese.

«E se l'origine fosse altrove? Al di sotto, per esempio? Al Panthéon, a Parigi, sono penetrati attraverso delle gallerie sotterranee.»

Nuova pausa. La tensione saliva sempre di più a bordo del furgone. Anche l'agente britannico, lo sguardo inchiodato sullo schermo di controllo, trovava quelle interruzioni parecchio sospette.

«*Ci informiamo.*»

«Non può passarci direttamente qualcuno della chiesa? Non possiamo aspettare tutte le volte tre ore che lei faccia da intermediario! È un'emergenza!»

Louise era esplosa, con il suo consueto fascino. Il silenzio che seguì irritò Ceylac, che subito rinfacciò a Vernay la sua scarsa diplomazia. «Adesso non ci risponderanno più, ottima mossa.» Dieci secondi dopo, gli auricolari ricominciarono a crepitare.

«*Qui Martin Edwards, sono il Dean's Verger dell'abbazia.*»

«Il che?» gracchiò l'investigatrice in inglese.

«*Il Dean's Verger. Con la mia squadra assisto il clero nelle funzioni. Ma soprattutto organizzo le visite guidate alla chiesa medievale. La parti più antiche della cattedrale. E... Sì, ci sono dei sotterranei. Nelle strutture più vecchie tutte sviluppate in lunghezza che sboccano sulla facciata sud, sormontata dallo splendido rosone. Sono le vestigia dell'abbazia dell'XI secolo. Le vedete? Sono costruzioni molto semplici, in stile normanno. Molto prima dell'epoca gotica. Credo che siate parcheggiati molto vicino, per vederle vi basterebbe...*»

«Chi se ne frega! Mi parli di questi *bloody* sotterranei!»

Per poco Ceylac non si strozzò. Bianchi si fissava le scarpe. Quanto all'agente britannico, spalancò gli occhi terrorizzato.

Il Dean's Verger si adombrò, non più molto incline ad aiutare Vernay.

«Forse stanno per far saltare tutto, là sotto» insisté Louise. «Se vuole salvare le sue vecchie pietre, mi parli dei sotterranei!»

«Be'... Dal chiostro est si accede alla celebre Pyx Chamber, protetta dalla più antica porta d'Inghilterra. È lì che in passato la Corona nascondeva il proprio tesoro. Di fianco si trovano il vestibolo e l'immensa sala capitolare. Di sotto, la cripta di Edoardo il Confessore. E non dimentichiamo l'ex museo dell'abbazia, anch'esso sotterraneo, situato sotto i vecchi dormitori dei monaci. Adesso, però, il museo si trova in alto, a livello del triforio...»

«Okay! Okay! La mia domanda è semplice: si può accedere all'interno della chiesa attraverso uno di quei sotterranei? O, addirittura, si può scivolare sotto il pavimento della navata, dove si trovano gli scienziati, passando sotto le tombe?»

«L'unico accesso sotterraneo alla navata è quello della cripta normanna, situata nella parte antica, e che sfocia su una scaletta che si trova accanto alla zona dei poeti, nel transetto sud.»

«È il sotterraneo al quale si può accedere dall'esterno, attraverso uno dei chiostri?»

«Sì, certamente, il chiostro permette di accedere alla Pyx Chamber, da cui si può raggiungere la cripta. Ma una volta nella navata, tutto il suolo è pieno, se si escludono le condutture e le vie di fuga. Non c'è alcuna galleria sotto il pavimento. Ci sono troppi scheletri, là sotto...»

Louise si massaggiò il mento.

Il suo leggendario intuito, come a Firenze, le urlava che stava succedendo qualcosa. A suo parere, gli inglesi non capivano niente. Dietro la loro proverbiale flemma, mancavano dell'istinto del cacciatore e del fiuto del predatore.

Una voce nuova gracchiò negli auricolari, quella di un ufficiale della polizia britannica.

«Ehm... Il SAS ci informa di una situazione anomala... Il rover dovrebbe essere fuori servizio già da due ore, là dentro. Le batterie hanno un'autonomia massima di otto ore, soprattutto se deve diffondere immagini non stop a 360 gradi. Non se ne sono accorti perché il segnale d'allarme di esaurimento carica non è mai suonato.»

«E allora?»

«Allora... Allora è probabile che le immagini attuali non provengano dal rover.»

Bianchi, scioccato, alzò le sopracciglia.

«Ma... Da dove provengono, allora?»

«Ecco... Secondo l'ingegnere del SAS, che è stato convocato d'urgenza, può essere che degli hacker abbiano piratato il Wi-Fi del rover, e che stiano diffondendo immagini in loop da quando si è immobilizzato. I tremolii potrebbero semplicemente essere dovuti a delle interferenze tra il loro Wi-Fi e il nostro, o al loop delle immagini...»

«E le immagini delle videocamere di sorveglianza?»

«Non è impossibile che siano state hackerate anche quelle, e diffuse in loop. Naturalmente è solo un'ipotesi.»

Louise diventò paonazza, e le palpitazioni frenetiche delle carotidi le deformarono il collo.

«E cosa state aspettando? Un ordine del re? Correte, forse sono ancora lì!»

«È impossibile che siano entrati nell'edificio senza che li vedessimo! Siamo qui da dieci ore, ogni ingresso è sotto controllo e tutto è sigillato per centinaia di iarde di distanza...»

«Chiedete al vostro Dean's Coso. Ci ha appena spiegato che si poteva accedere a una cripta sotterranea da uno dei chiostri. E vi ricordo che queste squadra sono esperte in sotterranei...»

Un silenzio contrito aleggiò per qualche secondo.

«Okay, lanciamo l'assalto.»

Louise scambiò uno sguardo sgomento con Massimo Bianchi.

Quindici minuti più tardi, dopo aver passato al setaccio il luogo, le forze speciali riconobbero il loro cocente fallimento. Non solo i mercenari avevano portato a termine la missione, ma se l'erano svignata sotto il naso delle autorità.

Finalmente Louise penetrò nella cattedrale attraverso l'enorme porta occidentale. I poliziotti britannici erano ammassati un po' più in là, sulla sinistra, accanto alle sfarzose dorature del portale monumentale che si apriva sul coro, dove in una nicchia era ospitato lo sgargiante cenotafio di Newton. Alle sue spalle, l'organo e le campate riservate ai coristi occupavano una buona parte della navata e si estendevano fino alla crociera del transetto e al famoso *santuario* in cui tutti i monarchi britannici erano stati incoronati negli ultimi dieci secoli. Quella navata troncata dall'imponente coro trasmetteva l'impressione di entrare in una chiesa di dimensioni piuttosto modeste. Louise, che l'aveva visitata di giorno, ne serbava un ricordo più suggestivo. I ceri erano tutti consumati – o quasi – e, in piena notte, quei luoghi apparivano lugubri. Solo le rose scarlatte che pavesavano la tomba del Milite Ignoto conferivano un tocco di colore a quell'inquietante affresco in bianco e nero.

L'investigatrice oltrepassò le file di sedie fino all'altare eretto ai piedi dell'ingresso del coro e urtò contro il nastro teso dalla polizia Scientifica. Non aveva l'autorizzazione; impossibile andare oltre. Come previsto, l'obiettivo era proprio lo Scientists' Corner. La lastra di pietra che custodiva l'urna di Stephen Hawking sembrava intatta: le sue ceneri non erano di nessun interesse, come aveva supposto Vernay. Lo stesso valeva per il sepolcro di Isaac Newton. In compenso, sotto il collaterale della galleria nord, leggermente in disparte, la pietra tombale di Darwin era stata scoperchiata. Sparse tutto intorno, le schegge biancastre imbrattavano la lapide confinante dell'astronomo John Herschel e l'epitaffio in onore del farmacologo australiano Howard Walter Florey.

Lì accanto, ai piedi di una delle immense colonne che sostenevano la volta della navata, giaceva il rover del SAS, disattivato, scarico probabilmente da diverse ore, come aveva ipotizzato l'ingegnere della squadra d'élite.

Gli specialisti britannici stavano cominciando il loro lavoro. Louise tentò la fortuna.

«Ehi! Potete dirmi se manca il cranio?»

Uno dei tecnici scambiò uno sguardo col suo superiore.

«Non ci siamo ancora arrivati. Prima bisogna che raccogliamo tutto quello che c'è qui intorno. Funziona a cerchi concentrici. Quando arriveremo alla tomba e al suo contenuto, vi diremo.»

«Solo un'occhiata! Non vi sto chiedendo la luna! Inoltre, se per caso avvistate una lama metallica...»

I tecnici della Scientifica, molto concentrati, le voltarono le spalle senza rispondere. Avevano appena cominciato il loro balletto, strutturato su gesti ben precisi, e maneggiavano con cura tamponi, pipette, sigilli di plastica e buste di carta kraft. Si preparavano a spargere la polvere dattiloscopica su tutto il perimetro, nella speranza di isolare delle tracce significative. Vernay aggrottò la fronte, pensando alle migliaia di turisti che gironzolavano tra le tombe ad altezza pavimento. Avrebbero raccolto l'elenco telefonico di Londra. Niente di interessante.

Due fotografi in tuta bianca mitragliavano di scatti la scena. Una scena povera... Qualche pietra sparsa e quel sepolcro sventrato.

Bianchi stava curiosando vicino alla tomba del Milite Ignoto insieme a Ceylac. I due investigatori si interrogavano sul percorso della squadra. Come avevano proceduto? Come erano riusciti a entrare e a fuggire senza essere visti?

«Almeno, stavolta non hanno ammazzato nessuno. Fanno progressi...» borbottò Ceylac.

«Dunque... Marie Curie, Dante e adesso Darwin... E sono già tre... Vogliono sottrarre nove crani o cervelli di grandi geni defunti?»

«Bella domanda» concordò Vernay. «L'altro interrogativo è: ci sarà una vittima corrispondente? Come Eyrolles a Parigi e Lombardo a Roma?»

«Vediamo...» mormorò Bianchi. «A Parigi, il collegamento era l'atomo. A Roma era la violenza.»

«Non esattamente» lo corresse Ceylac. «Pensavate che se la sarebbero presa con Machiavelli, ma hanno rubato il cranio di Dante. Il legame è meno evidente...»

«Vero. Ma Dante ha comunque a che vedere con Inferno, peccati capitali e pene eterne, a volte di una crudeltà impressionante. Perciò, in questo caso, se si cerca un collegamento... Darwin era un biologo, il padre della teoria dell'evoluzione delle specie. La selezione naturale, la legge del più forte...»

«Era prima di tutto un grandissimo naturalista e un pessimo geologo.»

I tre investigatori si voltarono all'unisono. Un settantenne canuto, in abiti stazzonati e con la barba rada, se ne stava tranquillamente alle loro spalle, con le mani intrecciate dietro la schiena e un sorriso soddisfatto sul viso.

«Scusatemi, non mi sono presentato. Sono il dottor Livingstone.»

Louise abbassò di colpo lo sguardo. Si trovava proprio al centro dell'imponente lapide funeraria del dottor David Livingstone, esploratore e missionario britannico, lì sepolto nel 1874, celebre per aver scoperto le cascate Vittoria e una parte delle sorgenti del Nilo...

«Sì, sta calpestando proprio il mio avo. Ma non ce l'ho con lei! Dato che si trova proprio al centro della navata, davanti alla tomba del Milite Ignoto, è difficile non camminargli sopra.»

Louise, confusa, fece un passo di lato.

«E si può sapere cosa ci fa lei qui? È un'operazione di polizia, rigorosamente vietata al pubblico...»

Aveva parlato in modo brusco, ma in un inglese perfetto.

«Sono un consulente di Scotland Yard. Uno dei cinque ufficiali onorari della Royal Society, l'equivalente della vostra Accademia delle Scienze. Siccome tutti gli eminenti scienziati qui sepolti sono stati membri della Royal Society, nel corso dei secoli, sono in grado di fornire qualsiasi informazione utile in merito ai sapienti di cui potrebbero aver profanato le tombe.»

Mentre Bianchi stava per interrogare il veterano della Royal Society, l'ufficiale britannico che era rimasto seduto ad aspettare con i due francesi e con l'italiano nel furgone color antracite ricomparve.

«Aveva ragione, Louise: al momento dell'evacuazione della cattedrale, approfittando della confusione, sei uomini dotati di grosse valigette sono entrati nella Pyx Chamber dal chiostro est. Si vedono nelle immagini della videosorveglianza. Sono vestiti come dei poliziotti inglesi, per cui nessuno ha prestato loro attenzione. Ma dalle immagini si intuisce che vanno in direzione contraria rispetto alla folla. E non li si vede mai tornare all'esterno. Probabilmente sono rimasti chiusi dentro per un'ora o due in attesa che fosse tutto tranquillo.»

«E poi si saranno infilati nella cripta, avranno preso la scala sotterranea e saranno emersi tranquillamente nella zona dei poeti...» continuò Vernay.

«Sì, e dei complici devono aver disturbato tutte le frequenze Wi-Fi delle telecamere» aggiunse Ceylac.

«O magari erano attrezzati per farlo direttamente nella cattedrale» intervenne Bianchi.

«Ma... nessuno li ha visti uscire? Ne siete sicuri?» insistette Louise.

«In realtà... riguardando le immagini delle telecamere di sorveglianza del lato sud, al momento dell'assalto di poco fa, si intravede un gruppo di poliziotti che si infilano in un furgone con la scritta SAS. Ma abbiamo verificato che quel veicolo non è nostro.»

«È lo stesso trucco che hanno usato a Ravenna! Hanno rubato un furgone delle forze dell'ordine per passare inosservati!» inferì Louise, la faccia sconvolta.

«Sì, be'... Qui non l'hanno neanche rubato. L'hanno imitato. Sono molto ben equipaggiati e capaci di ingannarci come vogliono.»

«Immagino che il veicolo si sia volatilizzato in tutta tranquillità...» aggiunse Bianchi.

«Sì. Il tempo di analizzare le immagini, di capire che quel furgone non c'entrava nulla e che se ne stava andando via mentre tutti gli altri davano l'assalto... ed era troppo tardi. Ha superato senza problemi i posti di blocco ed è sparito.»

Louise restò a bocca aperta.

«Aspetti... Mi sta dicendo che tutto è stato premeditato? Che avevano previsto l'evacuazione, l'assalto... E che quindi si erano preparati a entrare e uscire durante le operazioni?»

«Sembra di sì» ammise l'ufficiale britannico.

«Allora deve esserci necessariamente una talpa nei vostri servizi. Ha informato la squadra dell'imminenza dell'operazione e le ha sicuramente fornito l'attrezzatura per creare le interferenze e le frequenze Wi-Fi delle telecamere...»

«Impossibile» la interruppe l'inglese. «Questa operazione è stata decisa all'ultimo minuto. Ci pensi, ci avete contattati in mattinata! Nessuno tra le nostre fila può aver avuto il tempo di prepararsi. Crede davvero che avrebbero trovato gli equipaggiamenti, le uniformi, che sarebbero riusciti a falsificare il furgone, a programmare le interferenze, insomma a mettere a punto tutto in poche ore? Improvvisare un'operazione del genere è semplicemente impossibile.»

«Ammettiamo che sia così. Ma se non c'è una talpa... Come hanno fatto a sapere...»

Louise pensò al mafioso incarcerato a Roma. Si era chiaramente riferito a Hawking e a Westminster. Di sicuro non era diventato un capomafia per caso, e doveva essere un mago della manipolazione... Bianchi si era fatto abbindolare, come Louise a Firenze. Il loro nemico si rivelava temibile. Intelligente, potente. Sempre un passo avanti.

Ceylac stava facendo tutt'altro ragionamento.

«Dì un po', Louise, non è che ti stanno sorvegliando? O seguendo? O magari ti hanno messo un microfono da qualche parte? Dopotutto ti sono venuti molto vicino, a Parigi, a due passi dall'ospedale, quando hanno buttato Eyrolles ai tuoi piedi scaricandolo dalla moto. Perfino tu pensi che ti abbiano "scelta", per riprendere le tue esatte parole. Apparentemente, fai parte del loro piano. Giocano al gatto col topo con te, e di riflesso con tutti noi.»

Vernay arrossì. Fece per aprir bocca e lanciarsi in una sfuriata delle sue quando riecheggiò un grido.

«Manca il cranio! Avevate ragione!» si spolmonò il tecnico della Scientifica dalla scena del crimine.

Louise accorse immediatamente, seguita dal resto del gruppo.

L'esperto stava soffocando nella sua tuta. Si tolse la cuffia e la mascherina svelando una costellazione di chiazze rosse che stillavano sudore.

«E non solo il cranio è sparito, ma abbiamo davvero trovato una piccola lamella di metallo.»

Il cuore di Louise fece un balzo. Anche Ceylac e Bianchi pendevano dalle labbra del tecnico. La tensione era alle stelle.

«Ha letto il messaggio?»

«Quale messaggio?»

«Guardi bene. Dovrebbe trovare un brevissimo testo.»

Il giovane funzionario si asciugò la fronte e prese una lente di ingrandimento dotata di una lucina. Osservò la sottile lamella, maneggiandola con grande cautela.

«C'è una specie di cerchio che circonda il numero 8... E il numero 10, appena sotto.»

Louise alzò le sopracciglia.

«Ma... Perché due cifre? E poi 10 non vuol dire niente, i cerchi sono solo nove...»

Bianchi si affrettò a sfogliare i suoi appunti. Aveva catalogato ogni possibile dettaglio relativo ai cerchi dell'Inferno.

«L'ottavo cerchio è quello dei fraudolenti, dei ladri, dei mentitori e degli ipocriti. Ma il cerchio è a sua volta diviso in dieci fosse che Dante chiama "bolge". E la decima e ultima fossa imprigiona gli alchimisti, considerati alla stregua di falsari e ciarlatani. E la loro pena è terribile: sono sfigurati dalle ulcere e divorati dalla lebbra. La loro pelle e il loro corpo subiscono le conseguenze di una lega impura della carne, a immagine di ciò che essi manipolavano nei loro forni, i famosi atanor.»

«Gli alchimisti? Ma qui si sballa di brutto...» commentò Louise desolata.

«In apparenza, il messaggio si rivolge a qualcuno che starebbe giocando all'apprendista stregone» ipotizzò Ceylac. «Oppure, per loro, Darwin era un ciarlatano. C'è parecchia gente che mette in dubbio la teoria dell'evoluzione.»

«Ah, avete ragione» riprese il tecnico della Scientifica. «C'è un minuscolo testo sul rovescio. Difficile decifrarlo... Allora: "La testa d'oro... della sorella di Cerbero... sconfiggerà gli impostori... annegandoli nel... Fle... ge... tonte. A partire... dagli adoratori della chiesa di San Pietro".»

Il testo, redatto in inglese, lasciò perplessi gli investigatori. Gli agenti di Scotland Yard, allertati dalle grida dell'esperto, si erano avvicinati e parevano ancora più persi. La loro priorità non era la decifrazione di quel nuovo enigma: bisognava gestire il *casino*, giustificare la loro incapacità di prevenire la profanazione e porgere le più sentite scuse. Si erano mobilitati, forti di un dispositivo spettacolare ampiamente rilanciato dalle televisioni britanniche, e non erano riusciti a impedire un bel niente. La violazione della sepoltura di Darwin avrebbe sollevato una profonda indignazione, e gli alti dignitari ecclesiastici avrebbero chiesto spiegazioni. I media sarebbero diventati il loro peggior incubo. Perciò dovevano concentrarsi sul fiasco e lasciare, per il momento, la caccia al tesoro nelle mani degli stranieri che li avevano avvisati.

Louise girava in tondo, pensierosa; Ceylac bofonchiava tra sé e sé; e Bianchi sfogliava freneticamente le pagine del suo taccuino. Aveva già trascritto il nuovo messaggio e ora tentava di trovare delle corrispondenze tra i suoi preziosi appunti.

«Dunque, testa d'oro… la sorella di Cerbero… il Flegetonte… la chiesa di San Pietro…»

«Se posso permettermi, voi siete nella chiesa di San Pietro.»

L'italiano sobbalzò.

Era di nuovo il dottor Livingstone, che gli stava alle calcagna.

«È il vero nome della cattedrale: chiesa collegiale di San Pietro. Westminster è un soprannome, significa letteralmente "abbazia occidentale".»

«Ah, grazie. Non lo sapevo.»

Louise e Ceylac si erano avvicinati. Sembravano sperare in altre rivelazioni.

«Per il resto, sono spiacente, non è il mio campo. La mitologia non è mai stata il mio forte. Bene, torno a casa a dormire, devo alzarmi tra poche ore. Abbiamo una seduta importante, alla Royal Society, stamattina. Tra l'altro ospiteremo proprio un vostro compatriota francese, membro dell'accademia corrispondente alla nostra, che deve fare una comunicazione importante. E, per un'assurda coincidenza, è un grande naturalista come Darwin!»

I tre investigatori si scambiarono uno sguardo sbalordito.

«Un naturalista francese?» ripeté Ceylac. «Come si chiama?»

Louise batté il britannico sul tempo. In una frazione di secondo aveva capito tutto.

«Il professor Alban Vogel...»

18

Venerdì 2 giugno 1978
Wichita, Kansas
Ore 7 e 01

La suoneria stridula della sveglia fece sobbalzare Steven. Siccome si trovava sul bordo del letto, scivolò e finì lungo disteso sulla moquette. Ci mise una decina di secondi abbondante a capire cosa ci faceva lì, e persino come si chiamava. Va detto che la sera prima il reporter si era scolato una mezza bottiglia di whisky. Una scommessa, in uno Stato che aveva proibito l'alcol, a meno di diventare membro del Penthouse Club, il solo autorizzato a servire bevande alcoliche. Steven si era affrettato a iscriversi, non appena sbarcato in città.

Si sfregò gli occhi e si buttò sotto la doccia. Alloggiava nell'immenso Wichita Plaza Holiday Inn, un orribile grattacielo di trentasei piani tutto in cemento che dominava il centro città. Quanto al fascino, meglio lasciar perdere. Il tempo stringeva; non era proprio il caso di arrivare in ritardo. Di certo era il giorno più importante della sua vita, almeno fino a quel momento.

A ventisette anni, la sua carriera di giornalista stava forse per giungere a una svolta decisiva. Molti ostacoli si erano innalzati davanti a lui; era stato sul punto di fallire. Ma la sua tenacia e la buona stella che illuminava il suo destino gli avrebbero sicuramente permesso di conquistare il Santo Graal.

Il suo caporedattore al *New Jersey Monthly* aveva un capriccio, una vera e propria ossessione, persino. Aveva sentito parlare del furto del cervello di Einstein, alla morte del grande fisico tedesco emigrato negli Stati Uniti alla vigilia della Seconda guerra mondiale. Colui che, a torto, era stato soprannominato «il padre della bomba», era spirato nell'aprile del 1955 a Princeton. Un certo Thomas Stoltz Harvey, medico legale, si era occupato della sua autopsia. Ma era diventato famoso soprattutto per averne sottratto il cervello, contro la volontà della famiglia del defunto. La stampa aveva pubblicizzato la cosa, e anche la causa: l'anatomopatologo si era messo in testa di stabilire l'origine del genio dello scienziato. Ma, dopo ventitré anni, nessuna novità. Nessuno aveva più sentito parlare del cervello di Einstein.

«Steve, devi ritrovarmelo.»

«Ma... come posso fare? Non ci sono informazioni...»

«Lo so, ho spulciato decine di riviste scientifiche, nessuno più parla di quella maledetta zucca da vent'anni e passa. A te il compito di metterci le mani sopra. Dove si trovano le meningi di Einstein? È una domanda cazzuta, no?»

Tutto era cominciato da quell'ordine del caporedattore. Ci credeva davvero? Steven, comunque, aveva deciso di raccogliere la sfida. Per due mesi aveva risalito la pista del famoso medico, a partire dal suo vecchio ospedale, lo stesso dove aveva effettuato la dissezione dello scienziato tedesco. Ma il suo successore a Princeton non aveva notizie di lui. Sapeva soltanto che il collega si era trasferito «molto lontano» senza lasciare alcun recapito.

Nel giro di otto settimane, Steven Levy era riuscito a trovare l'indirizzo del medico legale. Aveva contattato l'American Medical Association, che conservava traccia di tutti i medici del Paese. La segretaria non era autorizzata a divulgare i loro dati personali, ma Levy aveva insistito talmente tanto che alla fine aveva ceduto.

«Ho un Thomas S. Harvey, nato nel 1912, che vive a Wichita, in Kansas.»

Potrebbe essere quello giusto, aveva subito pensato il giovane reporter. Scovò un numero di telefono e finalmente trovò Harvey. L'uomo aveva esitato a lungo. Diceva di non voler più tornare sulla vicenda. Inoltre non avrebbe potuto divulgare nessuna informazione medica o scientifica sullo studio dell'encefalo, e aveva addirittura firmato un patto di riservatezza che glielo vietava. Ma di nuovo Levy era stato così insistente, lasciando intendere che avrebbe pubblicato una versione *accomodante* per il medico, che quest'ultimo aveva accettato controvoglia di riceverlo.

Per la prima volta nella sua carriera, Steven Levy era stato autorizzato a prendere l'aereo, destinazione l'improbabile città di Wichita. Non aveva mai visitato il Kansas. E a ragione: quello Stato del Midwest, nel cuore degli Stati Uniti, non aveva alcun motivo di interesse. Visto dal cielo, quel desolato territorio assomigliava a una vecchia frittella cremisi. Quel mattino, a coronare il tutto, un vero e proprio diluvio si stava abbattendo sulla città, la più vasta dell'intero Kansas, la cui unica peculiarità consisteva nell'ospitare la sede di sei grandi costruttori americani di aeroplani.

Alle 8 e 04, Steven salì su un taxi, una Ford Galaxy che aveva al suo attivo già parecchi chilometri. Girò intorno al centro congressi Century II, simile a un disco volante arenato lì da diversi anni e invecchiato male. Ogni cosa era deprimente, in quella città del cazzo, a cominciare dal reticolo ipergeometrico delle vie e dei viali, profondamente monotono e noioso. Se ci si aggiungeva tutta quella pioggia torrenziale, ci voleva una dose da cavallo di ottimismo e motivazione per realizzare un buon lavoro. Levy doveva farcela, si stava giocando il tutto per tutto.

Il tassista imprecava, procedendo lentissimamente in mezzo a immense pozzanghere. In alcuni punti, i viali si trasformavano in veri e propri laghi.

«Ci mancava solo questa! Da quando c'è stato il concerto di quei capelloni degenerati al Pogo's, va tutto storto. Van

Halen, si chiamano, mi pare. Fanno "hard rock", il che la dice tutta. Sono sicuro che sia stata quella banda di drogati a scatenare le ire del Signore!»

Steven inghiottì la saliva. Era decisamente nel bel mezzo del Midwest.

«Invece noi, per fortuna, abbiamo dei valori. Il mese prossimo saremo molto orgogliosi di accogliere la decima conferenza mondiale dei mennoniti. Loro riporteranno la luce su questo maledetto Paese che sta andando in malora.»

«I mennoniti?»

«Non li conosce? Ma da dove viene, lei?»

Torcendo il collo, il tassista si era girato a squadrare Levy. Grazie al cielo non sapeva che il giovane reporter era ebreo...

«I mennoniti raccolgono molte chiese anabattiste. Sono i veri rappresentanti di Dio.»

Gli anabattisti, Steven li conosceva. Una congerie di sette protestanti estremiste i cui valori ben si adattavano a quelli dell'America profonda e di quel buon vecchio tassista rubizzo...

Steven Levy si sentiva parecchio a disagio in mezzo a quei bifolchi reazionari per i quali i rodeo e la musica country erano i soli svaghi certificati. Perché Harvey era finito lì? Come funerale di prima classe, si poteva trovare di meglio.

Il taxi lasciò il centro città e si diresse verso il quartiere residenziale, situato più a est. Nel giro di una decina di minuti, con le ruote mezze affondate in un torrente d'acqua, la Ford si fermò di fronte all'indirizzo del medico legale.

In realtà si trattava del suo luogo di lavoro: un semplice laboratorio di analisi cliniche. Il medico aveva subìto un declassamento coi fiocchi... Cos'era successo? C'entrava con il cervello di Einstein? Ma una sola domanda tormentava Steven: era conservato lì, dietro quei muri scialbi? Dopo tutto quel tempo?

Al momento di entrare nell'edificio, il suo battito accelerò. Era in dirittura d'arrivo... ma tutto poteva andare a rotoli all'ultimo secondo. Bisognava giocare d'astuzia.

Harvey lo accolse svogliatamente, con una stretta di mano sudaticcia. Un po' in imbarazzo per la situazione, lo invitò a seguirlo nel suo ufficio. Steven zigzagò tra una fila di rumorosi computer e una schiera di tecnici chini su dei campioni di sangue e urine. Il dottore aveva un'aria piuttosto mite, i capelli brizzolati, e indossava una camicia pastello abbellita da una cravatta fantasia. Una penna a quattro colori gli spuntava dalla tasca.

Giunti in fondo al laboratorio, Harvey entrò nel suo ufficio e indicò una sedia al giornalista. Finalmente erano uno di fronte all'altro. Soli. Dopo qualche formalità, Levy affrontò l'argomento che l'aveva condotto così lontano.

«Dunque è stato lei a praticare l'autopsia su Einstein.»

«In realtà lo avevo già incontrato prima, sa? Sono andato a casa sua almeno tre volte per fargli dei prelievi. Era affascinante e modesto.»

«Ah, benissimo, benissimo... E quindi lei gli ha fatto l'autopsia... È stato in quel momento che ha deciso di prelevargli il cervello?»

Harvey si schiarì la gola e si agitò sulla sedia. Gettò delle occhiate al soffitto, come se qualcuno ci avesse nascosto dei microfoni o un fulmine minacciasse di abbattersi su di lui. Di cosa aveva paura?

«Be' sì, in effetti... Einstein aveva espresso il desiderio di donare il proprio cervello alla scienza...»

Steven spalancò gli occhi.

«Davvero? Ma... non ho mai letto...»

Il medico legale aggrottò le sopracciglia.

«Hanno detto di tutto. La verità è che il dottor Otto Nathan, l'esecutore testamentario di Einstein, ne era perfettamente al corrente. Per questo ci ha lasciato il cervello. Altrimenti, come può immaginare, non avrei mai potuto conservarlo.»

Nonostante il tono perentorio, il suo linguaggio corporeo faceva pensare che stesse mentendo. Levy insistette.

«Ma perché è stato detto che lei lo aveva rubato, allora? Perché quel tizio, Otto Nathan, non ha spiegato...»

«Perché è fuggito quasi subito in Europa. Era comunista e, quando questa cosa è stata scoperta, ha dovuto darsela a gambe. Eravamo in piena caccia alle streghe. E così non ha mai potuto ristabilire la verità.»

Steven era molto perplesso, ma non lo diede a vedere. Non volendo indisporre il medico, si sforzava di ammansirlo per raggiungere il suo scopo.

«Bene, abbiamo la possibilità di rettificare i fatti. Lo menzionerò nell'articolo. Quindi lei ha seguito le volontà di Einstein in persona. Questo cambia parecchio le cose.»

Levy non credeva a una parola di quanto andava dicendo, ma l'effetto fu istantaneo. Harvey si calmò, smise di agitarsi sulla sedia e parve più disposto a parlare.

«Sono stato molto fortunato a essere scelto per studiare il cervello del dottor Einstein. È stato uno dei miei contributi professionali più importanti.»

Steven pensò allo squallido laboratorio in cui si trovava, nel cuore del Kansas, in mezzo al nulla... Il meno che si potesse dire era che quel *contributo* non l'aveva per nulla proiettato al vertice.

«Non ero nemmeno uno specialista del cervello. Un'altra cosa che tutti ignorano è che mi sono circondato di colleghi competenti ai quali ho consegnato dei campioni. Glieli ho addirittura portati personalmente, pensi un po'. Non volevo correre rischi...»

«Ah, davvero? E a chi ha dato i suoi preziosi campioni?»

«Al dottor Harry Zimmerman, a New York... Poi a Percival Bailey, a Chicago... E anche a Hartwig Kuhlenbeck, a Philadelphia. Ho messo gli scatoloni con i vasi di formaldeide nel portabagagli della mia vecchia Buick e ho attraversato il Paese per fare le consegne porta a porta.»

Levy si immaginò quella scena surreale: Harvey in giro come un rappresentante di commercio al volante del suo macinino, intento a distribuire barattoli di cervello di Einstein come altri organizzano dimostrazioni e vendite di Tupperware nelle case private.

«E quali sono stati i risultati di tutte quelle ricerche?»

Il patologo distolse lo sguardo e ricominciò a innervosirsi. Gli spuntò persino una goccia di sudore all'attaccatura dei capelli.

«Gliel'ho detto per telefono: non posso dire assolutamente nulla sulle ricerche che sono state condotte.»

Steven sentì che stava entrando su un terreno scivoloso. Ma perché era così reticente? Cosa temeva? O meglio, chi temeva?

«Dottor Harvey, bisogna almeno che lei mi spieghi perché le è proibito accennare...»

«Perché a breve pubblicheremo i risultati di queste ricerche. Il tutto è dunque strettamente confidenziale, sotto embargo, ed è impossibile comunicarlo al grande pubblico prima di una pubblicazione scientifica.»

Nuova sorpresa. Decisamente quell'intervista riservava improbabili colpi di scena.

«Mi sta dicendo che, dopo ventitré anni, e proprio nel momento in cui vengo a trovarla, lei è impegnato nella stesura di un articolo che...»

«Sì, esatto. Uscirà al più tardi l'anno prossimo. Posso dirle soltanto che i nostri dati sono... stupefacenti. Capirà quando lo leggerà.»

«Ma perché aspettare tanto prima di pubblicarlo?»

Levy non capiva per quale motivo i risultati, dopo ventitré anni, non fossero già noti.

«Non c'era alcuna urgenza di pubblicare. Dovevamo essere sicuri. E i primi risultati non mostravano alcun segno d'eccezione. Einstein aveva un cervello normalissimo per la sua età, in apparenza.»

Stava palesemente mentendo, almeno in parte.

«E poi la mia carriera ha conosciuto una battuta d'arresto, non posso negarlo.»

Fece un ampio gesto, che abbracciava l'ufficio e sembrava voler dire: «Vede bene in che topaia mi ritrovo».

«Sono stato costretto a lasciare l'ospedale di Princeton nel 1960. Prima mi sono trasferito a Freehold, nel New Jersey.

Poi qui a Wichita. E non dispongo più di grandi mezzi, per cui le ricerche hanno subìto un rallentamento. Ma siamo vicinissimi a pubblicare, un anno al massimo.»

Harvey si ripeteva. Chi voleva convincere? Steven Levy o sé stesso?

«Mi dica... Tutti questi studi, per lunghi anni, con diversi specialisti, e fino a oggi, se ho capito bene... Devono essere costati molti soldi, no? Chi l'ha finanziata?»

Harvey si irrigidì sulla sedia. Sembrava incapace di rispondere. Sentiva l'ombra di Virgilio aleggiare sopra di sé. Aveva parlato troppo, era evidente.

«Senta, sono spiacente, ma ho un appuntamento molto importante...»

«Aspetti!» lo pregò Steven.

Era venuto per un solo e unico scopo, e non era ancora riuscito a formulare la sua domanda.

«Sa cosa? Scriverò che è stata una fondazione a finanziarla. O qualcosa del genere. L'ospedale, o l'università... E dirò che lei è stato regolarmente incaricato di condurre tutte queste ricerche... e che la sua pubblicazione, che promette di essere eccezionale, vedrà la luce l'anno prossimo. Le sta bene?»

Harvey si rilassò leggermente, sebbene restasse in allerta.

«Prima di andarmene, avrei un'ultima domanda da farle. Potrebbe mostrarmi dei frammenti del cervello di Einstein?»

«No, non ho materiali, qui.»

«Almeno una foto? La più recente possibile?»

«Direi di no.»

Poi il patologo abbozzò un timido sorriso. Era più forte di lui.

«Be', in realtà ho un po' di materia prima proprio qui.»

«Mi scusi?» si strozzò Steven.

«Un po' di materiale grezzo. Non sezionato. Ma nient'altro.»

«Intende dire... qui? In questa stanza dove ci troviamo adesso?»

Levy osservò l'ambiente. La scrivania del medico legale era uno straripante guazzabuglio di documenti e vecchie riviste.

A sinistra, uno scaffale rigurgitava di libri e giornali. A destra, un groviglio di scatoloni mezzi ammaccati si ergeva accanto a una borsa termica, di quelle che si ci si porta dietro quando si va a pesca. Ma non c'era nessun refrigeratore a temperatura controllata che potesse custodire un simile tesoro scientifico.

Harvey si alzò, girò intorno alla scrivania e si avvicino agli scatoloni. Afferrò la borsa termica di plastica rossa e la posò sulla sedia di fianco a Levy.

Il cervello di Einstein in una borsa frigo per le birre? Sul serio?

Ma, anziché aprirla, il medico tornò verso il mucchio disordinato di scatoloni. Ne sfilò uno, da cui tirò fuori una scatola su cui era appiccicata l'etichetta SIDRO COSTA. L'imballaggio era imbottito di carta di giornale tutta appallottolata. Sempre sfoggiando un sorriso imbarazzato, Harvey tuffò la mano al suo interno e ne estrasse un grosso vaso cilindrico di vetro, chiuso con un coperchio metallico. Immersi in un liquido piuttosto chiaro, fluttuavano dei pezzi di materia spugnosa grigiastra e striata, uno dei quali aveva la forma di una conchiglia, di quelle che ci si avvicinano all'orecchio per sentire il rumore delle onde.

«Questo è il cervelletto di Einstein. E gli altri cubi sono pezzi della sua corteccia.»

Poi il medico legale prese una busta trasparente contenente una sostanza filamentosa biancastra.

«E questo è un gruppo di vasi cerebrali.»

A Steven Levy cadde la mascella. Osservò il barattolo, che Harvey aveva scosso leggermente facendo ondeggiare i pezzi di cervello. E pensare che una parte del più grande genio dell'umanità galleggiava lì dentro…

Ma non era ancora finita. Il medico tornò a frugare nella scatola di sidro Costa e ne estrasse un contenitore ancora più capiente, chiuso a stento con del vecchio nastro adesivo. Al suo interno si trovavano decine di blocchi rettangolari, tutti delle dimensioni di una barretta di cioccolato. Su ciascuno di essi c'era un'etichetta con la scritta CORTECCIA CEREBRALE seguita da un numero identificativo. E ogni blocchetto conteneva un grumo di materia grigia raggrinzita.

Steven era sconcertato. Harvey elencò tutte le parti della corteccia da cui provenivano quei campioni, ma il giornalista non riuscì a memorizzarne nemmeno una. Era sotto shock, sbalordito da ciò che aveva sotto i suoi occhi. Era il 1978, e dal 1955 nessuno aveva più intravisto anche solo una foto del cervello del fisico tedesco.

La conversazione si concluse in maniera frettolosa. Levy si sforzò di tagliare corto, perché aveva fretta di tornare al giornale. Aveva vinto il primo premio. Molte questioni restavano senza risposta, come la natura dei dati scientifici provenienti dalle analisi del cervello o l'origine del finanziamento di un progetto simile, protrattosi per così tanti anni. Ma non era stato incaricato di svolgere un'indagine approfondita; doveva semplicemente rintracciare il cervello, o almeno una parte di esso. Era cosa fatta, e adesso doveva soltanto redigere l'articolo* che avrebbe dato una svolta alla sua carriera.

Dopo che il giornalista se ne fu andato, Harvey capì che avrebbe passato un brutto quarto d'ora, come quando aveva osato parlare con il *New York Times*, ventitré anni prima. Eppure aveva mantenuto il segreto. Non aveva rivelato nulla dei risultati dello studio scientifico e delle caratteristiche uniche del cervello di Einstein. In particolare della condizione dei suoi nuclei sottocorticali, sepolti in profondità nell'organo, esattamente come l'epifisi, nota anche con il nome di ghiandola pineale. Non aveva svelato nulla nemmeno della plurisecolare missione del *Gyrum Novem*, che finanziava le ricerche, né divulgato i nomi degli otto suoi colleghi che dirigevano l'organizzazione. Lui, Dante, regnava sugli studi neuroscientifici. Virgilio e i suoi scagnozzi avevano procurato decine di cervelli *campione* per permettere di effettuare dei

* Steven Levy, «The Search for Einstein's Brain», *New Jersey Monthly*, 1° agosto 1978.

raffronti attendibili con quello di Einstein. Harvey non aveva mai saputo come si fossero procurati quegli organi... Forse nelle sale settorie. Ma la freschezza e le condizioni impeccabili di tutti quegli encefali gli facevano pensare a un'altra fonte di approvvigionamento. Ogni volta che pretendeva spiegazioni sulla provenienza della mercanzia, lo sguardo minaccioso di Virgilio bastava a placare i suoi ardori. Meno ne sapeva, meglio era. Anche Darwin, che operava nell'altro campo scientifico finanziato dal *Gyrum Novem* – e che rappresentava più o meno il suo concorrente – incontrava delle difficoltà. Il suo compito colossale lo costringeva a viaggiare senza sosta.

Alla fine degli anni Settanta, le conoscenze si stavano rivelando troppo succinte e frammentarie per poter permettere, in un senso come nell'altro, di arrivare a delle scoperte decisive. Presto o tardi avrebbero dovuto passare il testimone a un altro Dante e a un altro Darwin, e anche Virgilio invecchiava. E forse i loro successori avrebbero portato a termine la ricerca. Avrebbero trovato la chiave dell'anima e del genio umano, e mutato il destino di quella specie di mammiferi che aveva raggiunto il dominio su tutte le cose viventi e si arrogava ogni diritto sugli altri regni.

19

Venerdì 12 aprile 2024
Londra
Ore 8 e 45

Massimo Bianchi non aveva chiuso occhio.

Anche se la differenza di fuso orario tra Roma e Londra era di appena un'ora, si sentiva tramortito dal jet lag. Ossessionato dal caso, cercava testardamente di capire le motivazioni delle squadre. Cosa si aspettavano di trovare nel cervello ammuffito di Marie Curie? E in fondo ai crani di Dante e di Darwin? L'agente non riusciva a riflettere. Per quanto vivace, il suo cervello si rifiutava di partorire la minima idea valida. Si rigirò per la milionesima volta nel letto, con la bocca secca. Aveva sotto mano solo dell'acqua, ma desiderava qualcosa di più forte. Caffeina o alcol, una sostanza capace di rivitalizzarlo.

Cercò di sollevarsi, ma al momento di tendere gli addominali per proiettare in su il torso, avvertì una forte pressione sul petto, come se un bue gli si fosse bruscamente seduto sul torace. Si mise a tossire fin quasi a sputare le budella; una tosse rauca che risaliva dalle profondità dei bronchi e che continuò a peggiorare. Si contorse tra le lenzuola come un pesce fuor d'acqua. Dei sibili acuti scaturivano dai suoi polmoni; un vero e proprio concerto per vecchi bollitori. Tastò il comodino in cerca dell'inalatore di Ventolin. Lo sfiorò con i polpastrelli, ma nuovi spasmi gli impedirono di afferrarlo. Era sempre più spossato e senza fiato. I suoi bronchi non rispondevano più. Mulinò le braccia alla disperata ricerca di una soluzione. Il panico non faceva che peggiorare la sua fatica respiratoria. Nonostante anni e anni senza tabacco, giunto ai quarantacinque, Bianchi si preparava a pagare il conto, o meglio ancora, il *costo* della dipendenza.

Una bomba a scoppio ritardato, una spada di Damocle che attendeva il suo momento. Era solo questione di tempo.

E il momento era venuto, in quella mattinata uggiosa, in quella metropoli che detestava, aveva sempre aborrito l'Inghilterra, gli inglesi e la gelatina. Bello scherzo del destino...

Il suo viso diventava sempre più paonazzo. Si teneva il collo, come per allentare la stretta della Morte che lo stava strangolando.

Di colpo la porta della sua camera volò in pezzi. La serratura attraversò la stanza e si frantumò sulla parete di fronte.

Louise si precipitò sul collega, lo tirò su, afferrò il prezioso tubetto blu e gli sparò in bocca una decina di spruzzi. Poi lo mantenne in posizione seduta, con il busto il più possibile diritto, per alleviare l'oppressione. Sapeva che Bianchi doveva sforzarsi di trattenere il fiato perché il salbutamolo penetrasse in profondità e dilatasse i bronchioli. Per calmarlo, l'investigatrice gli sussurrò qualche parola all'orecchio.

«Smettila di agitarti, va tutto bene, respira.»

Massimo faticava a riprendersi. Ansimava come se avesse appena terminato la corsa più sfrenata della sua vita.

«L'inalatore... l'altro inalatore... in bagno...»

Louise corse al lavandino e rovistò nella trousse dell'italiano. Frugando, le capitarono tra le dita diversi preservativi, il che le strappò un sorriso. C'erano anche un mucchio di farmaci e pillole di tutti i colori. Il ragazzo non è molto in forma, pensò furtivamente. Finalmente scovò un tubetto arancione e si affrettò a portarlo a Bianchi. L'investigatore, che piano piano stava tornando a respirare, stappò l'inalatore e lo premette diverse volte.

Louise gli restò accanto a lungo. Lo teneva tra le braccia e si sorprese persino ad accarezzargli i capelli.

«Grazie» mormorò infine Bianchi. «Mi hai salvato la vita...»

Aveva parlato in italiano, ma non c'era bisogno di traduzione. Il messaggio era chiaro.

«Sssh, taci. Riposati.»

Un'ora dopo, una suoneria stridente li svegliò di soprassalto. Erano abbracciati.

Louise, imbarazzata, si divincolò con delicatezza. Massimo stava cercando di capire cosa ci facesse lì e come la francese si fosse ritrovata tra le sue braccia. Poi il ricordo traumatico della crisi gli tornò alla mente.

«Come... come mai sei qui?»

«Dormo nella camera di fianco, e non ho mai visto dei muri più sottili di questi, sembrano di carta velina. Ti ho sentito tossire come un moribondo e fischiare come una cornamusa. Ho creduto che stessi per crepare, così ho buttato giù la porta.»

Bianchi non aveva capito proprio tutto, ma aveva colto l'idea generale.

«Ma la porta... era chiusa a chiave.»

«Non ti preoccupare, l'adrenalina fa miracoli.»

Era decisamente impressionato da quella donna. Stava riprendendo dolcemente coscienza e sentiva il profumo di Louise aleggiare tutto intorno a sé. Sicuramente erano rimasti raggomitolati a letto per diverse ore. In realtà, un'ora soltanto, ma il tisico preferiva pensare di aver trascorso l'intera notte tra le braccia di lei.

«Hai la tubercolosi o cosa?»

«No, no, ovviamente... ma è comunque una cosa seria. Ho un enfisema.»

«Fumi ancora?»

«No, figurati. Ma... ho veramente esagerato, fino a qualche anno fa.»

«E quell'altra medicina? Il tubetto arancione che ti ha fatto stare meglio... che cos'è?»

«Una roba dieci volte più potente del Ventolin, a base di cortisone.»

Per quanto fosse brutto da dire, Louise era talmente esausta, moralmente e fisicamente, che aveva voglia di una sigaretta.

Quindici minuti dopo, la coppia, ora vagamente presentabile, si sedette accanto a Ceylac in sala colazione. Le facce disfatte dell'italiano e della collega lasciavano supporre che avessero passato la notte in bianco. Ceylac aveva un'aria sospettosa.

«Tutto bene, Louise? Ho appena bussato alla tua porta, era socchiusa. Ti ho chiamata e, dato che non rispondevi, ho buttato dentro la testa...»

L'investigatrice si schiarì la voce e con un gesto inconscio si sistemò la felpa, come per rivestirsi.

«Va be', è tardissimo. Ci toccherà correre. Dobbiamo andare.»

Bianchi fece appena in tempo a portarsi alle labbra la tazza di vomitevole caffè, che subito dovette alzarsi. Nessuno poteva discutere gli ordini di Louise Vernay. La sua autorità naturale si imponeva – almeno su di lui. Vi si sottometteva volentieri.

Ceylac lanciò un'occhiata complice all'italiano. Non era geloso, no. Non era nel suo carattere, ovviamente. O almeno ne era convinto. E tuttavia la cosa lo irritava. Cosa ci trovava la collega in lui? Cosa aveva l'altro che lui non aveva?

Un quarto d'ora dopo, i tre investigatori arrivarono nella sede della prestigiosa Royal Society, a due passi dal quartiere di Westminster, all'altro capo del St. James's Park. Varcarono il maestoso ingresso, inquadrato da colonne doriche, e penetrarono all'interno dell'immenso edificio neoclassico i cui pavimenti e modanature erano stati testimoni di trecentosessanta anni di storia delle scienze. Il trio fu accolto dal dottor Livingstone, in ghingheri e tutto fiero di svelare i tesori architettonici dell'eminente istituzione, sita nelle immediate vicinanze di Piccadilly Circus.

Entrarono in un primo salone interamente rivestito di marmo e ricoperto da un soffitto a cassettoni dalle dorature scintillanti. Ceylac non poté reprimere un fischio di ammirazione. Louise e Massimo si scambiarono uno sguardo divertito; erano totalmente impermeabili a quella profusione di materiali appariscenti. Una sfilza di vecchi marpioni incravattati occupava gli alti tavoli rigurgitanti di pasticcini e pudding, facendo a gara a colpi di stagionate cerimonie nel più pomposo degli accenti inglesi.

«Desiderate una tazza di tè? O magari del caffè?»

Lorrain Ceylac stava per accettare l'offerta di Livingstone, ma Louise glielo impedì.

«No, grazie, abbiamo già fatto colazione. Vorremmo andare direttamente in sala conferenze.»

Livingstone li invitò a seguirlo. Attraversarono la Wolfson Room, tappezzata di maestose librerie lignee straripanti di libri antichi. Di fronte a quello spettacolo divino, condizionato dagli anni di indigenza al tempo dei suoi studi letterari, Ceylac cadde in deliquio. Louise lo prese vigorosamente per il braccio, cosa che ebbe l'effetto di richiamarlo all'ordine seduta stante. Gli sussurrò che non si trovavano lì per «lucidarsi l'uccello davanti a quel vecchiume mangiato dai vermi» e lo spinse energicamente verso l'uscita.

Finalmente approdarono nella Wellcome Trust, la sala conferenze che prendeva il nome da una potente fondazione britannica, capofila nel finanziamento della ricerca medica d'Oltremanica. L'aula era molto più moderna, con i pavimenti antracite, il controsoffitto attraversato da strisce luminose azzurrine e le pareti bianco ottico. Ad animare l'insieme, solo alcuni ritratti di vecchi membri illustri della Royal Society, tra i quali l'imprescindibile Newton, e ovviamente Darwin.

In fondo alla sala, in capo a una quarantina di file di sedie nere, si ergeva il palco, dotato semplicemente di un leggio e un microfono flessibile. Una diapositiva proiettata sullo sfondo precisava il titolo della conferenza: *Wood Wide Web** *2.0*.

* *La grande ragnatela del legno*, in riferimento al World Wide Web (www), il sistema mondiale di pagine pubbliche interconnesse tramite internet.

Sotto il titolo, la foto del francese e una didascalia esplicativa: *Professor Alban Vogel, Head of the Jardin des Plants, French National Museum of Natural History.*

Vernay si precipitò dietro le quinte, determinata a torchiare lo scienziato. Era convinta che Vogel fosse implicato nei fatti della notte precedente, esattamente come si era trovato sotto il Panthéon, sullo stesso percorso seguito dalla squadra che si era accanito su Marie Curie, e a Roma nelle immediate vicinanze del mafioso dal cranio scoperchiato. Era impossibile che la sua presenza nelle tre capitali in concomitanza con ciascuna delle operazioni costituisse una semplice coincidenza. D'altra parte, la profanazione del sepolcro di Darwin poteva anche lasciar temere qualcosa di ancora peggiore: e se Vogel, naturalista proprio come il celebre autore della teoria dell'evoluzione, fosse al contrario il prossimo bersaglio? Il messaggio lasciato sulla nuova lamella metallica minacciava gli *apprendisti stregoni*, gli alchimisti e altri impostori. Vogel era uno di quelli? Cosa tramava nel suo laboratorio sotterraneo? Quali ricerche conduceva, in realtà? Senza dubbio la sua conferenza avrebbe sollevato almeno parzialmente il velo su quegli interrogativi.

«Non farà in tempo a parlargli, spiacente» si intromise Livingstone.

«Ne avrò per un minuto, è molto importante.»

«No, davvero. Dopo la conferenza non sarà un problema, ma adesso non c'è più tempo, stiamo per cominciare. E poi... Vogel ha chiesto con insistenza di non essere disturbato. Si è chiuso in una stanza per concentrarsi. E ripetere.»

«Ripetere?» Louise si fermò, sconcertata. Cos'era quella roba? Una performance? Uno sketch comico?

Nello stesso istante, una marea umana si riversò tra le sedie vuote. I britannici erano molto puntuali... Avevano abbandonato il pudding per passare ai cibi intellettuali. Livingstone prese il microfono e la conferenza ebbe inizio.

«Grazie a tutti di essere venuti. Accogliamo stamattina uno dei nostri eminenti membri corrispondenti, il professor Alban Vogel, le cui pubblicazioni sulla comunicazione vegetale gli hanno valso fama internazionale. Professor Vogel, le diamo il benvenuto.»

Il francese salì lentamente sul palco, il volto pallido, quasi irriconoscibile. Palesemente stressato, gettò occhiate dappertutto. Incrociò lo sguardo di Vernay, ma non accennò alcun sorriso né alcun gesto di familiarità, come se non la riconoscesse. Al momento di posizionarsi dietro il leggio, le indirizzò finalmente un segno con la testa e aggrottò le sopracciglia, come a dire: «Non faccia nulla» o magari invece «Non se ne resti lì impalata».

«Cari amici...»

Vogel aveva la bocca impastata. Deglutì due volte prima di riprendere.

«Vi ringrazio per l'onore che mi concedete, e sarò felicissimo di restituirvi il favore presso l'Accademia nazionale delle scienze francese. Dal 1997, grazie allo studio fondamentale di Suzanne Simard, dell'università della Columbia Britannica, sappiamo che diverse specie di alberi, in particolare le betulle e gli abeti di Douglas, sono in grado di scambiarsi carbonio su vasta scala. Questi scambi portano benefici agli arbusti circostanti, le cui capacità di fotosintesi sono minori per via della loro taglia ridotta e dell'ombra prodotta dai loro fratelli più grandi. Si instaura quindi un vero e proprio processo di aiuto reciproco tra gli alberi, in cui i più robusti vanno in soccorso dei più deboli. E, a partire dai primi anni 2000, io e un certo numero di altri ricercatori abbiamo ampliato e sviluppato queste ricerche, spingendoci molto al di là degli scambi di sostanze nutritive o di molecole come il carbonio, l'ossigeno e l'azoto. È una rete molto più spettacolare quella che sembra connettere differenti specie, talvolta distanti decine di chilometri le une dalle altre, grazie ai funghi sotterranei, le micorrize. Siamo entrati nell'era del Wood Wide Web 2.0.»

Dei mormorii si alzarono tra il pubblico. Alcuni annuivano con entusiasmo, mentre altri sembravano perplessi. Le diverse parrocchie scientifiche si esprimevano in tono sommesso. Nella scienza il dubbio persiste fino alla prova definitiva. E, nel campo di Vogel, sembrava non esserci ancora nulla di acquisito.

Il francese deglutì di nuovo e si portò un bicchiere alla bocca. Si inumidì le labbra e bevve due sorsi. Si schiarì la voce e riprese a parlare nel silenzio:

«I nostri lavori hanno altresì messo in luce delle sbalorditive capacità di difesa da parte degli alberi. Certe specie, come l'acacia, delle cui foglie si nutrono le giraffe in Africa, si trasmettono messaggi tramite le radici. Un intreccio di ramificazioni sotterranee che sono altrettanti punti di contatto e di scambio tra questi nobili vegetali. E, una volta ancora, sono i funghi a condurre le danze. Costituiscono una vera e propria rete interconnessa.»

Vogel fece un'altra pausa. Evidentemente preoccupato, lanciava occhiate in tutte le direzioni. Louise osservava il suo modo di fare e si guardava a sua volta intorno, alla ricerca di un indizio o di uno spettatore dall'aria losca. Di cosa aveva paura lo scienziato francese?

«Pertanto,» riprese Vogel con voce leggermente rauca «oggi possiamo parlare di intelligenza degli alberi. D'altronde, diversi miei lavori hanno dimostrato che le reti radicali sono paragonabili a quelle intrecciate dai neuroni nel nostro cervello. La natura riflette. Pensa. Elabora delle strategie. Concepisce dei piani. E il più delle volte lo fa con un obiettivo pacifico a vantaggio della comunità, per fornire cure e aiuto reciproco.»

Vogel si girò verso il ritratto di Darwin e lo indicò.

«Mi spiace dirlo, ma il nostro illustre predecessore si è parzialmente sbagliato. La legge della natura non è sempre quella del più forte, ossia quella della selezione naturale che elimina i più deboli. Gli alberi non sono sempre in competizione per la luce, l'acqua e le sostanze nutritive. Se oggi io fossi Darwin, ripenserei in tutt'altro modo le regole della natura e dell'evoluzione.»

Questa volta un autentico trambusto si levò dall'uditorio. La maggioranza dei vecchi scienziati erano indignati da una critica tale nei confronti del *dio* Darwin.

«Se io fossi Darwin», «Le radici paragonabili ai neuroni

del nostro cervello»… Quelle allusioni non erano sfuggite a Louise. Simili espressioni, poche ore dopo la profanazione della tomba dell'eminente naturalista e il furto del suo cranio, costituivano una specie di confessione, e di provocazione. Vogel stava mandando un messaggio. Ma a chi? E a che scopo? Era forse all'origine dell'incursione a Westminster Abbey e adesso voleva consacrare la propria vittoria decapitando Darwin due volte? O al contrario voleva far sapere ai mandanti dell'operazione che non era come Darwin e che non rappresentava un bersaglio da colpire? Vernay si agitava sulla sua scomoda seggiola cercando di trattenersi dal saltare direttamente sul palco per portare via il ricercatore e interrogarlo una volta per tutte.

Dietro di lei, Ceylac e Bianchi sembravano condividere la sua impazienza. Tutti sentivano confusamente, intuitivamente, che stava succedendo qualcosa.

«Cari colleghi… suvvia… calmatevi.»

Livingstone era intervenuto per riportare il silenzio e invitò il suo omologo francese a proseguire. Vogel aveva un'aria sempre più strana: non era letteralmente più lui.

«La natura è pensante. Quando il grande Cartesio formula la sua celebre massima *Cogito ergo sum* – Penso, dunque sono – non parla solo del genere umano. Il *cogito* era per Cartesio un attributo divino, il segno di Dio. E per lui ogni essere vivente, e dunque tutta la natura, erano di essenza divina. Ma abbiamo davvero compreso il messaggio di Cartesio? Non sarà che l'abbiamo distorto? Perché, per ottenere i nostri scopi e compiere le nostre rivoluzioni scientifiche e mediche, non abbiamo forse abusato della natura? Non l'abbiamo forse violata, saccheggiata, distrutta? E messo in pericolo la nostra stessa esistenza? Non siamo forse dei grandi criminali noi scienziati e ingegneri che siamo all'origine di questi eccessi? Esiste un crimine ben peggiore di quello perpetrato contro l'umanità: il crimine contro la natura che ci ha generati!»

Voci di protesta si levarono da ogni parte. Stavolta Vogel aveva suscitato uno scandalo; i venerabili accademici della

Royal Society si sbranavano a vicenda. Gli uni applaudivano, gli altri si erano alzati come aculei apostrofando il francese. Ma chi si credeva di essere? Come osava accusarli così, loro e i loro eroici predecessori?

Trasfigurato, il viso in fiamme, Vogel insisté e urlò nel microfono:

«Siamo tutti come Prometeo, e finiremo tutti come lui! Incatenati in cima a una montagna, la montagna della nostra arroganza e della nostra follia, e un'aquila ci divorerà il fegato fino alla fine dei tempi, o meglio fino alla fine dell'umanità, per aver osato rubare il fuoco sacro non a Zeus, ma a Gaia! Abbiamo giocato col fuoco di Gaia e abbiamo perso! Moriremo! Stiamo già morendo!»

Ora era troppo. Livingstone dovette intervenire per sollecitare il francese a lasciare il palco. Stava per scoppiare una sommossa, rischiava di finire linciato.

Louise comprese perché Vogel si fosse isolato prima della conferenza e avesse sentito il bisogno di *ripetere*. Aveva premeditato tutto e deciso di dare fuoco alle polveri. Ma per quale motivo? L'investigatrice si domandò anche se quel discorso non fosse destinato a lei e ai suoi colleghi. L'allusione denigratoria a Darwin prima, e adesso il riferimento agli scienziati *criminali*" che avevano deviato dalla propria missione: non era una parafrasi del messaggio inciso sulla lamella metallica trovata nella tomba del naturalista britannico? Gli *alchimisti* colpevoli di tradimento, ridotti al rango di impostori e ciarlatani?

La francese si fece strada tra la folla dei vecchioni inferociti e tentò di aprirsi un passaggio verso il palco. Questa volta non si sarebbe lasciata scappare Vogel. Quel tizio provocava catastrofi ovunque passasse, volutamente o no, coincidenze o no. Bisognava fermarlo. Diverse file dietro di lei, Ceylac e Bianchi cercavano di raggiungerla.

«Spostatevi! Fuori dai piedi, cazzo!»

In fondo alla sala, Vogel si era volatilizzato. Anche di Livingstone nessuna traccia. In capo a due minuti Vernay balzò finalmente sul palco e si lanciò verso la porta sul retro. Oltre la soglia si allungava un corridoio deserto. Il suo istinto le diede una scossa; stava succedendo qualcosa di anomalo. Afferrò la SIG Sauer e avanzò lentamente rasente il muro. Percepì un leggero mormorio sulla destra. Infilò la testa in una stanza apparentemente vuota e scorse una sagoma distesa sul pavimento, imbavagliata, che emetteva delle grida strozzate. Avanzò con cautela. Ceylac e Bianchi si stavano a loro volta avvicinando. Mentre Louise si inginocchiava per liberare la vittima, si udì una potente detonazione. Il proiettile perforò l'orecchio dell'investigatrice, che volò a terra urlando di dolore. Altri colpi di arma da fuoco risuonarono. Ceylac e Bianchi, nascosti dietro il telaio della porta, risposero sparando nella direzione da cui erano venuti i colpi. L'italiano cercò di strisciare verso Louise e l'uomo legato, continuando a svuotare il caricatore contro gli aggressori. Nella sala conferenze si alzarono grida di terrore; gli spettatori erano rimasti impietriti nell'udire le prime detonazioni e ora erano nel panico.

Bianchi riuscì a raggiungere Louise, ma una pallottola gli sfiorò la guancia. Si appiattì sul pavimento. Diversi colpi trafissero la vittima legata, che sussultò a ogni detonazione.

Poi il fuoco cessò, lasciando il posto a un angosciante silenzio di morte. Pochi decimi di secondo che parvero durare un'eternità. Stavano ricaricando le armi automatiche? Ceylac ne approfittò per lanciarsi attraverso la stanza verso la doppia porta da dietro la quale provenivano gli spari. Ma quando spalancò i due battenti con una violenta pedata, non trovò nessuno. Erano svaniti.

L'uomo legato a terra giaceva immerso in una pozza di sangue, immobile. Louise restava sdraiata con la mano sull'orecchio. Soffriva atrocemente.

Bianchi si rialzò, ancora stordito dalla ferocia dell'aggressione e per i proiettili volati tutto intorno a lui. Si sfiorò la guancia; le dita erano appiccicose di sangue fresco. Prese la vittima per la spalla e la rigirò. Temeva di scoprire il corpo insanguinato di Vogel, ma era Livingstone.

Il vecchio studioso respirava ancora, ma non ne avrebbe avuta per molto. Le labbra gli tremavano; fece uno sforzo sovrumano per riuscire a balbettare qualche sillaba. Massimo Bianchi si chinò sulla sua bocca.

«Ce l'hanno... con Darwin... Salvatelo...»

«Chi ce l'ha col cranio di Darwin? Chi dobbiamo salvare? Vogel?»

Il poveretto ebbe uno spasmo violento. Il suo torace sprizzava sangue, ma riuscì a mormorare un'ultima frase.

«Salvate... il cervello di Cartesio... La chiave è nel... cervello di Cartesio... È stato Darwin... a dirmelo.»

E spirò.

Bianchi si rimise in piedi, sconvolto. Livingstone aveva vaneggiato, confondendo i vivi e i morti, mentre il suo spirito raggiungeva quelli dei suoi eminenti antenati nel Panthéon dei grandi scienziati. Chissà se aveva visto il lungo tunnel e la luce bianca descritti dai rari testimoni tornati in extremis dall'aldilà? La sua anima aveva cominciato a lasciare il corpo? Bianchi aveva sentito dire che l'anima pesa ventuno grammi. Poi si accovacciò accanto a Louise e la strinse tra le braccia. Si alzò in piedi e la accompagnò fuori, in attesa dei soccorsi. Nello stesso momento, le forze dell'ordine sigillavano tutto il perimetro e diverse squadre si gettavano sulle tracce degli aggressori e di Vogel, sparito durante l'attacco. Mentre la francese si trovava a terra, ferita e sotto shock, Livingstone le aveva involontariamente salvato la vita facendole da scudo col proprio corpo. Un bagno di sangue che portava la firma delle spietate squadre che avevano seminato il terrore a Parigi, a Roma e a Ravenna.

Dove avevano portato Vogel?

Cosa gli avrebbero fatto?

A meno che quegli assassini non lavorassero per lui, e che il francese non avesse organizzato tutto per fuggire prima di essere interrogato dagli investigatori...

20

Domenica 14 aprile 2024
Sintra, Portogallo
Ore 20 e 12

Il sole svanì dietro la linea dell'orizzonte, accendendo il cielo e l'oceano di fiamme incandescenti. Presto la notte avrebbe immerso Sintra nelle tenebre.

Dalla cima del castello, l'oscurità nascente annunciava l'eclisse del mondo dei vivi e il trionfo dei defunti le cui anime si apprestavano a risalire dalle viscere del parco.

In fondo all'Inferno, Virgilio camminava avanti e indietro in attesa che la via fosse libera. Darwin sarebbe dovuto arrivare alle 21, ma da due giorni non dava alcun segno di vita. O meglio, aveva emesso dei deboli segnali ermetici e inquietanti. Bisognava decodificarli, e nessuno ci si era ancora dedicato. Quando Virgilio aveva sottoposto il problema a Dante, quest'ultimo aveva eluso la questione con un gesto vago. Sembrava molto preoccupato e aveva certamente altre gatte da pelare. Anche Cerbero doveva collegarsi all'ultimo momento, come ogni volta. A condizione che nessuno l'avesse privato del cellulare, come poteva accadere quando i sorveglianti si facevano prendere da un eccesso di zelo. Medusa e Minosse erano appena entrati dalla porta meridionale, dopo aver percorso il sotterraneo dal Pozzo Incompiuto. Come d'abitudine, fingevano di essere semplici turisti, presentandosi per l'ultimo ingresso, verso le 19, per poi svanire nel pozzo isolato nel cuore della tenuta. Nessuno badava mai a loro; scendevano i pochi gradini che permettevano l'accesso alla fossa e sparivano in uno dei tanti sotterranei di cui era disseminato il rovescio dell'immenso parco. Quanto a Plutone, sarebbe arrivato solo molto più tardi, tenuto conto delle sue funzioni.

L'ora era grave, due teste erano state decapitate. La prima, Caronte, a Parigi; la seconda, Flegias, a Roma: un vero e proprio massacro. Il traghettatore e l'esecutore non c'erano più; bisognava rimpiazzarli. Quei due intimi di Virgilio contribuivano attivamente alla ricerca, e la loro brusca scomparsa – proprio come quella di padre De Michelis a Ravenna – infliggeva un durissimo colpo alle ambizioni del consorzio. Più di ogni altra cosa, diventava urgente scoprire chi stava prendendo di mira l'organizzazione. Chi, e perché? Erano potenti e sapevano tutto del *Gyrum Novem*. Provocavano i suoi membri e senza dubbio volevano spingerli a compiere un passo falso per farli uscire allo scoperto. Uno dopo l'altro. Ognuno si sentiva minacciato, sul filo del rasoio, e poteva precipitare nel vero abisso dell'Inferno da un momento all'altro.

Alcuni membri del Cerchio erano di sicuro legati a quelle violenze. I regolamenti di conti al suo interno non erano rari, e per secoli avevano costellato la storia dell'organizzazione. Rivalità, gelosie, potere: tutto spingeva alle azioni più cruente.

I membri si sarebbero osservati a vicenda in tralice, ciascuno sondando gli altri e domandandosi: con me o contro di me?

Nel frattempo, in quell'inizio di serata, Virgilio, Dante, Medusa e Minosse erano i soli a poter effettuare il rituale, in assenza di Darwin (di lui non c'erano notizie), di Plutone (che era sempre in ritardo), di Cerbero (che non poteva spostarsi) e dei due membri eliminati con ferocia. Quattro su nove: davvero pochi.

Risalirono i nove cerchi dell'Inferno in silenzio. Ognuno ripeteva il passaggio iniziatico dalle tenebre alla luce, dalla nascita primordiale nel ventre della Madre Terra all'ascesa dell'anima celeste, abbandonando le proprie oscure pulsioni animali per tendere all'eccellenza, al genio e alla perfezione umana. A pochi metri dall'uscita, Virgilio abbassò lo sguardo verso il fondo dell'Inferno, l'ultimo cerchio cinto da una rosa dei venti a otto raggi posta a sua volta su una croce dei Templari.

Da quanti secoli le nove Teste compivano quel cerimoniale?

I quattro Cervelli varcarono il Portale dei Guardiani, diretti verso le mura meridionali. Prima di raggiungerle costeggiarono il lago, non lontano dal Pozzo Incompiuto, quindi svoltarono in direzione della cappella della Santissima Trinità. Si avvicinarono all'edificio, dalle linee gotiche circonvolute, ricche di ornamenti di ispirazione romana, orientale e moresca. La sua torre dalle mille volute puntava il cielo come una freccia la cui punta affilata – il parafulmine – aveva un tempo fatto da antenna radio collegata ai centri nevralgici del Cerchio sparsi in tutto il mondo. Anche se il suo utilizzo era cessato con la fine del XX secolo, poteva essere riattivata in caso di black out delle unità informatiche e della telefonia cellulare.

Virgilio entrò per primo, con fare guardingo. Sebbene lo spazio fosse ridotto, gettò delle occhiate all'intorno per assicurarsi che non fosse rimasto nessun turista o che non ci fosse nulla di strano. Avanzò lentamente fra le tre file di scranni lignei. Come all'esterno, l'architettura contorta metteva in risalto i merletti gotici di cui quel luogo sacro era inutilmente sovraccarico. All'interno di una nicchia, proprio al di sopra dell'altare maggiore, un dipinto raffigurava Gesù risorto nell'atto di incoronare Maria Maddalena.

Tutto era in ordine. Virgilio fece un segno con la mano.

Dante, Medusa e Minosse avanzarono a loro volta e calcarono il pavimento della cappella, costellato da minuscole tessere di mosaico. Proprio al centro, tra le panche di legno, un'immensa croce dell'Ordine del Cristo – successore dei Templari in Portogallo – si sovrapponeva a un globo celeste. L'allegoria del macrocosmo e del microcosmo, delle briciole di infinito sparpagliate nell'anima di ogni credente, pronta ad ascendere al cielo nel momento in cui il corpo inerte torna alla terra.

Virgilio mormorò alcune frasi in latino. Poi invitò Dante ai piedi dell'altare. L'erede del poeta salmodiò a sua volta.

Dopodiché, i quattro Cervelli recitarono insieme a voce alta: «*Ab umbra ad lucem, vincet gyrum novem!*»

Quindi si prosternarono sulla croce dell'Ordine del Cristo e sul globo celeste.

Uscirono di nuovo nell'immenso parco e lo attraversarono fino al Pianerottolo degli Dèi, che costeggiava il muro di cinta eretto all'estremità sud della tenuta. Nove statue, come i nove Cerchi e i nove Cervelli. Ognuno si inchinò di fronte alla propria. Ma nessuno era presente a onorare Fortuna, Orfeo, Cerere, Vulcano ed Ermes.

Infine, giunti in fondo al viale, entrarono nell'impressionante cittadella. Si arrampicarono fino alla Sala dei Re, dagli splendidi soffitti a cassettoni. Esattamente al di sotto, come un fregio, troneggiavano i ritratti di ventiquattro monarchi portoghesi. I loro volti apparivano radiosi per effetto di un'illuminazione dai toni caldi e parevano vegliare su quel luogo.

Un tempo sala da biliardo, quello spazio si prestava perfettamente a ospitare l'assemblea del Cerchio. Ognuno prese posto dietro il tavolo di vetro che, durante il giorno, serviva da espositore delle foto che ripercorrevano la storia *ufficiale* del palazzo. Virgilio accese l'iPad. L'immagine di Cerbero, come sempre immersa nella penombra, apparve sullo schermo. Serio in volto, sembrava un fantasma emerso dalle profondità dei secoli nel mondo dei vivi. Ma non era *davvero* morto? Per molti, Cerbero non era che puro spirito. Proteggeva il Cerchio dall'aldilà e dispensava i suoi ordini come se solo la sua testa fosse rimasta viva, mentre il resto del suo organismo, costretto all'immobilità, si fosse dissolto nel ventre della terra. Egli viveva un'autentica sindrome locked-in.

Non appena i quattro membri si furono sistemati, Plutone

fece la sua apparizione. Erano passate le 21 e 30. Finalmente era arrivato.

Il viso emaciato, i lineamenti tirati e lo sguardo cupo non lasciavano presagire nulla di buono.

«Ci sono notizie di Darwin?» chiese freddamente.

«Non siamo riusciti a ristabilire il contatto» confessò Virgilio.

«Dove si trovava, l'ultima volta?»

«A Londra. Ci ha inviato un messaggio in codice su una rete non protetta. Lo stiamo traducendo.»

«Non l'avete ancora decifrato?»

«Sta usando un protocollo diverso. Credo che non si fidi.»

«Di chi?»

«Di noi. O almeno di certi tra noi...» disse Virgilio.

Un lungo silenzio riempì la sala. Tutti erano consapevoli che una spada di Damocle pendeva sulla testa di Darwin da quando il sepolcro del vero naturalista era stato depredato, nell'abbazia di Westminster, nello stesso momento in cui il membro del Cerchio si trovava nella capitale britannica. Il simbolismo era eclatante, e il pericolo enorme. Ma qual era il vero ruolo di Darwin? Si era trasformato lui stesso in una preda, oppure era un predatore estremamente intelligente? Il dubbio rodeva i Cervelli come un cancro della mente. Medusa aprì le ostilità.

«È comunque molto strano che Darwin si sia trovato a Roma e poi a Londra nello stesso momento in cui Flegias veniva eliminato e il sepolcro di Westminster oltraggiosamente saccheggiato. Per non parlare del sofisticato assassinio di Caronte a Parigi, dove Darwin vive e lavora.»

Virgilio, molto vicino al grande assente, ribatté immediatamente.

«Ma a cosa gli servirebbero questi omicidi? E, se ho ben capito, la profanazione dei santi sepolcri di Dante e del vero Darwin?»

«Lo ignoro» ammise Medusa, cercando sostegno con lo sguardo.

«La sua ricerca langue» sbuffò Minosse. «Non ottiene risultati, o perlomeno non ci tiene informati. Forse ha deciso di sabotare il Cerchio.»

«Non ha alcun senso» tagliò corto Cerbero.

La sua voce metallica aveva risuonato dall'iPad. Quando parlava, tutti – Plutone compreso – ascoltavano in religioso silenzio.

«Innanzitutto, contrariamente a ciò che affermi, sta facendo grandi progressi. Ha praticamente completato la congiunzione. Ha ricostruito la rete, individuato ogni punto di contatto, dimostrato la continuità. È a un passo dal successo. Perciò, perché dovrebbe eliminare dei membri, e soprattutto per quale motivo si sarebbe impadronito dei crani di Dante e di Darwin?»

Nuovo silenzio.

«Non potrebbe voler studiare i crani? Proprio come si studiano i cervelli? E di conseguenza contribuire all'altra ricerca, la tua, Dante?»

La domanda, insidiosa, era stata posta da Plutone in persona.

Dante, che era rimasto in silenzio fino a quel momento, fu costretto a difendersi.

«Assolutamente no. Una scatola cranica non può dirci nulla. È l'encefalo, finemente e lungamente sezionato, che ci mostra la via. L'operazione Panthéon, da questo punto di vista, è stato un vero successo. Disporre del cervello così ben conservato di Marie Curie è un'occasione fantastica. E a tal proposito ho qualcosa da dirvi. Dovremmo tutti rallegrarcene, e invece l'incomprensibile escalation che ne è seguita ci getta nello sbigottimento, nel dubbio e persino nella paura. Arriviamo a sospettare gli uni degli altri. Ma cosa ci sta succedendo?»

La domanda provocò un nuovo silenzio, più lungo dei precedenti. Era vero che ogni membro viveva nell'apprensione, diffidando di tutto e di tutti. E a ragione. Nessuno voleva fare la fine di Caronte e Flegias.

«E l'endocranio?» mormorò Cerbero.

La sua cultura lasciava sempre senza parole l'assemblea. È vero che da molti anni si dedicava quasi unicamente allo studio, e la sua curiosità sembrava illimitata.

«L'endocranio? Cos'è?» domandò Plutone, che ne sapeva quanto la maggior parte degli altri membri.

Al contrario Dante, grande specialista del cervello, gonfiò il petto.

«È la superficie interna del cranio. Facendo un calco dell'interno della scatola cranica, si possono studiare tutti i rigonfiamenti, le circonvoluzioni e i rilievi impressi dal cervello nel corso dell'esistenza. L'osso funziona un po' come una spugna, da questo punto di vista. È in un certo senso *vivo* e si lascia modellare dalle sporgenze del cervello. Ma... non se ne può ricavare un granché. Nulla in ogni caso di abbastanza solido da potermi essere d'aiuto nel mio lavoro.»

«Ne sei sicuro?» insisté Cerbero. «Ho letto che, tramite gli endocrani degli ominidi, si è riusciti a dimostrare che il linguaggio era probabilmente già presente nei nostri progenitori australopitechi.»

Lo stupore si dipinse sui volti. Come riusciva Cerbero a informarsi con quella precisione, nelle condizioni di vita in cui vegetava? Possedeva davvero tre teste, o quanto meno tre menti, come il mostro mitologico, per dare prova di una simile cultura e intelligenza? Quale che fosse la verità, ispirava comunque timore e rispetto. E il suo ruolo – il guardiano degli Inferi, e dunque del Cerchio – ne usciva rafforzato. Tuttavia, un Ercole poteva benissimo un giorno o l'altro ridurlo al silenzio... definitivamente.

«Conosco bene quello studio» disse Dante, per nulla destabilizzato. «Devi sapere, Cerbero, che è stato diretto da una paleoantropologa del Museo di storia naturale di Parigi. Una collega molto vicina a Darwin, visto che lui dirige il Jardin des Plantes, che dipende proprio dal museo. Lavorano insieme.

La maggior parte dei membri del Cerchio non sapeva più cosa pensare – e a chi credere. A Darwin, il grande assente?

A Dante, che sembrava accusarlo? O i due erano in combutta tra loro? Qual era il ruolo di Cerbero? Chi poteva aver manipolato a distanza? Quanto a Virgilio, il suo atteggiamento era indecifrabile. Pareva di essere nel bel mezzo di una partita di poker. Con la differenza che, in questo caso, la vita dei Cervelli e quella dell'intera organizzazione si trovavano di fronte a una grave minaccia.

Dante insistette, sforzandosi di dissipare ogni sospetto.

«È impossibile ottenere informazioni utili alle mie ricerche con il solo endocranio. In compenso, in una settimana abbiamo già appreso molte cose dal cervello di Marie Curie. L'organo si trovava in uno stato di conservazione eccezionale, come mummificato, quasi fossilizzato. E vi sono presenti dei punti in comune sorprendenti con il solo cervello di genio che siamo riusciti ad analizzare nei minimi dettagli, con strumenti moderni.»

Ognuno sapeva che l'eminente membro del Cerchio parlava di Einstein. L'argomento era delicato, da quando il predecessore di Dante aveva infranto una delle regole d'oro dell'organizzazione: non divulgare mai nulla. Invece Thomas Stoltz Harvey si era confidato con la stampa. Una prima volta proprio quando l'encefalo era stato prelevato, ed era stato duramente rimproverato dal precedente Virgilio. Poi, nel 1978, non era riuscito a trattenersi dal "chiacchierare" una seconda volta. L'articolo aveva fatto scalpore e riacceso la curiosità generale. Era stato necessario cedere dei campioni di cervello a diversi scienziati di spicco che nulla avevano a che vedere con il Cerchio. Non consegnare niente avrebbe destato sospetti. Fortunatamente non avevano dispensato altro che qualche scampolo e una quindicina di fotografie. Nessuno era riuscito ad analizzare nel dettaglio l'insieme dei prelevamenti effettuati da Harvey. Nessuno tranne il nuovo Dante che gli era succeduto.

«Illustraci le tue prime osservazioni» concesse Plutone.

Le iridi del terzo membro più eminente del Cerchio luccicarono.

«Come Einstein, Marie Curie possedeva una corteccia prefrontale straordinaria, e le regioni che controllano il viso e la lingua, nella corteccia sensitiva, sono molto sviluppate nell'emisfero sinistro. E siamo riusciti a osservarlo nonostante una riduzione del volume globale dell'encefalo, per via della mummificazione e del logorio dei tessuti. I suoi lobi parietali hanno una forma inconsueta, come nel caso dello scienziato tedesco, e siamo convinti che abbiano contribuito a conferire delle competenze visuo-spaziali e matematiche senza pari. Allo stesso modo, anche le asimmetrie tra i due emisferi sono davvero molto inusuali. Ma la cosa più importante non è situata al livello della corteccia superiore.»

Dante fece una pausa drammatica e tacque. Tutti i membri presenti o connessi pendevano dalle sue labbra.

«I suoi nuclei subcorticali, i gangli della base, sono più piccoli della media. Come in Einstein. E come nel matematico Carl Friedrich Gauss e nel naturalista Georges Cuvier, stando a ciò che abbiamo potuto dedurre dalle molto più rozze osservazioni di Rudolf Wagner.»

I membri riuniti intorno al tavolo di vetro si scambiarono degli sguardi stupefatti.

«E... cosa ne concludi?» mormorò Virgilio.

«Ciò che ho sempre pensato. Il circuito della ricompensa e il sistema limbico sono atrofizzati. Esistono, sono indispensabili alla sopravvivenza, all'alimentazione, alla riproduzione, alle emozioni, ma la loro influenza è nettamente ridotta. Il che spiega il carattere austero di quegli immensi studiosi, la loro carenza di interazioni sociali. La loro tendenza a chiudersi, a evitare il confronto, a rifiutare il conflitto, a fuggire ogni forma di dipendenza distruttiva... In poche parole, a favorire la cognizione anziché a lasciare libero corso alle pulsioni.»

«E la ghiandola pineale?» domandò Plutone.

«Contrariamente agli altri nuclei subcorticali, è solida e robusta.»

Un brivido percorse il Cerchio. Dentro di sé, Dante trionfava, convinto che la sua ricerca stesse giungendo al termine. Chi poteva misurare le conseguenze delle sue scoperte?

«È... notevole» riconobbe il numero uno. «Ma abbiamo delle emergenze da gestire. Vi propongo di chiuderla qui. Virgilio, resta con me. Dobbiamo assolutamente trovare Darwin, costi quel che costi. Altrimenti, le tue scoperte non serviranno a nulla, Dante. E il Cerchio rischia davvero di sprofondare una volta per tutte nei tormentosi abissi dell'Inferno.»

21

Lunedì 15 aprile 2024
Parigi
Ore 11 e 23

Louise sembrava una mutilata di guerra. La benda che serviva a tener ferma la medicazione le copriva buona parte della testa. Aveva potuto lasciare il St Mary's Hospital nel giro di due giorni, dopo le cure d'emergenza e l'immobilità forzata.

Le prime ore furono le più difficili. Non tanto per il dolore provocato dalla ferita – il suo orecchio esterno era stato dilaniato – quanto per i fischi e gli acufeni che la tormentavano. Non solo i suoni che transitavano per il condotto uditivo – parzialmente menomato – erano rari, ma nella parte sinistra della sua testa si scatenava una caotica cacofonia di ottoni e percussioni.

Quella mattina, di ritorno a Parigi, fu ricoverata all'ospedale Georges-Pompidou, che conosceva bene. Questa volta nessun salto al reparto psichiatrico per gestire lo stress post-traumatico in seguito alla morte dei suoi genitori e al lunghissimo coma del fratello, ma una visita in chirurgia. Il medico si soffermò sul brandello che un tempo fungeva da orecchio. Finalmente si decise a parlare, mentre sistemava con cura garze e bendaggio.

«Non è una cosa da poco, signorina.»

Louise sentiva male, ma quel «signorina» un po' desueto la sorprese. Era ancora abbastanza giovane da meritare quell'appellativo? Il bendaggio copriva buona parte delle rughe insidiosamente createsi sulla sua fronte. E il suo fisico ancora snello poteva ingannare. In quella situazione pietosa, accolse con piacere quella piccola carezza.

«Raramente pratichiamo la ricostruzione dell'orecchio. È una disciplina molto specialistica, e i casi sono rari. Oserei dire perfino eccezionali.»

«Ma io sono eccezionale» balbettò l'investigatrice.

Il medico non commentò la battuta.

«Abbiamo tre modi possibili. O le si modella un nuovo orecchio a partire da cartilagini prelevate nella zona delle costole; o si utilizza una protesi sintetica in polietilene poroso; o si fa ricorso a un falso orecchio in silicone fissato a un impianto osteointegrato. Sconsiglio quest'ultimo metodo, che ancora necessita di ulteriori convalide.»

Louise soffriva di una violenta emicrania, che si aggiungeva agli acufeni dilaganti. Non era in condizione di capire o di scegliere tra quelle tecniche. A dire la verità, avrebbe preferito non doversi sottoporre proprio a niente. Rimanere *naturale*, senza una ricostruzione artificiale. Ma ovviamente era antiestetico mostrarsi agli occhi del mondo con un orecchio in meno…

«Le consiglio il metodo della cartilagine costale» tagliò corto il medico. «Lei è forte, e i risultati a medio e lungo termine sono molto soddisfacenti.»

«Se ho capito bene, mi farete a fette le costole per recuperare della cartilagine?»

«Be'… sì, ma è il minore dei mali. Dopo, avrà un orecchio nuovo fiammante e con una durata di vita molto considerevole. Forse addirittura fino alla fine.»

«E per il rumore che ho in testa?»

«Bisogna sentire l'otorino. Credo che per quello possa volerci del tempo… molto tempo. Deve rigenerarsi una parte del condotto uditivo. Sa, siamo abituati a lavorare insieme, con i chirurgi otorinolaringoiatrici, durante gli interventi. Loro si occupano dell'orecchio medio e interno, e noi di quello esterno. Ma non è tutto.»

L'investigatrice aggrottò le sopracciglia. Non vedeva l'ora di lasciare l'ospedale, i cui miasmi di disinfettante la disturbavano – per non parlare dei pasti in vassoio –, ed ecco che il dottore rincarava la dose.

«Ho visto i risultati della TAC. Oltre a una lesione del condotto uditivo, si distingue una microfrattura cranica a livello del lobo temporale sinistro. Lei ha sviluppato un ematoma epidurale, e temo che una piccola arteria della dura madre sia stata lacerata da una scheggia d'osso. O addirittura da un frammento di pallottola.»

Questa volta le sopracciglia di Louise si corrugarono per il panico.

«Ho un pezzo di pallottola in testa?»

«Forse. Bisogna rifare una TAC più dettagliata.»

«Aspetti, ma... bisognerà rimuoverlo?»

«Non necessariamente. Centinaia di persone in tutto il mondo vivono con frammenti di proiettile o di granata in corpo, sa? Conosco bene l'argomento, sono stato ufficiale medico nell'esercito, prima di tornare alla vita civile.»

«Ma non sono mica saltata su una mina, non capisco...»

«Lei è un'agente di polizia altamente qualificata, saprà certamente che esistono le munizioni a grappolo. I proiettili a frammentazione. Ne esistono di diversi calibri. È possibile che, al momento dell'impatto, una di queste submunizioni si sia conficcata nell'osso, quel tanto che bastava per forare la dura madre che avvolge il cervello.»

Louise restò senza parole. Era un caso raro. Mille domande le attraversarono la mente, con la colonna sonora di una fanfara isterica e fuori sincrono. La testa le ribolliva e il dolore aumentava, di certo per un meccanismo psicosomatico. Si vedeva fottuta, mezza sorda come una campana, perseguitata senza sosta dagli acufeni e sotto la minaccia permanente del frammento di pallottola a spasso nella zucca...

«In realtà,» riprese il chirurgo «lei è una miracolata. Bastavano pochi millimetri, letteralmente pochi millimetri, e lei sarebbe morta. Un proiettile di quella potenza, per di più a frammentazione, è inarrestabile.»

Vernay ricevette il messaggio forte e chiaro. Il suo cervello era stato a un soffio dal finire ridotto a un'indescrivibile poltiglia, un po' come quello del mafioso ritrovato a Roma. Il cuore le accelerò bruscamente. Provò un violento senso di nausea e vomitò per terra.

Due ore dopo, nonostante le proteste del personale medico, era di nuovo sul piede di guerra. L'idea di restare a riposo, sotto sorveglianza, e programmare un intervento chirurgico per ricostruire la *sventola* le era intollerabile. Il caso del *Gyrum Novem* e dei suoi nove cerchi infernali restava la sua priorità assoluta. Doveva rintracciare Vogel, decodificare i messaggi e ricostruire la catena degli eventi. Sentiva che le tessere del puzzle stavano andando al loro posto. A Londra aveva quasi raggiunto il suo obiettivo. Il problema era che i sibili, i rimbombi e le emicranie non l'avrebbero certo aiutata. Aveva ottenuto che le togliessero l'enorme fasciatura intorno alla testa, lasciando solo un imponente impacco al posto dell'orecchio: tampone, garza e benda, il tutto tenuto insieme da robusti cerotti adesivi. Diffidava degli antidolorifici, soprattutto perché non voleva ritrovarsi strafatta per tutto il giorno; preferiva soffrire in silenzio. Di notte, invece, sarebbe stato un altro discorso. Addormentarsi con un frastuono da bettola nella testa sembrava impossibile. Per avere un po' di sollievo, contava sulla cannabis ben più che su chissà quale sedativo prescritto dai dottori. I suoi poteri antidolorifici erano riconosciuti, per esempio nella lotta contro gli effetti della sclerosi a placche. Quel pensiero le offriva un alibi formidabile per ricominciare con l'erba. Sarà solo per qualche giorno, aveva giurato a sé stessa. Promessa da ubriachi.

Quando uscì dall'ospedale, trovò Ceylac e Bianchi ad attenderla, su una macchina senza contrassegni, nel parcheggio riservato ai taxi.

«Allora, Van Gogh, va meglio?»

Si iniziava bene... Il capogruppo della Omicidi era fiero della propria battuta.

Prima di infilarsi nella vettura, scorse sul sedile posteriore l'italiano, che la gratificò di un sorriso smagliante.

«Ti fermi a Parigi?» mormorò Louise con voce sdolcinata sedendosi accanto a lui e ignorando platealmente il collega francese.

«Ehi, per caso ho scritto "Uber" in fronte?»

«Io non mi metto sul sedile del morto, Ceylac. Ho già dato abbastanza, in materia. Sono una sopravvissuta, una reduce. Una *miracolata*, se preferisci, come dice il dottore. Perciò lasciami stare.»

Ceylac accennò un sorriso.

«Va bene, Vernay, ti lascio tubare in pace.»

L'investigatrice arrossì di colpo.

«Di che cazzo parli? Non dire stronzate. Volevo semplicemente ringraziare Massimo. Mi ha salvato la vita.»

«Ho restituito il favore» ribatté il bellimbusto italiano.

Se Bianchi non avesse strisciato fino a Vernay durante lo scontro a fuoco sparando a sua volta, la poliziotta – completamente tramortita dalla ferita – sarebbe potuta finire come il povero Livingstone. Louise notò la cicatrice che gli attraversava la guancia.

«Anche a te è mancato poco.»

«Per un pelo non ci ammazzavano tutti e due» mormorò Bianchi con voce grave.

I detective si stavano rendendo conto che i loro nemici non sarebbero indietreggiati davanti a nessuno ostacolo, persino se fossero stati costretti a uccidere dei poliziotti. Nulla sembrava fermarli. Ma per quale ragione? Qual era il loro fine ultimo, lo scopo di quelle operazioni spettacolari e violente? Perché quelle vecchie reliquie, crani o cervelli, erano così importanti? E perché sacrificare nel contempo delle persone vive accanendosi, anche in quel caso, sulle loro cervella? Per quanto si stessero avvicinando ai loro bersagli, i segugi della

Omicidi francese e italiana continuavano a brancolare nel buio più totale per quanto concerneva il movente di quelli che, nelle loro macabre missive, si firmavano *Gyrum Novem*. I messaggi non facevano altro che accrescere l'oscurità intorno alle loro motivazioni, anziché chiarirle. Bisognava imparare a leggere tra le righe e reperire informazioni che permettessero di tracciare dei collegamenti.

«Abbiamo un mandato di perquisizione per l'abitazione, il laboratorio e l'ufficio di Vogel. Ho dato la casa a Belaïd e Mama, e il laboratorio a Filhol e a Beauché. A noi resta da fare l'ufficio. È... un po' particolare, da quello che ho capito.»

Tutto il gruppo di Ceylac si era mobilitato per ritrovare Vogel, o almeno per scovare qualche indizio che li aiutasse a localizzarlo. Il naturalista era un elemento chiave e, siccome l'indagine in Francia continuava a languire e quelle di Roma, Ravenna e Londra erano appena all'inizio, bisognava trovarlo a tutti i costi.

L'ufficio di Vogel era annidato sotto la serra tropicale del Jardin des Plantes. Decisamente il ricercatore amava i sotterranei tristi e bui. Perché si nascondeva così? Louise pensò agli alchimisti menzionati nell'ultimo messaggio, a Londra. Secoli addietro, gli apprendisti stregoni il più delle volte si rintanavano in laboratori sotterranei e tentavano di trasformare il piombo in oro con l'aiuto dei loro attrezzi e del loro celebre forno, l'atanor. A tal punto che molto spesso finivano per asfissiarsi con i vapori che esalavano dai loro miscugli, o con i fumi prodotti dalle stufe, in assenza di un'aerazione sufficiente.

I tre poliziotti misero dunque piede sui prati del Jardin Des Plantes, l'immenso polmone verde di ventisette ettari arroccato sulla riva sinistra di Parigi, costeggiarono il padiglione sud della Grande Galleria dell'Evoluzione, con i suoi scheletri incredibili e la sua immensa carovana africana.

Camminando, Louise pensò alle specie estinte, esposte sotto vetro al secondo piano, tra cui due animali famosi come il Dodo e la tigre della Tasmania. Poi ebbe uno strano pensiero:

quando ci estingueremo anche noi? Era certa che la Terra avrebbe finito per sbarazzarsi di un ospite tanto ingombrante. L'investigatrice rievocò le sorprendenti parole pronunciate da Vogel durante la conferenza: «Abbiamo giocato col fuoco di Gaia e abbiamo perso! Moriremo! Stiamo già morendo!» Le sue ricerche dimostravano che il conto alla rovescia era non solo iniziato, ma forse sul punto di terminare? Cosa sapeva? Aveva a che fare con i crani e i cervelli dei geni defunti?

Il trio attraversò l'esplanade Milne-Edwards, che sfociava su un grande viale alla francese, bordato di platani e circondato da aiuole fiorite che si estendevano a perdita d'occhio. L'antico Jardin du Roy appariva tanto più affascinante in quanto esibiva i propri tesori alle porte della polverosa gare d'Austerlitz e del sinistro ospedale della Pitié-Salpêtrière.

Louise fissò le grandi serre che si ergevano di fronte a loro. Ospitavano decine di specie provenienti da tutto il mondo e raccontavano la storia vegetale del pianeta azzurro. I tre avevano appuntamento nella più imponente, un tempo nota come Jardin d'Hiver. Salirono le scale e si ritrovarono ai Tropici, con un tasso di umidità del novanta per cento e una temperatura che sfiorava i venticinque gradi. In lontananza, piazzata tra una palma da cocco e un fico, una donna sulla sessantina sembrava attenderli. Fissò Louise strizzando gli occhi, senza degnare d'attenzione i due agenti che la accompagnavano. Esitò – la medicazione che le copriva la parte sinistra del viso la destabilizzò per un attimo – e infine si diresse verso di lei.

«Commissaria Vernay?»

L'investigatrice corrugò la fronte, mentre Bianchi e Ceylac si scambiavano uno sguardo sorpreso. Il capogruppo della Omicidi aveva informato della perquisizione il Museo di storia naturale, ma non aveva mai precisato che sarebbe arrivato con Louise.

«Io... sì, ma come...»

«Sono la collaboratrice del professor Vogel. La stavo aspettando. Il professore mi aveva avvertito che lei sarebbe certamente venuta, "prima o poi".»

«Quando ha parlato l'ultima volta con Vogel?» domandò Louise.
«Diversi giorni fa, ormai. Non ho più sue notizie da venerdì.»
«Sembrava preoccupato? Cosa le ha detto?»
«Mi ha detto soltanto che si aspettava una sua visita. E mi ha autorizzato a lasciarla entrare nel suo ufficio. Lei sola.»
La ricercatrice aveva calcato la voce su quelle due ultime parole, continuando a fissare con ostilità i due investigatori maschi.
«Ce ne sbattiamo di quello che ha autorizzato o no» si spazientì Ceylac.
Prese il mandato e glielo sventolò davanti, sfiorandole il viso.
«Non è una festicciola a inviti, come vede. Si chiama perquisizione.»
La donna storse il naso. Non era per niente ciò che si aspettava, ma evidentemente non aveva scelta. Imboccarono una porta laterale e scesero una quindicina e passa di scalini. Un corridoio, altre due porte e, finalmente, lo studio di Alban Vogel.
Una pesante umidità e un forte odore di muffa impregnavano il vasto e tenebroso locale. La collaboratrice premette un interruttore e una luce fioca si diffuse in tutta la stanza. Quell'atmosfera soffusa contrastava con l'asprezza del luogo, nascosto sotto le serre a parecchi metri di profondità. Su cinque tavoli erano disposti diversi acquari di varie dimensioni, ma senza acqua né pesci.
«Cosa combina con quelli?» domandò Ceylac.
«Coltiva dei *blob*... dei mixomiceti.»
Ceylac guardò il bizzarro organismo, una sorta di spugna gelatinosa circondata da filamenti gialli.
«Sembra un fungo atomico, con le radiazioni che si propagano tutto intorno.»
La ricercatrice alzò le sopracciglia.
«Intuizione azzeccata.»
I tre poliziotti, terrorizzati, indietreggiarono di diversi passi.

«Cazzo, questa roba è radioattiva?»

«No, no, mi riferivo alla prima parte del suo paragone. Questo organismo è stato scambiato per molto tempo per un fungo. Ma in realtà è più complesso e possiede molti cervelli: una testa centrale, che qui si può vedere bene, una specie di gelatina gialla, e numerosi tentacoli tutti dotati di una loro forma di intelligenza. Un po' come le piovre e i loro nove cervelli: uno centrale, otto periferici.»

Louise e Massimo si scambiarono uno sguardo. Non ci potevano credere. L'allusione del capomafia alla piovra, nella sua cella romana, li colpì come un boomerang.

«Altrimenti, potremmo citare anche Cerbero, avete presente? Il cane a guardia degli Inferi. Aveva tre o cinquanta teste, a seconda delle leggende. Oppure sua sorella, l'Idra di Lerna, con le sue nove teste come la piovra.»

Anche Ceylac reagì. Il messaggio inciso sulla lamella ritrovata nel sepolcro di Darwin gli passò davanti agli occhi: "La testa d'oro della sorella di Cerbero sconfiggerà gli impostori". E se il cavolfiore giallo elettrico che troneggiava al centro di ogni *blob* non fosse altro che la famosa *testa d'oro* del messaggio in codice? E l'Idra di Lerna una metafora designante l'insieme di quell'inquietante organismo?

Louise, sulla stessa lunghezza d'onda, interpellò la biologa.

«Se le dico *Gyrum Novem*, cosa le viene in mente?»

«Il latino.»

«Grazie. E cos'altro?»

«Volendo tradurlo, ma sono sempre stata una schiappa nelle lingue morte, sarebbe forse "Nove giri"?»

«Pensiamo piuttosto a "nove cerchi", come i nove cerchi dell'Inferno» la corresse Vernay.

«Ah, sì, toh, che strano. Ne stavamo giusto parlando…»

Bianchi, sempre più sospettoso, osservò attentamente la donna. O cascava veramente dal pero e non era al corrente di nulla, o recitava divinamente. I tre poliziotti erano contagiati, ossessionati, addirittura posseduti dalla loro indagine. Li perseguitava giorno e notte, e metteva in pericolo la loro vita. Sia fisica sia psichica. Bianchi sentì un brivido salirgli lungo la spina dorsale.

«Insomma!» riprese allegramente la ricercatrice. «Il *blob* è davvero al centro dell'attenzione. Se è stato soprannominato "policefalo", è perché ha una capacità di apprendimento decisamente eccezionale. Si adatta all'ambiente in cui si trova, adotta delle strategie di adattamento. Vedete? Lì lo coltiviamo su un letto di fiocchi d'avena, li adora. E poi...»

La scienziata condusse i tre poliziotti verso un acquario molto più grande, in fondo all'ufficio.

«Abbiamo costruito un vero e proprio labirinto. Ebbene, il *blob* è capace di memorizzare il percorso e di ritrovare ogni volta la via d'uscita. Tesse i suoi tentacoli, impara i percorsi e le deviazioni, ricorda i vicoli ciechi. In qualche modo, *capisce*.»

«Nella sua ultima conferenza a Londra, Vogel ha detto che la natura "pensa". Secondo lei si riferiva al *blob*?»

«È probabile, sì. Ma non solo. Il professor Vogel si interessa a tutte le forme d'espressione dell'intelligenza collettiva vegetale. È stato uno dei primi a dimostrare la capacità che hanno i mixomiceti e le micorrize di estendere per chilometri i loro filamenti, per interconnettersi, comunicare, condividere. Progredire. Adattarsi.»

«Un po' come le reti neuronali del cervello?»

«Esattamente. Sapete, la natura adotta degli schemi e li replica agevolmente. Conoscete i frattali? Quegli schemi che si ripetono dall'infinitamente piccolo all'infinitamente grande?»

Ceylac non sopportava più di starsene chiuso là sotto. L'oscurità e gli odori di muffa che si spandevano ovunque in un'afa ripugnante peggioravano il suo senso di oppressione.

«Va bene, continueremo più tardi la lezione di scienze, se non le dispiace. Abbiamo una perquisizione da fare, è ora di metterci al lavoro.»

Si diresse verso la scrivania di Vogel e cominciò a spulciare tra le tonnellate di scartoffie che la ricoprivano.

Bianchi si dedicò agli scaffali straripanti di cartelle e opere scientifiche. Ne aprì un certo numero e le scosse, tenendo le pagine rivolte verso il basso, nella speranza di veder cadere qualcosa, un messaggio o un oggetto.

Quanto a Louise, la sua attenzione fu calamitata dai muri. Due pareti erano interamente ricoperte di mappe e altre cartine. Si fermò davanti a una di esse.

«Cos'è?»

La biologa si avvicinò.

«Sono le carte dell'Ispettorato generale delle cave. A destra si vedono le gallerie che si trovano qui, sotto il Jardin des Plantes, e in particolare sotto la nostra serra tropicale. In alto a sinistra, in fondo alla linea rossa, ci sono le gallerie che corrono sotto il Panthéon.»

«Cosa significa? Vogel aveva l'abitudine di andare sotto il Panthéon da questo ufficio?»

«Non esattamente dal suo ufficio, ma se si esce da qui, in fondo al corridoio c'è una porta di metallo che dà su una scala che permette di scendere di altri quindici metri. E a quel punto si entra nelle cave.»

«Ci andava spesso?»

«Certamente. Ha diverse vecchie fungaie lungo tutto il percorso, che usa per le sue ricerche. Tenga conto che siamo a settecento metri dal Panthéon in linea d'aria.»

Louise capì perché il naturalista si trovasse così vicino al luogo della profanazione della tomba di Marie Curie: i suoi strani laboratori sotterranei comunicavano con la sua base al Jardin des Plantes. Guardando la mappa più da vicino, notò un dettaglio.

«Questa è rue d'Ulm, giusto? Il professore poteva accedere anche alle cave di rue d'Ulm?»

«Non ne ho idea» borbottò la ricercatrice. «Può darsi.»

«Non è mica da lì che la squadra è passata per raggiungere il Panthéon?» domandò Louise voltandosi verso Ceylac.

«Esatto» confermò il comandante.

A ogni istante la morsa si stringeva intorno a Vogel.

«Chiederò alla Scientifica di tracciare tutto il percorso delle gallerie a partire da qui. Ci vorranno delle ore, ma la pista è seria» mormorò il comandante di polizia.

L'investigatrice proseguì l'esame delle cartine appese alle pareti scure. Si immobilizzò davanti a un'immensa carta geografica che occupava tutto il muro in fondo alla stanza. L'illuminazione era troppo debole. Prese lo smartphone e puntò la torcia sulla carta. Una miriade di punti verdi ricopriva l'insieme dei continenti.

«E questo cos'è?»

Il viso della scienziata si fece raggiante.

«Questo... è... semplicemente un miracolo.»

«Un miracolo? Si spieghi.»

«Ogni punto verde corrisponde a un viaggio del professore.»

Louise trasecolò. Guardò di nuovo la carta, interamente ricoperta di verde.

«Sta scherzando? È andato... dappertutto?»

«Sì. Tra l'altro, credo che sia entrato nel Guinness dei primati.»

Ceylac osservò a sua volta il planisfero picchiettato di verde.

«Davvero ha visitato *tutti* i Paesi del mondo? Ma saranno... almeno duecento!»

«Più di trecento, contando le colonie e i territori d'oltremare» lo corresse la biologa. «E posso garantirvi che è stato in ciascuno di essi.»

Louise non poteva crederci.

«Ma quanti anni ha? Cinquantacinque?»

«Quasi sessanta. Ma ha ragione, non li dimostra.»

«Okay, e anche se viaggia da...»

«Da quando aveva sedici anni. Racconta spesso dei suoi primi soggiorni, in America latina. È un giramondo eccezionale. Non si affanni a fare calcoli: ha visitato in media sei paesi all'anno. Ma vede, ogni anno se ne sta via per quasi sei mesi, perciò si fa in fretta. Senza contare i congressi e le conferenze, come quelle recenti a Roma e a Londra.»

Nemmeno Bianchi riusciva a crederci.

«Ma per fare cosa? A che gli serve girare per tutto il pianeta?»

«All'inizio lo faceva per passione. Partiva senza un soldo, faceva l'autostop, dormiva dove trovava ospitalità. Ora, da molti anni, lo fa per le sue ricerche.»

«E cosa cerca, in ogni Paese del mondo?»

«I famosi schemi di cui vi stavo parlando. Cerca di dimostrare che sono presenti ovunque.»

«I *blob*?»

«I *blob* e tutto il resto. Tutto ciò che lega gli organismi gli uni agli altri. Grazie alla genomica comparativa e all'analisi molecolare tramite spettrometria di massa, è riuscito a dimostrare che certi organismi sotterranei, come le micorrize, possono attraversare le frontiere.»

Con l'aiuto di una piccola torcia elettrica, la biologa indicò una serie di puntine rosse che spiccavano tra i punti verdi disegnando un fascio che abbracciava tutti i continenti.

«È come una gigantesca ragnatela, se preferite. A essere sincera, penso che il professore vincerà il premio Nobel. È una voce che si diffonde ogni anno sempre di più.»

I tre poliziotti rimasero a bocca aperta. Quando si rimisero al lavoro, lo fecero meccanicamente. Le loro menti erano stordite da quelle rivelazioni di cui faticavano a comprendere la portata. Era chiaro che Vogel possedeva diverse risposte chiave e che bisognava ritrovarlo, ora più che mai.

«Guardate! Ci sono dei libri di Cartesio.»

Ceylac, che aveva ripreso a ispezionare la scrivania del naturalista, mostrò due volumi con il dorso malridotto e le pagine ingiallite. Il primo si intitolava *Discorso sul metodo*. Vernay e Bianchi ripensarono immediatamente all'allusione che, durante la conferenza di Londra, Vogel aveva fatto a quell'opera, in cui il grande filosofo francese del Seicento aveva formulato il suo celebre *cogito ergo sum*. Il secondo sembrava ancora più antico: sicuramente una preziosissima edizione originale.

Vedendo la copertina, Bianchi ebbe un'illuminazione.

«Aspettate... Sono sicuro che Giuseppe Rizzo tenesse in mano quel libro, quando ho parlato con lui a Rebibbia. Non era un'edizione così vecchia, ma il titolo era lo stesso. L'ho visto quando alla fine si è alzato per tornare in cella...»

Ceylac sfogliò il libro con molta cautela. Ammirò le numerose illustrazioni che descrivevano il funzionamento del corpo umano. Si soffermò sulla parte quinta, che trattava delle strutture del cervello.

«Certo che all'epoca credevano delle cose assurde. Cartesio pensava che l'anima risiedesse in una ghiandola a forma di pigna che chiamava "il terzo occhio".»

L'agente sventolò il celebre disegno del filosofo, con i globi oculari esorbitati, posti uno sopra l'altro, e i cui nervi ottici convergevano verso la famosa ghiandola annidata all'interno del cranio.

Louise osservò lo strano triangolo che collegava tra loro i tre occhi.

«Quella struttura esiste» commentò la scienziata. «È l'epifisi, meglio conosciuta come ghiandola pineale. Svolge una funzione fondamentale nella regolazione del nostro orologio biologico. E soprattutto secerne l'ormone del sonno, la melatonina. Da qui a dire che questa storia della sede dell'anima è una favola della buonanotte, il passo è breve.»

La ricercatrice si aspettava uno o due sorrisi divertiti, ma le facce restarono serie. Sono belli rigidi, questi poliziotti, pensò.

Vernay si rivolse a Bianchi.

«Ancora una volta non è un caso. Bisogna assolutamente tornare a torchiare Rizzo. Ha seminato una marea di indizi, gioca a fare Pollicino. E ci prende per fessi.»

«Lo so, ho già fatto domanda, ma per il momento l'amministrazione penitenziaria si rifiuta. Di norma, Rizzo ha diritto a un solo colloquio al mese. Non posso andare a interrogarlo continuamente. Bisogna attenersi al suo regime carcerario strettissimo.»

«Ma è per una cazzo di indagine criminale! È un testimone chiave!»

«Sì, è quello che ho detto al procuratore. Ma il direttore di Rebibbia da quell'orecchio non ci sente.»

Louise fece una smorfia di disappunto.

«Oh, scusa, non volevo alludere… cioè…»

Indicò la medicazione dell'investigatrice.

«Insomma, non possiamo fare altro. Dobbiamo pazientare ancora.»

Di colpo, un nuovo pensiero folgorò la mente dell'italiano. Un ricordo fulmineo, sepolto da giorni, sicuramente per via dello shock emotivo: la sparatoria, il proiettile che per un soffio non gli aveva fracassato la mascella… Si girò verso la biologa, che pareva soffrire e non vedere l'ora di tornare alle sue ricerche.

«Prima di morire, uno scienziato della Royal Society mi ha detto: "Salvate il cervello di Cartesio", e anche: "La chiave è nel cervello di Cartesio". Le suggerisce qualcosa?»

«Non saprei… Il professor Vogel nutre certamente una grande ammirazione per il filosofo, motivo per cui collezionava le sue opere originali… Come del resto anche quelle di Spinoza e di Darwin. Ma il cervello di Cartesio…»

I poliziotti stavano per tornare in superficie e cominciare le ricerche sul cervello del filosofo, quando la ricercatrice esclamò:

«Aspettate! Del cervello non so nulla, ma del cranio sì!»

«Il cranio di Cartesio?» disse Louise. «Sa dove si trova il cranio di Cartesio?»

«Per forza. Ce l'abbiamo noi.»

I tre agenti spalancarono gli occhi.

«*Noi* chi?»

«Il Museo nazionale di storia naturale. Il museo conta quattro sedi a Parigi, tra cui il Jardin des Plantes. Ma un'altra delle sedi principali si trova in place du Trocadéro, nel XVI arrondissement, proprio di fronte alla Tour Eiffel. È il Museo dell'Uomo. Ha subìto un lungo restauro; ha riaperto nel 2015 dopo sei anni di lavori. Sono stata coinvolta di persona, all'epoca. E lì conserviamo devotamente il cranio di Cartesio.»

«E il professor Vogel lo sapeva? Cioè, voglio dire, lo usava per le sue ricerche?»
«No, non credo. Non vedo legami tra i suoi campi di interesse e il cranio.»
«Ma poteva disporne e maneggiarlo?» insistette Louise. «In quanto professore del museo?»
«Be', probabilmente sì. Ma di nuovo non penso che...»
«Ci porti al cranio di Cartesio. Immediatamente.»
Louise capì che era cominciata un'altra corsa contro il tempo. Ma questa volta in piena Parigi, e in uno dei quartieri più frequentati della capitale.

22

Sabato 1° maggio 1666
Stoccolma
Ore 6 e 40

Il terreno era ruvido e scivoloso. Nonostante la primavera, un freddo glaciale mordeva le carni e faceva battere i pochi denti guasti superstiti dei soldati della guardia di Stoccolma mobilitati per la delicata missione. Certo la Svezia, piazzata nel Nord Europa, non aveva mai bruciato sotto i raggi del sole. Ma da molti anni la *piccola era glaciale* – come sarebbe stata battezzata secoli dopo – imperversava crudelmente.

Difficile coltivare la terra e impossibile scaldarsi, o quasi. Anche nel pieno dell'estate, le temperature superavano di rado i dieci gradi.

Hugues de Terlon, l'ambasciatore di Francia, ne soffriva. Soprattutto, sapeva che quella era la causa della brusca dipartita del prestigioso personaggio che si apprestava a far dissepellire. Il filosofo francese, che si faceva chiamare «Renatus Cartesius» o «Renatus Des Cartes» in latino, era morto sedici anni prima per una violenta polmonite, dopo aver congelato per mesi. Cartesio aborriva il freddo e non era mai stato felice e produttivo se non stando seduto su una stufa rovente, come in Germania, dove aveva concepito le sue teorie fondamentali. Eppure, il pensatore aveva accettato l'invito della giovane regina Cristina di Svezia, che desiderava apprendere le sue idee innovative, e si era stabilito a Stoccolma malgrado il gelo polare. Lì aveva finito per soccombere alla febbre alta e nel giro di pochi giorni era morto prematuramente, all'età di cinquantatré anni.

Nel rievocare quell'incalcolabile perdita per l'umanità, agli angoli delle palpebre dell'ambasciatore apparvero due lacrime, che subito si trasformarono in cristalli di ghiaccio. Perché, sedici anni dopo il decesso del filosofo francese, avvenuto nell'indifferenza generale, le sue idee dominavano il continente, e Luigi XIV sollecitava il ritorno in patria del figliol prodigo, o almeno di ciò che ne restava. La regina reggente aveva accettato ed ecco dunque perché, in quell'alba glaciale, de Terlon e le guardie si apprestavano ad agire.

Giunti davanti alla tomba del filosofo, i quattro soldati al comando del capitano Isaac Planström procedettero allo scavo per il recupero del feretro. Ci si misero d'impegno, per quanto il freddo rallentasse i loro movimenti e li facesse soffrire in silenzio. Fu necessario spostare la pesante pietra che ricopriva la fossa, calare delle corde e sollevare lentamente la bara che conteneva i resti di Cartesio.

Un'ora dopo, sotto la sorveglianza di quegli stessi soldati, la cassa riposava finalmente presso l'ambasciata di Francia, nel medesimo luogo in cui anni prima il genio era spirato. Hugues de Terlon volle che il sarcofago venisse aperto, per trasferire le spoglie in una cassa di rame lunga due piedi e mezzo che il diplomatico aveva appositamente commissionato. Ma una volta che la bara di legno fu scoperchiata, quale fu la sorpresa! Il corpo del filosofo non si era del tutto decomposto. Lembi di carne ricoprivano le ossa e la testa, in particolare, contava ancora molti capelli. Dei fori sostituivano il naso e lo sguardo un tempo penetrante di Cartesio. Ma sottili strisce di pelle giallastra ricoprivano il cranio, offrendo uno spettacolo raccapricciante.

Le temperature glaciali avevano certamente congelato il cadavere e rallentato la putrefazione. Superato lo stupore, Hugues de Terlon fissò le guardie svedesi e si rivolse al loro capo, il capitano Planström. Inspirò a fatica, premendosi una mantiglia sul naso, infastidito dal lezzo di cadavere.

«Procedete al trasferimento dei resti, ma prima levate le carni. Non posso portare via nella cassa questa spoglia putrescente. Non esitate a lavare le ossa.»

«Sarà fatto, signore.»

I quattro soldati accennarono una smorfia di disgusto, irritati con il loro capo che aveva accettato senza nemmeno protestare.

Prima di andarsene, de Terlon si avvicinò al corpo e sembrò raccogliersi. In verità, provava un'attrazione irrefrenabile. Si sforzò di resistere alla tentazione, ma finì per cedere. Senza dire una parola, prese la mano destra del genio e le staccò l'indice. I soldati spalancarono gli occhi, ma non fiatarono. L'ambasciatore ripose il dito nel proprio fazzoletto e se lo infilò in tasca, sempre in silenzio.

Poi sparì come un ladro in fuga, ciò che di fatto era.

Come avrebbe potuto agire altrimenti? Con quel gesto perpetuava la tradizione delle sante reliquie e si arrogava un'oncia del corpo del defunto per onorarlo meglio. Tanto più che quel dito aveva stretto la penna del sapiente e dunque aveva partecipato alla stesura del *Discorso sul metodo* e del *Trattato sull'uomo*, tra gli altri suoi capolavori.

Isaac Planström sogghignò. Il diplomatico gli facilitava il compito e lo sollevava da ogni responsabilità. Se era così facile – e così poco biasimevole – staccare una parte del corpo di Cartesio, non avrebbe avuto problemi nel fare lo stesso.

«Rompete le righe» esclamò.

Le guardie che lo accompagnavano si stupirono di nuovo. Niente stava andando come avevano immaginato.

«Ma, capitano, dobbiamo...»

«È un lavoro disgustoso, non c'è motivo per cui dobbiate accettarlo. Me ne farò carico io. Potete andare, vi dico. È un ordine!»

Le guardie se la squagliarono senza aprir bocca, ben felici di sfuggire al ripugnante compito.

Una volta solo, Planström si armò di coraggio e sfidò i fetidi effluvi. Afferrò la salma, le cui ossa si staccavano facilmente. Le immerse una a una in un catino di acqua calda e le ripulì meglio che poté. Quindi le depose le une sulle altre nella cassa di rame. Ma, al momento di dedicarsi al pezzo forte, rallentò il ritmo e cominciò a usare molte cautele. Impugnò la testa, la cui mandibola si staccò subito. I denti di Cartesio, o almeno quelli rimasti, si trovavano in uno stato pietoso. L'ufficiale non ne fu affatto sorpreso: anche la sua dentatura non era in forma smagliante. Capovolse la preziosa reliquia e tentò di osservarne l'interno attraverso il *foramen magnum*, l'orifizio situato sotto il cranio. Credendo di distinguervi alcuni frammenti biancastri, si stupì che una parte del cervello potesse ancora occupare la scatola cranica. Decisamente il freddo aveva preservato molti dei tessuti del genio.

Tolse gli ultimi brandelli di pelle che pendevano dall'osso. Quanto ai capelli, cadevano da soli. Spolverò il cranio con il risvolto della manica, poi allungò il braccio. Girò la reliquia verso di sé, come se il fantasma di Cartesio lo stesse guardando dritto negli occhi.

In quel momento, stava come il principe Amleto di fronte al cranio di Yorick, il buffone del re di Danimarca, il piccolo Paese vicino alla potente Svezia. Planström aveva sentito parlare della tragedia che metteva in scena la corona danese in maniera assai offensiva. L'opera era stata scritta a inizio secolo da un tizio sconosciuto, un certo William Shakespeare.

Restò a lungo in silenzio, sempre fissando con intensità le orbite tenebrose del cranio.

Cosa poteva aver pensato il filosofo nell'ora della sua morte? Il *Cogito ergo sum* poteva prolungarsi oltre il trapasso? L'anima poteva continuare a pensare dopo aver lasciato il corpo fisico? Come un'altra eco alla tragedia di Shakespeare, «Essere o non essere», dopo la morte, «questo è il dilemma»... A quel pensiero, Planström fu assalito dal dubbio: l'anima, una volta svanita, poteva giudicare i mortali? Lo spettro del filosofo, proprio come quello del padre di Amleto che nell'opera di

Shakespeare si materializzava, poteva tornare a tormentare colui che si accingeva a decapitarne lo scheletro?

L'ufficiale ebbe un tremito e cominciò a gettare occhiate all'intorno. Era sul punto di commettere un sacrilegio che poteva costargli la scomunica. Ma Dio sapeva che era ben pagato per farlo, tanto da poter rimpiazzare gli stracci che l'esercito gli aveva destinato, nonostante il suo grado. Tanto da poter persino comprare della legna secca per regalare un po' di calore alla sua famiglia.

Ripose il cranio in una grossa bisaccia, richiuse la cassa di rame e la sigillò. In quel modo, nessuno si sarebbe potuto accorgere della sottrazione del *caput*. Stava correndo un rischio folle; la speranza era che a nessuno venisse in mente di perquisirlo all'uscita dall'ambasciata. Dopodiché, avrebbe ricevuto quanto dovuto dalle mani di quell'uomo dalla reputazione sulfurea ma che l'aveva ammaliato con la sua intelligenza e il suo carisma.

Questi lo aveva avvicinato otto giorni prima, quando la notizia della restituzione dello scheletro di Cartesio era stata resa pubblica. Si era seduto accanto a lui, in una taverna di piazza Stortorget.

«Chi siete?» aveva esclamato Planström con grande diffidenza.

«Non sono che un umile tornitore di lenti... ma se la vostra vista si indebolisce, posso esservi d'aiuto.»

L'accento dei Paesi Bassi ne aveva tradito la nazionalità. Il tizio, sulla trentina, doveva essere sbarcato a Stoccolma due o tre giorni prima.

«I miei occhi stanno benissimo. Cosa volete da me?»

«Ebbene, diciamo che sono un "artigiano-filosofo" e, da molti anni, un ammiratore di Renatus Cartesius. Del resto, gli ho reso omaggio in questo modesto saggio.»

L'uomo aveva sventolato un libro tutto in latino, il che aveva impressionato l'ufficiale, di bassa estrazione sociale e la cui cultura classica si limitava a qualche citazione biblica.

Il titolo era scritto a lettere maiuscole: *I princìpi della fi-*

losofia di Cartesio. Planström era riuscito a leggere il nome dell'autore, ossia quello dello strano personaggio che lo aveva appena abbordato: Baruch Spinoza.

Proprio come nel caso di Shakespeare, di cui non aveva mai sentito parlare prima di scoprire la sua tragedia, il nome di Spinoza gli era del tutto sconosciuto. Aveva spinto via con noncuranza il libro e portato il boccale alle labbra. Una leggera schiuma gli aveva orlato i baffi.

«Bene» aveva ripreso, dopo tre bei sorsi. «È senza dubbio un'opera magistrale, ma io non capisco niente di filosofia, e ancora meno di latino. Continuo a non capire cosa vi aspettiate da me.»

L'uomo aveva avvicinato il busto e si era messo a sussurrare. Aveva un incarnato leggermente olivastro e una folta capigliatura corvina che gli cadeva sulle guance come una parrucca.

«Voi siete il capitano della guardia di Stoccolma, giusto? Non siete voi che dovete organizzare l'esumazione dei resti di Cartesio?»

«Chi ve l'ha detto?»

«Non ha importanza: ciò che è estremamente rilevante è che recuperiate uno dei pezzi più importanti e me lo portiate.»

«Un "pezzo importante"? E quale?»

«Il cranio» aveva sussurrato Spinoza.

Per poco l'ufficiale non si era strozzato con la birra. Aveva tossito forte e si era schiarito la voce.

«Il cranio? Nientemeno? Vi consiglio di squagliarvela prima che il pensiero di gettarvi in gattabuia mi sfiori la mente.»

Isaac Planström conosceva bene la moda di appropriarsi delle ossa dei morti famosi, che alcuni collezionavano e talvolta esibivano in magnifiche teche. Luigi IX, detto Luigi il Santo, non aveva forse fatto costruire una cappella per esporvi le sante reliquie di Cristo, quattro secoli prima?

«Senza contare» aveva aggiunto il capitano «che è un gravissimo sacrilegio. Impadronendovi di quel cranio, rischiate la scomunica.»

«Già fatto, non rischio più niente» aveva sussurrato l'olandese con tono di sufficienza.

Lo svedese aveva di nuovo aggrottato la fronte, sempre in bilico tra stupore e sorpresa.

«Giusto dieci anni fa, all'età di ventitré anni, sono stato colpito da un *herem*, un anatema della comunità ebraica a cui appartenevo. Fui accusato di eresia, maledetto e bandito per sempre.»

Planström era rimasto a bocca aperta. Quello scocciatore era dunque un ebreo? O quanto meno lo era stato...

«Ma cosa diavolo volete fare col suo cranio?»

«Cartesio afferma che la sede dell'anima si trova nel cervello, nella ghiandola pineale. L'occhio della saggezza. E io desidero sopra ogni cosa, se si è conservato, osservare il suo terzo occhio, da cui l'anima di Cartesio si è certo involata, al fine di coglervi, forse, un briciolo del suo genio...»

Che idea!, aveva pensato l'ufficiale. Per lui, quell'organo gelatinoso, freddo e senza emozioni, che riposa dentro la testa non aveva niente di interessante. A quell'epoca, molti erano coloro che la pensavano ancora come Aristotele: le emozioni e l'attività mentale risiedevano nel cuore, e non in quel viscere molliccio. Non sapevano nulla dei lavori ancora acerbi dei primi anatomisti del cervello, che lo ritenevano «il più bel capolavoro della natura», come l'aveva definito il danese Steensen un anno prima di fronte a una platea di studiosi. Ma la storia era ancora da scrivere, trattandosi dei misteri incommensurabili di quell'organo affascinante. E Spinoza non si sbagliava di certo. Anzi, davanti all'espressione sconcertata di Planström aveva aggiunto:

«Io ritengo che le teste dei Maestri abbiano dei punti in comune. Avrei tanto voluto possedere quelle di Dante, Machiavelli, Leonardo da Vinci, Michelangelo e persino Socrate, Platone e tanti altri. Io credo nella continuità del genio. L'anima dei Grandi passa da un cervello all'altro e deve pur lasciare la sua impronta da qualche parte... Ciascuno di questi geni universali è una particella di Dio, e la loro unione deve permettere di abbracciare il Divino.»

«Avevo capito che eravate stato scomunicato e che eravate diventato ateo.»

«Io non sono affatto ateo, anche se l'Inquisizione e la mia vecchia comunità lo affermano. Penso semplicemente che Dio non sia un vecchio canuto e barbuto che, posto fuori dal mondo, sopra di noi, dirige le nostre azioni.»

«E allora Dio cos'è?»

«Dio è immanente, è dappertutto, è *tutto*. È in voi e in me; è la moltitudine dei nostri corpi e delle nostre anime. Dio è *natura*. Non è affatto al di là, ma qui e ora. È sostanza infinita disseminata in tutte le materie, viventi e inerti. E ogni materia deriva da questa sostanza unica che è il Divino.»

L'ufficiale svedese non aveva smesso un attimo di spalancare gli occhi per lo stupore. I discorsi di quello Spinoza erano un supplizio continuo.

«In questo, raccolgo l'eredità del grande Giordano Bruno, che lo aveva già postulato.»

Per una volta, Planström aveva sentito parlare di quel religioso, che aveva destato scalpore per via delle terribili circostanze in cui era morto.

«Giordano Bruno? Non è per caso quel predicatore arso sul rogo dalla Santa Inquisizione qualche decina di anni fa?»

«Sessantasei anni or sono, per la precisione. Gettato nudo su una pira e bruciato vivo, con la lingua stretta in una mordacchia di legno, perché cessasse di proferire le sue "eresie".»

Un brivido aveva attraversato l'ufficiale svedese dalla testa ai piedi. Si vedeva egli stesso dato in pasto alle fiamme per la sua sacrilega complicità. Ne aveva abbastanza. Era balzato in piedi.

«Finiamola qui, non voglio sentire altro!»

Il capitano aveva fatto per andarsene, e Spinoza aveva cercato di trattenerlo.

«Aspettate! Non desiderate dunque conoscere la Verità? Partecipare della conoscenza del Tutto? Il lungo corteo dei grandi cervelli attraverso il tempo e quello di tutti i regni della vita attraverso la Madre Terra costituiscono l'essenza della

Sostanza divina, e tutti insieme dirigono il mondo su una via perfettamente determinata. Studiando i cervelli dei geni, proprio come si potrebbero studiare le intime relazioni di ogni sostanza vivente sulla Terra, potremmo scoprire per la prima volta la natura profonda del Divino... E persino conoscere il suo disegno, anticipare il Destino... Decifrare il futuro...»

Siccome Planström non cedeva, Spinoza si era deciso a servirgli l'argomento supremo. Aveva proposto una bella ricompensa – la maggior parte dei suoi modesti risparmi – per riuscire a conquistare l'ufficiale alla propria causa.

Quest'ultimo aveva finalmente accettato, dato che la sete di denaro rappresentava una motivazione ben più efficace di ogni considerazione filosofica.

Otto giorni dopo, il 1° maggio 1666, il capitano della guardia di Stoccolma si accingeva a liberarsi dell'ingombrante cranio di Cartesio e a rompere definitivamente ogni rapporto con quell'olandese dalle idee degenerate. Ma si apprestava anche, senza saperlo, a partecipare alla fondazione di un cenacolo straordinario, che avrebbe attraversato la storia nel segreto più totale.

23

Lunedì 15 aprile 2024
Parigi, Museo dell'Uomo
Ore 14 e 39

Louise si trovava faccia a faccia con il cranio di Cartesio.

Non era frequente poter osservare a pochi centimetri di distanza la suprema reliquia di uno dei più grandi geni della storia del pensiero.

Il cranio aveva viaggiato così a lungo nel tempo e nello spazio che il suo colore era diventato tortora beige tendente all'antracite, perdendo il bianco crema tipico delle ossa fresche. Riposava lì, dietro un vetro spesso, su un supporto d'acciaio, in mezzo a una serie di oggetti eterogenei senza legame apparente. Un bel casino, aveva mormorato Louise tra sé.

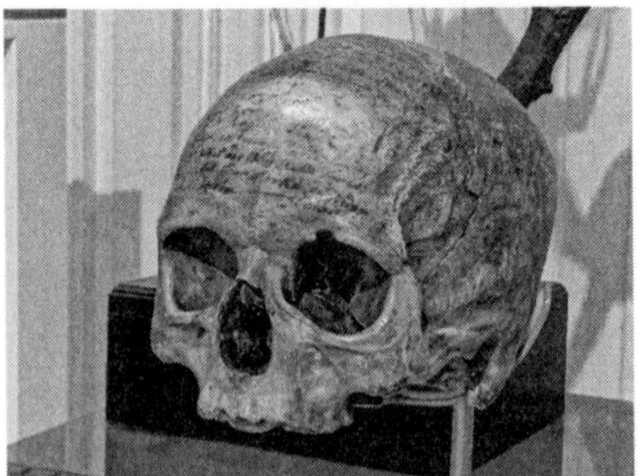

Era completamente privo di denti e di mandibola, e le orbite sembravano enormi, in rapporto al volume della scatola cranica.

«È una mia impressione, o aveva una testa da nano?»

«Si sbaglia, le persone di bassa statura hanno spesso una testa perfettamente normale. E un cervello talvolta più grosso del suo.»

La conservatrice delle collezioni permanenti del Museo dell'Uomo aveva risposto in tono sgradevole e sprezzante. La conversazione cominciava sotto i migliori auspici... Bianchi e Ceylac si scambiarono uno sguardo divertito, aspettandosi una bella scarica di fulmini, come amava dire Vernay.

«È vero che il cranio di Cartesio è di taglia inferiore alla media» finì per ammettere la storica. «Ma è stato dimostrato da tempo che le dimensioni del cervello non c'entrano con l'intelligenza. Sa che anche il cervello di Einstein era inferiore alla media?»

Louise si avvicinò alla vetrina, fin quasi a baciarla. Il suo naso toccava la superficie trasparente.

«Ma... cosa sono le scritte sulla fronte?»

«Il cranio ha conosciuto peregrinazioni rocambolesche e ha cambiato almeno dieci volte proprietario. E diversi di loro, tra cui l'autore stesso del furto, hanno lasciato un segno, delle specie di graffiti. Qui per esempio si può leggere: "Il cranio di Cartesio, sottratto nell'anno 1666 da Planström, all'epoca in cui il suo corpo stava per essere reso alla Francia". Sto traducendo, la scritta è in svedese.»

«Planström? E chi è?»

«Era un militare, incaricato dell'esumazione dello scheletro sepolto in un cimitero di Stoccolma, la città dove Cartesio era morto sedici anni prima. I resti avrebbero dovuto essere rimpatriati in Francia. Planström disponeva di una piccola cassa, ci ha stipato dentro le ossa, ma senza il cranio.»

«L'ha rubato?»

«Verosimilmente. Oppure non entrava nella cassa. Ma è più probabile che l'abbia sottratto volontariamente. All'epoca, la gente adorava collezionare le reliquie dei personaggi illustri, non solo quelle dei santi canonizzati.»

«E il resto dello scheletro? Non si troverà mica nel Panthéon, per caso?» domandò Ceylac.

«No, in una cappella della chiesa di Saint-Germain-des-Prés. Restano solo un femore, una tibia e un perone. È molto probabile che il resto dello scheletro sia sparso tra diverse collezioni private… o che sia semplicemente sparito. Anche il cranio ha rischiato di non arrivare mai fino a qui. Per esempio era andato perso durante la grande alluvione della Senna, nel 1910, ma alla fine si è riusciti a recuperarlo. Poi è rimasto ben custodito nei nostri depositi. Sono solo pochi anni che è esposto.»

«Sa se il professor Alban Vogel l'ha preso in prestito, negli ultimi mesi?»

«Vogel? Non ne ho idea. Bisognerebbe controllare sui registri. Ma, per quanto ne so, l'ultimo a maneggiarlo è stato il dottor Philippe Charlier, l'antropologo forense. Ne ha prodotto un calco in 3D e con l'aiuto della polizia Scientifica è riuscito addirittura a ricostruire il volto di Cartesio. È successo quattro o cinque anni fa, mi pare.»

Louise sembrava perplessa. Si stava slogando il collo per cercare di distinguere tutte le iscrizioni che tempestavano il cranio.

«C'è un intero testo, lì sopra…»

«Sì, è una specie di poesia scritta in latino, che in sostanza dice: "Questo piccolo cranio fu un tempo del grande Cartesio, il suo spirito benedetto gioisce tra gli dèi…"»

«Noi pensiamo, anzi siamo pressoché certi, che nei mesi scorsi il professor Vogel se ne sia impadronito. Quel suo Charlier che l'ha analizzato da ogni angolazione ha notato nulla di particolare, in relazione a ciò che se ne sapeva?»

La storica alzò gli occhi al cielo e si spremette le meningi.

«No, non mi pare… Ha modellato l'interno del cranio e stampato l'involucro del cervello in 3D. A memoria, ha semplicemente rilevato l'impronta di una protuberanza anomala a livello del lobo frontale destro.»

«Il bernoccolo della matematica?» disse Bianchi con un sorriso beffardo.

«Lei non sa quanto ha ragione. L'espressione risale all'epoca della frenologia, nell'Ottocento, quando si analizzavano le protuberanze craniche per valutare il carattere e l'intelligenza delle persone. Ecco, laggiù, un po' più in là su un espositore, ci sono dei modelli di testa con la cartografia delle protuberanze elaborata dal padre di quella disciplina, Franz Joseph Gall...»

«Chi se ne frega» la interruppe Vernay in tono irrequieto. «Ci serve il cranio. Dobbiamo assolutamente verificare se non ci siano per caso nuove inscrizioni o qualche indizio che possa aiutarci nelle indagini.»

«Eh, ma non si può mica fare in un batter d'occhio! Nel caso le fosse sfuggito, siamo in pieno giorno di visite. Non ci metteremo certo ad aprire questa teca enorme e a tirare fuori la reliquia in mezzo alla folla.»

Louise si guardò attorno.

«La "folla"? Sta scherzando? Non c'è anima viva!»

In effetti, i visitatori si contavano sulle dita di una mano. Il Museo dell'Uomo non aveva la stessa attrattiva della Grande Galleria dell'Evoluzione al Jardin des Plantes o del Museo delle arti primitive del Quai Branly, che d'altronde aveva vampirizzato una buona parte dei pezzi più notevoli prima conservati in quell'annesso del Museo di storia naturale...

Élisabeth Lavroff arrossì di nuovo, ma stavolta per la rabbia.

«Voi non avete alcun diritto, qui! Fate una richiesta ufficiale! E, se anche vi autorizzano, non potrete fare niente senza la nostra supervisione. È fuori discussione che possiate maneggiarlo di persona, è un pezzo inestimabile, estremamente fragile! E comunque non se ne farà niente prima di domani, che è il giorno di chiusura settimanale!»

Detto questo, la conservatrice girò i tacchi e piantò in asso i tre investigatori. Ceylac scosse la testa indispettito, mentre Bianchi reprimeva a stento una risata.

«Credo che tu l'abbia fatta un po' arrabbiare...»

«Ah be', ma l'hai vista? Ma chi si crede di essere? La duchessa di Montpensier?»

Furibonda, Louise cominciò a tastare il vetro perfettamente liscio alla ricerca di qualche meccanismo di apertura. Invano.

«Cos'è quest'affare che non si riesce ad aprire? È pazzesco! Una roba alta tre metri, superspessa, sembra inamovibile!»

E prese a pugni il vetro.

«Louise, calmati, per favore!»

Ceylac era sconfortato e provava un autentico senso di vergogna di fronte al comportamento sopra le righe della collega. Persino Bianchi cominciava a sentirsi in imbarazzo.

«Dai, Louise, smettila, torneremo domani con un mandato. Andiamo dal giudice, bisogna spiegargli tutto, cercare di convincerlo. Altrimenti non otterremo niente.»

Lei finì per lasciar perdere, non senza proferire una serie di invocazioni piuttosto colorite.

I tre poliziotti tornarono indietro senza visitare il resto del museo. Costeggiarono le grandi finestre che offrivano una vista spettacolare sulla Tour Eiffel e attraversarono le cabine del guardaroba fino al banco d'ingresso del primo piano. Il controllore dei biglietti d'entrata, che data la scarsa affluenza si stava rigirando i pollici, gettò uno sguardo di rimprovero all'investigatrice.

«Che c'è? Vuoi una mia foto?»

Louise era esplosa, spruzzando saliva sull'impiegato.

«La perdoni, è parecchio sotto pressione. E poi ha subìto un trauma. Non è più nel pieno delle sue facoltà...»

Ceylac aveva parlato mimando con la mano la medicazione che ricopriva l'orecchio sinistro di Vernay. Il gesto poteva però essere interpretato come un toc toc alla tempia, come a dire «è un po' fuori di testa».

Percorsero la grande scalinata che conduceva all'uscita. Un cannoneggiamento incessante rimbombava nel cranio di Louise. L'agitazione non le era di nessun aiuto.

Giunti in place du Trocadéro, salirono sulla Scenic senza contrassegni parcheggiata lungo il marciapiede che delimitava la vasta spianata posta tra le due ali monumentali del Palais de Chaillot. Louise si rannicchiò sul sedile posteriore, con l'aria imbronciata, senza degnare di uno sguardo né il palazzo né la torre che svettava sulla riva opposta della Senna. Ceylac prese il cellulare.

«Beauché? Non siamo riusciti a esaminare il cranio. In attesa del via libera, bisogna organizzare la sorveglianza. Non deve assolutamente scapparci. Voglio uomini sul posto ventiquattro ore su ventiquattro... Sì, subito! Se è necessario, pensaci tu, nel frattempo.»

Poi l'agente accese il motore, attivò il girofaro mobile e si immise prudentemente nella rotonda. Non aveva mai fatto il cowboy e odiava l'atteggiamento presuntuoso e spesso volgare dei suoi colleghi della BRI, la Brigata di Ricerca e di Intervento, con il loro testosterone che impestava l'aria del Quai des Orfèvres. Da quando tutta la polizia giudiziaria si era trasferita alle Batignolles con la sola eccezione della BRI, si sentiva meglio. Era tanto sensibile quanto Louise poteva essere vulcanica. Non esponendosi mai al rischio, non aveva praticamente mai usato la pistola – né tanto meno ucciso o anche solo ferito nessuno. Gli intellettuali sono rari, nella polizia, soprattutto nel corpo di comando.

Bianchi si girò per osservare Vernay. Il suo comportamento irascibile lo inquietava. Cominciava davvero a credere che la ferita e la scheggia piantata nel cranio potessero aver alterato la sua psiche. Stava per dire qualcosa quando il suo sguardo fu attirato da un movimento insolito, attraverso il lunotto posteriore.

«Abbiamo un problema...»

«Cosa?» disse Ceylac.

«Dietro di noi, all'uscita del museo, ci sono delle persone che corrono, sembra un'ondata di panico...»

L'agente fece il giro della rotonda e si riavviò verso il punto di partenza. L'edificio si stava svuotando; la gente scappava, visibilmente spaventata. Si sentivano delle grida.

I poliziotti si gettarono fuori dall'auto. Louise e Bianchi

penetrarono nell'immenso palazzo e rimasero impietriti. I due addetti dell'accoglienza incaricati del controllo delle borse giacevano a terra in una pozza di sangue. Tutto doveva essere successo in una frazione di secondo: i poliziotti se n'erano andati da non più di tre o quattro minuti. I due agenti impugnarono le armi e cominciarono a salire la scalinata. Costeggiarono il muro, con le pistole puntate verso il pianerottolo del primo piano. Procedevano il più silenziosamente possibile. L'adrenalina e lo stress peggiorarono i dolori di Louise; era palesemente in pessime condizioni e non si sarebbe mai dovuta trovare lì, nel bel mezzo di un'azione. I medici l'avevano esortata a restarsene a casa. «Testa di legno», come diceva teneramente sua madre, quando lei era bambina.

Dal primo piano non proveniva alcun rumore.

Era già finito tutto?

Bianchi gettò uno sguardo verso il pianterreno, domandandosi cosa stesse facendo Ceylac. Perché non era salito con loro?

*

Al momento di entrare nel Museo dell'Uomo, Ceylac aveva visto una figura sospetta. Mentre i visitatori, in preda al panico, correvano urlando in tutte le direzioni, un uomo in tuta nera, con il cappuccio calato sulla fronte e il viso nascosto, si stava dirigendo verso uno scooter parcheggiato a dieci metri dall'ingresso. Montò in sella e tirò la cinghia della sua borsa a tracolla, come per assicurarsi che fosse ben fissata. Poi accese il motore e partì.

L'istinto del poliziotto si risvegliò all'istante; l'agente balzò in macchina, accese la sirena e gettò il lampeggiante sul cruscotto. Messo in allarme, lo scooter accelerò, percorrendo il marciapiede in senso opposto rispetto alla rotatoria. Ceylac partì a tutta velocità e si lanciò contromano nella rotonda, rischiando di schiantarsi contro un furgone. Si mise alle calcagna della motocicletta in rue Benjamin-Franklin, che scendeva dalla colline de Chaillot in direzione della Senna. La strada era a senso unico per la presenza di lavori, e in senso vietato dal Trocadéro; il poliziotto avrebbe dovuto viaggiare non solo a tutta velocità sulla carreggiata ristretta per non lasciarsi distanziare, ma anche controcorrente. Proprio ciò che odiava di più.

*

Bianchi notò la nuca fradicia di Louise. Stava sudando in maniera anormale, era a un soffio dallo svenire.

«Louise» sussurrò. «Fermati! Torna giù! Non stai bene! È una follia!»

Ma la collega non sentiva nulla. Il tumulto nella sua testa e nel suo orecchio sinistro fuori uso le impedivano di percepire dei suoni così fievoli. Quell'handicap le faceva chiaramente correre un rischio enorme, durante un'azione del genere: sarebbe riuscita ad accorgersi se un aggressore fosse spuntato vicino a lei? Avrebbe avuto il riflesso di mettersi al sicuro o addirittura di reagire per legittima difesa?

I due poliziotti raggiunsero il pianerottolo. Louise sporse la testa a sinistra. Si concentrò per cercare di capire cosa stesse succedendo. Ma l'italiano le passò davanti senza chiederle il permesso. Si piazzò in prima linea, sforzandosi di proteggere Vernay come poteva. All'interno dell'imponente salone non si muoveva più nulla. L'addetto ai biglietti che poco prima si era permesso di fissare Louise in modo accusatorio giaceva disteso sul ventre, esanime. Bianchi si inginocchiò e gli tastò il polso. Batteva ancora; non si vedeva nessuna ferita. In lontananza risuonavano delle sirene; i rinforzi e certo anche i soccorsi, allertati dalla folla – e forse da Ceylac –, si accingevano a occuparsi delle vittime. I due agenti, uno dei quali dalle capacità nettamente indebolite, avanzarono a passi felpati e varcarono con prudenza l'arco rettangolare che segnava l'ingresso della galleria dell'Uomo. Fiancheggiarono un espositore carico di ributtanti calchi di parti anatomiche del corpo umano: un orecchio che sembrava strappato dalla testa con tutta la sua estensione interna; una gamba scorticata rivestita di nervi e vene sanguinolente; una mascella simile a una protesi dentaria; una gabbia toracica... E un cervello di cera colorata, la cui didascalia spiegava che si era evoluto nel corso di tre milioni di anni moltiplicando le pieghe per riuscire a «stare dentro il cranio» e che era dotato di cento miliardi di neuroni. L'ultima riga precisava che negli uomini funzionava «al cento per cento delle sue capacità». «Non in tutti gli uomini», aveva esclamato Louise passandogli davanti la prima volta.

Di fronte, un'ampia vetrina esponeva alla rinfusa e senza una logica precisa una serie di uccelli – tra cui un enorme pavone dalla splendida ruota variopinta –, alcuni scheletri umani – maschio altero e fragile femmina fianco a fianco, per ben sottolineare il «dimorfismo sessuale», casomai si dubitasse ancora dell'inferiorità delle donne –, delle scimmie di cui era difficile dire se fossero impagliate o finte, nonché una raccolta di autentici crani anormali, per esempio a forma di pallone da rugby, che si sarebbero detti di alieni scotennati. Più in là, degli scheletri di gemelli siamesi uniti all'altezza del tronco e dei feti sotto vetro, in piedi come se stessero camminando, completavano il quadro. Il Museo dell'Uomo esitava tra la storia naturale e la galleria di mostri.

Louise e Massimo sgattaiolarono fino alla teca in cui riposava il cranio di Cartesio. Ma il panorama era radicalmente cambiato. Il vetro stratificato era andato in mille pezzi, probabilmente polverizzato da una o due pallottole sparate a bruciapelo. Come Louise temeva, il reperto che le era stato rifiutato pochi minuti prima era stato rubato.

«Tutto questo per niente» mormorò, incredula e disperata.

Una delle sue piste più importanti svaniva davanti ai suoi occhi impotenti.

*

Lo scooter faceva lo slalom tra la spazzatura, i pali e i pochi curiosi che avevano avuto la pessima idea di usare il marciapiede. Dietro di lui, la Scenic di Ceylac, a sirene spiegate, tentava una corsa a ostacoli impossibile. Le macchine la bloccavano continuamente in senso inverso e ci mettevano una vita a spostarsi, e la strada si faceva sempre più stretta per via dei cantieri. Più volte l'agente era stato a un passo dal centrare in pieno le auto meno reattive delle altre. Era paonazzo e si agitava al volante, imprecando da solo attraverso il parabrezza.

L'adrenalina lo spingeva senza sosta a correre dei rischi folli pur di non perdere le tracce del sospetto. Dentro di sé Ceylac era sicuro che fosse il responsabile del panico scatenato al Museo dell'Uomo. Non osava pensare a cosa stesse succedendo laggiù; forse un nuovo bagno di sangue. Sospettava anche che il cranio di Cartesio fosse stato rubato. Erano rimasti dei complici all'interno dell'edificio? Vernay e Bianchi erano in pericolo? E come avevano fatto gli aggressori ad arrivare lì immediatamente dopo la partenza dei tre poliziotti? Il loro nemico sembrava informato in tempo reale di ciò che gli investigatori tramavano, anche quando seguivano una pista del tutto improvvisata, come in quel caso.

La Renault strisciò contro il bordo del marciapiede e si sbilanciò leggermente a destra. Per un attimo Ceylac perse il controllo del veicolo. Nello stesso istante, un ciclista stava risalendo rue Benjamin-Franklin senza avere idea del pericoloso inseguimento che si era scatenato. Nel tentativo di riprendere la sua traiettoria, la Scenic urtò la bici. Il ciclista venne catapultato contro una Volkswagen parcheggiata lungo il marciapiede. Ceylac si rifiutò di guardare nello specchietto retrovisore. Il danno era fatto; era sprofondato in un cerchio infernale, la peggiore situazione possibile per un uomo restio a ogni forma di azione incontrollabile, e incontrollata. Ogni cosa, nella sua vita, era ordinata. Niente era fuori posto, a casa sua come al Bastion. La sua scrivania era di gran lunga la più pulita di tutta la polizia giudiziaria. Organizzazione, preparazione, mai e poi mai improvvisazione. Tutti quei bei princìpi stavano andando in pezzi, e più scorrevano i secondi, meno controllava la situazione. Tutto gli sfuggiva di mano.

Un gigantesco nodo allo stomaco lo attanagliava. Oscillava tra una violenta voglia di vomitare e l'istinto di sopravvivenza. Doveva mantenere la rotta, in entrambi i sensi del termine.

E poi la situazione cambiò. «Non avere fortuna è una negligenza professionale», gli aveva ripetuto tante volte Marc Brunier, il suo vecchio capo alla Omicidi.

E in quel momento la fortuna gli sorrise.

Per cause sconosciute lo scooter sbandò – forse una deiezione canina benedetta dagli dèi – e il sospettato cadde a terra con tutto il mezzo. Ceylac inchiodò in mezzo alla strada e schizzò fuori dalla macchina come un pupazzo a molla. Afferrò la SIG Sauer Special e si precipitò verso di lui. Ma quello, evidentemente giovane e reattivo, si alzò subito e cominciò a correre.

«Fermati! Polizia!»

Ripeté diverse volte «polizia», come se quella parola magica bastasse a pietrificare il fuggiasco. In quell'istante di stress acuto, l'agente – per quanto fanfarone, saccente e sempre pronto a declamare citazioni di Voltaire o Victor Hugo – era come stordito. Non aveva nulla né di intelligente né di efficace da dire.

Di colpo il fuggitivo si voltò e si trovò faccia a faccia con Ceylac.

Il poliziotto, colto di sorpresa, si immobilizzò. Continuava a tenere l'arma puntata contro lo sconosciuto, il cui volto era ancora coperto dal largo cappuccio. Rimase fermo per alcuni secondi che parvero un'eternità.

Ceylac aveva sempre pensato troppo. Ragionato troppo.

L'altro ne approfittò per prendere la pistola che teneva nascosta sotto la felpa. Una potente detonazione lacerò il silenzio.

*

Louise, furibonda, prendeva a calci ciò che restava della teca infranta.

«Porca puttana! Lo sapevo! Avrei dovuto farla saltare in aria io, la vetrina. Almeno avrei quel cranio del cazzo tra le mani!»

«Calmati, Louise... Se avessi fatto una cosa simile, ti avrebbero immediatamente tolta dall'indagine. Per non parlare di una probabile procedura disciplinare.»

Così dicendo, Bianchi afferrò l'inalatore e ne inspirò profondamente due boccate. Come al solito, lo stress gli aveva risvegliato l'asma.

Erano proprio una bella coppia di invalidi.

L'investigatrice aveva gli occhi iniettati di sangue. Doveva calmarsi. Più andava su di giri, più i dolori le fracassavano l'interno del cranio. Si girò verso le ampie finestre che si affacciavano sulla Senna e sulla Tour Eiffel. In mezzo si ergeva un'altra vetrina.

Era anch'essa in parte distrutta. Originariamente, una quindicina di cervelli galleggiavano in barattoli pieni di formalina: cervelli di diversi volatili, di elefante, di vari primati e perfino di un tursiope. L'idea era di attribuire una specie di coscienza a quegli animali, per non riservare l'intelligenza al solo *homo sapiens*. Sulla pannello di sinistra si faceva addirittura riferimento al "Penso, dunque sono" di Cartesio...

Louise si avvicinò, maledicendo tutti quei «cervelli di merda che le spuntavano davanti da tutte le parti». Si sentiva circondata da budelli di materia grigia, quando non erano crani. Il suo stesso cervello non era al massimo della forma e continuava incessantemente a perseguitarla. Se avesse potuto toglierselo seduta stante dalla scatola cranica e depositarlo sull'espositore per scambiarlo con un altro in condizioni migliori, non avrebbe esitato un secondo.

Nell'esatto istante in cui questa riflessione prendeva forma nella sua mente, il suo sguardo incappò in uno dei ripiani trasparenti rimasti intatti nella vetrina semidistrutta. Un cervello sanguinolento era posato sul plexiglas.

Louise fece due passi in avanti.

L'organo ancora fresco era appena stato messo lì, senza alcun dubbio. Era ancora ricoperto da una specie di gelatina ed emanava un odore di carne pepata. Troneggiava sopra un'etichetta che indicava un orango. Il cervello della grande scimmia era a terra, in mezzo ai vetri in frantumi, insieme ai resti del suo barattolo di formalina. Qualcuno aveva buttato il recipiente e lo aveva sostituito con un vero cervello, rimosso di fresco.

Vernay fu colta da una violenta nausea che questa volta non riuscì a trattenere.

*

Nel momento in cui veniva proiettato violentemente all'indietro dalla potenza del colpo, Ceylac premette il grilletto – più per un riflesso che per un gesto deliberato. Una frazione di secondo più tardi, la pallottola della sua SIG Sauer attraversò la borsa dell'aggressore e terminò la propria corsa nella sua coscia destra. L'uomo emise un rantolo di dolore e per poco non cadde. Riuscì a tenersi in piedi aggrappandosi al cofano di una macchina. Prese la borsa e la aprì a fatica.

Troppo tardi.

Il cranio di Cartesio era polverizzato. Gettò la borsa sul marciapiede e cercò di avanzare saltellando sull'unica gamba buona che gli restava. Girò attorno allo scooter e bloccò un automobilista che arrivava dal fondo della via. Lo costrinse ad aprire la portiera, salì faticosamente nell'abitacolo e obbligò il suo ostaggio a fare marcia indietro; la Scenic di Ceylac continuava a sbarrare la strada poco più avanti.

Poi, tenendo sotto tiro il conducente, riuscì a squagliarsela.

In rue Benjamin-Franklin un uomo giaceva a terra, con le braccia aperte come Cristo sulla croce. Le sue pupille immobili fissavano il cielo grigiastro e inquinato della capitale, in attesa di sprofondare nell'oscurità siderale dell'Inferno.

24

Martedì 16 aprile 2024
Parigi
Ore 9 e 35

«Lei è un'irresponsabile, Vernay!»

La donna si sentiva stordita e tanto leggera... Si era fumata una canna? Non lo sapeva. Ma cosa si ricordava veramente? Un attimo prima si trovava al Museo dell'Uomo, in mezzo alle vetrine esplose. E poi il vuoto, come a Londra, dopo gli eventi della Royal Society.

«Bianchi ha dovuto portarla fuori senza potersi guardare le spalle. Senza che nulla fosse stato messo in sicurezza!»

Il capo della Omicidi era furioso. Saltellava sui tacchetti (non era molto credibile dall'alto del suo metro e settanta, quando la maggioranza dei colleghi lo squadrava allegramente da dieci o venti centimetri più in su).

«Eppure i dottori le avevano detto di restare a riposo. Calma assoluta! Non era nelle condizioni! In più, ha rovinato la scena del crimine.»

«Ho fatto cosa?»

«Ha vomitato dappertutto» strillò disgustato il superiore.

Sconcertata, Louise cercava di riattivare la memoria. Aveva ripreso i sensi all'infermeria del Bastion, e nessuno le aveva spiegato nulla. Gli altri poliziotti non le rivolgevano altro che sguardi di riprovazione senza osare parlarle direttamente.

Grimaldi era particolarmente arrabbiato. Stava perdendo la calma, lui che di solito gestiva le cose con distacco e senza emozioni. Louise si chiedeva cosa gli fosse preso; lei era lì, e non sarebbe certo stato un po' di vomito a...

«Si rende conto che ho rischiato di ritrovarmi con due agenti morti?»

Poi si afflosciò sulla poltrona, lo sguardo perso nel vuoto.

Louise cominciava a non poterne più. Non era *lei* il problema.

«Come sarebbe a dire due agenti? Cos'è successo?»

L'immagine di Bianchi ammazzato come un coniglio mentre cercava per l'ennesima volta di salvarle la vita le invase la mente.

«Non starà dicendo che...»

«Sì» mormorò Grimaldi stringendo i pugni.

Un'ondata di angoscia le attraversò il petto, e il suo cuore cominciò a battere come se volesse spezzare le costole e fuggire dalla cassa toracica.

«Dove... Dov'è?»

«In terapia intensiva al Georges-Pompidou.»

Louise si sentiva soffocare. Decisamente non era più buona a nulla.

«La sua famiglia gli è accanto» aggiunse il superiore.

«La sua famiglia? La sua famiglia è già arrivata dall'Italia?»

Il capo la fissò sbalordito.

«Perché dall'Italia? Ceylac è bretone.»

Louise fece un sospiro profondo e non riuscì a reprimere un sorriso di sollievo.

«Bene, vedo che la cosa la commuove, mi fa piacere. Se penso che avete lavorato insieme anni fa, al Quai des Orfèvres... complimenti...»

«Aspetti, non ho detto niente! Sono... Sono sinceramente... Come sta?»

«Come un tizio mezzo morto, con la famiglia riunita d'urgenza nel caso in cui fosse l'ultima volta che lo vede.»

Louise incassò. Faceva fatica a controllare le emozioni. Magari il frammento di pallottola si era fatto strada nel cervello fino a lacerare una zona sensibile, l'area degli affetti, dell'autocontrollo...

«Andrò a trovarlo» balbettò.

Si sentiva in colpa per le sue smancerie, nel momento in cui uno dei pilastri della Omicidi, che da qualche giorno era piuttosto conciliante con lei, si trovava tra la vita e la morte.

«Per fortuna il giubbotto antiproiettile gli ha evitato il peggio.»

«Ceylac andava in giro con un giubbotto antiproiettile? Anche se non stavamo facendo un intervento ma solo una visita di "cortesia"?»

In effetti, quando si erano rivisti aveva notato un po' di pancetta, ma superati i quaranta poteva succedere.

«Lo aveva sempre addosso dagli attentati del 2015. Sa, Ceylac è un uomo molto prudente.»

«Allora, non capisco... Perché è...»

«È stato raggiunto da un 5,7 x 28 millimetri, probabilmente sparato con una Ruger.»

Louise conosceva il calibro e gli effetti devastanti dei suoi nuclei d'acciaio. Forse gli assalitori pensavano che gli spessi vetri degli espositori del Museo dell'Uomo fossero fatti di vetro stratificato blindato, così si erano dotati di armi capaci di polverizzarli.

«Il giubbotto ha bloccato il proiettile, ma la placca è stata fortemente deformata dalla potenza dell'impatto e si è incuneata nel petto, come un violento pugno al cuore. Ceylac è andato in arresto cardiorespiratorio. Sono riusciti a rianimarlo sul posto; i soccorsi erano vicini, stavano già convergendo verso il Museo dell'Uomo. Ha anche quattro costole rotte e forse un polmone danneggiato. Viste le circostanze, è un miracolato.»

Louise fece un sospiro. Non amava particolarmente Ceylac, ma certo non gli avrebbe mai augurato il peggio.

Grimaldi si alzò e cominciò a passeggiare per l'ufficio, le mani intrecciate dietro la schiena.

«Cosa devo fare con lei, Vernay? Non obbedisce a niente e a nessuno. In più, ovunque passi, è uno tsunami: Roma, Londra, adesso il Museo dell'Uomo... Come se quei terroristi stessero mirando proprio a lei, e la stessero usando per commettere le loro atrocità.»

«Ma è l'esatto contrario» si difese l'investigatrice. «Penso di aver scoperto la logica di quei pazzi che ci stanno prendendo in giro. Sono sulle loro tracce, li sto tallonando. Sono io che do loro la caccia, non l'inverso.»

«È quel che vedremo» mormorò Grimaldi in tono di mistero.

Tornò a sedersi e premette un pulsante.

«Lo faccia entrare.»

Un istante dopo, un trentenne allampanato entrò nell'ufficio del boss.

«Credo che voi due vi conosciate.»

Louise aggrottò la fronte.

«Arthur? Che cazzo ci fai qui?»

Arthur Leclerc era uno degli smanettoni di Viginum, l'agenzia per la lotta contro gli attacchi informatici lanciati dall'estero. A Louise era toccato frequentarla per quasi due anni a mo' di Purgatorio, di ritorno da Lione. Grimaldi, il capo della Omicidi, l'aveva tolta da lì solo da pochi giorni; evidentemente rimpiangeva la decisione.

«Gentilmente, Vernay, consegni il suo cellulare al signor Leclerc.»

Louise indietreggiò di un passo, la mano sul calcio della pistola. Lo smunto ed estenuato giovanotto si mise a tremare. Conosceva la *furia*. La fama di Louise l'aveva preceduta, quando era stata assegnata al Viginum, le cui attività erano agli antipodi rispetto alle muscolari indagini della polizia giudiziaria. Mentre Vernay si gettava tra le fiamme del mondo reale, correndo mille rischi fino in capo al mondo, Arthur Leclerc si rintanava nel suo stanzino, dietro i monitor, e si limitava a proiettare i propri avatar nel metaverso delle grandi potenze.

«Louise, non faccia la bambina, gli dia il telefono. È per

il suo bene. E poi è un ordine! Altrimenti la risbatto laggiù, con Leclerc e gli altri.»

L'investigatrice, furibonda, lanciò lo smartphone al giovane, che lo afferrò maldestramente.

«E cosa ci farete?»

«Contrariamente a ciò che lei afferma, sospettiamo che la stiano tracciando. In senso digitale. Abbiamo già analizzato la sua linea, ma non abbiamo trovato niente. Abbiamo intercettato le sue comunicazioni telefoniche...»

Louise si strozzò.

«...Ma non abbiamo scovato nulla. Ora dobbiamo scandagliare il cellulare. Potrebbe contenere un tracker sofisticatissimo, quasi invisibile. Forse sviluppato da qualche potenza straniera. Entreremo nelle viscere dell'apparecchio e analizzeremo ogni minimo componente.»

«Molto probabilmente hanno installato un super *spyware*, un software spia» sussurrò lo smanettone.

«E se non trovate niente?»

«Allora, presumo che la accuseranno di alto tradimento... Lei è implicata in questa vicenda fin dall'inizio. L'ho convocata in questo stesso ufficio una dozzina di giorni fa perché era la testimone principale del primo omicidio, anzi, per essere più precisi, prima ancora che la vittima morisse. Lei ha assistito al suo calvario nella risonanza magnetica. E poi...»

«Sì, sì, lo so. E se fosse semplicemente il mio istinto? Ho sempre seguito le piste giuste.»

«Il suo istinto? È stato il suo istinto a guidarla fino a Londra al momento dell'incursione a Westminster Abbey? Non mi prenda per uno scemo. Sono al corrente di ogni cosa. So benissimo che non ha ricevuto nessuna soffiata.»

Louise arrossì. Poteva forse confessare al commissario generale Grimaldi, seduto davanti a lei, che era stata imbeccata da un precog in stato vegetativo, in un reparto clinico dedicato al coma di lunga durata? Poteva forse accrescere l'aura di follia che la circondava? Decise di cambiare argomento.

«E il cranio di Cartesio?»

«In briciole.»
Il cuore di Louise perse un colpo. Vogel era senz'altro condannato.
«Fortunatamente i frammenti sono rimasti chiusi in una borsa che la Scientifica sta passando al setaccio. Hanno buone speranze di trovare delle impronte utili. E ci sono anche delle belle tracce di sangue, visto che l'assalitore è stato ferito. Questa volta abbiamo qualcosa di concreto.»
«Il vero problema è il cranio: sono sicura che contiene un codice, qualcosa che Vogel ha lasciato per farsi trovare in caso di pericolo. È questo il senso delle ultime parole che ha affidato al dottor Livingstone, a Londra, prima di sparire.»
«Livingstone? Il tizio che hanno ridotto a un colabrodo accanto a lei?»
Louise inghiottì la saliva. Sentì una fitta improvvisa all'orecchio e di riflesso si portò la mano alla benda.
«I frammenti sono nelle mani dei paleoantropologi del museo. Hanno chiesto aiuto anche al dottor Philippe Charlier che – se ho capito bene – di recente aveva prodotto un modello in 3D del cranio. Insieme, dovrebbero riuscire a ricomporlo.»
Louise ritrovò un briciolo di speranza; il suo viso diafano riprese un po' di colore.
«Ma ci vorrà parecchio tempo. E noi non avremo accesso a niente. La faccenda sta prendendo una piega politica. È una delle reliquie più preziose della storia francese. Al massimo ci manderanno qualche foto ad alta definizione del cranio, quando avranno finito di rimetterlo insieme.»
Louise si rabbuiò. In quel mentre, Alban Vogel si trovava in balia delle squadre più feroci e determinate che lei avesse mai conosciuto.
«E il cervello fresco deposto nella teca? Cosa ne pensa?» rilanciò Grimaldi.
«Un cervello? Quale cervello?»
«Sta perdendo di brutto la memoria, Vernay. Fossi in lei, tornerei a farmi visitare. Sul serio. L'orecchio squarciato e il

frammento di proiettile nel cranio devono averle procurato un trauma più consistente di quanto si pensasse.»

Il boss sembrava sinceramente preoccupato.

Quanto a Louise, si sforzava di mantenere la calma, ma dentro di sé era furiosa con il dottore che si era permesso di raccontare i fatti suoi ai capi. Viva il giuramento di Ippocrate, il sacrosanto segreto professionale e tutto il resto…

«Quale cervello?» insisté l'investigatrice.

«L'abbiamo trovato di fronte alla teca del cranio di Cartesio, in un'altra vetrina distrutta che custodiva cervelli di ogni tipo, umani e animali. Ne hanno buttato via uno e l'hanno sostituito con uno fresco. Il coroner dice che era stato prelevato poche ore prima.»

«E all'interno c'era una lamella, suppongo…»

«Proprio così. Situata all'altezza…»

Grimaldi consultò i propri appunti, il che accadeva di rado.

«…All'altezza dell'epifisi. Una componente del cervello nota come…»

«Ghiandola pineale o "terzo occhio"» disse l'investigatrice.

Il superiore non batté nemmeno ciglio. Ormai non si stupiva più di niente. Vernay sembrava davvero sapere tutto del caso prima di chiunque altro. Il meno che si potesse dire era che, tracciata o meno, era entrata in risonanza assoluta con l'indagine.

«E il messaggio? È lo stesso di Westminster?»

«Esatto. "La testa d'oro della sorella di Cerbero sconfiggerà gli impostori annegandoli nel Flegetonte. A partire dagli adoratori della chiesa di San Pietro". A Londra avete cominciato a decifrarlo?»

«In parte. Cerbero è il guardiano degli Inferi. Siamo sempre nell'universo del testo dantesco. E sua sorella è l'Idra di Lerna, una creatura mitologica che aveva nove teste.»

«Come i nove cerchi dell'Inferno…»

«Sì, con l'allusione alle nove teste, come fossero nove cervelli o nove crani, gli autori di questi macabri "rebus" continuano a mettere in parallelo, o forse meglio ancora a confondere continuamente cervelli e cerchi dell'Inferno. Per esempio le cifre che si trovano sui rovesci delle lamelle sono inscritte in un cerchio che corrisponde perfettamente al profilo del cervello visto in sezione. Inoltre, all'interno del cervello ci sono nove zone, nove "cerchi", se si preferisce.»

Louise prese il proprio taccuino e lo sfogliò fino agli appunti vergati durante la sua penultima visita a Liegi, al Coma Science Group. Le ipotesi di Maria Calvino, la neurologa che condirigeva il reparto e vegliava su suo fratello, l'avevano profondamente colpita.

«Ecco qui. Ci sono otto lobi principali, quattro in ogni emisfero cerebrale: lobi parietali, frontali, occipitali, eccetera. Secondo me corrispondono ai primi otto cerchi.»

«E il nono, il più profondo? Quello che secondo Dante dovrebbe rappresentare il covo del diavolo in persona, la casa di Satana? È il più importante, giusto? In uno dei messaggi viene esplicitamente menzionato come un vero e proprio luogo di tortura per le vittime: "Il peccatore incontrerà il dio degli Inferi nel nono cerchio di ghiaccio e perirà fra atroci sofferenze".»

«Allora... Esiste un'area sepolta nel cervello, un po' misteriosa. È una delle strutture più antiche ereditate da una lontana evoluzione, e la condividiamo con i rettili e i pesci. I neuroscienziati chiamano questa zona "sistema limbico".»

Dopo il colloquio con Maria Calvino, Louise aveva approfondito molto l'argomento. Girò diverse pagine, fino agli appunti più recenti.

«Questo sistema comprende dei nuclei situati alla base della corteccia, e perfino sotto la corteccia, che gestiscono le nostre emozioni, la memoria, l'olfatto. Anche il sistema della ricompensa, quello che può darci piacere o crearci delle dipendenze. In pratica, mentre la materia grigia, in alto, gestisce le nostre funzioni superiori, come il pensiero, questo territorio sotterraneo, nascosto, gestisce le nostre pulsioni, i nostri affetti, alcuni dei nostri sensi più antichi. E possiamo immaginare che ci sia una specie di braccio di ferro tra l'alto, la ragione, e il basso, le nostre emozioni, le nostre passioni. Il sopra si oppone al sotto. Come in Dante.»

Grimaldi si era chinato in avanti e sembrava affascinato dall'interpretazione di Louise.

«Vuol dire come tra il Paradiso in cielo e l'Inferno sottoterra? Dio nel firmamento e il diavolo nelle profondità oscure?»

«Non sa quanto ha ragione. Ho scoperto che è stato un certo Paul Broca a individuare questa zona oscura, questo cervello di sotto. Lo ha chiamato "limbico". Ora, non so se lo ha fatto coscientemente, ma nella religione cattolica *limbo* ha un senso molto preciso: indica una parte dell'aldilà posta ai margini dell'Inferno.»

Il capo della Omicidi rimase a bocca aperta.

«Mi sta dicendo che da molto tempo definiamo una zona del nostro cervello in relazione all'Inferno?»

«Esattamente. E penso che la banda di pazzi che ci sta sfidando non abbia inventato nulla. Stanno riprendendo una vecchia idea, che probabilmente circola in certi ambienti mistici, secondo cui possediamo in noi il Bene, in alto, e il Male, in basso, in lotta serrata. E non è un caso che la lamella rinvenuta nel cranio di Eyrolles del CEA sia stata introdotta dal naso e abbia lacerato i nuclei del sistema limbico, che si trova in linea diretta con le nostre narici. Analogamente, l'autopsia su Luigi Lombardo, il mafioso decerebrato a Roma, ha evidenziato che i gangli sottocorticali erano stati rimossi...»

«E... immagino che l'epifisi, questa famosa ghiandola in cui abbiamo trovato un'altra lamella, faccia anch'essa parte del limbo.»

«Affermativo. Penso che i mandanti di tutte questi omicidi, e delle profanazioni, denuncino gli istinti più oscuri che governano il nostro cervello di sotto e possono spingerci a perpetrare i crimini più sordidi. Probabilmente le vittime avevano commesso dei peccati per cui meritavano l'Inferno. La loro anima era destinata a marcire in uno dei cerchi in relazione al loro crimine: Eyrolles del CEA nel cerchio numero 6, quello degli eretici, presumibilmente perché giocava con il fuoco nucleare. E arrogarsi il "fuoco sacro" riservato a Dio, come fece Prometeo rubandolo a Zeus, è un delitto di lesa maestà, un'eresia in senso letterale. È altrettanto logico che Lombardo, un padrino della 'Ndrangheta, finisca nel cerchio numero 7, quello della violenza, dato il suo curriculum sanguinoso. E infine il nostro Darwin, di cui abbiamo solo il cervello, viene spedito nella decima bolgia del cerchio numero 8, tra gli alchimisti e i falsari. Forse perché ha falsificato i suoi risultati o commesso un grave errore scientifico.»

«E quindi, l'anima di tutti loro sarebbe dannata...»

«Sì, questa famosa anima che si ritiene abbia sede nel "terzo occhio", nell'epifisi, nella ghiandola pineale, non ha potuto varcare i limbi del cervello basso; è rimasta bloccata alle porte dell'Inferno e sicuramente brucerà presto tra le sue fiamme. In ogni caso è quello che sembrano volerci dire.»

«Ma qual è il legame fra tutti questi uomini di cui hanno martoriato, spappolato o semplicemente prelevato il cervello?»

«Secondo me, si conoscevano tutti e svolgevano un ruolo preciso nell'ambito di un'operazione o di un'organizzazione. È probabile che siano nove, come i nove tentacoli della piovra o le nove teste dell'Idra di Lerna, la sorella di Cerbero, o ancora come i cerchi dell'Inferno o le nove zone del cervello, il che spiegherebbe la firma *Gyrum Novem*. Cadono uno dopo l'altro e ci viene consegnato il loro cervello più o meno martirizzato.»

«Se ho capito bene, allora ne restano ancora sei...»

«Temo di sì.»

Sull'ufficio freddo e impersonale del capo della Omicidi calò un silenzio di morte. All'esterno, dietro le finestre blindate insonorizzate, la vita continuava. Ma lì dentro il tempo si era fermato per un breve raggelante momento.

L'indagine era dunque destinata a impantanarsi e a durare mesi. In quali altri paesi si apprestavano a colpire? In Spagna? In Germania? Avrebbero fatto il giro dell'Europa? E su quali altre persone si sarebbero abbattute le loro ire insensate? Grimaldi era affondato nella sua poltrona ergonomica e guardava il soffitto. Poi, dopo qualche attimo di raccoglimento, riprese il filo del discorso.

«E come mai ogni crimine è stato collegato a una personalità illustre di cui è stata profanata la tomba?»

«Probabilmente perché entrano in risonanza: Marie Curie e Loïc Eyrolles del CEA sono legati dall'atomo. Lombardo e Dante sono legati dalla Violenza che il poeta italiano denuncia nella sua opera. Il passato si ricollega al presente, un po' come l'alto si ricollega al basso. Tutto è ciclico, tutto non è altro che un eterno ricominciare.»

«E Vogel? Quale collegamento vede con la profanazione della tomba di Darwin a Westminster Abbey?»

«Vogel è un eminente naturalista, come Darwin, ed è molto rispettato dai colleghi. Ha addirittura visitato tutti i Paesi del mondo per le sue ricerche. Si trovava appunto a Londra per una conferenza alla Royal Society, e questo lo rendeva un bersaglio ideale.»

Grimaldi, perplesso, si massaggiò il mento.

«Avrebbero potuto scegliere qualche importante studioso britannico... In Francia hanno assassinato un francese, in Italia un italiano... In più, Vogel è legato a ogni scena del crimine: uno dei suoi laboratori si trova sul percorso della squadra che è penetrata sotto il Panthéon; a Roma, se ho letto bene il suo rapporto, si trovava nelle immediate vicinanze quando Lombardo è stato ucciso. E adesso Londra... Non sarà piuttosto il mandante dell'intera faccenda? Quando vi ha visti alla Royal Society, si sarà dato alla fuga senza esitare ad aprire il fuoco su di lei, su Ceylac e su Bianchi.»

Louise capiva i dubbi legittimi del suo superiore. Li nutriva anche lei. Eppure, qualcosa le sussurrava che lo scienziato non era l'istigatore, ma la vittima. O forse entrambe le cose insieme... E se l'organizzazione si stesse sgretolando dall'interno? Se un'operazione *mani pulite* interna al *Gyrum Novem* stesse eliminando i membri uno dopo l'altro? Una guerra di successione?

«E avete decifrato qualcos'altro nell'ultimo messaggio? La

testa d'oro, nella frase "La testa d'oro della sorella di Cerbero sconfiggerà gli impostori annegandoli nel Flegetonte" cosa indica, secondo lei?»

«Difficile dirlo. Forse il membro più importante di questa fucina a nove teste. Sa, molti indizi convergono verso questa idea della piovra, dotata di una testa centrale, che comanda, e di "cervelli periferici" nei tentacoli, come altrettanti bracci armati, che condurrebbero le operazioni in ogni parte d'Europa, per esempio. E in effetti, nell'ufficio di Vogel abbiamo trovato delle strane creature simili alle piovre, ma vegetali.»

«Quali creature?»

Louise diede una rapida occhiata agli appunti.

«Il loro nome scientifico è... *Physarum polycephalum*. Che significa "dotato di più teste". E al centro di questo organismo gelatinoso che protende i suoi tentacoli filiformi c'è appunto una testa di un sorprendente giallo fluorescente...»

«Giallo fluorescente? E dunque sarebbe quella, la testa d'oro?»

«Be', molto probabilmente c'è un nesso tra le due cose. Inoltre, tutto ciò dimostra la connessione tra Vogel e questa organizzazione. I punti di contatto sono una miriade. Si tratta di indizi seminati sul nostro cammino allo scopo di tessere dei legami evidenti. Ora resta da capire chi vuole metterci a tutti i costi sulle tracce di Vogel e perché. Come diceva lei, è Vogel che manovra o ci viene indicato per distrarre la nostra attenzione?»

Grimaldi si alzò e si piazzò davanti alla finestra, lo sguardo fisso sulla linea dell'orizzonte.

«Dunque tutto passa da lui. Bisogna assolutamente trovarlo. Ammesso che sia ancora vivo.»

Louise si mordicchiò le labbra.

«Esatto... Il cervello rinvenuto al Museo dell'Uomo... è stata richiesta un'analisi del DNA?»

«È in corso. Stiamo aspettando la telefonata del laboratorio.»

«E... si è riusciti a recuperare il DNA di Vogel?»

«Qui la faccenda è più complicata. Belaïd e Mascret, che hanno condotto la perquisizione della sua abitazione insieme alla Scientifica, mi hanno detto che non sono riusciti a recuperare nulla. Neanche un capello, niente di niente. Apparentemente, non metteva piede a casa sua da secoli; ha trascorso la sua vita all'estero. La donna delle pulizie passa comunque tutte le settimane, ed è molto scrupolosa. Anche troppo, sfortunatamente. Bisognerebbe sentire se gli inglesi sono riusciti a trovare qualcosa nella stanza che ha occupato a Londra prima di essere rapito. Ma, se era in albergo, abbiamo nove possibilità su dieci che abbiano pulito tutto e riassegnato la camera.»

Il commissario generale girò su sé stesso e fissò l'investigatrice.

«Abbiamo tutti la stessa preoccupazione, Vernay. Che sia troppo tardi. E che non si riesca a ricostruire la catena dei responsabili.»

In quel momento, era più che probabile che anche Alban Vogel fosse caduto vittima dei "trafugatori di teste". La messinscena, le vittime collaterali, i messaggi in codice: la follia dei mandanti sembrava senza limite. Ma dove volevano arrivare, alla fine? Il caso cominciava a mandare fuori di testa Louise e una buona parte della Omicidi, nonché dei poliziotti della Catturandi romana – tra cui Bianchi – e di Scotland Yard.

«Un'ultima cosa, a proposito del messaggio misterioso ritrovato nella tomba di Darwin e nel cervello del Museo dell'Uomo. Il finale precisa che gli impostori verranno affogati, a partire dagli "adoratori della chiesa di San Pietro". Si intende la basilica di San Pietro a Roma?»

«No, non credo. Abbiamo scoperto che l'abbazia di Westminster si chiamava in realtà chiesa collegiale di San Pietro. È stata edificata in omaggio all'apostolo Pietro.»

«Come la basilica romana» insisté Grimaldi. «Se mai questa faccenda coinvolgesse il Vaticano, sarebbe una catastrofe.»

Vernay scacciò l'allusione con un gesto della mano. Secondo lei, niente supportava una simile ipotesi. Il sepolcro di Darwin era stato profanato nella chiesa londinese di San Pietro – ora nota come Westminster Abbey – ed era logico, razionale, che il messaggio designasse quella stessa chiesa.

Ma quando mai, in quella vicenda, la ragione aveva prevalso? Louise aveva istinto, fiuto.

Ma non era infallibile, soprattutto da quando era stata ferita.

Ciò che era evidente poteva benissimo sfuggirle anche se l'aveva davanti agli occhi.

E farle commette i peggiori errori.

25

Mercoledì 17 aprile 2024
Roma
Ore 7 e 46

La sera prima, mentre ancora cercava di riprendersi dai fatti del Museo dell'Uomo, Massimo Bianchi aveva ricevuto una chiamata insperata da Roma. Il capo della sua squadra d'élite gli aveva dato la notizia che aspettava con trepidazione da giorni.

«Rizzo ti vuole parlare. A quanto pare, ha detto al comandante di Rebibbia che accettava il tuo accordo. Perciò alza il culo e vacci di corsa. Basta turismo, parigine e Tour Eiffel.»

Bianchi si era lasciato scappare un mugugno. Aveva appena tirato fuori la collega francese – per la seconda volta – da una situazione difficile. Il suo superiore non ne sapeva niente, ma non era certo il momento di fargli un rapporto circostanziato.

Era tardi. A quell'ora l'ultimo volo per Roma era già decollato. Perciò, Bianchi si era gettato sul primo aereo del mattino, mercoledì verso le sei.

Al suo arrivo, un'Alfa Romeo senza contrassegni lo attendeva sulla pista, col motore accesso. Partì a razzo verso l'imponente complesso carcerario.

Matteo Conti, il comandante della polizia penitenziaria, lo aspettava di persona nell'edificio di accoglienza, pallido in volto.

«Sono spiacente, ma arriva troppo tardi.»
Bianchi rischiò di strozzarsi.
«Troppo tardi per cosa? Ha cambiato idea?»
L'ufficiale esitò un istante, con un nodo alla gola.
«Rizzo si è ucciso stanotte. L'abbiamo trovato esanime circa un'ora fa.»
L'italiano spalancò gli occhi.
«Sta scherzando? Un 41-bis che si suicida? Mi sembra impossibile! E come avrebbe fatto, sentiamo!»
Il comandante del penitenziario si inalberò.
«Mantenga la calma, Bianchi. Lei non ha alcuna autorità, qui. Non ho annullato la sua visita, anche se non c'era più motivo di riceverla. Se comincia ad alzare la voce, può andarsene.»
Bianchi si scusò e disse nel tono più pacato possibile:
«La ringrazio. Vorrei vedere la sua cella.»
«Mi segua.»
Contrariamente a quanto era avvenuto durante la sua precedente visita, il poliziotto non subì né perquisizioni né controlli. L'eccezionalità della situazione gli apriva le porte del penitenziario. Attraversò a tutta velocità il cortile e gli edifici dei condannati a pene di lunga durata. Tutto intorno, gli ergastolani lo osservavano come uno strano animale. La voce si era diffusa rapidamente e tutti spiavano ogni minimo andirivieni. Un suicidio nei recessi delle celle più oscure e protette di Rebibbia: una novità.
Bianchi entrò nella zona riservata, attigua al parlatorio in cui aveva condotto l'interrogatorio. Ma dovette inoltrarsi ancora più lontano, in uno stretto corridoio separato dalle celle del 41-bis standard.
«Dove stiamo andando?»
«Nella sezione regolamentata.»
«E cos'è la "sezione regolamentata"?»
«La zona più dura. Le condizioni sono ancora più severe.»
Bianchi aggrottò le sopracciglia. Cosa poteva esserci di più rigido del 41-bis?

Conti si fermò davanti a una porta socchiusa. L'imponente corporatura del comandante della polizia penitenziaria impediva di vedere oltre. Sembrava indugiare. Era davvero una buona idea lasciare che il lupo entrasse nell'ovile? Tuttavia bisognava confermare la tesi del suicidio, per evitare uno scandalo che avrebbe infangato l'integrità del personale del celebre centro di detenzione. Bianchi cercò di sbirciare nella cella d'isolamento. Alla fine Conti si spostò.

La stanza, un metro e mezzo di larghezza per due metri e mezzo di lunghezza, era dotata soltanto di un minuscolo tavolo, di una branda estraibile, di una mensola e di un WC senza tavoletta. In assenza di finestre, nessun raggio di luce naturale poteva raggiungere quello squallido antro. Solo una feritoia lasciava circolare un po' d'aria. Bianchi si sentì immediatamente soffocare e di riflesso, prese l'inalatore del Ventolin. Esitò a utilizzarlo; quella debolezza poteva nuocergli. Doveva sembrare solido come una roccia; non era forse uno degli agenti più in vista della Catturandi? Si sforzò di mascherare i deboli sibili che cominciavano ad alzarsi dai suoi bronchioli.

«È davvero una topaia. Come fate a tenere degli esseri umani per anni in celle come questa? Buie, anguste... E ventiquattro ore su ventiquattro!»

«Non penso che sia il momento di discuterne. E questi "esseri umani", come li chiama lei, sono più simili ai ratti, appunto. Hanno tutti commesso i crimini più orrendi. Giuseppe Rizzo ne è un esempio. Le ricordo che era uno dei capi della 'Ndrangheta.»

«Non è un buon motivo per infliggergli un trattamento disumano. A questo punto, tanto vale ripristinare la pena di morte.»

«Sono perfettamente d'accordo. Vuole chiedere udienza alla presidente del Consiglio? O magari al presidente della Repubblica Sergio Mattarella?»

Bianchi ignorò l'osservazione sarcastica ed esaminò la cella. Tracce di sangue fresco macchiavano le squallide lenzuola e il pavimento polveroso, ai piedi della branda.

«Avete già portato via il corpo?»

«Il medico legale* del penitenziario è arrivato non appena abbiamo dato l'allarme. Ha stabilito che si trattava di suicidio. Il corpo è stato trasferito all'Istituto di medicina legale.»

«E come avrebbe fatto a suicidarsi?»

«Abbiamo trovato la lametta di un taglierino. Non sappiamo come sia riuscito a procurarsela. Ho ordinato di aprire un'inchiesta. Si è tagliato le vene, probabilmente di sera. Secondo il dottore, ha impiegato tutta la notte a morire dissanguato. Quando abbiamo svegliato tutti quanti, alle sei, come ogni mattina, era già troppo tardi. Non respirava più.»

«Chi l'ha trovato?»

«Paolo Romero, uno dei miei sottoposti, che era incaricato di dare la sveglia.»

«Potrei parlargli?»

Conti esitò. Stava vivendo un dilemma: non lasciar trapelare nulla avrebbe necessariamente attirato l'attenzione; la Catturandi avrebbe mosso mari e monti e assediato il procuratore per ottenere un'indagine approfondita. Tutti i riflettori si sarebbero puntati su Rebibbia. Invece, collaborando fin da subito, era ancora possibile disinnescare quel pasticcio disastroso.

Alla fine, il comandante si voltò e si ritirò nel buio e squallido corridoio.

Bianchi si fece avanti. Il giro della cella prendeva tre secondi. Come potevano i condannati restare rintanati in quel modo per decine di anni? La durezza di quelle condizioni, le peggiori tra quelle vigenti in tutte le nazioni democratiche, mirava a estorcere confessioni o a suscitare pentimenti. Bianchi ne aveva tratto profitto più volte, nel corso delle sue inchieste

* I medici dei penitenziari sono medici legali, come quelli che effettuano le autopsie, in quanto specializzati in diritto penale, da cui la loro qualifica «legale». Sono incaricati di determinare le cause delle patologie o delle ferite legate alle condizioni di detenzione dei carcerati, e di trarne le conclusioni sul piano legale.

contro la mafia; non era nella posizione giusta per denunciare il sistema, anche se, intimamente, sentiva che quella situazione violava le sue convinzioni umanitarie.

«Ecco il vicecapo Paolo Romero.»

Bianchi, assorbito dalla mensola stranamente vuota della cella, fece un salto.

«Ah… Buongiorno. Può dirmi precisamente cosa ha fatto stamattina, fino al momento in cui ha trovato Rizzo esanime?»

Romero gettò un'occhiata al superiore in cerca di approvazione. Conti annuì con discrezione.

«Come per tutto il resto della settimana, ero incaricato della sveglia. Qui, nella zona regolamentata, i prigionieri vengono fatti alzare uno dopo l'altro alle 6 in punto. Sono partito dalle prime due celle; ho aperto la porta esterna e ho strisciato il manganello sulle sbarre di quella interna per verificare che non fossero state segate durante la notte.»

Bianchi alzò gli occhi al cielo. Come se i detenuti, che non avevano neanche uno stuzzicadenti, potessero tagliare delle sbarre di acciaio temprato!

«Poi ho restituito loro gli oggetti ritirati il giorno prima.»

«Cioè? Non capisco…»

«In regime 41-bis rinforzato, i detenuti non hanno il diritto di tenere nulla durante la notte. A volte hanno una stufetta, un tagliaunghie, dei libri, qualche gingillo…»

«Viene tutto confiscato?»

«È il regolamento.»

L'agente della Catturandi deglutì. Era ancora peggio di quanto immaginasse.

«E poi?»

«Poi sono passato alla perquisizione corporale.»

«Tutte le mattine? Anche se in cella non hanno niente? Anche se sono soli, in totale isolamento?»

«È il regolamento.»

Bianchi sentì nascere una rabbia sorda. Era un trattamento disumano, ne era sempre più convinto.

«E dopo?»

«Dopo, quando tutto è in ordine, hanno il diritto di uscire a prendere una boccata d'aria per un'ora, due per volta al massimo. Ogni mattina, nel cortile riservato.»

«Un'ora all'aperto, alle sei del mattino? Anche in inverno?»

«È il...»

«Sì, lo so! È il regolamento! Ho capito! E se le dicessero di sodomizzarli tutte le mattine, lei lo farebbe?»

Sbalordita, la guardia si girò verso il comandante del penitenziario, che non si era perso una briciola di quell'interrogatorio.

«Bianchi, ancora una parola sbagliata e la butto fuori. E per sempre. Si fidi, non rimetterà mai più piede a Rebibbia.»

L'agente si sforzò di recuperare la calma. Inalò profondamente e non riuscì a reprimere i fischi che uscivano dai suoi bronchi. Afferrò il broncodilatatore e inspirò due boccate salvifiche. Ripreso il fiato, riprese anche l'interrogatorio.

«Quindi ha fatto uscire i primi due prigionieri. E poi?»

«È stato il mio collega Romano a portare i primi due detenuti. Io invece sono andato alla cella di Rizzo. Ma quando ho aperto la porta d'acciaio, ho subito visto un lago di sangue attraverso le sbarre. Sulle lenzuola, per terra. Ho dato immediatamente l'allarme.»

«È entrato? Intendo dire, prima che arrivasse il medico?»

«Sì, ho voluto verificare se fosse ancora vivo. Per rianimarlo, nell'eventualità... Siamo tutti addestrati a prestare le cure di primo soccorso.»

«E quindi?»

«Non respirava più. Era livido. Quando è arrivato il medico legale, ha confermato il decesso e ci ha detto che era morto grosso modo da due o tre ore. Deve essersi dissanguato per tutta la notte...»

«Ma com'è possibile? Mi dite che confiscate tutti gli oggetti ogni sera. Come ha potuto procurarsi una lama da taglierino?»

«Lo ignoro. Il comandante sta avviando un'inchiesta e noi abbiamo il compito di interrogare gli altri prigionieri, più tutto il personale che interagisce, anche indirettamente, con la sezione regolamentata, come per esempio le cucine.»

«E la lama dov'è?»

«L'ho recuperata io» intervenne Conti. «È in una busta, nel mio ufficio.»

«Bisogna rilevare le impronte.»

«Per quale motivo? È un suicidio... L'ha detto il medico» insistette l'ufficiale. «È un coroner, conosce il suo mestiere! Comunque sia, Romero l'ha raccolta a mani nude e l'ha asciugata, perché era appiccicosa e gli scivolava dalle dita. Giusto, Romero?»

Il sottoposto annuì senza molta convinzione, con una faccia tra l'ebete e il meravigliato.

Bianchi, furibondo, fece due passi nella cella di isolamento per sforzarsi di mantenere la calma. Questi idioti hanno sbagliato tutto, pensò. L'avevano fatto apposta? Perché l'unica vera domanda, a quel punto, riguardava il coinvolgimento della polizia di Rebibbia, o almeno di alcuni suoi agenti: avevano giocato un qualche ruolo nella morte di Rizzo? Tenuto conto delle condizioni della sua detenzione, il solo fatto di possedere una lama affilata lasciava supporre, come minimo, una complicità interna.

«Come si spiega che Rizzo si suicidi così, su due piedi, proprio nel momento in cui aveva deciso di negoziare migliori condizioni di detenzione, cosa che per lui rappresentava un'enorme boccata d'ossigeno? Non lo trova strano? Non pensa che qualcuno possa avergli dato un aiutino?»

Conti si finse indignato.

«Cosa sta insinuando, Bianchi? Che qualcuno l'abbia assassinato? Qui, in questo reparto iperprotetto e di massima sicurezza? No, è davvero impossibile. I 41-bis non vedono assolutamente nessuno, a parte ogni tanto un altro detenuto con cui fanno la passeggiata del mattino. E Rizzo la faceva da solo.»

«Perché? Era una punizione aggiuntiva?»

«No, alterniamo cicli di solitudine totale e periodi a coppie.

In zona 41-bis non regolamentata, possono arrivare a tre. Ma qui si è soli o al massimo in due.»

«E neanche nel resto della giornata Rizzo vedeva altre persone?»

«No. Dopo l'ora d'aria tornava nella sua cella. Verso mezzogiorno gli veniva dato il vassoio con il pranzo, poi aveva un'altra ora d'aria, ma in quel caso al chiuso, in una sala riservata. E completamente solo. Passava il tempo a leggere. Quindi tornava in cella. Alle cinque del pomeriggio la cena, dopodiché gli veniva ritirato tutto ciò che aveva, compresi i libri. Infine, alle sette di sera, luci spente fino al mattino dopo.»

«Alle sette? Restava al buio per undici ore tutti i giorni?»

Conti sfoggiò un sorriso feroce.

«Stavolta non le risponderò più che è il regolamento, ma di fatto è così. E non sono stato io a deciderlo. Sono le regole stabilite dalla riforma del 2009.»

Bianchi trasecolava. Immaginare i detenuti immersi nell'oscurità dalle sette di sera in poi, estate e inverno, costretti a restare completamente al buio, senza libri né altro, fino alle sei del mattino, faceva pensare alle condizioni degli ostaggi tornati dal Libano, dalla Siria o da qualcun'altra delle zone più pericolose del mondo.

«E ha avuto qualche colloquio, nei giorni scorsi?»

«L'ultimo l'ha avuto con lei. E poi ha visto come funziona: gli internati sono pesantemente ammanettati e si parla tramite microfono attraverso uno spesso vetro blindato. È impossibile scambiarsi oggetti di qualsiasi tipo. Lei pensa che sarebbe riuscito a passargli con discrezione una lama di taglierino, quando è stato qui?»

Bianchi doveva ammettere che non avrebbe potuto. Quelle persone venivano trattate come dei cani rognosi e non avevano alcun contatto fisico con il mondo esterno.

«Allora, comandante, lo chiedo a lei: come ha potuto procurarsi quella lama?»

«È sottilissima e penso che potrebbe essere stata infilata nel cibo o, più probabilmente, in uno dei tanti libri che divorava tutte le settimane.»

Bianchi abbozzò una smorfia dubbiosa. Lanciò un'altra occhiata alla mensola vuota.

«Dove sono i libri di questa settimana? Sono corpi del reato, se è come dice lei.»

«Sono nel mio ufficio. Me li sono fatti portare per cercare qualche traccia, una piega o una deformazione della carta che potrebbe indicare la presenza di una lama. Ho già trovato due possibili punti. Ora, questi libri arrivano da fuori, provengono da diverse biblioteche della città. Chiunque potrebbe averli intercettati. Siccome la lama era davvero piccola, ovviamente potrebbe essere sfuggita all'attenzione dei miei uomini.»

Il poliziotto della Omicidi era furioso. Il comandante di Rebibbia gli stava servendo una graziosa scenetta per allontanare ogni sospetto dai suoi agenti.

«Può mostrarmi la lama e i due libri in questione?»

Conti guardò l'orologio.

«Spiacente, ma non posso dedicarle altro tempo. Con quello che è appena successo, è come se fossimo in stato di emergenza, qui dentro. Ho già richiesto rinforzi; sto aspettando due ispettori superiori e un commissario della polizia penitenziaria che ci aiutino a condurre l'inchiesta e gli interrogatori. Non si preoccupi, siamo molto competenti, faremo luce su questo caso. Conti su di noi.»

Dieci minuti dopo, Bianchi era fuori, con le mani in mano.

Non aveva alcun potere all'interno di Rebibbia. Conti godeva del grado interno di dirigente, il che significava almeno tre barrette in più sul distintivo, rispetto a lui. E le sedi carcerarie restavano territorio esclusivo della polizia penitenziaria. Solo un omicidio accertato poteva autorizzare la polizia giudiziaria a indagare all'interno di un centro di detenzione... Un'ipotesi che Conti aveva accuratamente scartato – per il momento.

Mentre l'italiano, in preda alla rabbia, saliva sulla sua Alfa Romeo parcheggiata a cento metri dall'ingresso principale, un uomo aprì la portiera dal lato del passeggero e si infilò nell'abitacolo. Istintivamente, Bianchi sfoderò la Beretta e la puntò sull'intruso.

«Calma! Lavoro a Rebibbia. Faccio la guardia ai 41-bis.»

«Cosa vuole?»

«Parlare. Sono… cioè, ero vicino a Rizzo.»

Il poliziotto abbassò la pistola.

«Vicino? In che senso?»

Il secondino, capelli rasati alla *marines*, naso robusto e pomo d'Adamo sporgente, lanciava occhiate di continuo attraverso il vetro.

«L'ho aiutato in diverse occasioni. Gli fornivo un minuscolo cellulare circa una volta al mese.»

Bianchi scattò all'indietro.

«Un cellulare? A chi telefonava?»

«Questo non lo so. Era la regola: non dovevo mai fare nessuna domanda.»

«Una scelta molto rischiosa… Cosa otteneva in cambio?»

«La questione è un'altra. Mi ascolti, e la smetta di fare domande. Ho soltanto un minuto. In teoria sto fumando una sigaretta, poi devo tornare in servizio. Volevo dirle che Rizzo aveva davvero bisogno di parlarle. Non aveva nessuna intenzione di suicidarsi. Non voleva accettare sul serio lo scambio che proponeva, da quello che ho capito tra le righe. Ma aveva delle rivelazioni importanti da farle. Non diceva quasi mai niente, ma mi ha parlato dell'alto e del basso che stavano per congiungersi. Della fine del ciclo, della fine del cerchio. Voleva avvertirla.»

«La fine di quale ciclo? Di quale cerchio?»

«Non ne ho idea, le riferisco solo le sue parole. Ha anche parlato dell'Uroboro, il serpente che si morde la coda. Del ritorno allo stato iniziale. Dell'eterno ricominciare… ma senza l'uomo.»

«Senza l'uomo? Cosa vuol dire?»

«Non lo so.»

La guardia, sempre più stressata, posò la mano sulla maniglia della portiera. Non vedeva l'ora di squagliarsela.

«Aspetti! Cos'altro ha detto?»

«Niente, solo questo. Sembrava preoccupato. E un'altra cosa… Ho visto la lama di taglierino e i libri, nell'ufficio del comandante.»

«Può descrivermi la lama?»

«Era molto piccola. Mi chiedo come abbia fatto a tagliarsi le vene con quella. E… C'era un'iscrizione.»

Il cuore di Bianchi accelerò i battiti. Era ovvio! Come aveva fatto a non pensarci prima? Era una nuova lamella metallica lasciata dagli stessi mandanti che avevano organizzato i crimini precedenti. La tesi dell'omicidio veniva confermata.

«Cosa c'era scritto?»

«Una roba strana, tipo: "Il ciclo dell'antropocene sta finendo. L'era neolitica è in corso".»

Il riferimento faceva eco alle lettere incise sul petto di Lombardo.

«E tra i libri c'era ancora il *Trattato sull'uomo* di Cartesio?»

«Credo di sì… Un libro di Cartesio e uno di Spinoza. E anche *Dal big bang ai buchi neri* di Stephen Hawking. Quello lo conosco anch'io. L'aveva letto mio padre.»

L'agente aprì la portiera e balzò sul marciapiede.

«Mi dispiace, devo andare. Le ho detto tutto quello che sapevo.»

Poi sparì all'interno dell'immensa cittadella.

Bianchi restò immobile. Mille pensieri cozzavano nella sua mente. Era venuto per ottenere delle risposte; se ne andava con una marea di nuove domande.

E si sentiva più confuso che mai.

26

Mercoledì 17 aprile
Liegi
Ore 11 e 56

Louise zoppicava zigzagando leggermente sul marciapiede. Il suo campo visivo ristretto la costringeva a guardare dritto davanti a sé, nella speranza che non spuntassero ostacoli. I suoi riflessi annebbiati la rallentavano nel passo e nei pensieri.

La notte precedente si era trasformata in una lunga discesa negli abissi, senza crisi né pazzia, quasi in dolcezza. Ovviamente, per non inciampare e non sprofondare del tutto, si era aiutata con una stampella speciale, una *canna* dalle virtù estatiche e anestetiche. I dolori fisici e morali si erano ridotti, aprendo a poco a poco la strada alle allucinazioni. Un giardino artificiale pieno di fiori cangianti e dai petali ipertrofici si era offerto al suo sguardo e l'aveva avvolta in un rassicurante tepore. Gli effetti analgesici e ansiolitici del CBD, uniti all'euforia e al benessere generati dal THC, le avevano permesso di dimenticare almeno per qualche ora i suoi mali, i suoi difetti, le sue angosce, le sue sofferenze. Non era più la ragazzina colpevole il cui carattere vulcanico si era forgiato attraverso le avversità e i furori contro una società malata. Durante quei momenti di calma e sollievo, nel suo cervello il fragore dei cannoni taceva. Aveva imparato che l'orecchio medio amplificava le onde sonore captate dal timpano grazie all'azione del martello e dell'incudine… Mai immagine era stata altrettanto azzeccata. Il suo campo di battaglia cerebrale post-traumatico doveva aver scombinato quei due strumenti, che ora colpivano e tuonavano di continuo senza alcun bisogno di stimoli esterni. I violenti acufeni le minavano la mente e le impedivano di ragionare, di seguire il filo della sua indagine grottesca e di lottare contro quel nemico tentacolare e machiavellico.

Certo, le virtù terapeutiche della cannabis avevano agito, ma avevano anche riacceso un bisogno. Louise sapeva che il sistema della ricompensa, nonostante l'astinenza, restava in allerta. I recettori dei cannabinoidi che rivestivano certi nuclei del *cervello basso* rimangono in agguato. Sono l'eco dei piaceri passati, la memoria dei piaceri colpevoli, e aspettano pazienti nella costante speranza di essere risvegliati. La malattia della dipendenza non guarisce mai davvero. E Louise lo sapeva meglio di chiunque altro. Ma chi può vantarsi di non avere nessuna dipendenza? La nicotina, l'alcol, il sesso, il denaro, il lavoro, i videogiochi e perfino lo sport… Ogni piacere, anche banale, genera un bisogno sempre più forte, più potente, più inebriante. E quando una sostanza sparisce, un'altra la rimpiazza. Bisognava conviverci. Lei doveva conviverci.

Allora aveva pensato a Bianchi. La sua presenza rassicurante e il suo fascino latino le regalavano un briciolo di benessere. Non era innamorata, no. Ethan Miller continuava a occupare una parte consistente del suo cuore, nonostante cercasse di colmarne l'assenza con gli espedienti di cui poteva disporre. Chi mai avrebbe potuto sostituirlo?

Nel momento stesso in cui quei pensieri le attraversavano la mente, sul suo cellulare comparve un messaggio del bell'italiano. *Rizzo morto*. Laconico, diretto. Tagliente. Roba da far tornare all'istante coi piedi per terra. Subito aveva digitato: *Cos'è successo?*. La risposta era arrivata subito: *Tesi ufficiale suicidio, ma ritrovata lama metallica con iscrizione. Non posso dire di più. Arrivo presto.* Anche lui temeva di essere spiato.

Il superpoliziotto della Catturandi decisamente amava la Francia, o forse era Louise che lo spingeva a valicare così facilmente le Alpi? Probabilmente un po' entrambe le cose. Giusto o sbagliato che fosse, l'indagine girava intorno a Vernay. E restare vicino a lei sembrava il modo migliore di fare progressi, soprattutto dopo l'eliminazione di uno dei pochi assi nella manica degli investigatori. Chi avrebbe fornito loro informazioni e indizi, adesso?

Alla luce di quelle considerazioni, Louise si apprestava a rivolgersi alla sua indescrivibile, improbabile – per non dire impossibile – fonte. Eppure, si sentiva attirata dai misteri del cervello, tanto più che il suo cominciava a deragliare alla grande. Aveva bisogno di aiuto e di informazioni fresche.

Entrò nell'edificio 34, la Giga Tower del centro ospedaliero di Liegi, e varcò ancora una volta le porte automatiche del Coma Science Group. Aveva contattato Maria Calvino promettendole una decisione riguardo a suo fratello.

La dottoressa la stava aspettando, per nulla offesa dal suo ritardo.

«Sono felice di vederti» sussurrò l'italosvizzera abbracciandola calorosamente.

«Non voglio che venga staccato.»

Il viso di Maria Calvino si irrigidì all'istante.

«Pensavo di aver capito... Insomma, nel tuo messaggio...»

«Ho detto che avevo preso una decisione. Non ho precisato quale.»

Nello stato di alterazione mentale in cui si trovava, riusciva a dominare le pulsioni rabbiose, ma senza perdere un briciolo della sua determinazione.

«Okay, ho capito» borbottò Maria Calvino. «Temo che, a un certo punto, la decisione dello staff non ti lascerà più scelta. Oppure bisognerà organizzare il suo trasferimento in un'altra struttura. E, visto il suo stato, dubito che qualcun altro lo accetterà.»

La replica era stata durissima. Louise la incassò senza battere ciglio. Poi lo spazio vorticò intorno a lei, e il pavimento si allontanò.

Un'ora dopo, l'investigatrice si svegliò in un letto d'ospedale.

«Ti capita spesso di svenire così?»

Louise strizzò le palpebre.

Maria Calvino le stava accanto.

«Cosa mi è capitato?»

«Sei crollata. Ti succede spesso?» insistette la neurologa.

«Da quando l'orecchio mi ha piantata in asso, sì. L'ultima volta è successo l'altro ieri a Parigi, al Museo dell'Uomo. Ho anche vomitato.»

«Al Museo dell'Uomo? Eri lì per la tua indagine?»

«Sì, per via del cranio di Cartesio. Lo hanno rubato...»

«Il cranio di Cartesio? Ma chi lo ha rubato?»

«Se lo sapessi... Comunque sia, lo hanno mollato. È in briciole, stanno cercando di rimetterlo insieme.»

«Ah sì? E dove?»

Nonostante la confusione mentale, Louise aggrottò la fronte.

«Ma che importa? Chi se ne frega, no?»

Maria Calvino distolse lo sguardo.

«Sì, certo, era solo per dire. Lo sai come sono fatta, quando ci sono di mezzo crani e cervelli... E comunque, dobbiamo parlare del tuo.»

«Di cosa? Del mio cervello?»

La neurologa prese una busta rosa che teneva sulle ginocchia. Ne estrasse alcune foto di un cervello a sezioni multiple.

«Mentre eri priva di sensi, ti ho fatto fare una TAC. Il frammento di pallottola ti ha attraversato la dura madre e ha raggiunto un punto della corteccia, nel lobo frontale. È grave.»

Louise deglutì e si mise a sedere sul letto.

«Grave in che senso? Il medico del Pompidou sembrava molto sicuro; mi ha detto che si poteva andare in giro tutta la vita con una scheggia di proiettile.»

«Era un neurologo?»

«Non lo so, non credo... Mi ha decantato la ricostruzione dell'orecchio.»

«Okay, non ne sapeva nulla. Pensava alla sua piccola chirurgia plastica, ma non aveva idea di quello che stava dicendo. Un altro di quei coglioni presuntuosi che sanno sempre tutto. Maschio bianco cinquantenne, presumo…»

Louise fece un sorrisetto; ignorava il lato femminista-inquisitoriale della dottoressa. Doveva averne viste di cotte e di crude, prima di raggiungere la sua posizione.

«Nel frattempo, bisogna operarti per rimuovere il frammento. Altrimenti, rischi svenimenti continui e cefalee ostinate. Per non parlare degli acufeni.»

«Anche il brusio nella mia testa è colpa della scheggia?»

«Certo. Lo spappolamento dell'orecchio e la lesione del timpano hanno prodotto i primi disturbi. Ma se la cosa persiste o addirittura peggiora anziché migliorare, è sicuramente a causa della pallottola: muovendosi, ha toccato il nervo acustico. Lo si vede molto bene dalla TAC.»

Maria Calvino sventolò una delle immagini cerebrali sotto lo sguardo turbato dell'investigatrice. Louise non ci capiva nulla, ovviamente, ma la sola vista del suo encefalo in sezioni regolari, come glielo avessero dissezionato mentre dormiva, le provocò un profondo malessere.

«Non mi sento molto bene» sussurrò.

«Lo so, per questo vorrei tenerti qui, sotto stretta osservazione, per almeno ventiquattro ore.»

«Non posso assolutamente fermarmi, Maria. Capisco le tue preoccupazioni, e mi commuovono. Ma, come sai, sono coinvolta in una indagine estremamente importante per la quale ho di nuovo bisogno del tuo aiuto. Dopodiché, è necessario che io torni a Parigi.»

«Non posso lasciarti partire così. Hai una piccola bomba a orologeria nel cranio. Non vuoi finire come tuo fratello, giusto?»

La neurologa aveva parlato senza fare cerimonie. Le sue parole erano taglienti come lame di rasoio.

«Stai esagerando, non c'entra niente…»

«Certo che sì. Esistono persino delle varianti che sconfinano nella tortura a vita. Abbiamo già visto dei LIS, dei casi di sindrome locked-in, come conseguenza di incidenti cerebrovascolari provocati da pallottole che hanno perforato un'arteria.»

«La sindrome locked-in? Non è quella di cui soffriva l'astrofisico inglese Stephen Hawking?»

«In un certo senso; nel suo caso era la conseguenza di una sclerosi laterale amiotrofica, la malattia di Charcot. Beninteso, potresti anche morire di emorragia cerebrale, è una morte meno crudele. Te la auguro.»

Louise era in preda a una nausea spaventosa.

«Mi auguri... di morire?»

Maria si alzò e cominciò a camminare avanti e indietro per la stanza, peggiorando i capogiri dell'investigatrice.

«È un modo di dire, Louise! Sveglia! Se ti lascio quella scheggia di pallottola, rischi conseguenze di ogni genere, e la morte potrebbe essere tra le più dolci! Tu non immagini cosa vivono i pazienti che seguo tutti i giorni qui! Sei un'incosciente totale!»

Maria Calvino stava crollando, di nuovo. Non aveva più la forza di sopportare il proprio lavoro, e Louise si aspettava che presto o tardi cambiasse mestiere.

«Ti ricordo che da quando mio fratello è in coma io non vivo più. Mi vedi regolarmente ridotta a uno straccio da una decina di anni. Nella mia condizione, credo di poter benissimo immaginare e addirittura provare quello che passano i tuoi malati.»

Silenzio. La tensione era palpabile.

«Cosa volevi chiedermi?» mormorò infine Maria.

Louise si agitò; decisamente non si sentiva a suo agio nel ruolo della paziente allettata.

«Volevo sapere se... se i tuoi malati, appunto... cioè, soprattutto quello dell'ultima volta...»

«Laurent Mallet?»

«Sì, lui... Se ha detto qualcos'altro. Una nuova premonizione.»

« È possibile.»

«Possibile? Ha parlato o no? Non è una questione di *possibilità...*»

«Be', diciamo che te lo dirò se ti impegni a farti operare al più presto.»

La neurologa non mollava la presa. Mai.

«Siamo al ricatto, adesso.»

«Dato che non vuoi ascoltarmi, non mi lasci altra scelta.»

Louise, stroncata dalla stanchezza e più sola che mai, finì per cedere. Si teneva aggrappata a quella pista come a un salvagente nella tempesta, senza saper nuotare. Le probabilità di uscirne indenne erano scarse quanto quelle di risolvere gli omicidi, concludere l'indagine e mettere tutta quella banda di psicopatici in condizione di non nuocere.

«Laurent Mallet si è nuovamente manifestato» finì per dire Maria. «Ma c'è una cosa ancora più sbalorditiva.»

«Più sbalorditiva di un tizio in coma che vede il futuro? Ne dubito...»

«Altri due pazienti si sono messi a parlare. Hanno detto più o meno la stessa cosa. È come se qualcosa si avvicinasse, si precisasse, mandando su di giri i loro cervelli.»

Louise restò a bocca aperta, muta come un pesce. Non percepiva né dolore né rumori nella testa – senz'altro per effetto dei medicinali prescritti dalla neurologa. Era perfettamente lucida e non poteva accettare razionalmente ciò che aveva appena sentito.

«Stai scherzando, giusto?»

«No. E ho diversi testimoni. Almeno due infermiere del reparto. Ti confermeranno che è tutto vero.»

L'investigatrice rimase prostrata, in uno stato di stordimento. Si ripeté in silenzio le ultime frasi della dottoressa senza riuscire a metabolizzarle.

«Mi dispiace, Maria, ma è impossibile. Già il tuo Laurent Mallet con le sue precognizioni non ti dico quanto tempo ci ho messo a digerirlo. Ho cercato tutte le spiegazioni possibili. Mi sono immaginata ogni tipo di scenario pur di riuscire a crederci. Ma addirittura tre pazienti... Impossibile.»

«Eppure hanno parlato, che ti piaccia o no. E se anche tu non mi avessi chiamata per dirmi che venivi qui, ti avrei contattata comunque. Penso che quello che hanno detto sia estremamente importante.»

«Però due minuti fa eri pronta a mantenere il silenzio, se non avessi ceduto al tuo ricatto...»

Maria ignorò la recriminazione e proseguì:

«Tutti e tre hanno detto che una grande catastrofe si stava preparando. Un po' come la fine del mondo.»

«Ah, fantastico, ci mancava solo questo.»

«Hanno parlato di un anello che si chiudeva, di un ciclo che si compiva. Hanno detto che bisognava scappare. E Laurent Mallet ha aggiunto che si preparava una nuova operazione. O meglio, è ciò che ho dedotto dalle trascrizioni delle sue parole.»

«Ha parlato ancora di una squadra in una chiesa?»

«No, più in un castello.»

«Un castello? Quale?»

«Prima ha spiegato che si trovava in riva all'oceano, rivolto verso il largo. E poi c'è questa frase che ha ripetuto in loop: il castello di Lucifero, il castello dei nove cerchi dell'Inferno.»

Louise si sforzò di memorizzare quelle farneticazioni, di cui sapeva che potevano preannunciare il peggio.

«E gli altri due malati cos'hanno detto, esattamente?»

«Erano come posseduti, ossessionati da questa storia di cicli, anelli, Inferno e fine del mondo.»

«Hanno parlato anche dell'Inferno?»

«Sì, ma onestamente poteva anche essere soltanto un delirio terminale. Appena prima di vedere la luce bianca e sparire nel grande tunnel.»

«Perché dici questo? Erano messi così male?»

«Sono morti, Louise. Tutti e due, a poche ore di distanza.»

Vernay si scompose.

«Ma... com'è possibile...»

«Non lo so. Non era mai successo nel reparto, due decessi così ravvicinati dopo due manifestazioni tanto sconcertanti e insolite... Ti confesso che siamo tutti molto turbati, tanto più che quei pazienti non avevano mai parlato, da quando erano qui.»

L'investigatrice stava impazzendo. Quelle informazioni erano incompatibili con il suo software neuronale. C'era qualcosa che non andava, era evidente.

«E Laurent... Laurent Mallet... Lui è ancora vivo?»

«Sì, certo. Cioè, a modo suo.»

«E... possiamo fare come l'ultima volta, tentare di rifarlo parlare? Magari ci darà più dettagli...»

«Non penso, Louise. Siamo tutti tesi e credo che nessuno abbia voglia di rivivere questi eventi quanto meno destabilizzanti. D'altronde il capo del dipartimento, Steven Laureys, che conosci bene, ci ha stoppati. L'abbiamo informato, si trova in Canada; ci ha chiesto di fermare tutto. Cerchiamo di evitare una nuova emorragia e che muoiano altri pazienti.»

Louise si mordicchiò il labbro. Provò ad alzarsi, ma la mobilia cominciò a ballare intorno a lei.

«Resta sdraiata. Devi riposare. Penso che il tuo orecchio interno sia gravemente lesionato, il che ti fa perdere facilmente l'equilibrio. E certamente contribuisce ai tuoi svenimenti, insieme alla scheggia nel cervello.»

«Mi devi aiutare, Maria, capisci? È un disastro, non abbiamo niente... Non abbiamo in mano più niente. Anche una delle nostre fonti è morta...»

«Quale fonte?»

«Un mafioso incarcerato a Roma. Ci ha passato alcune informazioni più o meno in codice. E la notte scorsa si è apparentemente ammazzato nella sua cella. Ma non è stato assolutamente un suicidio. Qualcuno ha voluto eliminarlo perché sapeva troppo. È morto la notte prima di incontrare un agente della polizia giudiziaria italiana per negoziare un miglioramento delle sue condizioni di detenzione. Non aveva alcun motivo di uccidersi.»

Maria ascoltava, l'aria concentrata – per non dire contrariata.

«E questo mafioso, che tipo di informazioni vi ha passato?»

«Perché?»

«Be', se per caso degli elementi combaciassero con ciò che ho sentito durante i deliranti sproloqui dei malati, forse potrei individuare delle connessioni… ricordarmi di qualche dettaglio, qualcosa su cui non mi ero focalizzata in maniera particolare…»

Louise parve perplessa.

«È stato il mio collega italiano, Massimo Bianchi, a incontrarlo. E da quando sono stata ferita perdo anche la memoria. Hai ragione, devo proprio riposare. Ma preferisco farlo a Parigi, se non ti dispiace. Ti prometto che me ne starò tranquilla.»

Maria sorrise, ma di colpo sembrava assente, immersa nei suoi pensieri.

«Potrai andartene tra un'ora. Il tempo di finire la flebo. Vedrai che ti rimetterà in sesto. E in teoria, per un po' non dovresti più avere le vertigini o svenire. Ma poi…»

«Sì, ho capito, mi farò operare. Metterò la mia vita nelle tue mani, Maria.»

27

Giovedì 18 aprile 2024
Parigi
Ore 9 e 34

Ceylac vegetava, impantanato nel suo letto, le palpebre mezze incollate e le labbra secche. Voleva bere, ma le sue braccia non obbedivano. Era al di sopra delle sue forze. Respirava a fatica; i dolori al torace si manifestavano a ogni accenno di movimento e lo costringevano a un'immobilità totale.

Cosa gli era preso?

L'adrenalina gli era schizzata nelle vene, nel cuore e nei polmoni, stimolandolo violentemente e spingendolo all'azione malgrado le sue reticenze. Quei riflessi, che gli piacesse o no, erano condizionati in profondità dentro di lui, nel suo cervello limbico, quello delle emozioni, all'origine della paura, dello stress, ma anche dei numerosi piaceri che il *Sapiens* poteva provare. Non poteva nulla contro quel retaggio evolutivo, quella parte animale, per quanto si sforzasse di controllare e governare ogni cosa. Eppure, Dio solo sapeva quanto si sforzasse di evitare i confronti, le seccature, le catastrofi… Tirava avanti in quelle condizioni dal trauma del 13 novembre 2015. Si svegliava regolarmente a notte fonda, strappato dal sonno da un concerto di suonerie di cellulari che laceravano il silenzio. Quelle telefonate disperate di parenti e amici in cerca di notizie rassicuranti sul figlio, la figlia, il fratello, che giacevano in mezzo a un mare di sangue il cui fetore impestava tutto l'edificio. Aveva affrontato l'orrore dei cadaveri aggrovigliati, e quelle suonerie stridule continuavano a tormentarlo fino a fargli perdere la ragione.

Da allora, si arrendeva alla paranoia e non usciva più senza il giubbotto antiproiettile. Ma com'era potuto cadere in quella trappola? Buttandocisi dentro addirittura, anima e corpo, con un fiore nella canna del fucile? Il tutto per scoprirsi incapace di sparare per primo. Forse, in realtà, voleva farla finita una volta per tutte... Il giubbotto antiproiettile gli aveva salvato la vita – per un soffio. Un segno del destino? La mano di Dio? Aveva ancora un compito da svolgere quaggiù?

«Come ti senti?»

Ceylac batté le ciglia e socchiuse le palpebre.

Louise Vernay era accanto a lui, addolorata. Dietro di lei, Massimo Bianchi di ritorno da Roma e i membri del gruppo: Raphaël Beauché, Emma Mascret e il capitano Noah Filhol. Mancava all'appello solo il suo fedele vice, Bachir Belaïd.

«State aspettando le esequie? Scelgo la cremazione. Non ho nessuna intenzione di farmi mangiare dai vermi.»

Bianchi sorrise debolmente. Gli altri poliziotti mantennero le loro espressioni da becchini.

«Allora, van Gogh, va meglio l'orecchio?»

«Piantala di fare lo spiritoso» disse Louise a voce bassa. «Ci hai fatto prendere un bello spavento. Fortuna che avevi il giubbotto...»

Mama pensò che il capo fosse l'unico con le rotelle a posto, in quella vicenda. Il commissario arrivato da chissà dove e il suo cavalier servente italiano si erano gettati nella mischia senza protezioni. Avevano rischiato di farsi sparare addosso senza la minima chance di cavarsela, al contrario del comandante.

«Cos'è successo esattamente?»

«Ho visto un tizio uscire dal museo e filare via su uno scooter. Sembrava assolutamente tranquillo e molto determinato. L'ho inseguito contromano senza riflettere. Quando alla fine è caduto per terra, sono riuscito a puntargli contro la pistola. Ma ne aveva una anche lui. Non l'avevo notata» mentì Ceylac. «Abbiamo sparato più o meno nello stesso momento, o almeno credo.»

«Sei comunque riuscito a ferirlo, e ho un'ottima notizia» disse allegramente Filhol, il procedurista del gruppo. «Ho appena parlato con la Scientifica, hanno analizzato le tracce di sangue sulla borsa a tracolla e hanno trovato una corrispondenza nella banca dati nazionale del DNA!»

Si levò un mormorio; Louise non poteva credere alle sue orecchie.

«Finalmente qualcosa di concreto! È un miracolo...»

«E dunque?» disse Bianchi, altrettanto incredulo.

«È un pesce piccolo, un bulletto di Lochères.»

«Cos'è Lochères?» domandò l'italiano.

«Un quartiere caldo di Sarcelles, nel dipartimento della Val-d'Oise, alle porte di Parigi. Ci sono sempre guai da quelle parti. Regolamenti di conti, risse, spaccio. Il sindaco dice che i palazzoni sono dei "ghetti etnici", tanto per darti un'idea. Hai il condominio dei maliani, quello dei turchi, dei pakistani, degli ebrei, dei marocchini... Ognuno nel suo mondo, con la sua religione, i suoi riti. E regolarmente scoppia qualche casino.»

«C'è qualche rapporto col nostro caso?» chiese Mama.

«Apparentemente no. È proprio questo il problema. Ma almeno abbiamo un nome, e tutti i poliziotti della Val-d'Oise sono mobilitati, senza contare il supporto della BRI.»

Nello stesso istante, Belaïd piombò nella stanza, con gli occhi spalancati e un sorriso trionfante.

«L'abbiamo preso! Quel coglione si è fatto beccare a Sarcelles. Era ferito e spaventato, non ha neanche cercato di nascondersi o fuggire, ha preferito tornarsene all'ovile a farsi medicare senza passare per l'ospedale. Lo stanno portando al Bastion. E ha persino cominciato a vuotare il sacco.»

Nuovi mormorii stupefatti degli altri agenti.

«Cos'ha detto?»

«Era terrorizzato come una femminuccia quando l'hanno torchiato. Ha raccontato di aver ricevuto diecimila euro e una pistola nuova di zecca per fare il colpo. Ha mandato in vacca l'operazione al Museo dell'Uomo sparando a tutto spiano e poi se l'è filata in scooter. Credo che i nostri amici stiano cominciando ad andare nel panico, per ridursi a ingaggiare un imbecille del genere. La storia del cranio di Cartesio non era necessariamente in programma.»

«Ma chi gli ha dato la grana e l'arma?»

«Dice che ha recuperato tutto in un armadietto a gettoni della Gare du Nord, erano dentro un borsone sportivo, e che non ha visto né parlato con nessuno. Che è stato contattato via cellulare, tramite la app Signal.»

«È assurdo!» farfugliò Ceylac. «Non ha senso. Mi toccherà spremerlo per bene, quello lì; sta già cominciando a prenderci per i fondelli.»

«Non ti preoccupare, la Scientifica setaccerà il suo cellulare e proverà a recuperare i dati. Noi invece controlleremo le immagini della videosorveglianza, per vedere se è andato davvero a recuperare un borsone in un armadietto nel giorno e nell'ora che ha detto. Fidati di noi e riposati.»

I quattro membri del gruppo uscirono dalla stanza con passo deciso, lasciando il loro capo a riposo ancora per qualche giorno.

«E il cranio? Ci sono novità?» domandò Bianchi, rimasto solo con Louise e Lorrain Ceylac.

«No, sempre in fase di ricostruzione» rispose Vernay. «Stiamo aspettando che ci contattino. Ma se la tirano troppo per le lunghe, andrò a fargli una visita. E per quanto riguarda Rizzo, come procedono le indagini sulla sua morte?»

L'italiano menzionò l'esito dell'autopsia. L'assenza di tracce di colluttazione o di sostanze tossiche nel sangue accreditava la tesi inspiegabile del suicidio... Ma perché nessuno aveva dato l'allarme prima? I dubbi persistevano, e la polizia penitenziaria doveva fornire delle spiegazioni. La Catturandi stava facendo di tutto per prendere in mano l'inchiesta.

Riferì inoltre le confidenze fatte da Rizzo a un secondino, in cui aveva alluso alla fine di un ciclo, al serpente Uroboro, al ritorno alla situazione iniziale… ma senza l'uomo. "La fine dell'antropocene".

Nel sentire quelle parole, un brivido percorse Ceylac.

«Questi tizi sono completamente suonati… Ma cosa diavolo ci stanno preparando? Non riusciamo ad approdare a nulla» mormorò l'agente dal suo letto.

«Sì e no» rispose Louise. «Stanno cominciando a commettere degli errori. La faccenda del Museo dell'Uomo puzza di improvvisazione. Finiremo per beccarli. Bisogna far parlare il pezzo di merda che ti ha ficcato una pallottola in petto.»

Louise oscillava costantemente tra lo sboccato e il fiorito. Era più forte di lei.

«C'è un'altra cosa» intervenne Bianchi. «Ho chiesto di consultare i libri che stava leggendo. Erano stati portati nell'ufficio del direttore di Rebibbia. C'era ancora il *Trattato sull'uomo* di Cartesio, quello che teneva in mano quando l'ho incontrato. Ma anche un libro di Spinoza di cui vi leggo il riassunto trovato su internet.»

L'italiano si immerse nei suoi scarabocchi.

«"Tutta la Natura è in Dio, proprio come Dio è in tutta la Natura. L'identità di Dio e della Natura, conclusione delle riflessioni di Spinoza sulla sostanza, costituisce la tesi del panteismo spinoziano"…»

«Assomiglia moltissimo a certe idee formulate da Vogel… Durante la sua conferenza alla Royal Society. Diceva che la natura era divina, la nostra "dea madre".»

«Me lo ricordo molto bene» intervenne Bianchi. «Ha anche detto che stavamo giocando col fuoco di Gaia e che saremmo tutti morti.»

«E anche che stavamo già morendo» aggiunse Ceylac.

Un silenzio inquietante guastò l'atmosfera per una manciata di secondi che parvero un'eternità. I tre poliziotti si trovavano di fronte al proprio *fatum*, alla questione esistenziale del loro effimero passaggio sulla Terra e della morte che presto o tardi li aspettava. Le continue allusioni ai cerchi dell'Inferno e ai tormenti eterni che minacciavano i peccatori rafforzavano l'impressione macabra di quel momento. I tre condividevano la sensazione di avere i giorni contati. E le predizioni dei malati di Liegi non contribuivano di certo a migliorare le cose.

«Vi devo parlare di una cosa...» si fece avanti l'ispettrice, che sentiva giunto il momento di confessare l'inimmaginabile.

Raccontò dei suoi inverosimili incontri al Coma Science Group, e della situazione disperata di suo fratello. Quando affrontò l'argomento delle *visioni* dei pazienti comatosi, modello precog di *Minority Report*, i due uomini si scambiarono un'occhiata incredula. Louise sapeva che rischiava di passare definitivamente per una pazza.

«Negli ultimi giorni, diversi tra loro hanno avuto delle premonizioni» mormorò. «Hanno parlato di una grande catastrofe che si sta preparando, di fine del mondo. Hanno anche parlato di un ciclo che stava finendo» ammise infine fissando Bianchi.

«Come Rizzo?»

Lei fece cenno di sì.

«E poi?»

«Si starebbe preparando una nuova operazione, da qualche parte. In un castello in riva all'oceano.»

«Quale castello?»

«Non lo so. Uno dei malati ha detto che era il castello di Lucifero in persona, quello dei nove cerchi dell'Inferno. Non è una cosa da prendere alla leggera; lo stesso malato mi aveva chiaramente messo sulla pista dell'abbazia di Westminster.»

Nuovo tempo morto, in tutti i sensi del termine. I tre poliziotti continuavano a sprofondare. Avevano paura. Semplicemente paura.

«Bisogna trovare questo posto» concluse Ceylac. «Devono per forza esserci degli indizi, delle allusioni. Torchiamo ChatGPT, se necessario.»

«E... questa faccenda del cerchio che si chiude non vi fa pensare alle puntine rosse che tracciavano una linea lungo tutta la carta geografica del mondo, nell'ufficio di Vogel, al Museo di storia naturale?»

«È vero» ammise Louise. «Se li si unisce, in effetti fanno il giro del globo.»

«Quanto a questo, Beauché ha interrogato la collaboratrice di Vogel per capire cosa si nasconda dietro ogni punto, dietro ogni luogo, e riuscire a stabilire da cosa è costituito questo cerchio planetario che il professore ha tracciato nel corso dei suoi innumerevoli viaggi intorno al mondo. Per il momento non abbiamo niente di concreto, Vogel non ha scritto nulla sull'argomento, neanche un articolo, e la ricercatrice è al corrente solo di certe missioni, una goccia nel mare rispetto all'insieme. Perciò continuiamo a scavare... Ma tu hai ragione, Bianchi. Anch'io sono sicuro che abbiamo in mano qualcosa. Ma se dovessimo indagare in ogni posto segnato da una puntina rossa, ne avremmo per tre anni. Come minimo...»

«Un'ultima cosa a proposito di Rizzo» rilanciò l'italiano. «Il terzo libro che stava leggendo è *Dal big bang ai buchi neri* di Stephen Hawking.»

Louise alzò di scatto le sopracciglia. Pensò alla minaccia di Maria Calvino, che le aveva predetto una fine atroce come quella del fisico britannico, se mai il suo frammento di proiettile avesse provocato un'emorragia cerebrale. Lo spettro di quella terribile patologia, la sindrome locked-in, la prigionia a vita nella propria scatola cranica, era terrorizzante. Hawking riusciva a esprimersi solo grazie all'aiuto di un sintetizzatore vocale guidato da minimi movimenti della guancia.

«Rizzo aveva già fatto riferimento a lui, quando gli ho parlato a Rebibbia. A lui e all'abbazia di Westminster. E ricordiamoci che la tomba di Darwin saccheggiata si trovava proprio di fianco a quella di Hawking.»

«Siamo sicuri che la squadra non l'abbia toccata?»

«Apparentemente no, ma solleciterò Scotland Yard sulla questione.»

«A proposito di Hawking, mi stavo chiedendo...»

Ceylac cercò di mettersi a sedere sul letto. Pativa il martirio. Louise avanzò e lo aiutò meglio che poté.

«Era un grande astrofisico. Magari può essere un legame con la nostra prima vittima, il vicedirettore del CEA. Il Commissariato per l'Energia Atomica ospita numerosi laboratori civili che non hanno nulla a che vedere con il nucleare. In particolare, conducono delle ricerche nei campi dell'astrofisica e della cosmologia, sulle origini dell'universo, sulla materia oscura e così via.»

«E allora?»

«Allora si dà il caso che il nostro amico Eyrolles, prima di schiattare nel macchinario della risonanza magnetica, fosse amico di una delle celebrità del CEA. Un fisico anche lui, e per di più un filosofo: Étienne Klein.»

«Ah, questo nome non mi è nuovo... Per caso fa un programma alla radio?» disse Louise.

«Esatto, su France Culture. Senza scherzi, tu ascolti France Culture?» chiese Ceylac tra lo stupito e il divertito.

Vernay arrossì.

«Non sei l'unico sbirro colto, Ceylac. Se non vuoi che ti spacchi le ultime costole che ti sono rimaste, ti consiglio di fermarti qui.»

«Okay, okay... Intanto, Klein dopo la morte di Eyrolles, ha pubblicato diversi post su X, sottolineando la sua grandezza d'animo, la sua umanità e perfino la sua spiritualità. Siamo andati a interrogarlo, ci ha incontrati per cinque minuti tra un treno e un aereo, è richiestissimo, tiene conferenze ovunque. Giusto il tempo di dirci che Eyrolles nutriva un'ammirazione sconfinata per Einstein, che chiamava "il cervello senza cervello".»

Vernay rimase interdetta.

«Siccome Klein ha scritto un libro su di lui, *La bicicletta di Einstein*, Eyrolles gli faceva moltissime domande.»

«Hanno rubato il cervello di Einstein» sussurrò Louise.

«Cosa? Perché non hai detto niente? È legato per forza al nostro caso!»

«Forse, ma è passato molto tempo, è successo negli anni Cinquanta, alla sua morte. A rubarlo, all'epoca, fu il medico che gli praticò l'autopsia. Ma è comunque sorprendente che Eyrolles chiami Einstein "il cervello senza cervello"... Non è la prima cosa che viene in mente di dire pensando a lui. Poche persone sono al corrente di questa vicenda...»

«Mentre il resto del gruppo si concentra sul teppistello,» balbettò Ceylac sfinito «penso che voi due dovreste andare a trovare questo signor Klein.»

28

Giovedì 18 aprile 2024
Banlieue parigina
Ore 15 e 09

Louise e Massimo Bianchi avevano lasciato l'area urbana della capitale e si erano diretti verso i primi alveoli polmonari del sud dell'Île-de-France. Avevano imboccato le grandi arterie stradali che irrigavano la banlieue fino alle porte della splendida valle di Chevreuse. Era l'inizio della primavera, le prime foglie aureolavano le chiome degli alberi e svelavano gli immensi campus del Plateau de Saclay. La zona raccoglieva l'élite dell'insegnamento e della ricerca scientifica, tra cui le prestigiose École Polytechnique e CentraleSupélec, i diversi centri di ricerca del CEA e una serie di altre istituzioni che facevano del Plateau il più importante polo scientifico e tecnologico d'Europa, nonché l'ottavo "hub di innovazione" del mondo. Se per ipotesi quell'area di settemila ettari fosse stata bombardata e distrutta, il QI medio dei francesi sarebbe crollato di colpo di diversi punti…

Approdando nel cuore di quel reattore a materia grigia, Louise pensò per un attimo alla Silicon Valley, che aveva percorso in lungo e in largo con l'astronauta Ethan Miller durante la sua ultima indagine internazionale. Sentire che il corpo e i sensi sfuggivano al suo controllo la faceva sentire ancora più triste. Lei, che non aveva mai sofferto nemmeno di mal di denti, aveva l'impressione di essere quasi un'invalida. Gli acufeni e le cefalee non accennavano a diminuire. E le perdite di equilibrio, mescolate allo stordimento, non erano certo d'aiuto. E poi si sentiva responsabile delle condizioni in cui versava Ceylac, che aveva flirtato con la morte. Era stata lei, per l'ennesima volta, a trascinare i colleghi in quel vespaio senza mobilitare la squadra speciale. Era stato da incoscienti, in considerazione delle precedenti operazioni, che si erano tutte concluse con un fiasco e la messa a rischio o addirittura l'uccisione di membri delle forze dell'ordine.

Bianchi, che stava guidando con lo sguardo incollato al GPS, gettò una rapida occhiata a Louise.

«Tutto bene? Hai l'aria tesa.»

«Sono solo la regina dei cretini. Una palla al piede. Ti ho esposto al pericolo e ho trascinato Ceylac nel merdaio. Grimaldi ha ragione, sono ingestibile, faccio sempre e solo di testa mia. E per di più ne ho persa metà, di testa. Sono un'incapace.»

«Preferisci che ti compri una corda o una bombola di gas?»

L'investigatrice sorrise, ma senza convinzione. Osservò l'italiano: la carnagione abbronzata, la barba folta, i capelli corvini che si diradavano in cima alla testa… Non poteva essere più diverso dal britannico Ethan Miller, ma le dava un senso di tranquillità. Si sentiva al sicuro accanto a lui – e del resto lui l'aveva salvata due volte.

Cosa provava il segugio della Catturandi? Continuava a comportarsi in maniera discreta, da gentiluomo, ben lontano dal cliché abusato del playboy latino in cerca di conquiste. Ma le sue continue occhiate alla collega francese tradivano come minimo una marcata curiosità nei suoi confronti. I suoi sentimenti mutavano, oscillando tra l'ammirazione, il larvato desiderio e un inconscio timore. Il destino di Louise sembrava declinare ogni giorno di più verso la cattiva sorte. Qualcuno forse – sicuramente – tirava le fila, non lasciando nulla al caso; ma in assenza di qualsivoglia prova di quella manipolazione, l'investigatrice sembrava portarsi addosso un'aura nociva e velenosa per coloro che la circondavano. L'italiano sapeva anche dell'attrazione della collega per le sostanze illecite; giocava col fuoco, rischiando la carriera e la salute, mentale e fisica. L'impressionante ferita all'orecchio completava la sua trasformazione in apprendista strega dai poteri malefici.

Dopo un interminabile rettilineo, l'italiano svoltò a destra, rallentando di fronte all'ingresso dell'*Orme des merisiers*, il sito del CEA. Il cartello riportava anche la scritta SYNCHROTRON SOLEIL, ornata da un astro sfolgorante al posto della *o*, il che lasciava supporre la presenza in loco di uno strumento fuori dal comune. Costeggiarono le conifere che fiancheggiavano il viale fino alla barriera d'accesso. La sbarra era alzata e nessuno sembrava intenzionato a controllarli. Il campus, civile, non era sorvegliato quanto le installazioni militari del Commissariato per l'Energia Atomica. I due agenti passarono vicino all'LSCE, il Laboratorio di scienze del clima e dell'ambiente, diversi ricercatori del quale, membri del mediatico IPCC, contribuivano alla redazione dei catastrofici e scioccanti rapporti annuali sul riscaldamento globale. Viaggiarono verso l'edificio 774, situato all'estremità dell'area. Al momento di entrare nel parcheggio, una spettacolare costruzione spuntò sulla destra: un disco gigantesco, simile a un UFO. All'investigatrice tornò in mente di colpo la mega sede della Apple a Cupertino, nella Silicon Valley. A quanto pareva, ogni cosa la riportava a quella terrificante indagine. Sentì una fitta dolorosa al cuore e ricacciò indietro le lacrime. Era allo stremo, completamente esausta. Doveva fermarsi, riposare. Per non parlare di quel pezzetto di ferraglia nella testa, vera e propria bomba a orologeria.

La coppia aggirò l'anfiteatro Claude-Bloch e raggiunse l'edificio che ospitava il LARSIM, il Laboratorio di ricerca sulle scienze della materia. Il posto aveva l'aspetto di una serie di prefabbricati rivestiti di mattoni rosso arancio, sormontati da una strana cresta scarlatta che correva lungo la sommità. Le ringhiere a protezione del tetto lasciavano immaginare l'esistenza di vaste terrazze per le giornate di sole. Quel bizzarro Lego a forma di U si estendeva su gradevoli prati verdeggianti, disseminati di conifere, vecchi ciliegi e salici. L'interno non assomigliava molto all'esterno del complesso: triste, antiquato, lastricato di piastrelle anonime e controsoffitti in polistirene. Non c'era la minima possibilità che le menti che si scervellavano lì potessero farsi distrarre dall'asprezza del luogo; di certo erano talmente pure da non provare alcun bisogno di conforto materiale. L'edificio ospitava anche l'Istituto di fisica teorica; lavagne bianche e pennarelli cancellabili bastavano abbondantemente a fare la felicità dei ricercatori.

Lo studio di Étienne Klein si trovava al pianterreno. La porta era socchiusa.

Il fisico-filosofo li aspettava dietro la sua scrivania di legno. Intorno a lui, due tappeti orientali rallegravano il parquet laminato, e le mensole e le cassettiere rigurgitavano di opere e riviste scientifiche. Un tavolino rotondo in melammina offriva un modesto spazio riunioni. Alcuni manifesti e un quadro variopinto contribuivano ad abbellire quell'ambiente spartano.

«Buongiorno, cosa posso fare per lei?»

L'intellettuale mediatico si era alzato, la mano tesa e il sorriso affascinante. Indossava un blazer color cenere e una camicia con collo all'italiana sbottonato. Un paio di occhiali sottili cerchiavano i suoi occhi dallo sguardo penetrante, nascondendone le sopracciglia a forma di accento circonflesso.

«Grazie per averci ricevuti, professore.»

«No, no, non sono un professore. Solo un modesto ricercatore» sorrise Klein invitando i due poliziotti a sedersi.

A Louise fece piacere sentire quella voce calda e monocorde così familiare. Di solito la ascoltava su France Culture, ma aveva anche visionato diverse conferenze dello studioso. Era una delle punte di diamante della divulgazione scientifica in Francia, e in più un abile pensatore capace di tessere legami tra ambiti apparentemente molto distanti tra loro. I suoi libri avevano segnato una generazione, un po' come quelli di Stephen Hawking sull'altra sponda della Manica.

«Siamo venuti a parlare di Loïc Eyrolles, che lei conosceva bene, credo.»

Mentre Louise prendeva il comando, Bianchi osservava l'intellettuale. Il poliziotto funzionava come un poligrafo. Il minimo tic facciale insolito poteva tradire una bugia, un malessere, che l'italiano individuava istantaneamente.

Klein si incupì.

«Loïc era un uomo potente, brillante, come se ne possono trovare molti in un centro come il nostro. Ma aveva anche una sensibilità e una curiosità che superavano di gran lunga l'ambito della scienza. In questo ci sentivamo molto simili.»

«Cioè?»

«Era colto e raffinato. Aveva letto tutti i classici e si era soffermato sui grandi miti dell'umanità, le leggende fondative. Cercava sempre di discernere la ragione dietro la passione, di decifrare razionalmente quello che poteva sembrare puramente esoterico e talvolta insensato.»

«Per esempio?» insistette Vernay.

«Be', era affascinato dall'esistenza dell'anima e dalla distinzione tra mente e corpo. La questione della vita dopo la morte lo tormentava: cosa succede dopo la fine fisica e biologica? Avevamo la stessa ossessione morbosa. Trent'anni fa ho creduto che sarei morto per un nodulo alla gola, e da allora mi pongo gli stessi suoi interrogativi sulla vita dopo la morte. Solo che lui adesso conosce la risposta...»

«Era credente?»

«No, agnostico, proprio come me. È scientificamente impossibile affermare che Dio esiste o che non esiste. E poi, cos'è Dio? Siamo destinati a restare nell'attesa. Loïc lasciava sicuramente aperto uno spiraglio su un eventuale aldilà. A questo proposito, si appassionava ai sette peccati capitali e al concetto di dannazione dell'anima. Riteneva che l'uomo non fosse mai stato capace di progredire e di migliorarsi, che cedesse perennemente agli stessi vizi. Si interrogava sul modo in cui molti di noi sarebbero finiti all'Inferno senza essere mai riuscito a scoprire la vera natura di questo concetto, ovviamente.»

I due investigatori si scambiarono uno sguardo di intesa.

«Le ha mai parlato dei nove cerchi dell'*Inferno* di Dante?»

Étienne Klein alzò una delle sue famose sopracciglia a spina di pesce.

«No, non che io ricordi. Ma ha ragione, Dante si è ispirato ai sette peccati capitali. In realtà, è stato un po' più sottile: nei suoi nove gironi troviamo certamente la gola, l'avarizia e la collera; ma il poeta ha proposto anche nuove categorie, come la lussuria, l'eresia, la frode e la violenza. La violenza è importante, non trovate? Non vi sembra strano che la violenza, e quindi per esempio l'omicidio, non compaiano tra i peccati capitali?»

I due poliziotti restarono stupefatti. Non si erano mai posti la domanda e si sentivano lontani anni luce da simili considerazioni.

«Sinceramente, l'interpretazione della Bibbia non è il nostro forte...»

«I peccati capitali non compaiono nella Bibbia» disse bruscamente Klein. «Né nell'Antico né nel Nuovo Testamento. Sono stati pensati molto più tardi da due anacoreti e fissati alla fine del VI secolo da papa Gregorio I, detto Gregorio Magno.»

«È senz'altro molto interessante, ma ci stiamo allontanando dalla questione. È sicuro che Eyrolles non le abbia mai parlato di Dante? O dei cerchi dell'Inferno?»

«Sono quasi sicuro di no.»

Il volto del fisico-filosofo – impossibile definire altrimenti quell'ibrido del pensiero – era rimasto impassibile. Bianchi non aveva rilevato alcuna falla nei lineamenti maturi del divulgatore.

«Perché è così importante?»

«Non legge mai i giornali?»

Questa volta fu lo studioso a rimanere interdetto. La sua

mente vagava verso improbabili vette e restava separata dagli squallidi misfatti che agitavano i bassifondi della società umana.

«Non ho seguito molto l'indagine sulla scomparsa di Loïc» ammise. «Mi sembra di aver capito che è morto durante un esame medico, ma per il resto…»

L'investigatrice percepì che Klein stava cercando di sfuggire a quel triviale interrogatorio. Doveva riuscire a metterlo a suo agio, così cambiò tattica.

«Il quadro appeso sul muro alle sue spalle è un Picasso?»

Klein scoppiò a ridere, tra il lusingato e l'imbarazzato.

«No, no, è mio. So perfettamente di non valere un'unghia rispetto a lui. Mi piace il colore, amo il surrealismo e il cubismo, ma questo è tutto. E poi l'ho firmato, non c'è pericolo di confondersi.»

Vernay individuò la firma, in basso a destra: $EK=mc^2$.

«È vero che Eyrolles nutriva la stessa sua passione per Einstein?»

«In effetti è un altro dei nostri punti in comune.»

«E può confermarci che chiamava Einstein "il cervello senza cervello"?»

«Assolutamente. Si riferiva al furto del cervello di Einstein durante la sua autopsia, nell'aprile del 1955, alla sua morte…»

«Sì, sì, lo sappiamo» si affrettò a rispondere Louise, che voleva evitare una nuova dissertazione scientifico-filosofica. «Quello che ci piacerebbe sapere è il motivo per cui si interessava al suo cervello. Sa se è riuscito a vederlo, o addirittura a procurarsene un pezzo?»

Klein spalancò gli occhi, spingendo le sopracciglia appuntite in mezzo alla fronte.

«Sta scherzando? Il cervello di Einstein non esiste più! Credo che ne sia rimasta appena qualche lamella conservata in un museo americano.»

«Ne è proprio sicuro? Lei è uno scienziato, no? Io penso che funzioni come per Dio: non si può dire né che il suo cervello esista ancora né che non esista più.»

Bianchi fece un sorrisino.

«Santo cielo, che idea! Come le viene in mente che Loïc potesse avere un pezzo del cervello di Einstein, e perché? E poi, me lo avrebbe detto...»

«Insomma, vedo che non ha minimamente seguito il caso... Eppure, la stampa si è scatenata. Non ha sentito parlare né del furto del cervello di Marie Curie, né delle lamelle incise, né delle vittime decerebrate o trapanate in Francia e in Italia?»

«Sì, di Marie Curie ho saputo. Ma da lì a pensare che il cervello di Einstein...»

Louise si alzò. In pochi minuti tracciò un riassunto conciso della situazione. Il contenuto delle lamelle incise, il legame con i nove cerchi infernali, il gioco al gatto e al topo. La scomparsa di Alban Vogel. La ricerca di indizi e i tentativi di interpretare i messaggi in codice derivati dall'*Inferno* di Dante, che certamente nascondevano la chiave dell'enigma.

«Se ho ben capito,» disse infine Klein dopo aver digerito quella marea di spiegazioni «collegate i nove cerchi all'anatomia del cervello. È un'ipotesi. Ma a mio avviso ce n'è una molto più semplice. E che si ricollegherebbe a Einstein, cosa che finora mi sfuggiva.»

I due investigatori trattennero il fiato.

«Forza, siamo tutt'orecchi.»

«I primi astronomi, come Galileo e Copernico, molto prima delle teorie di Einstein, che ne è in qualche modo l'erede, hanno innanzitutto osservato il cielo. In primo luogo il nostro sistema solare, poi il resto dell'universo, tra cui la famosa Via Lattea, nella quale viviamo.»

Da pedagogo consumato, Étienne Klein si alzò in piedi e si diresse verso la lavagna bianca appesa al muro di fronte alla scrivania, a filo della porta. Cancellò diversi graffiti matematici e prese un pennarello. Si mise a disegnare una serie di cerchi, inscritti uno dentro l'altro, come a formare un'onda circolare. Su ciascun cerchio scarabocchiò una sfera.

«Considerando solo il nostro sistema locale, esistono nove pianeti che ruotano attorno al Sole. Essi formano delle ellissi concentriche, che vanno dall'orbita più piccola – Mercurio – alla più ampia, quella di Plutone. Un po' come i nove cerchi dell'Inferno.»

«Credevo che Plutone non fosse ufficialmente più un pianeta» disse Bianchi perplesso.

«Sì, in effetti nel 2006 l'Unione astronomica internazionale ha escluso Plutone dal sistema solare. Troppo piccolo, troppi oggetti celesti sulla sua rotta, traiettoria atipica... In poche parole lo hanno retrocesso al rango di "pianeta nano" incorporato nella cintura di asteroidi nota come fascia di Kuiper. Io l'ho sempre trovata una cosa ridicola. Plutone esiste, non si è volatilizzato. In più, è proprio quello che ci interessa. Il nono pianeta.»

«Perché?»

«Sapete chi è Plutone nella mitologia romana?»

Silenzio. Non avevano ripassato i classici.

«Il dio dell'Inferno. Vedete? Nono cerchio – nona ellisse intorno al Sole –, e porta il nome del dio dell'Inferno! E non è tutto. Uno dei vostri messaggi dice: "Il peccatore condotto da Caronte attraverso l'Acheronte..." Sapete che la luna più grande di Plutone, che si è riusciti a individuare solo dopo decenni, tanto era vicina al pianeta, si chiama appunto Caronte? Dal nome del "traghettatore degli Inferi"?»

Louise e Massimo erano increduli. Questa volta avevano in mano qualcosa. Anche se ignoravano a cosa quelle rivelazioni potessero portare.

«Infine, aggiungo che questi due corpi celesti gemelli, Plutone e Caronte, che formano il nono cerchio "classico" intorno al Sole, sono ghiacciati. I più gelidi di tutto il sistema solare, con una temperatura alla superficie di circa 230 gradi sotto zero, per via della loro distanza dal Sole. Come nel messaggio, che parla del "nono cerchio di ghiaccio". La cosa viene menzionata anche sulla lamella scoperta a Roma, se ho ben capito: "Il peccatore ritroverà il dio degli Inferi nel nono cerchio di ghiaccio". C'è tutto. Il nono cerchio di ghiaccio è Plutone, il dio degli Inferi, accompagnato da Caronte.»

I poliziotti accusavano il colpo. Era convincente e, nello stesso tempo, totalmente astratto, fuori dalla portata del loro modesto intelletto. Come sfruttare quella rivelazione?

Louise balbettò:

«In effetti tutto questo è inquietante... ma come può aiutarci a... a risolvere le nostre indagini?»

«Be', nei restanti messaggi si parla del "cerchio più piccolo". Per esempio: "Poi il peccatore perirà per la collera *del cerchio più piccolo*". O a Roma: "Uno dopo l'altro, tutti i peccatori saranno annientati dalla potenza vendicatrice del *primo cerchio*". La vera domanda è: qual è questo primo cerchio vendicatore? Cosa indicano con il "primo cerchio" e con il "cerchio più piccolo"?»

I due agenti continuavano a pendere dalle labbra del "fisico-filosofo". Klein piantò la punta del pennarello nel centro esatto del sistema solare. Sull'astro intorno al quale orbitavano tutti i pianeti.

«È lui il cerchio più piccolo. Secondo me i messaggi indicano il perno attorno al quale i nove cerchi ruotano: il Sole. La stella centrale che emette violenti geyser termonucleari.»

«Come innumerevoli bombe atomiche...» mormorò Bianchi con un filo di voce.

«Esattamente» confermò Étienne Klein tornando alla scrivania. «Il Sole è un gigantesco reattore nucleare. La fusione degli atomi di idrogeno che si trasformano in elio libera un'energia titanica, equivalente a quella di miliardi di bombe H.»

«E quindi? Si torna all'ipotesi di una minaccia nucleare? Era il nostro timore iniziale, dato che Loïc Eyrolles era uno dei responsabili della bomba francese...»

«Corretto. Era il vicedirettore della Direzione delle applicazioni militari. Penso che il messaggio sia chiaro» confermò Klein.

Louise sprofondò nella seggiola. Ritorno al punto di partenza. Bisognava riprendere tutto dall'inizio e risalire all'intuizione iniziale, la più logica, la più semplice, e anche la più terribile. Perché si erano persi in tante congetture improbabili?

«Abbiamo cominciato a seguire quella pista, ma l'indagine si è impantanata. La DAM, direttamente legata all'esercito e dunque al ministero della Difesa è una vera e propria fortezza inespugnabile. Impossibile indagare liberamente da quelle parti.»

«Ovvio. State toccando uno dei settori riservati dello Stato più sensibili e strategici. Nemmeno io sono mai riuscito a visitare alcuna loro installazione, nonostante i miei legami con Loïc. Bisogna avere un'autorizzazione all'accesso di livello elevato.»

«Se la minaccia è concreta come suppone lei, contatteremo la direzione antiterrorismo, risaliremo fino al primo ministro e se necessario, fino al Presidente della Repubblica. Ci toglieranno l'indagine, ma forse riusciremo a evitare il peggio.»

L'investigatrice già si immaginava delle squadre che sottraevano una testata atomica o si preparavano a far esplodere una centrale nucleare... Un vero incubo. Bisognava porre tutte le installazioni sotto strettissima sorveglianza e distribuire centinaia di migliaia di compresse allo iodio alla popolazione, per prevenire almeno in parte gli effetti devastanti delle radiazioni ionizzanti.

Nello stesso istante, il suo cellulare vibrò. Lo prese e lesse il messaggio che vi era apparso. Scotland Yard rispondeva in merito alla tomba di Stephen Hawking. E la risposta era sconcertante.

«Signor Klein, ancora una domanda... Ho saputo adesso che la squadra che ha rubato il cranio di Darwin all'abbazia di Westminster ha anche lasciato un segno sulla pietra tombale di Stephen Hawking, che si trova proprio lì accanto. In un primo momento nessuno ci ha fatto caso, ma durante l'incursione è stata incisa una frase. È in latino: "*Honor et gloria, usque ad extremum temporis, usque ad finem mundi*". E significa...»

«"Onore e gloria, fino alla fine dei tempi, fino alla fine del mondo"...» mormorò il fisico.

Un brivido percorse Bianchi. La minaccia andava precisandosi.

«Di nuovo altri pazzi che vogliono alimentare la diceria» disse Klein.

«La diceria? Quale diceria?»

«Che Hawkin sia stato, in vita, una specie di reincarnazione di Einstein, ma anche di Newton o di Galileo, e in qualche modo abbia raccolto l'eredità dei più grandi. E che si sia portato nella tomba certi segreti, tramandati da un genio all'altro, riguardanti la fine del mondo e dell'umanità.»

«Chi diffonde queste assurdità?» domandò Louise.

«Non lo so, sono cose che si mormorano nei congressi scientifici, nei circoli iniziatici delle grandi scuole di ingegneria, tra insegnanti di fisica teorica... Chi ha lanciato per primo l'idea? Lo ignoro. Diciamo che molti si stupiscono che sia riuscito a vivere per decenni imprigionato nella sua testa e che, nonostante la sua condizione, sia stato capace di produrre un lavoro scientifico così ingente, per non parlare dei suoi corsi a Cambridge e dei suoi saggi divulgativi. Sapete che la speranza di vita di un uomo affetto come lui dalla malattia di Charcot non supera i tre-cinque anni? Ebbene, Hawking aveva ventun anni quando gli è stata diagnosticata, ed è sopravvissuto per altri cinquantacinque! Il che è tutt'altro che naturale.»

Louise e Massimo si scambiarono uno sguardo dubbioso.

«E non è tutto. Perfino la sua morte sarebbe una prova del suo statuto eccezionale, e del suo legame sovrannaturale con i geni della fisica.»

«La sua morte? Perché?»

«Per via di una serie di simboli e di coincidenze. Per esempio, Hawking è morto lo stesso giorno in cui è nato Einstein: il 14 marzo. Inoltre, i due sono morti esattamente alla stessa età, a settantasei anni. E poi lo stesso Hawking amava ricordare di essere nato trecento anni dopo la morte di Galileo, e nello stesso giorno: 8 gennaio 1642 – 8 gennaio 1942. Per molti scienziati appassionati di equazioni e costanti, che sono alla base delle grandi leggi della fisica, tutte queste coincidenze finiscono per avere un significato. Inspiegabile, esoterico, ve lo concedo, ma comunque un significato.»

La coppia di investigatori stava perdendo i suoi punti di riferimento. Ecco che bisognava fare i conti con nuove elucubrazioni che potevano spiegare almeno in parte le motivazioni dei criminali. La natura del messaggio inciso all'abbazia di Westminster sembrava di fatto manifestare un culto nei confronti di Hawking: HONOR ET GLORIA…

«E al di là di queste, diciamo, "sincronicità" tra Hawking e i suoi predecessori, il suo coinvolgimento in tutte queste cose può illuminarci sul caso e far progredire l'indagine?»

«Forse. Probabilmente. Lui era il grande studioso dei buchi neri, come quello che si trova al centro della nostra galassia. E se vogliamo davvero trovare un collegamento tra lui, i nove cerchi di Dante e il cervello, penso che possiamo andare oltre la metafora del sistema solare.»

Vernay deglutì. Tutto procedeva velocemente. Nonostante il suo stato, i ronzii e i giramenti di testa, si sforzò di concentrarsi, anima e corpo, su quei discorsi ingarbugliati.

«La nostra galassia, la Via Lattea, è composta da diversi bracci a spirale: due più grandi, Perseo e Centauro, e sette più piccoli tra cui quello di Orione, nel quale gravita il nostro sistema solare, per non parlare della barra centrale.»

Invece di scarabocchiare sulla lavagna bianca, questa volta Étienne Klein mostrò un'immagine eloquente sullo schermo del suo microcomputer.

«Quindi sono nove spirali, come nove cerchi. Mi state seguendo?»

Bianchi e Vernay provarono un senso di vertigine. La nozione di legge che dava senso a un insieme di coincidenze prendeva corpo davanti a loro, come era accaduto con i presunti legami tra Hawking e i suoi predecessori. Stavano scoprendo l'esistenza, nell'infinitamente grande, di schemi che ripetevano ogni volta la metafora dei nove cerchi di Dante. Il genio italiano aveva forse presagito l'esistenza di quelle matrici? La sua intuizione gli aveva permesso di toccare con mano una regola aurea, un principio divino? Una logica universale della natura valida fino ai confini del cosmo?

«E… quale sarebbe il cerchio di ghiaccio questa volta? Quello che dovrebbe ospitare il dio dell'Inferno?»

«Penso che si tratti di quello che simboleggia la morte per eccellenza, nella maniera più definitiva e totalizzante che ci sia. Il cerchio da cui non si torna mai, da cui la luce non può fuggire, e dove perfino il tempo smette di scorrere. Al suo interno, spazio e tempo sono aboliti, annientati, e fino alla fine dei tempi. "*Usque ad extremum temporis, usque ad finem mundi*", per riprendere l'iscrizione incisa sulla pietra tombale di Hawking.»

Louise sentì il cuore accelerare all'impazzata e gli acufeni pestare duro fino alla nausea. La tensione era troppa. Chi era davvero Étienne Klein? Quale macabro messaggio da un altro mondo era venuto a portare? In quel momento, lo studioso dal viso emaciato sembrava posseduto dal diavolo in persona. La francese indietreggiò inconsapevolmente. Si avvicinò alla porta, pronta a scattare per sfuggire alle fauci del mostro. Come se lo scienziato stesse per fagocitarla in un enorme gozzo. Louise stava impazzendo…

«E… come si chiama questo cerchio?» mormorò Bianchi, che cercava di seguire il ragionamento.

«Molto semplicemente è quello che ha occupato gran parte dell'esistenza e delle ricerche di Stephen Hawking: il buco nero che regna al centro della nostra galassia. Costituisce l'asse da cui si dipartono i nove bracci della galassia…»

Il legame tra le indagini e il fisico britannico si rafforzava. Ma come collegare quelle nuove rivelazioni agli enigmatici messaggi trovati sulle vittime? Che significato poteva avere un buco nero in quei lugubri indovinelli?

«Il buco nero al centro della nostra galassia è quattro milioni di volte più massiccio del Sole. Lungo i suoi bordi scintilla una frontiera, "l'orizzonte degli eventi", dove numerosi oggetti celesti ruotano prima di venire risucchiati e poi inghiottiti da quel mostro. E al centro del buco nero, da cui niente può mai uscire, regna una temperatura vicina allo zero assoluto. Lo zero Kelvin, l'equivalente di -273 gradi Celsius. Più freddo di così non si può. A quella temperatura, tutte le particelle si bloccano per sempre. Tutto si ferma, definitivamente.»

«Il covo ideale per il diavolo» commentò Louise sconcertata.

«L'inferno di ghiaccio» aggiunse Bianchi, altrettanto stupefatto.

«E non è tutto» continuò Étienne Klein, visibilmente preso dalla foga.

I poliziotti trattennero il fiato.

«Se Hawking si interessava tanto ai buchi neri, è perché esprimono la prigionia totale, vale a dire esattamente ciò che lui viveva all'interno della sua scatola cranica, per via della terribile malattia che lo ha paralizzato e inchiodato alla sedia a rotelle per cinquant'anni. Se la tecnologia non fosse giunta in suo soccorso, probabilmente non avrebbe mai potuto comunicare con il mondo esterno. Il suo cervello, per l'appunto intrappolato ai confini del nulla, sul filo del rasoio, sull'orizzonte degli eventi, trovava perciò la sua trasposizione metaforica nella nostra galassia. È come se tutti i neuroni di Hawking girassero implacabilmente attorno al buco nero supermassiccio al centro della Via Lattea, in attesa di essere assorbiti, uno dopo l'altro, per sempre.»

«Non capisco» sibilò Bianchi, che cominciava sul serio a confondersi.

«La nostra galassia è popolata da almeno cento miliardi di stelle. E lo sa quanti neuroni conta il nostro cervello?»

«Cento miliardi?» mormorò Louise.

«Esatto. Vedete la relazione? È come se il nostro cervello, nel corso dell'evoluzione, si fosse avvicinato alla struttura stessa della Via Lattea. Un po' come se l'infinitamente grande della galassia incontrasse l'infinitamente piccolo del nostro cervello.»

Vernay si stava spazientendo, e sentiva le vertigini impossessarsi di tutto il suo essere. Non avrebbe resistito ancora per molto.

«Ma cosa ne dobbiamo dedurre, alla fine? È tutto completamente assurdo!»

Étienne Klein gettò un'occhiata al suo orologio di marca e fece una smorfia.

«Bene, mi dispiace moltissimo, ma devo andare. Un corso sui fondamenti della fisica quantistica per gli alunni dell'École Centrale...»

«Aspetti, e se gli autori di questi crimini spaventosi volessero davvero evocare un buco nero? Voglio dire, un vero buco nero cosmico? Se il rebus fosse questo: condurci fino alla metafora della galassia, e del suo centro gelido e spietato? A cosa potrebbe assomigliare un buco nero sulla Terra? Cosa potrebbe indicare?»

Klein si bloccò di colpo e si mise a riflettere.

«Be'... Il solo buco nero che potrebbe teoricamente apparire sulla Terra è quello che sarebbero in grado di riprodurre certi grandi strumenti scientifici. In effetti è una cosa su cui sono stati versati fiumi d'inchiostro, all'epoca. L'LHC, a Ginevra, è l'acceleratore di particelle più grande e potente del mondo: ventisette chilometri di circonferenza. Un collisore di adroni capace, in teoria, di riprodurre le condizioni di un buco nero sperimentale. Dei microbuchi neri quantistici, in realtà, ma molti hanno temuto che sarebbe arrivata la fine del mondo. E abbiamo rischiato di non scoprire mai il bosone di Higgs. Avete presente? La famosa "particella di Dio"?»

Dio, il diavolo, tutto si mescolava nella mente di Louise, vistosamente sul punto di cedere.

«L'LHC è una specie di replica gigante del nostro acceleratore, che si trova proprio dietro questo edificio. L'avrete certamente notato, venendo qui. L'enorme struttura circolare.»

«Quella specie di disco volante?»

«Esatto. Il nostro acceleratore si chiama SINCROTRONE SOLEIL. "Sole" suona meglio di LHC, non vi pare?»

Buco nero al centro della galassia e a Ginevra; sole al centro del sistema solare e nell'edificio di fianco; due acceleratori, due metafore che si accordavano con le teorie del fisico-filosofo, tra i nove cerchi dei pianeti del sistema solare e gli altri nove formati dai bracci della Via Lattea... Senza contare i neuroni di Stephen Hawking che roteavano nella nostra galassia e si connettevano con le anime dei suoi predecessori: Newton, Galileo e Einstein…

Louise si sentì a sua volta risucchiare da un grande buco nero. Black out cerebrale.

Collasso tra le braccia di Bianchi.

29

Venerdì 19 aprile 2024
Parigi
Ore 10 e 12

«Proprio non riesci a fare a meno di me.»

Louise socchiuse le palpebre, leggermente abbagliata dalla luce del giorno che penetrava attraverso le finestre in PVC. Mentre cercava di capire dove fosse, un'immagine si formò sulla sua retina, sempre più netta.

Si mise faticosamente a sedere sul letto.

«Ma che cavolo ci faccio qui?»

«Te l'ho appena detto: non puoi fare a meno di me.»

Louise scorse Ceylac, disteso tra le lenzuola bianche, circondato da monitor su cui danzavano le sinusoidi. Abbassò lo sguardo e vide un'agocannula infilata nella vena cefalica. Il tubicino trasparente era collegato a una sacca di soluzione glucosata, tranquillamente appesa a un trespolo d'acciaio.

Senza pensarci, strappò l'estremità della cannula e tentò di rigirarsi sul fianco per gettare le gambe di lato e alzarsi. Di colpo, una violenta emicrania le martellò le meningi.

«Ehi, calma, Van Gogh. Non puoi scappare via così. Ti informo che sei messa ancora peggio di me, a quanto pare.»

«Cosa… cosa stai dicendo?» balbettò Louise rintanandosi nel letto.

«La scheggia di proiettile che hai in testa... sembra che si muova. Il medico che si è fatto vivo ieri sera con le tue radiografie aveva l'aria molto preoccupata. Tipo "Questo sì che è un caso clinico!", se capisci cosa intendo...»

Louise si massaggiò le tempie. La cefalea infuriava. Ogni battito cardiaco la metteva praticamente al tappeto.

«Non posso... Non è proprio il momento giusto. Ci sono delle novità, Klein ci ha messi su delle nuove piste... I nove cerchi, il sistema solare, la galassia... il sole, il buco nero... È pazzesco...»

«Sì, lo so, Bianchi mi ha spiegato tutto ieri sera, quando ti ha portata qui. Ammetto che è inquietante.»

«Abbiamo qualcosa di sostanzioso, ne sono sicura... E non posso restare qui a far niente, come un peso morto...»

«Carino, da parte tua. Ti ricordo che sto marcendo qui da giorni. E anch'io non vedo l'ora di tornare a folleggiare. Semplicemente, non sempre si ha scelta, Vernay.»

«Parla per te.»

Detto questo, Louise contrasse gli addominali e, nonostante il dolore che le si irradiava nella testa, si alzò di scatto. Cominciò a camminare a tentoni verso l'armadio per recuperare gli abiti e rivestirsi in fretta e furia in bagno. A ogni passo le sue natiche affioravano dalla vestaglia troppo corta. Nello stesso istante, Bianchi entrò in camera e si trovò faccia a faccia con lei.

«Che cazzo stai facendo? Torna a letto!»

Quell'uomo sempre così discreto ed elegante si era lasciato andare.

«Volete lasciarmi in pace tutti e due? Per chi mi avete presa? Per una cretina senza cervello ai vostri ordini? Sono superiore di grado a entrambi! E tu spostati, Bianchi, se ci tieni alle palle.»

L'italiano restò interdetto di fronte a quella furia in camice di carta, striminzito al punto da lasciar apparire le cosce sode. Perse per un attimo il lume della ragione e senza riflettere la abbracciò.

«Ma cosa... Massimo... Insomma!»

«Sta' buona, Louise, ti prego... Ne ho abbastanza di salvarti la pelle ogni due giorni. Ma Dio santo, perché non riesci a comportarti come le persone normali?»

Louise si divincolò.

«Perché io non sono una persona normale, idiota! E comunque state tranquilli, ho promesso a Maria Calvino del Coma Science Group di Liegi che mi farò ricoverare da loro. Di lei mi fido. Qui non conosco nessuno. Ma non c'è fretta. Mio nonno ha vissuto trent'anni senza un polmone. Aveva preso la tubercolosi. Non si è mai lamentato. È una cosa ereditaria.»

«Be', comunque per adesso vedervi qui tutti e due, fianco a fianco, confesso che è buffo» disse Bianchi per sdrammatizzare. «Ci manca solo che mi venga una crisi d'asma coi fiocchi e mi ficchino in un terzo letto. Un bello spiedo di piedipiatti sciancati. Guardate, magari in tre potremmo riuscire a fare il lavoro di un unico poliziotto sano, no?»

I tre risero di gusto.

L'italiano accompagnò fino al letto Louise, che nonostante i suoi proclami non si reggeva più in piedi, poi si accomodò su una sedia.

«Dopo quello che ci ha detto ieri Étienne Klein sul sistema solare, ho ripensato al messaggio ritrovato nella tomba di Darwin, che cominciava con "La testa d'oro della sorella di Cerbero sconfiggerà gli impostori...". Comunque sia, "la testa d'oro" è una chiara allusione al Sole, non vi pare?»

«Sì, e sarebbe molto logico che i pianeti del sistema solare simboleggiassero i membri più influenti dell'organizzazione che ci sta sfidando» aggiunse Ceylac. «Le allusioni alla piovra con i suoi nove sistemi nervosi – quello centrale e quelli degli otto tentacoli – e all'Idra di Lerna (la sorella di Cerbero) dalle nove teste sono lì a sottolinearlo. Tutti cervelli le cui azioni girano attorno a un sole, la loro "testa d'oro", un guru o una guida suprema... Eyrolles, Lombardo, Rizzo, Vogel sono necessariamente collegati e fanno parte di questo sistema in rotazione attorno all'asse centrale, la testa pensante, quella che guida tutte le altre. Ed è molto probabile che anche l'istigatore di questi massacri si trovi tra i "cervelli" ancora vivi... Magari tutto questo non è altro che una volgare lotta di potere interna, in seno a un piccolo gruppo di pazzi decerebrati, scusate il termine non proprio opportuno.»

Ceylac era giunto alle stesse conclusioni che Vernay aveva già espresso tre giorni prima in presenza di Nicolas Grimaldi, il capo della Omicidi. Il poliziotto era lento ma perspicace.

«Sono in gran parte d'accordo» si associò Bianchi. «Ma secondo me "la testa d'oro", la testa centrale posta al di sopra degli altri, è già caduta a sua volta. Quel sole che brilla, agitato da migliaia di geyser radioattivi, indica direttamente Eyrolles. Lui era strettamente legato alle armi nucleari, ma anche al SINCROTRONE SOLEIL, dato che passava molto tempo proprio lì, accanto a Étienne Klein. Chi può dire che, con la scusa di andare a trovare il fisico-filosofo, non si imbucasse nell'acceleratore di particelle? Magari tramava qualcosa...»

«Vuoi dire un buco nero?»

«Può darsi, sì. In ogni caso, penso che dovreste indagare in loco. Almeno sul terreno scientifico, per esempio analizzando i sistemi digitali. Per verificare che non sia stato programmato nulla di insolito. E di sicuro dovreste allertare l'esercito, chiedere di verificare che non sia sparita un'ogiva o una testata nucleare... Lo stesso va fatto in ambito civile, dando inizio a un'ispezione delle centrali.»

Ceylac, come al solito timoroso, rimase impietrito nel letto. Sapeva che l'italiano aveva perfettamente ragione, ma temeva di addossarsi una simile responsabilità, che rendeva necessario innanzitutto convincere i superiori, a cominciare dal capo della polizia giudiziaria, fino ad arrivare al direttore generale della polizia nazionale. A quel punto, place Beauveau sarebbe risalita fino al primo ministro e all'Eliseo, per poi dare ordini al capo di stato maggiore dell'esercito e agli enti di controllo dell'industria elettronucleare. Gli sarebbe toccato esporsi, sporcarsi le mani, forse rendersi ridicolo. Perché, per il momento, nessuna prova materiale poteva seriamente dimostrare l'esistenza di una minaccia nucleare – o, cosa ancora più strampalata, di un annientamento tramite un potente buco nero. Tutto si basava su congetture, interpretazioni, collegamenti teorici e un po' fumosi.

«Riuscite a immaginare la reazione dell'esercito quando gli chiederemo di controllare il loro stock? Ci faranno a pezzi» sussurrò Ceylac. «Intendo parlarne assolutamente a Grimaldi, ma vi avverto, dovrò procedere con estrema prudenza.»

«Dobbiamo anche indagare su Stephen Hawking» intervenne Louise. «Torna di continuo. Rizzo aveva uno dei suoi libri, e soprattutto c'è il messaggio inciso sulla pietra tombale, posta proprio accanto a quelle di Darwin e di Newton... Klein ci ha riportato tutte le voci che circolavano al riguardo. È morto esattamente alla stessa età di Einstein. E lo stesso giorno della nascita del genio tedesco. Come se fosse fatto apposta. Come se tutto questo fosse stato accuratamente pianificato.»

«Che relazione c'è con i nostri cervelli che schiattano uno dopo l'altro?» replicò Ceylac. «Hawking è morto sei anni fa!»

«E allora? Chi ci dice che questa follia non sia iniziata già da anni? E che altri membri non siano stati eliminati senza che lo sapessimo, o piuttosto senza che si potesse collegare la loro scomparsa alla serie di crimini odierni? È come per il cervello di Einstein, che è scomparso settant'anni fa ma ha continuato a girare a pezzetti un po' dappertutto per decenni, e magari lo fa tuttora. Può essere che il processo sia stato avviato molto tempo fa, e che adesso gli eventi stiano precipitando. Si eliminano a vicenda e forse ci trascineranno nel caos. Sapete, ci sono tanti esempi di pazzi che si uccidono tra loro predicendo la fine del mondo: l'Ordine del Tempio Solare; i davidiani a Waco, in Texas; i novecento membri del People's Temple che nel 1978 si sono uccisi tutti col veleno in Guyana, l'ex colonia britannica.»

Bianchi e Ceylac furono attraversati da un brivido di spavento. Sentendo la catastrofe avvicinarsi, Vernay aveva studiato l'argomento. Gli avvertimenti dei malati del Coma Science Group di Liegi avevano alimentato una profonda angoscia.

«Dobbiamo identificare questa organizzazione» insistette

l'investigatrice. «Individuare degli indizi, delle corrispondenze tra le vittime, cercare dei collegamenti, dei punti in comune. Per esempio, si sono mai trovati tutti nello stesso posto contemporaneamente? I loro computer e i loro telefoni possono dircelo. Bisogna analizzarli con molta attenzione.»

«Forse io ho qualcosa» esclamò Ceylac. «Una pista... interessante.»

«Il teppistello che ti ha sparato addosso ha parlato?» si informò Bianchi.

«No, no, lui è un povero idiota. Un sempliciotto fatto e finito. Evidentemente è stato manipolato a distanza; comunicava con i mandanti tramite Signal. Impossibile trovare qualsiasi traccia, e lui non sa assolutamente niente. Sto parlando di una scoperta interna al reparto. Sai, Louise, abbiamo preso piuttosto sul serio questa storia dei sogni a occhi aperti dei precog di Liegi, dove è in cura tuo fratello. La minaccia della fine del mondo, e l'evocazione del castello di Lucifero, e dei nove cerchi dell'Inferno in riva all'oceano.»

«E quindi?» si spazientì Vernay.

«E quindi Beauché, il quinto uomo del mio gruppo, appassionato di geografia e di puntine colorate, che adora conficcare sulle cartine, ha fatto un mucchio di ricerche. E a furia di incrociare i termini "castello" e "cerchi dell'Inferno" con i Paesi che si affacciano sull'oceano, ha trovato qualcosa. In Portogallo, nel comune di Sintra, in riva all'Atlantico. Il castello ospita un enorme pozzo che conduce fino all'ultimo cerchio dell'Inferno...»

30

Martedì 16 maggio 2017
Sintra, Portogallo
Ore 20 e 42

Gli ultimi visitatori se n'erano andati verso le sette, come ogni sera in quella stagione. Fin dal mattino, l'umidità delle montagne mescolata agli spruzzi dell'oceano trasudava una nebbia tenace, che rafforzava l'aura misteriosa della Quinta da Regaleira.

Il palazzo era uno dei siti più spettacolari di Sintra, che contava più ville e castelli da favola della Baghdad delle *Mille e una notte*. La nobiltà e la borghesia portoghese dell'Ottocento, innamorate della regione, vi avevano costruito numerose residenze una più monumentale ed eccentrica dell'altra. Regaleira era stata edificata su antiche vestigia marchiate con il sigillo della Massoneria e dell'Ordine del Cristo – la variante portoghese dei Templari. I sotterranei e i celebri pozzi che permettevano di raggiungerli datavano tutti al XVII secolo, ed erano stati scavati in onore dell'autore della *Divina Commedia*. I fondatori del Cerchio, tra i quali il grande Baruch Spinoza, avevano intrapreso quei lavori di vasta portata, comprendenti diversi chilometri di gallerie, allo scopo di ospitare le loro attività occulte. Alcuni annessi e un palazzo dagli stravaganti ornamenti gotici erano stati eretti dai proprietari successivi.

Ora bisognava fare i conti con i visitatori provenienti da tutto il mondo, il cui obolo permetteva la manutenzione del sito. La Regaleira viveva perciò due vite: una diurna, puramente turistica; l'altra notturna, teatro di una ricerca secolare volta a unificare il mondo di sopra e quello di sotto, l'infinitamente grande e l'infinitamente piccolo, tramite una liturgia dei contrari ispirata allo yin e allo yang.

Quella sera, i Cervelli arrivarono col contagocce, per proseguire l'opera dei loro antenati con la stessa abnegazione. Percorsero il viale che costeggiava l'ampia muraglia meridionale e resero omaggio ai nove dèi che troneggiavano nelle loro vesti di marmo. Ogni statua simboleggiava uno dei membri del Cerchio, e ciascuno di loro aveva l'usanza di prosternarsi al suo cospetto.

Dante, ovvero Steven Laureys, era entrato per primo. Con la morte nel cuore si apprestava a lasciare le proprie funzioni e a trasmetterle al suo erede. Subito dopo apparve Virgilio. In qualità di guida, avrebbe avuto il compito di indicare la via al nuovo Dante, anche se Laureys aveva tutta l'intenzione di restare vicino al suo successore – e a ragione.

Caronte, ossia Loïc Eyrolles, varcò a sua volta l'immenso cancello. Il francese, proprio come il suo doppio mitologico, incaricato di traghettare attraverso l'Acheronte le anime dannate destinate a sprofondare nell'Inferno, designava coloro che avrebbero perso la testa – o perlomeno il cervello. Fino a quel momento, erano stati scelti al di fuori del Cerchio, e successivamente studiati con grande cura da Dante. All'epoca, Caronte non immaginava che sarebbe finito lui stesso sul patibolo, col cervello tagliato in due da una lama di taglierino…

Mentre i primi membri si susseguivano, muovendosi in assoluta libertà, Cerbero pazientava nella sua cella, segregato dal mondo. Si era procurato un cellulare grazie alla benevolenza di Minosse, uno degli altri Cervelli. Nella mitologia greca, Minosse, figlio di Zeus e di Europa, fu re di Creta. Nella *Divina Commedia* giudica le anime dei dannati all'ingresso dell'Inferno. Chi altri si sarebbe potuto assumere una tale responsabilità, se non un super procuratore della Repubblica? Non era stato lui, del resto, a far incarcerare Cerbero, ovvero Giuseppe Rizzo, per sottrarlo alle gravi minacce che pendevano su di lui? La Camorra, organizzazione rivale, aveva messo una taglia sulla sua testa, per cui il boss della 'Ndrangheta non era più al sicuro in nessun luogo, salvo in una prigione dal regime che ricordava già un girone dell'Inferno.

Cerbero era adesso un cervello senza corpo, o quasi. Si era rifugiato nei libri e vigilava sugli altri membri dal suo antro. Il mostro mitologico a tre teste e con la coda di serpente conservava i segni delle catene con cui Ercole l'aveva domato. Rizzo, anch'egli incatenato nel suo buco, sembrava a sua volta possedere tre teste, tanto era il suo desiderio di conoscenza. La sua cultura senza fondo, acquisita durante i lunghi anni di detenzione, dopo una carriera di capomafia tra i più sanguinari, destava ammirazione. Si era lasciato prendere su ordine di Plutone. I nemici si avvicinavano, presto lo avrebbero raggiunto; bisognava esfiltrarlo nel rifugio più inaccessibile – e più terribile – del mondo. Dalla sua cella, si teneva informato su tutto e distribuiva gli ordini ai suoi scagnozzi, tra cui il temibile Flegias.

Mafioso patentato come lui, Flegias, ossia Luigi Lombardo, era sempre stato il braccio destro di Rizzo. Cerbero decideva, Flegias eseguiva. Il ruolo di potere all'interno della 'Ndrangheta, i cui tentacoli si allungavano in tutto il mondo, offriva loro un terreno di gioco illimitato. Tutte le operazioni potevano essere immaginate e realizzate da squadre super addestrate al servizio del *Gyrum Novem*. Accanto a Flegias, Medusa – cugina dell'Idra di Lerna e sorella spirituale di Cerbero – costituiva l'altro braccio armato di Rizzo. Come il mostro del mito, il suo sguardo poteva pietrificare chiunque la sfidasse. E lei sapeva mostrarsi tanto brutale quanto delicata, in base alle circostanze.

Verso le nove di sera, si presentarono gli ultimi due membri. Prima Darwin, cioè Alban Vogel. La sua presenza era un fatto raro, tanto i suoi viaggi per il mondo lo assorbivano. Era in cerca di un Santo Graal molto più prezioso di quello che aveva monopolizzato i dodici cavalieri della Tavola Rotonda; un Graal nascosto nell'ombra, spesso strisciante sottoterra e quasi impossibile da scovare, perché le sue complesse ramificazioni lo rendevano pressoché invisibile. Ma costituiva l'impresa della sua vita, e Vogel era quasi giunto alla meta. Ancora pochi anni e ce l'avrebbe fatta. La sua larvata competizione con Dante, già vecchia di secoli – attraverso i loro predecessori –, si avvicinava alla conclusione. Dante/Laureys stava facendo progressi importanti nello studio degli encefali, ma quella sera Darwin/Vogel si sarebbe sbarazzato di lui e avrebbe compiuto un grande balzo in avanti.

Infine, il gran maestro Plutone arrivò come di consueto a bordo del suo van color antracite. Il veicolo risalì il viale alberato che conduceva alla Torre da Regaleira e si fermò. I sette membri presenti lo attendevano in silenzio. La portiera scorrevole laterale si aprì e una passerella liscia si allungò fino a terra. Degli scricchiolii annunciarono la sua imminente apparizione. La carrozzina elettronica superequipaggiata scese lentamente. Gli altri Cervelli si inginocchiarono. Dalla sua cella di Rebibbia, Cerbero chinò visibilmente il capo.

Cerbero/Rizzo non era il solo cervello imprigionato in un organismo quasi statico. Plutone si trovava ancora più confinato, intrappolato all'interno di un corpo inchiodato a un'imponente sedia a rotelle, il viso di traverso e la tempia destra premuta su un poggiatesta. Il britannico accennò dei minuscoli movimenti con la guancia, subito captati dalla minicamera e tradotti dal programma del suo computer portatile. Quindi il sintetizzatore vocale scandì con voce metallica:

«Buonasera a tutti. Oggi è un gran giorno.»

Virgilio prese la leva di comando della carrozzina e diresse Plutone, ovvero Stephen Hawking, sul percorso che conduceva al Pozzo Incompiuto, il solo che permettesse al gran maestro di accedere agevolmente alle gallerie sotterranee e raggiungere il nono cerchio. Sarebbe stato impossibile per lui usare le scale di pietra a spirale scavate nella roccia che scendevano nell'altro Pozzo, quello Iniziatico, e attraversare i primi otto cerchi fino al punto d'arrivo finale: il simbolo di Dite, la città rossa, sede di Lucifero in persona, concretizzata da una rosa dei venti a otto punte cremisi, a sua volta impressa su una croce dei Templari.

L'opera, unica al mondo, si immergeva per circa trenta metri in profondità e incarnava la più incredibile rappresentazione fisica dell'opera di Dante.

Il pellegrinaggio del *Gyrum Novem*, il Cerchio dei nove cervelli, si rinnovava da quattro secoli. I sette membri abili scesero i gradini e rasentarono le nicchie incastonate nella roccia, a ciascuno dei nove livelli. Negli anfratti riposavano diversi cervelli illustri, come quelli di Carl Friedrich Gauss e di Georges Cuvier, lasciati in eredità da Rudolph Wagner, uno dei Dante più notevoli che l'organizzazione avesse conosciuto. Più in basso, sotto una campana ventilata, si trovava il pezzo forte: l'encefalo di Albert Einstein. Ne restavano solo due terzi, dato che una buona parte era stata dispersa dopo che il predecessore di Laureys nel ruolo di Dante – Thomas Stoltz Harvey – aveva rivelato tutto. Altri cervelli ancora erano alloggiati nelle nicchie, ma Darwin non aveva mai accettato di trasferire lì quello del grande Cartesio, preferendo tenerlo sotto stretta sorveglianza. Tuttavia, la questione suscitava polemiche all'interno del Cerchio: diciotto mesi prima, nell'ottobre 2015, il famoso cranio era stato collocato in una vetrina del nuovo Museo dell'Uomo, che riapriva le porte dopo sei anni di lavori. In precedenza, il prezioso reperto era rimasto al riparo dagli sguardi, nei depositi del Museo di storia naturale, non lontano dall'ufficio di Vogel/Darwin. Ma da quando il teschio era visibile al grande pubblico, certi membri, tra cui Dante, chiedevano che il naturalista lo riportasse a casa – non era più al sicuro – e lo sostituisse con una copia. Vogel era riluttante; in particolare, non voleva dare quella soddisfazione a Dante/Laureys, che se lo sarebbe immediatamente accaparrato per esaminarlo da ogni angolazione. Invece, al museo era arrivata una richiesta di analisi approfondita da parte di un certo Philippe Charlier, medico legale e antropologo, allo scopo di realizzare un documentario sulle sue vicissitudini. Vogel preferiva affidare il trofeo a quello studioso estraneo al Cerchio, con grande sgomento di Dante. Tra i due cresceva il rancore; l'estromissione di Laureys forse avrebbe placato le tensioni, ma la cosa era tutt'altro che sicura: il nuovo Dante era vicino al celebre neurologo belga, le cui spettacolari ricerche su alcuni grandi meditatori come Matthieu Ricard, l'interprete francese del Dalai Lama, nonché sulle esperienze ai confini della morte o fuori dal corpo, sollevavano un notevole clamore sui mezzi d'informazione.

Del resto, era uno degli argomenti usati da Vogel per chiedere la rimozione del rivale. Il medico, divenuto una figura molto mediatica, rischiava uno scivolone fuori controllo con qualche giornalista, proprio come era successo a Thomas Stoltz Harvey ai suoi tempi. Laureys aveva preso il posto di Harvey all'interno del Cerchio subito dopo la morte di quest'ultimo, nel 2007, proprio nel momento in cui il belga inaugurava il Coma Science Group a Liegi. Un anno fausto, se mai ce n'era stato uno; la stella della neurologia, all'epoca trentanovenne, si apprestava a conquistare il mondo grazie alle sue scoperte rivoluzionarie sulla coscienza umana, e sull'*anima*, di cui da due millenni l'umanità cercava di provare l'esistenza. Il *Gyrum Novem* gli avrebbe fornito ciò che la ricerca accademica era del tutto incapace di offrirgli, soffocata dalla bioetica di un'epoca gonfia di conservatorismo e in cui il benedetto individuo, immerso nel suo egoismo, passava avanti al progresso dell'umanità intera e alla risoluzione dei più grandi enigmi scientifici e filosofici, anche se a prezzo di qualche sacrificio. Negli ultimi anni, l'immagine di Steven Laureys all'interno del Cerchio si era appannata per via del suo gusto sempre più spiccato per i media, che aveva portato a qualche annuncio precipitoso, come quello riguardante Rom Houben, un suo paziente di cui aveva affermato che riusciva a comunicare guidando la mano di un'infermiera su una tastiera, pur trovandosi in uno stato quasi vegetativo. Se il gran maestro Stephen Hawking ne era capace, allora perché non avrebbe dovuto riuscirci anche Rom Houben, con un piccolo aiuto? Solo che non soffrivano degli stessi mali, e il loro cervello non rispondeva nello stesso modo. Alla fine, Laureys era stato costretto a ritrattare. I suoi ripetuti interventi, a volte intempestivi, avevano finito per nuocergli. Non aveva altra scelta che passare suo malgrado il testimone, per evitare di esporre il Cerchio. La decisione era presa, ma considerava quell'affronto come l'opera distruttrice di Vogel, che nel corso degli anni aveva metodicamente minato la sua reputazione presso gli altri membri.

Dopo il pellegrinaggio nei pozzi dell'Inferno e nella cappella decorata da numerosi simboli massonici, gli otto membri del Cerchio raggiunsero la cittadella e, come di consueto, presero posto attorno all'ampio tavolo di vetro della sala dei Re. I monarchi del Portogallo li guardavano dall'alto, tutti schierati, dalle loro cornici che adornavano il muro sotto i soffitti a cassettoni.

«Dobbiamo affrontare due argomenti importanti» gracchiò la voce robotica di Stephen Hawking.

Vedere e ascoltare quel grande genio, rattrappito sul suo sedile, provocava sempre una forte impressione nei membri del Cerchio. Lo spettacolo non variava mai, se non per il fatto che ogni volta sembrava raggomitolarsi un po' di più nella sedia a rotelle e faceva fatica a esprimere qualsiasi sentimento. Nei primi anni capitava che sfoggiasse dei sorrisi sinceri, ma da molto tempo bisognava accontentarsi di vaghe smorfie. Come faceva a sopportare la sua prigionia? Come aveva fatto a sopravvivere per così tanto tempo? Il più affascinato era inevitabilmente Dante. Del resto, aveva studiato a lungo Plutone, tramite l'imaging cerebrale, nell'arco di una decina di sessioni notturne alla clinica universitaria di Cambridge, la città dove il fisico viveva. Aveva scoperto che il suo cervello presentava le stesse stigmate della maggior parte dei geni esaminati nel corso dei secoli dai suoi predecessori. In particolare, un'escrescenza a livello della corteccia prefrontale, ma anche un'atrofia della maggior parte dei nuclei subcorticali. In quegli esseri eccezionali, il cervello limbico – più consono alla vita animale – era messo come in disparte, a vantaggio di una cognizione fuori dal comune. La resistenza di Hawking per tutti quei decenni, nonostante la clausura e la paralisi, suscitava ammirazione. Chi altri meglio di lui poteva conoscere le forze della mente e gestire una delle ricerche più importanti del *Gyrum Novem*?

«Stasera dobbiamo approvare l'addio ufficiale di Dante. La prossima volta accoglieremo il suo successore. Ma oggi voglio rendere un vibrante omaggio a Steven. Ha sempre esplorato la mente umana, e continuerà a farlo anche al di fuori del Cerchio. I nostri pensieri e le nostre emozioni non hanno più segreti per lui, che maneggia con talento l'imaging cerebrale per penetrare i misteri del cervello.»

Laureys sentì il cuore battere forte. Avrebbe preferito che quel delizioso sproloquio fluisse da una voce più dolce, ma Hawking non aveva mai voluto separarsi da quel sintetizzatore vocale ereditato dal secolo passato. Amava quel fraseggio sincopato, artificiale e si era sempre rifiutato di adottare una dizione naturale nonostante i prodigiosi progressi in quel campo. Era, in un certo senso, il suo marchio di fabbrica; un tratto imprescindibile della sua personalità.

«Le esperienze di pre-morte, il sonno, il sogno, la meditazione... Steven si interessa a tutto, e perfino alla forza mentale dei grandi atleti, degli astronauti, dei musicisti, dei monaci buddisti e degli sciamani come Corine Sombrun.»

Se Laureys esultava dentro di sé, Darwin/Vogel si agitava. Quell'omaggio gli era insopportabile.

«E, come me, Steven ha firmato centinaia di articoli scientifici e pubblicato diversi saggi divulgativi. È ovviamente famoso per aver fondato il Coma Science Group e molte altre attività presso l'università di Liegi. Ti auguro, mio caro Steven, di proseguire la tua brillante carriera. E mi dispiace che tu lasci il Cerchio, anche se è il desiderio di alcuni membri, qui.»

Darwin accusò il colpo. Era stato sconfessato pubblicamente da Plutone. L'ambizione lo aveva forse portato a compiere un passo falso, a scapito della sua reputazione. Era in bilico. Tanto più che non poteva in alcun modo rivendicare un curriculum brillante quanto quello di Dante; preferiva tenere segrete le sue ricerche, prima di condividerle con il Cerchio.

«Accoglieremo il tuo successore a braccia aperte» aggiunse Hawking. «O meglio, per quanto mi riguarda, sarà piuttosto a palpebre aperte. Ma lo farò di cuore.»

Con l'eccezione di Darwin, i Cervelli sorrisero; Plutone coltivava l'autoironia malgrado le sue terribili condizioni fisiche.

«Tuttavia, non sarai il solo a lasciare il Cerchio nei prossimi tempi. Voi sapete che l'ora si avvicina.»

Un pesante silenzio accolse quella frase, che tutti temevano.

«Io mi spegnerò come previsto il giorno dell'anniversario della nascita di Einstein, di cui abbiamo tanto studiato il cervello e il genio. E alla sua stessa età.»

«Sei sicuro di aver preso la decisione giusta?» osò domandare Virgilio. «Sei la nostra stella, sei colui che ha saputo dimostrare i poteri della mente, corroborati dai lavori di Dante. Pur imprigionato nel tuo corpo, sei riuscito a penetrare l'infinitamente Grande Tutto. I tuoi miliardi di neuroni hanno vibrato all'unisono con i miliardi di stelle della nostra galassia, e sei riuscito a comprendere i misteri dell'universo. In particolare le sconvolgenti proprietà dei buchi neri.»

«Sì, Virgilio, ma è tempo che anch'io sprofondi definitivamente in un buco nero; lo sogno giorno e notte. Appena prima, so che vedrò quel grande tunnel luminoso, simile alla Via Lattea, come l'ha ben descritto Dante studiando le esperienze ai confini della morte. Non vedo l'ora di sperimentare quello stato d'estasi, il momento in cui i neuroni dei miei nervi ottici divamperanno e creeranno l'illusione di raggiungere l'orizzonte degli eventi, come sul limitare di un buco nero. Poi sparirò al suo interno, per sempre. Il tempo e lo spazio saranno aboliti, e le mie particelle si fonderanno con quelle dell'universo.»

Hawking fece una pausa. Esprimersi così a lungo richiedeva un immenso sforzo fisico. L'oscillazione della sua guancia destra gli permetteva di selezionare le lettere su una tastiera virtuale con cui produrre poi delle parole di senso compiuto. Ogni frase implicava una ginnastica spossante, che lo costringeva a interrompersi di tanto in tanto. Durante quella pausa, ciascuno meditò sulle sue parole. Certi, come Medusa e Minosse, faticavano a dissimulare il loro dispiacere all'annuncio del desiderio di Plutone di farla finita nella data simbolica da lui stesso fissata. Altri attendevano la fine del discorso di quel saggio, che formulava le sue ultime volontà al crepuscolo di una vita eccezionalmente lunga, tenuto conto del suo stato fisico.

«Sogno che la mia anima raggiunga il nostro primo maestro, Spinoza, che aveva studiato con passione il cranio di Cartesio. Anche se i due geni si dividevano sulla questione della separazione del corpo e della mente, su un punto fondamentale erano unanimi: *Deus sive Natura*. Dio ossia la Natura. Questo concetto rivoluzionario formulato da Cartesio e ripreso da Spinoza ci guida da secoli. E sarai tu, Darwin, a fornirne la dimostrazione ultima.»

Vogel esultò. Finalmente Plutone gli rendeva omaggio.

«L'anima, la mente, il corpo – il nostro cervello – e la natura – la nostra Madre Terra – formano un tutt'uno. Questa unità immanente ci permette anche di connetterci con il resto del mondo naturale, e dunque con il cosmo. Siamo tutti delle repliche infinitesimali del Grande Tutto, dell'universo nella sua interezza, e vibriamo con lui. L'architettura del nostro cervello è identica a quella della nostra galassia, e l'uno non può vivere senza l'altra. Proprio come Spinoza aveva già postulato: "La potenza dell'uomo, in quanto si esplica per mezzo della sua essenza attuale, è una parte della potenza infinita, cioè essenza di Dio o Natura".»

Darwin annuì con fervore. Conosceva bene quella citazione di Spinoza, formulata nella sua opera postuma, l'*Etica*.

«Riconquisterò la libertà, non sarò più prigioniero di questo corpo raggrinzito che mi intralcia da così tanti anni. E come ho sempre desiderato, il nuovo Dante potrà studiare il mio cervello. Lo preleverete prima della cremazione, come con Einstein.»

Silenzio, di nuovo. Dante e Darwin, nonostante i loro contrasti, sembravano altrettanto colpiti dalla prospettiva della morte del gran maestro. Darwin/Vogel sperava di portare la prova definitiva della congiunzione prima della morte di Stephen Hawking, ma per riuscirci gli mancavano ancora diversi viaggi. Quanto a Dante/Laureys, si dispiaceva di non potere studiare personalmente l'encefalo del genio britannico. Ovviamente, tenuto conto del suo status, avrebbe comunque potuto partecipare, al fianco del suo successore.

«Amici miei, me ne andrò a cuor leggero, senza conoscere l'apocalisse che aspetta l'umanità. Perché Dio, ossia la Natura, e cioè il nostro pianeta, presto toglierà a noi tutti il soffio vitale. Ho più volte dichiarato nelle mie conferenze e nelle mie opere divulgative che l'umanità non sarebbe durata più di mille anni. Penso di essere stato troppo ottimista. Temo che il tempo che ci resta sia assai minore. Abbiamo tradito la natura da quando abbiamo deciso di prosciugare le risorse della Terra nostra nutrice, ma anche da quando abbiamo creato il fuoco nucleare.»

A quelle parole Caronte, ovvero Loïc Eyrolles, aggrottò la fronte. Il messaggio era indirizzato in modo particolare a lui, in quanto vicedirettore del Dipartimento delle applicazioni militari del Commissariato francese per l'Energia Atomica.

«Sapete,» continuò Hawking «ho avuto la fortuna di incontrare Julius Robert Oppenheimer, il padre della bomba atomica. È successo nel 1964, tre anni prima della sua morte. A me era appena stata diagnosticata la sclerosi laterale amiotrofica, e lui aveva appena scoperto di avere il cancro alla gola. Siccome ero ancora in grado di muovermi, sono andato ad ascoltare una delle sue ultime conferenze negli Stati Uniti. Oppenheimer ha ripetuto quella frase che mi ha terrorizzato: "Adesso sono diventato morte, il distruttore di mondi". Da quel giorno ho capito che il fuoco nucleare ci avrebbe annientati tutti. E che, se fossimo riusciti a evitarlo, allora la Terra ci avrebbe eliminati per la nostra arroganza. Lo sta già facendo. Ve lo dico: stiamo entrando tutti senza distinzione nello stadio *neolytico* dell'antropocene. Perché siamo tutti dei moderni Prometeo: abbiamo rubato il fuoco creatore e creato il fuoco distruttore.»

Le ultime parole metalliche e sincopate di Hawking risuonarono a lungo nella mente degli altri otto Cervelli. Nessuno osava fiatare. Dalla sua cella, Cerbero prendeva discretamente appunti. Era un appassionato di filosofia e chiaramente condivideva le opinioni di Plutone. In quel momento, tutti erano uniti. Dovevano accettare il destino del gran maestro e prepararsi al cataclisma finale.

E forse addirittura affrettarlo.

Perché, in fondo, che senso aveva accanirsi e continuare a vivere, se la fine era così vicina e Plutone si congedava?

L'idea di farla finita una volta per tutte cominciò in quel preciso istante a germogliare nella mente di diversi membri.

31

Lunedì 22 aprile 2024
Parigi
Ore 11 e 08

Louise aveva trascorso quasi tre giorni tra le braccia di Morfeo. Dopo il tentativo di fuga il venerdì precedente e l'esortazione di Bianchi e di Ceylac a restare a letto, era rimasta rinchiusa nella sua stanza d'ospedale sotto l'occhio vigile del collega della Omicidi, anche lui in lenta guarigione dall'arresto cardiaco dovuto al colpo di pistola ricevuto vicino al Museo dell'Uomo. Quale dei due poliziotti era messo peggio? Impossibile dirlo.

Ma quella mattina un messaggio l'aveva rimessa in sella. Il dottor Philippe Charlier, specialista in analisi delle reliquie di personaggi storici, l'aveva contattata. Quando aveva saputo che il Museo dell'Uomo aveva incaricato quel medico ricercatore della ricostruzione del cranio di Cartesio, Louise gli aveva passato il proprio numero, insistendo sull'urgenza e sulla gravità della situazione. Lui era stato al gioco, senza rispettare la gerarchia. Come antropologo legale e coroner, Charlier era in contatto diretto con gli investigatori e non aveva problemi a contattarli, a costo di suscitare le ire del museo che lo aveva designato aspettandosi di ricevere le sue conclusioni prima della polizia.

Ricostruzione terminata. Venga immediatamente. Sono nel mio studio, al Museo del Quai Branly.

Mancava solo lo *stop* perché l'SMS sembrasse in tutto e per tutto uno di quei telegrammi che si usava mandare, molto prima dell'avvento dei cellulari e di internet, in un passato tanto lontano quanto finito.

Dopo tre giorni e tre notti di sonno agitato, e grazie all'effetto dei farmaci inoculati per via endovenosa, Louise si era finalmente ripresa. Si sentiva in forma, ma per quanto tempo? L'orecchio continuava a ronzare leggermente. Niente a che vedere con la grancassa e i cembali dei giorni precedenti. Certo, la scheggia di proiettile che si aggirava per la sua corteccia cerebrale era come una spada di Damocle, ma Louise era fermamente decisa a muoversi con cautela, per evitare ogni situazione a rischio. Fare a cazzotti o inseguire i criminali era fuori discussione, se mai fosse riuscita a scovarli. Avrebbe lasciato la cosa ai professionisti, alla BRI e al RAID in primis.

Aveva esposto il proprio pensiero nel modo più tranquillo possibile a Ceylac, tuttora prigioniero nel suo letto d'ospedale, sebbene si sentisse a sua volta meglio. Nel complesso era guarito, le costole lo facevano soffrire di meno. Il comandante aveva accolto le promesse di Vernay con circospezione, perché dubitava delle sue capacità di proseguire l'indagine «con calma e senza colpi di testa», per usare le sue parole. Benché, in quanto sua superiore in ordine gerarchico, non avesse alcun bisogno di rendere conto a Ceylac, l'investigatrice si sforzava di lisciargli il pelo. Aveva bisogno di lui, perché le sue doti di investigatore e la sua capacità di analisi erano più importanti che mai, in quei momenti di sbandamento psichico. Louise non era più perspicace come prima, e la sua mente le giocava brutti scherzi. Ceylac era diventato un alleato, proprio come Bianchi. Insieme costituivano un trio efficace e solido, almeno nella sostanza; in quanto alla forma, si era visto di meglio.

Dal canto suo, Ceylac l'aveva informata che la polizia portoghese aveva condotto una perquisizione a Sintra, nella Quinta da Regaleira, che si riteneva ospitasse l'imbuto dell'Inferno, con i suoi otto gironi intagliati nella roccia e il nono e ultimo cerchio rappresentato, trenta metri più in basso, da una rosa dei venti sovrapposta a una strana croce dei Templari. Gli agenti avevano visitato solo gli spazi aperti al pubblico, compresi certi tunnel (tra il Pozzo Incompiuto e il Pozzo Iniziatico) che si estendevano sottoterra per alcune centinaia di metri; una goccia nel mare in confronto alle gallerie note solo ai membri del *Gyrum Novem*. Siccome la Quinta da Regaleira accoglieva i visitatori tutto l'anno, l'organizzazione segreta aveva l'abitudine di non lasciare traccia del proprio passaggio tra un incontro e l'altro. Per cui la polizia aveva fatto fiasco. Louise e Ceylac ritenevano che i loro colleghi avessero fatto un pessimo lavoro; in particolare, non avevano mandato nessun tecnico della Scientifica per passare al setaccio il luogo. Ma, in assenza di crimine o di reato penale, le autorità portoghesi erano impossibilitate a mettere in atto un'operazione di vasta portata, a maggior ragione in una proprietà privata la cui sopravvivenza dipendeva dal turismo. Ogni chiusura al pubblico avrebbe comportato una perdita di guadagno, e i proprietari avevano fatto di tutto per abbreviare la visita della polizia.

Nel frattempo, Vernay aveva un bel po' di lavoro da fare con quel dottor Charlier e il cranio di Cartesio, che si trovavano a un tiro di schioppo da lì, in pieno centro di Parigi, al Museo del Quai Branly.

In tarda mattinata, l'investigatrice, accompagnata da Massimo Bianchi, fece il suo ingresso nell'imponente sede dell'istituzione voluta dall'ex presidente Jacques Chirac. L'edificio, appollaiato su palafitte, tutto curve e trasparenze, era annidato all'ombra della maestosa Tour Eiffel, sua vicina. Bisognava superare la recinzione e attraversare la vegetazione lussureggiante che ricopriva il parco collinoso, per scoprire la costruzione concepita da Jean Nouvel come una immensa passerella irta di sporgenze che offrivano ciascuna uno spazio espositivo intimo e raccolto. All'interno, centinaia di opere appartenenti alle arti primitive e provenienti dall'Africa, dalle

Americhe e dall'Oceania. Al posto delle vetrine c'erano alte pareti di vetro, simili a quelle distrutte durante l'incursione al Museo dell'Uomo, ma di dimensioni molto più ampie.

Louise conosceva bene il posto, avendolo visitato più volte.

E si era informata su Philippe Charlier, prima di incontrarlo. Dopo una carriera di medico legale che l'aveva portato a contatto con innumerevoli cadaveri, uno più sinistro dell'altro, il medico si era dedicato alla sua seconda passione: l'antropologia. Numerosi articoli scientifici, talvolta polemici, e un'intensa attività mediatica che nulla aveva da invidiare a quella di un Étienne Klein avevano finito col porlo al centro dell'attenzione. Si era fatto un nome affermando di aver autenticato la testa di Enrico IV e ricostruito quella di Robespierre – cosa che alcuni scienziati avevano contestato. Si era dedicato anche ai resti di Riccardo Cuor di Leone, di Diana di Poitiers, di Agnese Sorel e dei figli di Tutankhamon, ed era riuscito a far uscire dalla Russia un dente di Adolf Hitler. Il suo soprannome riassumeva tutto: «L'Indiana Jones dei cimiteri». Sempre più noto, era stato cooptato come direttore della ricerca e dell'insegnamento presso il prestigioso Museo del Quai Branly.

L'esperto attendeva gli investigatori passeggiando avanti e indietro per il suo studio in stile coloniale, con un tavolo basso dalle gambe ricurve, il soffitto costellato di traverse in legno esotico e una collezione di maschere africane. Mucchi di libri e riviste erano sparsi ovunque.

«Lei è la commissaria Vernay? E lei il comandante Bianchi?»

Charlier si era precipitato sui due poliziotti prima ancora che avessero varcato la soglia. Louise squadrò lo scienziato, uno spilungone dal viso giovanile, di cui solo le ciocche lattee dei capelli e la barba brizzolata rivelavano che era ormai prossimo alla cinquantina. I suoi occhi azzurri erano penetranti come uno scanner e sembravano scandagliare la mente dell'interlocutore alla maniera dei medium. Charlier fissò la medicazione di Louise come un cane da caccia.

«Cosa le è successo?»

«Mi sono beccata una pallottola. Mi ha staccato mezzo orecchio e, a quanto pare, ho una scheggia che mi gira per la testa.»

«Ah! Ne ho trovate un sacco, di schegge, nel cervello dei miei clienti. Quando non erano addirittura pallottole intere. D'altronde, spesso non lasciavano altro che la traccia del loro passaggio, e restavano soltanto i fori di entrata e di uscita. Un bel massacro, tra tutt'e due.»

Louise aggrottò le sopracciglia; non apprezzava granché che la paragonassero a un cadavere sul tavolo autoptico.

«Ehm, intendevo dire che è stata molto fortunata. Complimenti» balbettò Charlier cercando di rimediare.

«In ogni caso, capisco meglio perché il suo nickname su X è "DocTropTard". È più abile con i morti che con i vivi.»

«Vero» riconobbe l'anatomopatologo. «D'altro canto, non mi è mai successo che un mio paziente si lamentasse di me.»

Bianchi accennò un sorriso. Gli piaceva quel francese spumeggiante dallo sguardo vivace. Si capiva che era un uomo intelligente, solo un po' troppo veloce nell'aprir bocca.

«Allora, questo cranio? È riuscito a ricostruirlo del tutto?»

«Quasi.»

Charlier sollevò lo schermo del suo portatile e aprì una serie di immagini.

«Non sono stato autorizzato a portare la reliquia fuori dal laboratorio del museo, ma ho potuto scattare diverse fotografie dettagliate.»

Il cranio di Cartesio era costellato di crepe che contornavano i frammenti d'osso. Era stato necessario rimetterli insieme pazientemente, uno per uno, come un puzzle in 3D.

«Sono andate perse un paio di parti anatomiche, ma niente di fondamentale. E poi c'è il foro di proiettile 9 mm sparato dal vostro collega, che ha colpito la borsa e attraversato il cranio. A proposito, come sta? Il vostro collega, eh? Non Cartesio. Perché con quella pallottola in testa, il povero Cartesio me lo avete ammazzato una seconda volta!»

Charlier ridacchiò. Il suo carattere impertinente di coroner perennemente a contatto con la morte gli conferiva uno spirito goliardico da studente di medicina intriso di bonario cinismo.

«Sta meglio, grazie. Quindi, il cranio?»

«Be', come sapete, qualche anno fa ho avuto l'opportunità di studiarlo da ogni angolazione, nel contesto di un documentario*. Ho perfino ricostruito il suo volto, con l'aiuto di un esperto della polizia Scientifica. Ebbene, rispetto all'originale, la reliquia riparata presenta alcuni aspetti sorprendenti.»

Philippe Charlier ingrandì una delle foto.

«Guardate il testo in lingua svedese scritto a zampa di gallina sull'osso frontale, sopra gli occhi. Dice: "Il cranio di Cartesio, sottratto nell'anno 1666 da Planström, all'epoca in cui il suo corpo stava per essere reso alla Francia".»

«Sì, la conservatrice del Museo dell'Uomo ce l'aveva già tradotto. E quindi?»

«E quindi, se ingrandisco ancora, guardate bene. L'"1" del 1666, ossia la data in cui il famoso capitano della guardia reale svedese ha sottratto il cranio, è diventato illeggibile per via della perforazione dell'osso dovuta alla pallottola sparata dal vostro collega. E adesso si riesce a leggere soltanto "666". Non vi dice niente "666"?»

Bianchi aggrottò la fronte.

«Il numero del diavolo!»

«Esatto! O, per essere più precisi, "il numero della bestia", come viene definito da san Giovanni nell'*Apocalisse*, l'ultimo libro del Nuovo Testamento. Giovanni descrive una creatura emersa dalle acque, a cui Satana ha conferito il suo malefico potere. Questo mostro a più teste simboleggia la Violenza, e più nello specifico quella del potere romano, considerato portatore di oppressione. Nell'escatologia cristiana, dunque, quel numero è un marchio lasciato dalla *bestia*, ovvero dall'incarnazione di Satana. È un dettaglio inquietante, se lo rapportiamo alla vostra

* *Descartes, autopsie d'un génie*, film documentario di Dominique Adt, scritto con Philippe Charlier, produzione Capa/Matcha, trasmesso su France 5 nel febbraio del 2021.

indagine, no? L'*Inferno* di Dante, il nono cerchio, quello in cui risiede Lucifero, menzionato su varie lamelle metalliche. E anche il riferimento alla fine del mondo. Esattamente come nell'*Apocalisse* di Giovanni... Senza contare il cerchio dei crani e dei cervelli, la piovra, l'Idra di Lerna, in altre parole esseri dotati di diversi sistemi nervosi o addirittura di diverse teste. Ora, la bestia che incarna Satana possiede appunto sette teste, secondo la Bibbia. È un segno incredibile, no?»

«Mi dica un po'» esclamò Louise. «Lei sembra conoscere maledettamente bene il caso. È al corrente di molti fatti, compresi certi di cui non abbiamo mai parlato con la stampa, come il cerchio dei cervelli o il riferimento alla fine del mondo...»

Il sorriso dell'antropologo svanì.

«Sospettate di me? È così? Pensate che ci sia io dietro tutto questo?»

Charlier si asciugò la fronte, visibilmente colpito e preoccupato.

«Si calmi» riprese Louise. «Non la stiamo accusando di niente. Ci dica semplicemente come è venuto a conoscenza di queste informazioni.»

«Ho... Ho solo fatto un paio di telefonate a certi vostri colleghi della Omicidi. Ho lavorato con diversi di loro in passato, per via delle mie autopsie. In effetti il vostro caso mi affascina. È direttamente legato alle mie specialità e ai miei argomenti di studio. La storia, la scienza, l'esoterismo, l'anima, i fantasmi dei grandi personaggi scomparsi, i rebus, gli enigmi... Sono la mia droga, non so se mi spiego.»

Il dottor Charlier tuffò la mano in un cassetto, ne estrasse un quaderno e lo aprì al centro.

«Ecco, ho preso diversi appunti. Sono riuscito a recuperare la maggior parte dei messaggi che avete scoperto nei cervelli, nei crani e perfino nelle tombe, come nel caso di Dante.»

«Sta facendo un'indagine parallela o cosa?»

«Ve l'ho detto, è nel mio DNA. E quando ho saputo che il cranio di Cartesio era stato parzialmente distrutto, mi sono subito offerto volontario con i miei colleghi del museo.»

«E non è che per caso si interessa anche del cervello di Einstein?»

«Ah, no, di questo non sapevo nulla: c'è un legame?»

«No, no, non è sicuro, ma ce lo stiamo domandando. Sa se qualcuno è ancora in possesso di qualche suo frammento?»

«Attualmente? Non ne ho idea. Un museo americano, credo. Ma è stato per molto tempo proprietà del medico legale che aveva praticato l'autopsia.»

«Sì, sì, lo sappiamo. A proposito, conosceva Loïc Eyrolles? O Alban Vogel?»

«Il professor Vogel sì, l'ho incrociato varie volte, ma niente di più. È sparito dopo il suo intervento alla Royal Society, a Londra, giusto?»

Quel Charlier sapeva decisamente un sacco di cose.

«Okay, e in quel suo... pastrocchio, nel suo quaderno pieno di parole e frecce da tutte le parti, ha trovato qualcosa che possa aiutarci?»

«Be', penso che abbiate individuato tutte le connessioni evidenti con l'Inferno dantesco e con i vari cerchi, in particolare sulla base delle cifre incise sul rovescio delle lamelle. Ho anche saputo dei nuclei anteriori mutilati o asportati dal cervello delle vittime. Ci vedo un chiaro legame con la ghiandola pineale cara a Cartesio, quindi con la questione dell'anima. Per converso, gli altri nuclei sono legati al nostro istinto, al sistema limbico che abbiamo ereditato con l'evoluzione, in contrapposizione con la corteccia prefrontale e i processi cognitivi che caratterizzano la maggior parte dei geni presi di mira dalle operazioni condotte a Ravenna, a Londra e a Parigi. Tra l'altro, devo confessarvi che invidio tantissimo gli autori del furto al Panthéon.»

«Lei invidia i ladri del cervello di Marie Curie? Ma lo sa che hanno ammazzato due custodi, prima di andarsene? Freddati a bruciapelo. Lasciano tre figli e due madri in lutto.»

Charlier impallidì.

«Mi dispiace, non lo sapevo. Sognavo semplicemente di fare la virtopsia, cioè l'autopsia virtuale della scienziata, perché era molto ben conservata nella sua bara di piombo. Insomma, sono stato battuto sul tempo!»

«E questa faccenda di uomini geniali da una parte e di nuclei cerebrali legati ai nostri istinti dall'altra cosa le fa venire in mente?»

«Un'opposizione tra il cervello alto e quello basso, evidentemente.»

Louise sorrise. Dunque non era la sola a pensarlo.

«E tutto questo segue una logica alchemica» proseguì il medico legale. «L'unione dei contrari, lo zolfo e il mercurio, con il concetto di ritorno allo stato iniziale e di eterno ricominciamento, come il cerchio formato dal serpente Uroboro che si mangia la coda. Un cerchio in più… Forse il cerchio più piccolo di cui parlano alcuni dei messaggi?»

Louise lanciò un'occhiata a Bianchi, che stava prendendo freneticamente appunti. Charlier era brillante, incisivo, tanto che il suo flusso verbale non conosceva tempi morti. L'italiano sentiva che non doveva perdere nemmeno un dettaglio. L'esperto si stava rivelando una risorsa preziosa, il tipo di consulente per cui gli investigatori andavano pazzi. Peccato non averlo scovato prima…

«Ma la cosa più sorprendente, sempre riguardo a questa idea di ritorno allo stato iniziale prima del ricominciamento o dell'avvento di un nuovo ciclo, che è appunto legata all'Uroboro, è un altro messaggio, che mi ha colpito in maniera fortissima.»

«Quale?» domandò Vernay.

«Quello che è stato inciso sul torace del mafioso a Roma e che avete ritrovato anche, mi pare, nel sepolcro di Dante a Ravenna: "Benvenuti allo stadio neolytico dell'antropocene. *Gyrum Novem*.»

L'antropologo non sapeva che la stessa espressione era stata proferita da Giuseppe Rizzo prima di porre bizzarramente fine alla propria vita nella sua cella di Rebibbia. La massima restava un autentico enigma per i poliziotti. Che Charlier stesse finalmente per risolverlo?

«La cosa più inquietante è l'ortografia. "Neolitico", che si riferisce all'ultimo periodo della preistoria, è scritto per due volte "neolytico", con la *y* al posto della *i*. Lo stesso errore ortografico, ripetuto in due messaggi differenti, non è un semplice sbaglio. Qui non si tratta della preistoria.»

«E di cosa, allora? Cosa hanno voluto dire?»

«In realtà, l'aggettivo "litico" ha due significati diversi. Il primo deriva dal greco *lithos*, pietra. Il secondo deriva dal greco *lysis*, dissoluzione, da cui il termine "lisi", che indica la dissoluzione di elementi organici – per esempio i tessuti o le cellule dei microrganismi – tramite agenti fisici o chimici. In poche parole, usando "-lytico" hanno fatto chiaramente allusione alla *lysis*, ovvero alla distruzione volontaria di organismi viventi. E siccome il messaggio parla dell'antropocene, ossia dell'epoca attuale, in cui l'uomo è arrivato non soltanto a dominare la natura, ma anche a distruggerla, non posso fare a meno di vederci una minaccia palese contro l'uomo. Come il ritorno di un boomerang o una vendetta. Un processo che ci farebbe tornare allo stato iniziale, Uroboro, vale a dire prima dell'influsso nefasto dell'uomo. Dunque un mondo senza *homo sapiens*, con il ritorno a un equilibrio naturale preumano.»

I due investigatori si scambiarono uno sguardo inquieto. Tutto riconduceva inesorabilmente al concetto di scomparsa dell'umanità, come nelle evocazioni oniriche dei pazienti comatosi di Liegi o nelle ultime misteriose parole di Rizzo, appena prima della sua morte. Lo spettro della bomba atomica, uno dei pochi mezzi di distruzione di massa, aleggiava sempre di più nella loro mente.

«Dottor Charlier, abbiamo motivo di temere un attacco imminente, o degli attentati perpetrati con armi nucleari. O, in modo più esotico e improbabile ma altrettanto grave, tramite un buco nero che potrebbe essere generato sulla Terra, in un acceleratore di particelle. Ovviamente, tutto questo resta tra noi. È strettamente confidenziale.»

«Contate su di me. Tra il segreto professionale e il segreto istruttorio, ci sono abituato. Bocca cucita.»

Charlier accompagnò la promessa mimando il gesto.
«Ma come siete arrivati a queste ipotesi? È per via di Loïc Eyrolles, che lavorava al CEA?»
«In parte sì.»
Quindi Louise raccontò nel dettaglio la conversazione che i due poliziotti avevano avuto con il fisico e filosofo Étienne Klein, ponendo l'accento sui nove bracci della galassia che ruotavano intorno all'asse del buco nero centrale e sui nove pianeti in orbita attorno al Sole. Evocò anche la figura di Stephen Hawking, menzionando l'inscrizione rinvenuta sulla sua tomba, a Westminster Abbey.
Charlier, sconcertato, sprofondò nella poltrona. Si riusciva a intuire l'intenso lavorio dei miliardi di ingranaggi della sua corteccia cerebrale. Andava ricomponendo in tempo reale una nuova immagine della vicenda. Trascorse un lungo minuto, un'eternità per quel cervello ribollente. Poi si alzò, il volto serio e concentrato.
«Le ipotesi di Klein sono brillanti, riguardo alla scritta incisa sulla pietra tombale del grande astrofisico Stephen Hawking. Ha ragione a immaginare un legame con la cosmologia, col nostro sistema solare o la nostra galassia. Solo, penso che abbia omesso un particolare. Stiamo parlando di una serie di messaggi e di enigmi ispirati all'*Inferno* di Dante, la cui redazione risale agli inizi del XIV secolo. Ebbene, in quel momento l'eliocentrismo – ovvero l'idea che il Sole regni al centro del sistema – semplicemente non esisteva. Copernico avrebbe formulato questa ipotesi solo un secolo e mezzo dopo. All'epoca, il sistema geocentrico immaginato da Tolomeo nel II secolo costituiva un dogma: la Terra era al centro. Aspettate, vi mostro una celebre illustrazione del sistema tolemaico...»
Charlier cercò su internet.
«Ecco!»

«Si vede la Terra, enorme, ben al centro, e il Sole è relegato in quinta posizione, tra Venere e Marte. Già molto prima di Tolomeo, altri illustri sapienti greci avevano postulato l'idea del geocentrismo. Se contate bene, ci sono otto cerchi, dalla Luna alla Via Lattea, simboleggiata dalle stelle. E un nono, il cerchio più piccolo, al centro, formato dalla circonferenza della Terra. Perciò ritengo che quel famoso "piccolo cerchio" di cui i messaggi evocano l'imminente vendetta sia semplicemente il nostro pianeta.»

«La vendetta del nostro pianeta? Ma non ha senso...»

«Forse si tratta di un processo naturale mirato alla distruzione della razza umana. In fondo, è un po' quello che stiamo già vivendo con il riscaldamento globale, i megaincendi, le piogge torrenziali, le siccità estreme, la guerra dell'acqua... E le migliaia di profughi climatici, che presto saranno milioni.»

Louise ripensò di nuovo al discorso allarmista di Vogel a Londra, in cui aveva accusato l'influsso nefasto dell'uomo sulla Terra, e al suo terrificante monito: «Moriremo! Stiamo già morendo!»

Quegli spaventosi ammonimenti ben si accordavano alle riflessioni di Philippe Charlier. Ma, per l'ennesima volta, era impossibile dedurne il piano fatale che si era formato nella mente malata dei criminali, a meno che non si affidassero alla sola azione naturale della Terra – di cui Vogel diceva che era di essenza divina –, in un delirio millenarista che avrebbe condotto l'umanità fino al Giudizio universale per volontà dello Spirito Santo, incarnato da "Gaia", e del suo antagonista Lucifero, imprigionato secondo Dante nel nono e ultimo cerchio dell'Inferno.

Malgrado il temporaneo miglioramento delle sue condizioni, Louise si sentiva sempre più confusa. Bisognava abbandonare la pista dell'attentato nucleare? Quella del buco nero? Chi aveva ragione? La battaglia degli esperti, tutti solleciti nel fornire la loro interpretazione personale, rendeva la situazione ancora più ingarbugliata di prima. Le piste si accumulavano e saturavano la mente dei poliziotti, perché anche Bianchi sembrava brancolare nel buio. E l'indagine era sempre più impastoiata.

«Mi manca un messaggio» riprese Charlier. «Forse, se al suo interno riuscissimo a trovare un riferimento alla Terra, potrebbe chiarirci le idee.»

«Quale messaggio?»

«Quello che avete scoperto nella tomba di Darwin, a Westminster. Nessuno ha voluto dirmelo...»

Massimo Bianchi sfogliò il taccuino in cerca della citazione esatta.

«"La testa d'oro della sorella di Cerbero sconfiggerà gli impostori annegandoli nel Flegetonte. A partire dagli adoratori della chiesa di San Pietro".»

L'antropologo si massaggiò il mento e ricominciò a passeggiare avanti e indietro; era senz'altro il suo modo di concentrarsi e stimolare l'intelletto.

«Dunque, a mio parere bisogna aspettarsi un diluvio di fuoco. Secondo Dante, il Flegetonte è uno dei cinque fiumi infernali, nel quale scorre un "fuoco liquido". Come la lava fusa, per esempio.»

Ritorno in auge dell'ipotesi catastrofica e, di conseguenza, del pericolo nucleare. Louise incassava quei su e giù, delle vere e proprie montagne russe, e continuava a non sapere a che santo votarsi.

«Ma questa volta abbiamo un'indicazione concreta circa il luogo in cui questo diluvio potrebbe riversarsi. Direi addirittura che non potevano essere più precisi di così.»

Louise e Massimo si bloccarono. L'istinto urlava loro che stavano per arrivare al punto. Erano pronti ad *accettare* più o meno qualsiasi cosa. Fissavano febbrilmente le labbra dell'antropologo.

«Innanzitutto, l'incipit del messaggio: si parla di una "testa d'oro". Per me è un'allusione diretta a Gesù. Nell'XI secolo, sembra che i crociati abbiano effettivamente portato da Gerusalemme una testa del Cristo in oro massiccio, che sarebbe poi stata sepolta a Lione con il resto del loro tesoro. D'altronde, è proprio questo il motivo per cui hanno battezzato il parco cittadino "parco della Testa d'Oro".»

Louise ebbe uno spasmo. Ignorava totalmente quella leggenda; in compenso, essendo originaria di Lione, era rimasta interdetta nello scoprire, nel corso delle indagini, che Alban Vogel aveva diretto l'orto botanico del Parco della Testa d'Oro per dodici anni, prima di passare al Jardin des Plantes parigino... Ancora un legame con lo scienziato scomparso.

«I crociati obbedivano direttamente al papa. Questo ci porta al Vaticano. E la fine del messaggio lo conferma a chiare lettere: "A partire dagli adoratori della chiesa di San Pietro", cioè la basilica di San Pietro a Roma.»

«Ma a Londra ci hanno spiegato che originariamente l'abbazia di Westminster si chiamava chiesa di San Pietro! E siccome abbiamo trovato lì il messaggio, è molto più logico...»

«Diciamo che si trattava di una coincidenza voluta, per

dirottarvi su una falsa pista o gettarvi nella confusione. Nel mondo cristiano esistono centinaia di chiese di San Pietro.»

Louise era abbattuta. Gli autori degli abietti omicidi e dei furti di crani e cervelli la stavano facendo impazzire. E il suo stato di stordimento non faceva che peggiorare le cose.

«Aspetti» ribatté Bianchi in tono scettico. «Se nel mondo esistono centinaia di chiese di San Pietro, perché proprio il Vaticano e non un'altra? Mi sembra un po' forzato. Lo stesso per la testa di Gesù e i crociati... È tutto decisamente inverosimile.»

«La capisco, ma secondo me non ci sono dubbi. Fin dall'inizio, il riferimento principale è all'*Inferno* di Dante, giusto? Bene, è lo stesso poeta italiano a indicare San Pietro a Roma, nel suo testo, e non certo Westminster. Aspettate...»

Philippe Charlier si precipitò verso una delle librerie con le vetrine trasparenti addossate alla parete. Prese un libro dalla copertina in cuoio logoro, di sicuro un'edizione molto antica. Sfogliò le fragili pagine coperte di caratteri irregolari.

«Ecco: siamo verso la fine, nel trentunesimo canto, in un passo che parla del fondo dell'ottavo cerchio. Dante e Virgilio incontrano il colossale Nembrotto, uno dei guardiani del pozzo dei Giganti. Il pozzo costituisce il passaggio al nono e ultimo cerchio, quello che ospita Lucifero e il fiume di fuoco, il Flegetonte. Ora, cosa ci dice Dante nel descrivere il gigante Nembrotto? Cito i versi 58 e 59, e chiedo scusa in anticipo, comandante Bianchi, per il mio penoso accento italiano: "La faccia sua mi parea lunga e grossa / Come la pina di San Pietro a Roma".»

«"La sua faccia mi è sembrata lunga e grossa come la pigna, cioè il Pignone di bronzo, di San Pietro a Roma"» parafrasò il segugio della Catturandi.

La bocca di Louise si spalancò per lo stupore.

«Dante ha parlato di San Pietro a Roma come dell'anticamera del nono cerchio dell'Inferno?»

«In un certo senso. Vi allude nel momento cruciale della discesa sua e di Virgilio nell'ultimo cerchio. Ciò significa anche

che il messaggio che avete trovato nella tomba di Darwin è sicuramente l'ultimo, dopodiché saremo costretti ad affrontare la collera del nono e ultimo cerchio, il "cerchio più piccolo", come lo chiamavano i messaggi precedenti... Probabilmente è l'ultima tappa del loro macabro rebus. E quest'ultima tappa verosimilmente si svolgerà in Vaticano.»

«In Vaticano, sul serio?» Louise non riusciva a crederci, o per lo meno ad accettarlo. Gli era passata molto vicino, durante la sua ultima indagine, e ne serbava un ricordo tragico. La brusca sparizione del direttore della Specola vaticana, ai confini del regno pontificio, l'aveva segnata profondamente. Perché le toccava tornarci? Di colpo ricordò le parole del capo della Omicidi: «Se mai questa faccenda coinvolgesse il Vaticano, sarebbe una catastrofe». Grimaldi non mancava di fiuto; Louise aveva spazzato via quell'ipotesi con un movimento del braccio, evidentemente sbagliando. Poi la sfiorò un altro pensiero.

«Mi dica una cosa... Me lo sono sognato, o nella sua citazione di Dante si nomina una pigna?»

«Certo, per descrivere la faccia del gigante Nembrotto: "lunga e grossa come la pina di San Pietro a Roma". Si tratta di un'imponente scultura di bronzo a forma di pigna che, da quello che so, è ancora possibile vedere in loco» buttò lì con noncuranza Charlier chiudendo il libro e risistemandolo con cura nella libreria.

«Ma la pigna è anche la forma della ghiandola pineale, del resto il suo nome deriva proprio da lì...»

«Esatto» confermò il medico legale. «Nota anche come epifisi. Per Cartesio è il supporto fisico dell'anima.»

«Sì, lo so, il "terzo occhio"... Secondo lei, è possibile che Dante, tre secoli prima di Cartesio, abbia intuito che quella forma esiste anche nel cervello e che ci connette con l'anima? Quindi, in qualche modo, con il Paradiso e l'Inferno? Che sia, appunto, la porta che ci conduce verso l'aldilà, proprio come Dante cammina attraverso i nove cerchi, guidato da Virgilio, fino a raggiungere la città di Lucifero?»

Questa volta fu l'antropologo a fischiare per l'ammirazione.

«Ottimo, davvero ottimo… Forse ha trovato il collegamento tra il cervello e *La Divina Commedia*! Dante ha certamente descritto l'Inferno come una metafora della condizione umana, ma anche dei nostri tentennamenti interiori e psichici. Siamo soggetti alle nostre pulsioni ed esitiamo incessantemente tra il Bene e il Male. I nostri istinti più torbidi, generati dal nostro cervello limbico, competono con le Virtù prodotte dalla nostra cognizione, dalla nostra ragione, cosa che fa di noi degli esseri umani. Tra i due contendenti, la famosa "pigna", la ghiandola pineale, forse registra le nostre scelte. Questo imprinting, che si forgia nel corso di tutta la vita, sarebbe quindi ciò che ci dà la nostra identità profonda, la nostra "anima". E sarà quella che verrà giudicata per sapere se meritiamo il Paradiso, l'Inferno o il Purgatorio. La pigna sarebbe dunque il simbolo della porta verso l'aldilà, nel nostro cervello come in Vaticano, dove troneggia maestosa. Anzi, mi sto rendendo conto di una cosa… Guardate…»

Philippe Charlier tornò a navigare sul web e aprì un'immagine.

«Quando confrontiamo la rappresentazione dell'Inferno, in questo caso di Massimo Tosi, con una pigna al contrario, ritroviamo proprio lo stesso motivo… È inquietante. E non vi pare che assomigli anche a un fungo atomico?»

Louise posò la mano contro il muro, come per riprendere fiato. Quel susseguirsi di rivelazioni, ipotesi e congetture più o meno credibili, risultava difficile da digerire. Tuttavia, bisognava riconoscere che la pista del Vaticano e della pigna sembrava seria.

«Bene…» balbettò Bianchi, anche lui stordito. «In tutto questo, abbiamo completamente dimenticato il cranio di Cartesio. Eppure è il motivo per cui siamo venuti. A parte questo *segno*, il numero della bestia, ha notato qualcosa di insolito? Cerchiamo un indizio o un messaggio che Vogel potrebbe averci lasciato per guidarci.»

Philippe Charlier si immerse di nuovo nelle foto della reliquia che aveva ricostruito.

«Certamente. Ho potuto confrontare quasi al millimetro l'originale con la versione ricostruita. Ho ritrovato tutte le iscrizioni, è pazzesca la quantità di cose che i vari proprietari si sono divertiti a scriverci sopra! Ma c'è un elemento che prima non c'era. È stata aggiunta una serie di cifre quasi impercettibile a occhio nudo. Guardate, si vedono meglio ingrandendo.»

I due investigatori si torsero il collo per guardare nella maniera più chiara possibile la foto che l'antropologo aveva visualizzato sullo schermo. Su una parte dell'osso parietale sinistro era tracciata con inchiostro fresco una strana combinazione di numeri.

«Se riuscite a leggere, si distingue: 459393167671512500.»

«Immagino che se li sarà studiati...» disse Louise.

«Affermativo. Ho girato e rigirato queste cifre in tutti i sensi, basandomi per prima cosa sulle ripetizioni: il 93 torna due volte di seguito, e lo stesso vale per il 67. Ma non ho trovato niente di particolare. Poi ho abbinato ogni cifra al suo significato esoterico, usando in particolare la numerologia, e ho cercato di dedurne un'idea, un messaggio o un avvertimento. Nulla. Ho anche stupidamente fatto corrispondere le cifre alle lettere dell'alfabeto: 1=A, 2=B eccetera. La cosa era partita bene: le prime tre lettere formano la parola DEI, come gli dèi in italiano e in latino.»

«Come "Opus Dei", l'organizzazione più o meno segreta della Chiesa cattolica?»

«Esatto. Ma da lì in poi le lettere perdono ogni significato. Perciò ho finito per suddividere la successione numerica in gruppi di cifre. E a quel punto ho capito. Sono coordinate GPS.»

«Vogel avrebbe lasciato un indirizzo sul cranio di Cartesio?»

«Assolutamente. Dividendo la sequenza in due si ottiene: latitudine 45.9393167 e longitudine 6.71512500.»

«Ci scommetto la testa, che finiamo in Vaticano» sussurrò Bianchi.

Charlier aprì un cassetto e prese uno splendido pugnale

congolese dell'etnia Shi, un notevole pezzo di antiquariato del XIX secolo. Fece scivolare fuori la lama di ferro battuto dal fodero di cuoio.

«Un consiglio: non abbia esitazioni, un colpo secco al collo, per soffrire il meno possibile.»

«D'accordo» gemette Louise, che stava vivendo quel momento come un siparietto di varietà in cui le porte sbattono, gli equivoci si moltiplicano e i colpi di scena infuriano.

«E quindi? Dove finiamo?»

«Sulle Alpi, in un vecchio sanatorio abbandonato sul Plateau d'Assy. Per la precisione, il sanatorio di Sancellemoz.»

«Un sanatorio abbandonato sulle Alpi? Non ha senso. È un delirio totale.»

«Non credo, no» replicò l'esperto con un sorriso enigmatico. «Il sanatorio di Sancellemoz è il luogo in cui, il 4 luglio del 1934, è morta Marie Curie. Appena prima di finire seppellita, semimummificata, nella sua bara di piombo.»

Il cerchio si chiudeva.

Il ciclo giungeva al termine, ogni cosa tornava al punto di partenza.

Uroboro, e il suo anello dell'eterno ricominciare.

32

Martedì 23 aprile 2024
Alta Savoia
Ore 12 e 37

Il cielo si era oscurato dopo Nantua; spessi cumulonembi avevano coperto l'orizzonte come un esercito pronto a gettarsi su un nemico invisibile. Le prime gocce avevano schiaffeggiato il parabrezza all'altezza di Ginevra, e da quel momento una pioggia battente frustava l'asfalto e le carrozzerie con fragore impetuoso.

Louise imprecava come uno scaricatore di porto, costretta a guidare a trenta chilometri all'ora sull'autostrada, con l'impressione che fosse notte in pieno giorno accentuata dagli scrosci che si abbattevano sempre più ferocemente. Le pozze si trasformavano in torrenti che rifluivano sulla strada inghiottendo le ruote dei veicoli che la precedevano. Certi automobilisti, spaventati, si fermavano sulla corsia d'emergenza, con le sole frecce a segnalare fiocamente la loro posizione, correndo il rischio insensato di farsi tamponare, nella totale mancanza di visibilità.

Louise provò con la sirena e i lampeggianti, ma nulla si mosse. Si trovava intrappolata in mezzo a una mandria di mucche apatiche, tra gli alpeggi, nel pieno di una tempesta. Ora, Dio solo sapeva quanto detestasse sentirsi intralciata, privata della libertà di andare dove e come voleva. Già i medici l'avevano messa sotto chiave per tre giorni, e adesso la prospettiva di restare bloccata durante il temporale la rendeva isterica. Per quanto picchiasse sul volante urlando, tutto era immobile. Quanto sarebbe durato ancora quel diluvio del cazzo? Prese lo smartphone per guardare il sito del meteo, ma anche quello non funzionava. Non passava più niente, nemmeno il segnale GSM. Era esasperata, tanto più che mal di testa e acufeni stavano tornando. Finì per prendersela con sé stessa, in attesa che tutto si risolvesse.

Il giorno prima si era sentita con Bianchi: lui sarebbe tornato a Roma per indagare sull'ipotesi del Vaticano, mentre lei avrebbe sondato la pista del sanatorio abbandonato sul Plateau d'Assy, dove nel 1934 si era spenta Marie Curie. Prima di attivare il piano d'emergenza e scatenare la cavalleria, volevano districare il vero dal falso. Sia le supposizioni di Étienne Klein sia quelle di Philippe Charlier non avevano alcun valore di prova, né presentavano elementi tali da giustificare una mobilitazione in grande stile, in Francia come in Italia. Rischiavano di fare la figura dei cretini impantanati in un'indagine penosa. La perquisizione della Quinta da Regaleira a Sintra non aveva dato frutti, e i portoghesi non si erano fatti problemi a rimproverare i francesi per la loro *leggerezza* vista l'assenza di elementi tangibili.

D'altra parte, Louise sapeva di essere spiata, e forse lo era anche Massimo Bianchi. Motivo in più per non confidare a nessuno i loro progetti e dunque agire nella massima discrezione. Louise si era perfino sbarazzata del suo smartphone nuovo di zecca – il precedente le era stato confiscato dalla Scientifica –, perché anche quello poteva a sua volta essere stato messo sotto controllo o nascondere una cimice invisibile. L'aveva quindi sostituito con un vecchio modello che aveva lasciato ammuffire in fondo a un cassetto. Inoltre aveva *preso in prestito* dalla polizia giudiziaria una Peugeot 3008 senza informare nessuno né registrare il *noleggio*. Era diventata paranoica, al punto da temere che potessero seguirla con un elicottero o addirittura via satellite. Davvero poteva operare in incognito?

Prima di mettersi in viaggio nella maniera più discreta possibile – acquistare un biglietto ferroviario, lasciando così una traccia digitale, era fuori discussione –, aveva cercato su internet informazioni dettagliate sul sanatorio di Sancellemoz. Anche in quel caso, aveva usato una VPN per non lasciare traccia del suo indirizzo IP, e addirittura aveva fatto un giro nel dark web tramite il navigatore Tor, che rendeva le sue ricerche del tutto irrintracciabili, salvo forse da qualche smanettone del Darpa, l'agenzia americana per i progetti di ricerca avanzata di difesa.

Così facendo, aveva scoperto un universo sconosciuto. I sanatori, centri di cura destinati alle decine di migliaia di tubercolotici di inizio Novecento, erano fioriti nel giro di pochi anni sulla piccola area del Plateau d'Assy, in Alta Savoia. A partire dagli anni Trenta, il comune di Passy si era trasformato in una delle più grandi stazioni climatiche sanatoriali di Francia, ed era anche la più elevata: gli stabilimenti terapeutici sorgevano tra i mille e i milletrecento metri di altitudine. Tutto era nato dal sogno di alcuni missionari americani della Fondazione Rockefeller, che volevano offrire alla classe media colpita in pieno dalla tubercolosi – circa centomila decessi all'anno nella sola Francia, all'epoca: un vero flagello nazionale – dei centri di cura moderni pensati per alleviare le sofferenze di quella che allora veniva chiamata la peste bianca.

I medici incaricati del progetto avevano scelto il Plateau d'Assy perché assommava molti vantaggi: dominava una valle glaciale, con l'aria pura tipica degli alpeggi d'alta montagna, e offriva una vista da favola sul massiccio del Monte Bianco. Perfettamente orientato a sud, l'altopiano godeva di un portentoso soleggiamento. E l'*insolazione* ripetuta sembrava uno dei pochissimi mezzi per sradicare il bacillo di Koch, sensibile alla luce solare. I raggi solari diventavano un'arma, per quanto ovviamente ridicola. In mancanza di antibiotici, e in un'epoca in cui il celebre vaccino antitubercolotico stava cominciando appena a diffondersi, nulla poteva salvare davvero i tisici. A cui nel frattempo toccava trascorrere intere giornate allungati sulle poltrone a sdraio, sui balconcini o nei solarium di cui erano disseminati i tetti terrazzati dei centri di cura, allo scopo di scottarsi sotto il sole.

Dopo aver costeggiato le acque biliose dell'Arve, finalmente Louise raggiunse la città di Passy. Ogni cosa era immersa nell'oscurità; la pioggia continuava a sferzare le strade. Zigzagò ancora per diversi chilometri verso le alture, fino ai confini delle zone abitate. Giunta alla promenade Marie-Curie rallentò ed entrò nel parcheggio deserto dell'ex sanatorio, uno dei quattordici che un tempo il comune annoverava, tutti abbandonati uno dopo l'altro. Davanti a lei, tra le colonne d'acqua che frustavano l'asfalto e i lampi che laceravano il cielo, si ergeva un immenso transatlantico di cemento armato.

*

Massimo Bianchi era tornato a Roma la sera precedente, perseguitato dalle parole di Étienne Klein sulle reazioni termonucleari del Sole, a cui si aggiungeva l'allusione al Flegetonte, evidenziata da Philippe Charlier. L'evocazione del fiume di lava citato nelle ultime lamelle trovate sulle scene del crimine aveva rafforzato il timore di un attentato in grande stile, al quale apparentemente le squadre stavano preparando gli investigatori tramite i loro perversi messaggi.

Eppure mancava ancora almeno una prova, la parvenza di un fatto concreto. Il giorno prima si era messo d'accordo con Louise: avrebbe indagato con discrezione in Vaticano, prima di rivolgersi ai suoi colleghi e, ovviamente, sia alla gendarmeria della Santa Sede sia alle famose guardie svizzere, che vigilavano sulla sicurezza del più piccolo Stato del mondo e di Sua Santità. Aveva eseguito, come sempre, ma quel mattino provava una grande inquietudine per la francese, che aveva lasciato andare sulle Alpi. Louise era partita da sola, senza avvisare nessuno eccetto lui. Non era neanche sicuro di riuscire a contattarla, dato che la collega aveva cambiato il cellulare. Chi si sarebbe preso cura di lei? Chi avrebbe potuto proteggerla, ora? Quali altre pazzie avrebbe commesso?

Con lo stomaco stretto dall'angoscia, salì le rampe di scale che conducevano alla basilica di San Pietro. Una folla compatta già ingrossava le file d'attesa. Bianchi si diresse verso uno degli agenti appostati ai varchi di accesso e brandì il tesserino della Catturandi.

«Non hai notato niente di insolito negli ultimi giorni? Degli strani viavai, un'attività particolare?»

Il giovane agente faceva il suo lavoro in modalità robot, filtrando ogni giorno migliaia e migliaia di turisti in una specie di massacrante catena di montaggio, e non aveva di certo l'occasione di spiare nessuno.

«Dovrebbe sentire i colleghi che sorvegliano la piazza. Può chiedere al comandante, lo trova in ufficio, a settecento metri da qui, in via del Mascherino.»

«Sì, ma adesso sto parlando con te. Ce li hai gli occhi, no? Non hai deciso di diventare poliziotto per finire a fare il vigile. A furia di fare lo schiavo hai perso lo spirito d'osservazione?»

L'agente restò a bocca aperta. Quegli stronzi della Squadra Mobile si credevano dei signori e pensavano che tutto gli fosse concesso. Dato che gli era rimasto sul gozzo, non riuscì a dire una sola parola.

Bianchi girò sui tacchi e sparì come era arrivato. La sua aggressività era tutt'altro che naturale e denotava una grande irrequietezza. Pensava a Louise, alle squadre, all'oceano del Vaticano nel quale lui non era altro che una goccia d'acqua; era come cercare un ago in un pagliaio. Tutto ciò non aveva alcun senso. Aveva bisogno di aiuto, con buona pace di Louise, che si stava muovendo dall'altra parte delle Alpi. Prese il telefono e fece scorrere la lista dei suoi contatti. Si fermò sul nome di un agente della gendarmeria del Vaticano. Chissà se era ancora lì? In passato avevano collaborato, quando avevano dovuto fronteggiare un gruppetto di fanatici romani che minacciavano la sicurezza di Benedetto XVI. Posò l'indice sul numero di telefono e attese.

«Sono il comandante De Luca, pronto?»

«Ciao Andrea, sono Bianchi della Catturandi. Hai fatto carriera, caspita... Ero rimasto all'ispettore...»

Avevano avuto lo stesso avanzamento di carriera, ma in due corpi completamente diversi. La gendarmeria vaticana era un'istituzione particolare – e minuscola, forte di centocinquanta uomini – che regnava sulla sicurezza del Sommo Pontefice e del territorio vaticano. I gendarmi coesistevano con le guardie svizzere, ma in modo meno appariscente. Il loro lavoro di intelligence e di polizia giudiziaria li rendeva però molto più importanti, quando si trattava di condurre indagini delicate e approfondite.

«Massimo! Da quanto tempo non ci sentiamo... Dieci anni?»

«Dodici, credo. Sei sempre in Vaticano?»

«Eh sì, finirò per prendere i voti.»

Bianchi sorrise. Immaginò il collega con indosso un saio e in testa il *képi* da gendarme.

«Ma ho cambiato incarico. Adesso dirigo la banda. Te l'avevo detto che suonavo la trombetta?»

Massimo scoppiò a ridere. Un prete con in testa un képi che si spolmonava in una tromba. L'immagine era perfetta. Andrea De Luca non era cambiato. Ma dietro la sua aria spavalda era un bravo poliziotto, di cui ci si poteva fidare.

Dieci minuti dopo, l'investigatore della Omicidi romana entrò negli uffici della gendarmeria, contigui al tribunale dello Stato della Città del Vaticano, sul lato sinistro della basilica di San Pietro.

*

Louise si precipitò verso l'ingresso dello stabilimento, sfidando le colonne d'acqua che cadevano incessanti. Si rifugiò sotto una ridicola tettoia che sovrastava due porte a vetri.

Quell'annesso al pianoterra, in apparenza moderno, era una specie di verruca incollata all'edificio storico. Alzò gli occhi e, nonostante la pioggia scrosciante, ammirò la vastità dell'edificio, che si innalzava per sette piani. Costruito interamente in cemento armato – il non plus ultra, negli anni Trenta, segno all'epoca di una sconvolgente modernità –, col passare del tempo aveva finito per assomigliare a un desolante casermone di edilizia popolare. L'investigatrice si immaginò la faccia degli ospiti quando arrivavano lì, una roba da depressione istantanea e deperimento accelerato. Eppure, quegli impressionanti transatlantici di cemento arenati sui pendii delle montagne erano molto apprezzati, prima della guerra, il che del resto spiegava perché celebrità come Marie Curie o Igor Stravinskij avessero soggiornato tra quelle mura. Ristoranti, casinò, cabaret e cinema rallegravano le serate degli ospiti più facoltosi, mentre i credenti si radunavano nella cappella di Notre-Dame-de-Toute-Grâce, detta la chiesa dei malati, arricchita dai mosaici di Fernand Léger, dal tabernacolo in bronzo di Georges Braque e dal battistero firmato Marc Chagall.

Louise cercò di forzare i battenti di vetro, ma rimasero chiusi. Da quando nel 2021 Sancellemoz era stato abbandonato, l'accesso era vietato al pubblico e gli ingressi erano chiusi a chiave. La vigilanza effettuava delle ronde di controllo, ma con quella pioggia nessuno osava avventurarsi fin lì. Nelle sue svariate ricerche sul web, Louise aveva letto che gli appassionati di esplorazione urbana si arrampicavano sulla facciata opposta e penetravano nell'enorme edificio dismesso da una portafinestra rimasta aperta al sesto piano. Louise scivolò lungo il muro nel tentativo di sfuggire ai torrenti d'acqua e girò intorno al vecchio sanatorio. Scoprì il rovescio della medaglia, più attraente, con una successione di archi lungo tutto il pianterreno e, ai piani superiori, una sfilza di balconi esposti a sud che offrivano una splendida vista sul Monte Bianco. Nell'infuriare della tempesta, solo i fulmini permettevano di intravedere l'imponente rilievo. In primo piano, il massiccio della Tête Noire – che in quella giornata infernale faceva onore al suo nome – era appena più visibile. Delle tende rossastre scolorite cotte dal sole penzolavano ancora sopra alcuni balconi, agitandosi sotto le raffiche di vento.

Louise avanzò fino all'edificio centrale, che formava un'escrescenza tra l'ala est e l'ala ovest, e si trovò di fronte a un paesaggio desolato. Decine di estintori, libri, documenti, bancali, cuscini, tavoli, sedie e perfino carcasse di letti d'ospedale erano sparsi al suolo. Esploratori poco educati avevano buttato tutto dalle finestre. I vecchi proprietari dovevano essersene andati precipitosamente, per lasciare tutto quel materiale nello stabilimento...

Mentre scavalcava in qualche maniera quegli oggetti eterogenei, posò il piede su una massa di fascicoli le cui copertine di plastica zuppe d'acqua erano scivolose come una tavola insaponata. La sua gamba slittò in un punto vuoto. Louise fece un salto scomposto e atterrò violentemente su alcuni estintori. La caduta fu disastrosa. Benché paralizzata dalle fitte che si irradiavano dai reni e dal ginocchio destro, riuscì comunque a rialzarsi e fece qualche passo appoggiandosi al muro.

All'altezza dell'edificio centrale, una doppia scalinata conduceva ad alcune porte che di certo servivano ai malati per accedere al giardino. Ovviamente erano saldamente fissate. Louise si mise a riflettere, esitò un attimo, poi – a mali estremi, estremi rimedi – impugnò la semiautomatica e sparò cinque colpi nei montanti di legno. Quindi, sempre in preda al dolore per la caduta, sferrò diversi calci con la gamba più sana. Si accanì; i battenti tremarono. Raccolse un grosso estintore e lo scagliò con violenza contro le porte. Una di esse cominciò a socchiudersi. Riprese la bombola scarlatta e colpì, una volta, due volte, sei volte, finché finalmente gli infissi cedettero. Ansante, sfinita, spinse il battente e penetrò nell'edificio.

Il fragore del temporale aveva coperto gli spari e gli schianti dell'estintore. Nessuno poteva averla sentita. Nessuno, o quasi.

*

«Non capisco bene... Cosa ti fa credere che la minaccia sia reale e concreta? Solo le congetture di questo Philippe Charlier riguardo all'ultimo messaggio che avete trovato?»

Il busto in avanti e i gomiti piantati sulla scrivania, Andrea De Luca aggrottò le sopracciglia. Le sue dita si sfioravano, esprimendo un misto di inquietudine e perplessità. Aveva ascoltato attentamente il collega della Catturandi, per il quale nutriva il massimo rispetto. Oltre a essere un abile segugio, Bianchi coltivava il suo stesso senso dell'umorismo, tanto che per un attimo il gendarme aveva creduto a uno scherzo, anche se di cattivo gusto. Non si aspettava certo una rivelazione del genere, dodici anni dopo il loro ultimo incontro. Probabilmente sperava in una semplice visita di cortesia davanti a una bella birra.

«È proprio questo il problema. Non ho nessuna prova tangibile, niente di concreto. Per questo ti ho chiamato direttamente, al di fuori di ogni procedura. Ho bisogno di aiuto per cercare di individuare una possibile minaccia reale e raccogliere elementi che possano permetterci di confermare l'ipotesi di un'operazione vera e propria. La posta in gioco è cruciale, perché tutto può accadere, Andrea. Se ho ragione, centinaia se non migliaia di vite sono in pericolo. A cominciare da quella del Sommo Pontefice, se si trova qui in Vaticano.»

De Luca si appoggiò allo schienale e sospirò rumorosamente. Decisamente non gli piaceva quello che il collega era venuto a comunicargli.

«Se quello che dici è vero, allora devo avvisare immediatamente l'ispettore generale Broccoletti, che dirige la gendarmeria e i servizi di sicurezza dello Stato. Poi, inevitabilmente, lui dovrà riferire a monsignor Vérgez Alzaga, il presidente del Governatorato vaticano. E a quel punto scatterà allarme rosso, il che significa evacuazione della Città e attuazione di un piano con le autorità italiane... E il nostro ufficio di collegamento con l'Interpol chiederà l'aiuto dei servizi di polizia stranieri, vista la portata internazionale della tua indagine. E tutto quanto arriverà fino ai governi di Francia, Italia, Gran Bretagna...»

«Lo so, Andrea, lo so. È una cosa enorme, addirittura colossale. Per questo non possiamo permetterci di prenderla alla leggera. Se non ne venisse fuori niente, cancellerò questa pista come ho già fatto con altre. Ma sento che ci siamo. E finora abbiamo lavorato piuttosto bene. Solo che a volte abbiamo sbagliato obiettivo, come con la tomba di Dante; oppure, anche se eravamo nel posto giusto al momento giusto, le squadre ce l'hanno fatta sotto il naso, senza che ci accorgessimo di nulla, come all'abbazia di Westminster. Quanto al cranio di Cartesio, quella volta eravamo in anticipo, ma è andata male.»

L'ufficiale della gendarmeria vaticana annuì. Evidentemente aveva seguito da vicino l'evolversi del caso dei cervelli fin dal momento in cui uno dei primi cadaveri era stato lasciato con il cranio scoperchiato e le cervella in poltiglia nei giardini di Villa Borghese, a pochi passi dal Vaticano. Si informava tramite i media, come tutti, e aveva avuto sentore del coinvolgimento di Bianchi nelle indagini. Perciò sapeva che il collega parlava con cognizione di causa. Bisognava prenderlo molto sul serio, che gli piacesse o no.

Si alzò e si mise alla tastiera del computer. Digitò qualcosa e poi si concentrò sullo schermo.

«Okay, perfetto. Seguimi.»

I due lasciarono i locali amministrativi della gendarmeria, all'ombra dell'imponente basilica di San Pietro e ad appena qualche decina di metri dalla Residenza di Santa Marta, che papa Francesco aveva scelto come suo domicilio. Salirono su una Smart elettrica di prima generazione, di un bianco discreto su cui la parola GENDARMERIA, scritta in caratteri blu, si dispiegava in diagonale, tanto la vettura era minuscola. Sotto quella scritta, leggermente di sbieco, la dicitura *electric drive* conferiva al tutto un'aria vagamente modaiola. La sirena circolare piazzata in mezzo al tettuccio completava il quadro assegnando il veicolo alla categoria giocattoli.

«No comment» sospirò De Luca lottando per riuscire a entrare in quella scatoletta.

«Non ti preoccupare, il ridicolo non uccide.»

Partirono in direzione nord. Bianchi scoprì delle vie che non aveva mai visto, ai margini delle zone turistiche. In pochi minuti circumnavigarono gli edifici che cingevano i Cortili del Belvedere e ospitavano i celebri Musei Vaticani, da oltre due secoli visitati da milioni di turisti provenienti da tutto il mondo. Poi si infilarono in una zona privata, a est del centro. Superarono la posta, la farmacia, il supermercato, tutti i servizi riservati agli abitanti del minuscolo Stato, sia religiosi sia laici, come nel caso dei gendarmi. Si fermarono presso il confine orientale del Vaticano, a ridosso della chiesa di San Pellegrino. Appena alle sue spalle, un imponente edificio rettangolare a due piani faticava a passare inosservato.

«Benvenuto nella caserma della gendarmeria» esclamò De Luca. «Siamo fortunati, oggi ho due colleghi in turno di riposo di cui mi fido ciecamente e che ci daranno una grossa mano. Alla chetichella.»

*

Dopo aver zoppicato nell'oscurità – la caduta l'aveva ridotta piuttosto male – Louise scoprì l'imponente hall del transatlantico abbandonato, disseminata di rifiuti e detriti. Individuò due ampi ascensori, uno dei quali spalancato sul nulla. I cavi pendevano nel vuoto, chiaramente strappati. I banconi d'ingresso erano devastati, ricoperti da un caos di cartacce. La notte artificiale che era calata all'esterno rendeva difficile quella perquisizione improvvisata; l'investigatrice attivò la torcia dello smartphone e illuminò debolmente l'ambiente circostante. Sempre inciampando sui mucchi di oggetti abbandonati, proseguì la sua sommaria ispezione, in cerca di qualche elemento che potesse accenderle la lampadina, nella speranza di qualche *Eureka!*. Vogel l'aveva indirizzata verso il posto in cui Marie Curie era morta per una ragione precisa, ne era convinta. Temendo per la propria vita, di certo aveva lasciato in quel luogo un'indicazione tale da permettere di identificare i suoi persecutori e di risalire di conseguenza fino al *Gyrum Novem*.

Su una delle pareti della hall faceva sfoggio di sé una targa commemorativa in onore della celebre scienziata polacca, accanto a un pannello informativo che elencava i vari servizi del pianterreno. Louise si fece strada negli uffici della contabilità e frugò negli archivi che erano stati abbandonati lì. Alcuni fascicoli contenevano informazioni relative alla salute di certi pazienti che sarebbero certo stati felici di sapere che la loro vita privata veniva esposta così ai quattro venti. Sfogliò anche i registri d'ammissione mezzi ammuffiti e una serie di documenti contabili ormai decrepiti. Quegli archivi non rivestivano evidentemente alcun interesse per gli ex proprietari, che di sicuro avevano trasferito il grosso dei dati su server informatici. D'altronde, un vecchio pc impolverato giaceva in un angolo dell'ufficio, talmente vecchio che non era riuscito ad attirare l'attenzione nemmeno dei visitatori notturni.

Poi ispezionò una specie di auditorium, un locale di cento metri quadrati dall'aspetto piuttosto pietoso, pieno di sedie a buon mercato semidistrutte. Varcò la soglia del locale dedicato alla fisioterapia respiratoria, quasi vuoto. Qualche provetta e altri materiali di consumo erano posati qua e là, ma il grosso dell'attrezzatura sembrava essere stato portato via. Poi si spostò nel ristorante, senza dubbio lo spazio più grande presente al pianterreno. Nell'epoca d'oro, bisognava nutrire fino a quattrocento persone. Come negli altri locali, sedie e tavoli erano in parte rovesciati. Scrutò tra le file, quindi si intrufolò nelle vaste cucine, sempre in cerca di ogni possibile indizio.

Ma niente.

Il ginocchio le faceva male, la luce stentata del cellulare dava segni di indebolimento e il disordine rendeva complicatissimo procedere. Insomma, ebbe la sensazione di aver fatto un pasticcio, e che la sua ispezione improvvisata non servisse assolutamente a nulla. Certo, in un mondo ideale i gendarmi di Passy e la brigata di ricerca e intervento di Annecy avrebbero potuto dare una mano e organizzare una perquisizione in piena regola. Ma la loro mobilitazione avrebbe richiesto il coinvolgimento di tutta una catena gerarchica, a partire dalla Omicidi e dalla Procura di Parigi, fino ad arrivare alla procuratrice di Annecy... In poche parole, non era possibile. E non c'era tempo. L'investigatrice sentiva, proprio come Bianchi in Vaticano, che la soluzione era vicina. Vicina e assolutamente incerta. Bisognava agire in fretta, nel modo più discreto possibile, per sorprendere l'avversario e fermarlo prima che accadesse il peggio.

Il colosso di cemento contava dodicimila metri quadrati di superficie, ripartiti sugli otto piani dell'edificio centrale e delle due ali laterali. Come poteva sperare di trovare qualcosa?

Fu allora che, grazie alle prestazioni del suo orecchio sano, avvertì uno scricchiolio. Fuori infuriava il temporale, ma quel rumore veniva dall'interno. Dal fondo delle cucine. Un animale? Una corrente d'aria?

Louise estrasse la pistola e avanzò con prudenza, sempre zoppicando.

«Non spari!» balbettò una voce terrorizzata.

«In piedi! Mani sopra la testa!»

Una figura affilata emerse da dietro uno dei piani cottura. Era una giovane vestita di stracci, con i capelli aggrovigliati, che si reggeva in piedi a stento e tremava tutta.

«Che cazzo ci fai qui?»

«Ci vivo.»

«Sei una squatter?»

«Se le va di definirmi così...»

«Stai qui da molto?»

«Da almeno due anni. Ma conosco bene la struttura. Ci ho lavorato, finché non hanno traslocato a Cluses e non ho perso il lavoro.»

«E adesso pensi che sia casa tua?»

La ragazza restò impassibile. Sembrava evidente che non

avesse più una casa sua, nel vero senso del termine, e che di certo non avesse altra scelta.

«Sei sola, qui?»

«Sì. Cioè, durante il giorno. Perché di notte ci sono continuamente dei pazzoidi che scalano le facciate e danneggiano tutto. Ma io non ho mai rovinato nulla, glielo giuro. Sono l'unica a rispettare questo posto.»

Louise fece una smorfia perplessa.

«*Io*, per esempio, non ho mai sfondato le porte del giardino a colpi di estintore.»

Centro. L'investigatrice abbassò l'arma e si avvicinò prudentemente, finché un odore putrido non la bloccò di colpo.

«Quand'è stata l'ultima volta che ti sei fatta una doccia?»

«Intende da sola o con un uomo?»

Louise sorrise. Sapeva il fatto suo, quella stronzetta. A occhio e croce, doveva avere non più di venticinque anni.

«Quanto lo conosci bene, questo posto?»

La ragazza si rilassò e barcollò fino a uno sgabello.

«Come le mie tasche. Ero aiuto infermiera, alloggiavo all'ultimo piano e passavo continuamente da un reparto all'altro. Ho passato cinque anni a girare per questo circo in lungo e in largo.»

A Louise brillarono gli occhi.

«Cosa ne diresti di un lavoro da poliziotta ausiliaria?»

«Sempre meglio che badante, tranne se devo comunque lavarle il culo.»

Louise fece un gran sorriso.

«Nel frattempo, è il tuo che dovresti lavare. E non esitare a disinfettarlo con qualche litro di candeggina.»

*

Andrea De Luca aveva convocato i colleghi Matteo Greco e Aldo Mancini nella sua stanza, all'interno della caserma. Aveva fatto brevemente le presentazioni e riassunto la situazione. I gendarmi, un ufficiale e un sottufficiale, restarono a bocca aperta. Si chiedevano perché una faccenda così seria dovesse restare segreta. Massimo Bianchi espose di nuovo le ragioni che lo inducevano alla massima discrezione. A parte l'incertezza e la fragilità degli elementi che riconducevano all'ipotesi di una minaccia per il Vaticano, l'effetto sorpresa e l'azione sotterranea erano il modo più efficace per neutralizzare l'avversario.

«Siamo fortunati, Massimo. Matteo è il vice del capo dell'unità di intelligence, e Aldo è secondo in comando nel reparto Antisabotaggio, ovvero la nostra squadra di artificieri, che conta otto membri.»

Gli occhi del segugio della Catturandi si illuminarono.

«Avete una squadra di artificieri?»

«Dal 2008, per l'esattezza. È posta sotto il comando del GIR, il Gruppo di Intervento Rapido, a fianco dell'Unità antiterrorismo.»

Bianchi cadde dalle nuvole. Ignorava che uno Stato così piccolo, protetto da un corpo della gendarmeria composto da soli centocinquanta uomini – oltre alle guardie svizzere – fosse dotato di squadre tanto specializzate.

«Quanto a me,» aggiunse De Luca «supervisiono proprio il GIR, in coppia con un commissario e sotto il comando di un dirigente superiore. Quindi lavoro a stretto contatto con Aldo, e inevitabilmente usiamo le informazioni raccolte dall'Unità di intelligence di Matteo.»

«Matteo, nelle ultime settimane, non avete avuto sentore di una qualche minaccia? In particolare da dopo la scoperta del corpo di Luigi Lombardo nei giardini di Villa Borghese. E in seguito all'operazione criminale della squadra di Ravenna e alla profanazione della tomba di Dante...»

«Niente di concreto, no. Detto questo, il nostro lavoro consiste essenzialmente nell'analizzare le immagini delle nostre telecamere di sorveglianza, tutte collegate alla nostra sala operativa e di controllo. Sala che del resto condividiamo con i pompieri, dato che l'idea è quella di poter intervenire immediatamente in caso di problemi legati alla sicurezza, come un incidente o un incendio... Ma quando notiamo qualcosa di anomalo, siamo in grado di mobilitarci, di indagare con discrezione e, nel caso, di attivare una procedura di controllo o addirittura di arresto.»

«E sorvegliate tutta la cerchia de Vaticano?»

«Sì, ma non solo: tutti i territori dello Stato, il che include gli edifici extraterritoriali, come le tre basiliche papali fuori dalle mura o la residenza estiva del Santo Padre a Castel Gandolfo.»

«E nessun elemento sospetto né qui né in altri luoghi? Degli andirivieni anomali? O la visita ripetuta di uno stesso gruppo di persone, che avrebbero potuto essere qui per fare una ricognizione?»

«Niente di anomalo, no. Però può darsi che ci sia sfuggito qualcosa. Abbiamo comunque pur sempre cinque milioni di visitatori all'anno! I nostri musei sono secondi al mondo per affluenza, subito dopo il Louvre. Ma adesso che sappiamo tutte queste cose, è chiaro che saremo molto più attenti alla minima situazione insolita.»

Bianchi si trattenne dall'esclamare «È sicuramente troppo tardi, babbeo». Si alzò e si mise alla finestra della modesta camera di Andrea De Luca. La tensione saliva, ed era evidente che non poteva contare molto sulla vigilanza di quegli uomini. Non avendo mai dovuto affrontare situazioni critiche, non erano né sufficientemente esperti né addestrati a notare cose insolite, il dettaglio che poteva cambiare tutto.

«Niente di particolare neanche nelle vostre operazioni esterne, per gestire la protezione del papa durante i suoi spostamenti sul territorio italiano, nelle scorse settimane o addirittura negli ultimi mesi? Non so, qualcuno che si è rivolto al pontefice in latino, o facendo una strana citazione... qualcosa che potrebbe uscire dalla *Divina Commedia*?»

I tre gendarmi si scambiarono uno sguardo incredulo.

«Va be', okay, facciamo diversamente» brontolò Bianchi tornando a sedersi. «Abbiamo alcuni indizi, o comunque delle potenziali piste. Bisogna pur cominciare da qualche parte. Innanzitutto l'idea di un legame tra la fine del mondo e una storia di cervelli, qualunque cosa vi faccia pensare a dei cervelli, e una situazione catastrofica, come un fiume di lava, un incendio... Molto probabilmente è simbolico. Ci sono talmente tante opere d'arte nei musei, o tra le statue, nei fregi sugli edifici... Qualcosa che potrebbe indicare un luogo dove eventualmente piazzare una bomba.»

Massimo si guardò bene dal precisare «atomica», consapevole dell'enormità dell'affermazione.

«Non siamo né guide turistiche né storici dell'arte» ribatté costernato Mancini.

Era una situazione assurda. Che un poliziotto del calibro di Bianchi, l'élite della Squadra Mobile, gli stesse facendo perdere tempo con una storia così strampalata era semplicemente incredibile. E poi, ufficialmente, erano di riposo.

«Forse c'è una cosa» mormorò Matteo Greco.

L'investigatore della Catturandi inarcò le sopracciglia, pieno di speranza.

«Ho una passione per le opere del Rinascimento. Ho fatto domanda per entrare nella gendarmeria vaticana prima di tutto perché sono credente, ovvio, ma confesso che è stato anche perché amo la storia dell'arte.»

Il suo collega Mancini arricciò il naso. Passava per essere un tipo rozzo e ignorante.

«Come tanti altri, non è una cosa molto originale, sono affascinato dalla Cappella Sistina. Tutte quelle opere che riempiono le pareti e i soffitti, dipinte dagli artisti rinascimentali, tra cui Michelangelo, il più grande genio di tutti i tempi. Penso che ci sia una cosa che le interesserà. È stata una guida a farmela notare.»

Dieci minuti dopo, i tre gendarmi e il poliziotto entrarono con discrezione nell'edificio benedetto dagli dèi, arroccato di fronte al timpano settentrionale della navata della basilica di San Pietro. Fin dall'ingresso, come non venire catturati dalla magia spettacolare di quei luoghi? Dal basso verso l'alto, lo sguardo è rapito da un vortice estetico: prima gli arazzi di Raffaello, poi, nella parte mediana, una successione di scene dell'Antico e del Nuovo Testamento eseguite da artisti prestigiosi come Botticelli, Rosselli e il Perugino. Le pareti della Cappella si leggevano come un libro vivente, che narrava gli avvenimenti delle vite di Cristo e di Mosè: il battesimo di Gesù, il passaggio del Mar Rosso, la discesa dal Monte Sinai con le Tavole della Legge, l'Ultima Cena e ovviamente la Resurrezione. Al di sopra di quelle opere dai colori brillanti, dominavano i ritratti dei primi papi e degli antenati di Cristo.

Matteo Greco portò i colleghi fino in fondo alla cappella, ai piedi dell'altare, davanti al magistrale capolavoro che si estendeva per venti metri in altezza e dieci in larghezza. Il titanico affresco offriva i suoi trecento personaggi tormentati agli sguardi stupefatti del pubblico.

«Se si pensa che Michelangelo ha cominciato a dipingerlo all'età di sessant'anni e che il lavoro è durato quasi altri dieci... Comandante, lei ha parlato di un'allusione alla fine dei tempi, o alla fine del mondo, nei messaggi in codice, giusto?»

«Esatto.»

«Be'... ecco il *Giudizio universale*. I morti resuscitati si trovano in mezzo ai vivi, il che produce una sensazione strana, quasi di malessere. E appena prima della fine dei tempi, e dunque della fine del mondo, cioè al momento del Giudizio universale, Michelangelo ci dipinge una scena incredibile, epica, un movimento di ascesa e discesa tra la parte alta dell'affresco, dove si involano le anime redente, che si apprestano perciò a entrare in Paradiso, e la parte bassa, con le anime dannate irreparabilmente risucchiate verso le fiamme dell'Inferno.»

Massimo Bianchi sentì il cuore battere forte. Comprese che il genio fiorentino si era chiaramente ispirato alla *Divina Commedia* e, come Dante, descriveva la dualità tra l'alto e il basso, tra il Paradiso e l'Inferno, tra la nobiltà e la degradazione. Si avvicinò alla parte inferiore dell'affresco, che illustrava il regno di Satana.

Caronte, il traghettatore degli Inferi, particolarmente aggressivo, sembrava percuotere i dannati recalcitranti che si rifiutavano di finire nella fornace.

«Ho recuperato i versi danteschi che descrivono questa scena» sussurrò Greco, fiero di poter sfoggiare la propria cultura.

Lesse sullo schermo del cellulare, recitando stentatamente:

«"Caron dimonio, con occhi di bragia, loro accennando, tutte le raccoglie; batte col remo qualunque s'adagia". È nel canto terzo, i versi dal 109 al 111. Michelangelo ha tradotto in immagini il testo del poeta.»

Bianchi ripensò immediatamente al primo messaggio rinvenuto nel cranio di Marie Curie e nel cervello di Loïc Eyrolles: *Il peccatore, condotto da Caronte attraverso l'Acheronte, andrà dalla città rossa al nono cerchio di ghiaccio e poi perirà per la collera del cerchio più piccolo.*

E se Philippe Charlier avesse avuto ragione e fosse proprio il Vaticano l'obiettivo? La prova sembrava trovarsi lì, sotto i suoi occhi.

«E cosa ti ha raccontato la guida? Che questo immenso affresco narrava la fine del mondo, la fine dei tempi, e si ispirava a Dante?»

«No, comandante. Questo lo possono dedurre tutti facilmente. Ma lei sta cercando un legame tra l'Inferno, la fine del mondo e il cervello, no?»

«Certo.»

«Allora sollevi lo sguardo.»

Bianchi alzò leggermente gli occhi verso le sublimi volte.

«Guardi la scena più famosa, Dio che tocca Adamo con il dito indice.»

Il segugio della Catturandi strizzò le palpebre e si mise a riflettere. *Un legame tra la fine del mondo e il cervello...* E di colpo capì.

Era lampante.

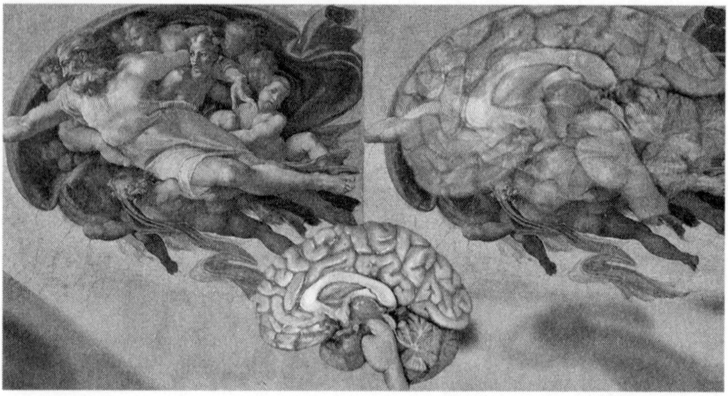

«È un cervello! Dio è raffigurato all'interno di un cervello!»

«Bravo!» lo adulò il gendarme. «È esattamente quello che mi ha fatto notare la guida. Dunque il cervello si fonde con il regno di Dio, ossia il cielo.»

«Il cielo, con il nostro sistema solare, la nostra galassia...» balbettò Bianchi ricordando l'osservazione di Étienne Klein: ci sono tanti neuroni nel nostro encefalo quante sono le stelle della Via Lattea...

Questa volta, la risonanza con le ipotesi del fisico-filosofo, perfezionate da Philippe Charlier, appariva evidente. Tutto tornava. Davvero esisteva, lì in Vaticano, un legame diretto con l'intero caso e con i messaggi in codice dell'organizzazione criminale.

*

Louise e Léa, la squatter provvidenziale, si erano sistemate intorno a uno dei tavoli ancora intatti del ristorante. O per meglio dire della mensa, perché tutto aveva un aspetto pietoso in quella immensa sala senz'anima. Alla debole luce della torcia del telefono, la giovane aveva disegnato una mappa sommaria sul retro di una lettera amministrativa. Louise afferrò lo schizzo e inspirò profondamente.

«Dunque, al pianterreno abbiamo la hall, l'accettazione, il ristorante, la sala di videoproiezione che serviva anche per la messa del sabato mattina, la sala tv, un laboratorio di bricolage, alcuni negozi nella rotonda, la fisioterapia respiratoria per gli asmatici – il viso di Massimo Bianchi le passò furtivamente davanti agli occhi –, l'ufficio del personale, la contabilità e i servizi sociali. Al primo, gli uffici dei dottori, la segreteria medica e tutta la riabilitazione. Mi ripeti cos'erano questi riquadri in fondo al corridoio?»

Léa si chinò, un po' traballante. Vernay immaginò che fosse drogata, oltre che lurida e completamente fusa.

«Quello grande è la palestra, luogo di transito per quasi tutti i malati, e quindi una delle rare occasioni per socializzare. Lì si chiacchierava a tutto spiano. C'erano circa quindici lettini per i massaggi. I fisioterapisti erano simpatici ma molto appiccicosi, a volte...»

Léa fece una pausa, smarrita nei suoi ricordi.

«Le due stanze adiacenti erano per la riabilitazione specialistica. Questa per i traumi, per gli infortunati; e questa era la neuro, per chi per esempio aveva avuto un ictus.»

«E questa è la piscina?»

«La vasca per l'idromassaggio, sì. Trentadue gradi di temperatura. I malati la adoravano. In più, la grande finestra panoramica dà direttamente sul Monte Bianco, quando si riesce a vederlo. Spesso qui il tempo è schifoso. Come l'atmosfera.»

«Ovvero?»

«I pazienti venivano trattati un po' come il bestiame. L'unica cosa che contava era il profitto. I malati era tanto se li salutavano – cioè, io no, io ero sempre gentile, ovviamente.»

«Ovviamente.»

«Pagavano per tutto, la televisione, internet, il caffè, e per anni gli è stato vietato tornare a casa nei fine settimana. Per spremere al massimo il servizio sanitario nazionale. Alla fine, alcuni degenti e anche qualche infermiere hanno costretto la direzione a smetterla. Si era arrivati sull'orlo dell'ammutinamento. Da quel momento, i pazienti dovevano chiedere l'autorizzazione di uscire al massimo entro il mercoledì precedente, come all'asilo. Li trattavano come dei bambini, soprattutto gli anziani, gli urlavano nelle orecchie con la scusa che erano mezzi sordi. Avevo l'impressione che li prendessero per dei ritardati.»

Louise abbassò gli occhi. Si immaginò di finire come quei malati. Il suo orecchio fuori uso era un buon inizio.

«E poi il direttore era un tizio isterico, o meglio bipolare. Magari il lunedì era tutto sdolcinato, e il giorno dopo si arrabbiava per niente ogni secondo. Diventava rosso come un pomodoro, un po' come Joe Dalton.»

«Hai letto *Lucky Luke*?»

«No, erano i vecchi che lo chiamavano così.»

La luce del telefono cominciò a indebolirsi. Louise la spense, per non scaricare del tutto il cellulare. In ogni caso, il segnale non riusciva a superare quei muri spessi, e in più forse il temporale aveva danneggiato i ripetitori della zona.

«Visto l'andazzo, immagino che il gruppo proprietario di Sancellemoz facesse un sacco di soldi...»

«Senza dubbio. Ma gli affari non andavano più così bene. Negli ultimi tempi avevano eliminato una cinquantina di posti letto; alla fine ne erano rimasti solo centoventi. Gli ultimi due piani sono stati assegnati ai dipendenti e alle degenze brevi. Di fatto si era sempre a corto di personale; io facevo il lavoro di due inservienti, come minimo. Non c'erano abbastanza medici, infermiere, fisioterapisti... Bisogna dire che qui si è completamente isolati. Quando arrivi, ti sembra di essere finito in galera, soprattutto visto quanto è deprimente l'edificio.»

«Sembra un falansterio delle case popolari.»

«Esatto. Ma quello che ci ha stupiti tutti è che ci hanno speso dieci milioni di euro appena prima di chiudere.»

«Dieci milioni? Per fare cosa?»

«Hanno rifatto quasi tutte le camere, che erano piuttosto datate. Hanno anche messo tutto a norma di sicurezza, montato i doppi vetri... Avevano già rifatto il ristorante e altre due o tre cose prima del mio arrivo. E poi, appena i lavori sono finiti, chiusura e trasferimento a Cluses. Era il periodo del Covid.»

Louise alzò le sopracciglia. Forse finalmente aveva qualcosa di concreto.

«E ci sono state delle voci a proposito di questa chiusura improvvisa? Hai sentito dire qualcosa?»

«Ufficialmente era una decisione politica, un ordine dell'Agenzia regionale della sanità, per raggruppare le cure in un unico polo. Ma a noi è sembrato di capire che cercavano di soffocare uno scandalo.»

«Quale scandalo?»

Louise, tutta orecchi – cioè, per metà – si era chinata in avanti per sentire meglio la giovane donna, che si mangiava le parole.

«Sinceramente non ne ho idea. Se ne sono dette un po' di tutti i colori. Avrebbero scoperto dei documenti compromettenti, un'attività non dichiarata che coinvolgeva dei medici.»

«Che attività?» ribatté prontamente Louise, più tesa che mai.

«Non lo so. Davvero.»

L'investigatrice accusò il colpo.

«E tu non pensi che abbiano fatto dei lavori in fretta e furia per distruggere delle prove, tappare dei buchi, insomma per eliminare delle tracce?»

Léa alzò le spalle. Quella faccenda era più grande di lei. Il suo livello di paranoia era molto inferiore a quello di Louise.

«Okay, dobbiamo assolutamente scoprirlo. Quali sono le zone che frugheresti per prime, se dovessi cercare qualcosa di compromettente?»

La giovane spalancò gli occhi.
«Non lo so…»
Tornò a immergersi nel disegno.
«Tutti i piani si assomigliano, quanto meno fino al sesto. Una fila di camere, quasi tutte singole, più la stanza delle infermiere e la sala relax del personale di servizio che si occupava delle pulizie.»
«E la stanza di Marie Curie? Esiste ancora?»
Léa ridacchiò.
«Be', no, è stato un secolo fa! Non ho la minima idea di dove fosse.»
«Io ho letto *Camera 424*, e a quanto pare c'era un'ala per gli uomini e un'altra per le donne. Sai qual era quella riservata alle donne?»
«No, sinceramente non funzionava più così. E poi gliel'ho detto, le camere sono state rifatte. Non erano niente male, c'erano delle tinte pastello, una per ogni piano, per non sbagliarsi: l'azzurro, il rosa salmone, il verde mela marcia… So solo che all'epoca della Curie, c'erano addirittura dei montacarichi per sputacchiere tra un piano e l'altro. Che cosa schifosa.»
«Dei montacarichi per sputacchiere?»
«I tubercolotici non facevano altro che sputazzare sangue e grossi scaracchi nelle bacinelle. Dopo, bisognava per forza rimuoverle per lavarle e disinfettarle, per evitare che il personale e i visitatori si beccassero quella merda. Mi hanno detto che gli sterilizzatori si trovavano nel seminterrato.»
«Nel seminterrato? Ma non mi hai mai parlato del seminterrato!»
«Ci sono andata solo una volta, al mio arrivo. Ci sono le caldaie, delle lavastoviglie, un bel po' di attrezzature. E anche le dispense, piene di materiali di consumo e roba da mangiare. E poi la cripta.»
«La cripta?»
«Una vecchia cappella, con delle vetrate colorate, un altare e perfino un pianoforte.»

«Avevo capito che la messa veniva celebrata in sala proiezioni, il sabato mattina...»

«Certo. La cripta era inaccessibile da anni. Come dicevo, l'ho vista una volta sola, quando sono arrivata qui. Mi ha colpita perché vicino ai dipinti biblici c'era il pianoforte su cui un grande musicista, di cui non ricordo il nome, aveva composto alcune sue opere.»

«Igor Stravinskij.»

«Sì, esatto, come fa a saperlo?»

Louise ignorò la domanda – non aveva intenzione di spiegarle che il giorno prima aveva passato ore e ore su internet a documentarsi sulla storia dell'ex sanatorio.

«E tu sai perché la cappella era chiusa?»

«Non ne ho idea, ma solo il direttore ne aveva la chiave, e in effetti è stato lui a mostrarcela, a me e agli altri nuovi arrivati, quando ci ha fatto fare il giro della struttura. Non si è fermato lì: giusto il tempo di dare un'occhiata, poi ha subito chiuso a chiave la porta.»

«Okay, allora si va a setacciare il seminterrato.»

«Io non ci vengo.»

«Perché?»

«Una leggenda del cavolo, ma mi spaventa lo stesso. Girava voce che si sentissero provenire delle urla, certe notti. È una cosa che mi mette i brividi... Non so che razza di fantasmi si nascondano là sotto.»

Louise scoppiò a ridere.

«Non dirmi che credi ai fantasmi!»

Léa aggrottò le sopracciglia e incrociò le braccia.

«Prima di tutto, cosa ci guadagno a darle una mano?»

«Una notte in albergo e una doccia bella calda. E in più ti darò dei vestiti puliti.»

«E una cena al ristorante?»

«E una cena al ristorante. Ci stai?»

«Affare fatto.»

La ragazza aveva teso la mano ossuta; sotto lo strato di sporcizia si intuiva una pelle diafana. Vernay vinse il disgusto e la strinse. Al contatto col suo palmo, avvertì un lieve pizzicore, come una furtiva scossa elettrica. Léa la commuoveva: le sue dipendenze l'avevano trascinata verso il fondo, e Louise poteva aiutarla. Una volta finita l'indagine, le avrebbe offerto qualcosa di meglio che una doccia e una cena. Quella povera disagiata avrebbe potuto essere sua figlia, o anche semplicemente lei stessa, se non avesse avuto la forza di riprendersi, dopo la tragica morte dei suoi genitori e il coma di suo fratello. La sua predilezione per la cannabis non era che uno stigma di quegli anni cupi.

L'investigatrice ritrasse la mano e cercò di schiarirsi le idee.

«Ci sono altre cose che magari ti sei dimenticata di dirmi?»

«No, non mi pare. Ah, sì, forse una. Il settimo piano era un po' particolare. C'erano degli ambulatori, gli studi di alcuni medici e soprattutto la biblioteca, che dava sulle terrazze panoramiche, con una vista incredibile sul Monte Bianco.»

«Interessante, andremo a dargli un'occhiata. Ma per cominciare perquisiremo l'ufficio del direttore. Sembra proprio che Joe Dalton avesse parecchie cose da nascondere...»

*

Massimo Bianchi fu tentato di allertare immediatamente i suoi superiori e di far evacuare la Cappella Sistina. Il posto più adatto per nascondere una bomba era proprio lì, sotto il cervello che avvolgeva le linee muscolose del Creatore, e di fronte alle facce atterrite delle anime dannate dal Giudizio universale, sospinte a colpi di remo verso le pene dell'Inferno. Ma l'italiano non era in grado di valutare il livello di urgenza, sempre che una minaccia reale pendesse su quello straordinario gioiello del Rinascimento, e forse sull'intero Vaticano, su Roma e su buona parte dei suoi dintorni.

Andrea De Luca e i suoi due colleghi non erano molto più rilassati. Stavano cominciando a farsi coinvolgere e a sposare le ipotesi allarmiste del superpoliziotto della Catturandi. Anche loro esitavano. Bisognava chiamare l'ispettore generale a capo della gendarmeria e dei servizi di sicurezza del Vaticano? Se avessero dato l'allarme, il papa in persona sarebbe stato presto informato e fatto evacuare seduta stante. In teoria era la cosa migliore da fare, la prima e ovvia precauzione. D'altra parte erano circa le 16 e 30, e la cappella avrebbe chiuso le porte di lì a due ore: era davvero necessario scatenare il panico tra le migliaia di visitatori in estasi davanti a tutti quei capolavori, sollevando un clamore mediatico, vista l'eccezionalità della situazione? Si sarebbero trovati subito sotto pressione, incapaci di operare con la discrezione indispensabile a sorprendere il nemico e possibilmente a sventarne i piani.

Il dilemma si leggeva chiaramente sui volti angosciati dei quattro. Perfino Aldo Mancini, il più scettico, sembrava trattenersi a stento dall'avvertire i suoi sottoposti, gli artificieri che costituivano il reparto speciale Antisabotaggio, affinché procedessero immediatamente alla ricerca di un ordigno esplosivo.

«Prima di agire, bisogna esplorare ogni pista» decise De Luca.

In qualità di supervisore del Gruppo Intervento Rapido, e in quanto figura più vicina al comando generale e alle varie unità della gendarmeria, voleva mettere tutte le probabilità dalla sua parte. Era consapevole che, una volta attivato il piano d'emergenza, difficilmente i suoi uomini sarebbero riusciti a proseguire nel loro lavoro sotterraneo.

«Massimo, dicevi che quel tuo consulente, il dottor...»

«Philippe Charlier.»

«Sì, lui. Ci hai spiegato che vi aveva permesso di scoprire una coincidenza inquietante tra la scultura del Pignone e il cervello, giusto?»

«Esatto, la pigna ha la stessa forma di uno dei nuclei cerebrali, la ghiandola pineale, che secondo Cartesio sarebbe la sede dell'anima. Il Pignone sarebbe un simbolo importante, come una specie di porta per l'aldilà.»

«Il Pignone di bronzo? State parlando di quello?» domandò Mancini.

«Sì» rispose Bianchi. «Dante lo cita esplicitamente nel suo poema: "La pina di San Pietro a Roma".»

«In più c'è un legame con quello che abbiamo appena scoperto qui» osservò Matteo Greco. «Il Pignone è posto in cima a una doppia scalinata che, se non erro, è stata progettata sempre da Michelangelo, proprio come la raffigurazione di Dio in un cervello e l'affresco del *Giudizio universale*...»

«Vieni con noi, Massimo, la Pigna è di fronte al palazzo del Belvedere, all'altro capo dei musei.»

Come Dante, anche Michelangelo poteva dunque aver intuito l'esistenza di un passaggio verso l'aldilà attraverso porte invisibili, presenti sia nelle profondità del cervello sia sulla Terra? Simili ai cunicoli spazio-temporali che si dice possano permettere di passare da un universo all'altro? Quegli artisti eccezionali si erano forse trasmessi una conoscenza occulta? Oppure c'erano menti superiori che sapevano semplicemente percepire orizzonti che nessun altro mortale sarebbe riuscito a intravedere? Anche mentre seguiva i tre gendarmi nei meandri della Santa Sede, Bianchi restò immerso in quelle riflessioni più grandi di lui. Il *Gyrum Novem* tentava certamente di penetrare il segreto del genio umano, appropriandosi dei cervelli di Einstein e di Marie Curie. Così come dei crani di Dante, Darwin e Cartesio. Ma nello stesso tempo colpiva delle persone viventi, massacrando il loro *cervello basso*. Esisteva chiaramente un legame, un'opposizione voluta tra le due cose.

Il drappello risalì i Musei Vaticani in senso inverso rispetto al percorso di visita e coprì a passo di corsa i trecento metri dell'immensa ala che portava al Belvedere. Urtarono diversi turisti ammassati davanti agli arazzi di Raffaello e nell'impressionante Galleria dei Candelabri con la sua atmosfera da tempio antico. Giunti al termine dell'ala occidentale, si precipitarono giù per le scale fino all'atrio dei Quattro Cancelli e finalmente giunsero nel cortile della Pigna. Videro subito la scultura, proprio di fronte a loro, ai piedi del Belvedere. Il Pignone, alto quattro metri, di colore smeraldino per via del bronzo ossidato dal tempo, troneggiava tra due alteri pavoni in cima alla scalinata a doppia rampa di Michelangelo. Un nicchione monumentale scavato direttamente nella facciata del palazzo lo metteva particolarmente in risalto, per non dire in scena.

Quella visione tolse il respiro a Bianchi. Come non avvertire la potenza del simbolo, nel cuore stesso della cittadella del Signore e del suo vicario in Terra? Costeggiò la scalinata monumentale, esaminò la fontana che l'abbelliva, poi salì a osservare il basamento di marmo voluttuosamente scolpito che sosteneva la Pigna. I tre gendarmi frugavano tutto intorno, in cerca del minimo indizio che potesse rivelare la presenza di un'eventuale carica esplosiva.

«Ci sono stati movimenti sospetti attorno alla scalinata? Qualcuno ha avuto la possibilità di smantellare il Pignone o di maneggiarlo, nel corso delle ultime settimane o degli ultimi mesi?»

«A dire la verità, la facciata del palazzo, la doppia scalinata e l'esedra che forma il nicchione sono state rimosse circa quattro anni fa. Durante i lavori di restauro hanno smontato tutto quanto. Se non sbaglio, la scultura è stata rimessa al suo posto solo alla fine del 2020. In piena emergenza Covid, così a memoria.»

Era passato un po' di tempo, ma chissà che il *Gyrum Novem* non avesse nascosto proprio in quell'occasione un meccanismo attivabile a distanza, anche dopo diversi anni… Bisognava senz'altro smontare quell'opera millenaria per ispezionarne l'interno, e lo stesso valeva per il basamento. Certo, sarebbe stata un'operazione delicata; modellata nel I secolo dopo Cristo, la scultura era stata rinvenuta nel Medioevo tra le rovine delle Terme di Agrippa e infine esposta nell'antica basilica di San Pietro, che Dante aveva evidentemente visitato.

Ma l'italiano esitava. Era davvero quello l'obiettivo? Qual era il legame con gli altri messaggi, con l'allusione al cerchio più piccolo o al nono cerchio, che Étienne Klein ricollegava al Sole o addirittura a un buco nero, e Philippe Charlier associava invece alla Terra? Nulla sembrava corrispondere, né nella scenografia né nella messinscena. Il Pignone da solo non bastava a convincerlo…

Poi Bianchi alzò gli occhi e abbracciò tutto il cortile della Pigna, grande quanto uno stadio, con i suoi quattro rettangoli erbosi simmetricamente perfetti, separati da vialetti in forma di croce, alla maniera dei chiostri conventuali. Fu allora che il suo sguardo incappò in una strana scultura, piazzata esattamente al centro del cortile, all'incrocio dei vialetti.

Il suo cuore perse un battito.

Stava sognando?

Si precipitò verso la scultura, che non c'entrava nulla con le opere antiche esposte nei Musei Vaticani. Era molto più moderna, sgargiante – brillava alla luce del sole –, e soprattutto sembrava rappresentare un corpo celeste sventrato, che ospitava al suo interno un pianeta più piccolo. Si trovava in linea prospettica con la Pigna ed emulava le curve del Nicchione del Belvedere. La cosa più sconcertante era che ruotava lentamente su sé stessa, come un vero e proprio pianeta…

Mentre Mancini e Greco continuavano a perlustrare i dintorni del Pignone, Andrea De Luca, vedendo il collega girare attorno alla scultura come una trottola, si diresse verso di lui.

«Andrea! Credo che ci siamo! È pazzesco! Guarda, tutto torna: all'esterno brilla come un sole, e all'interno c'è il cerchio più piccolo, che assomiglia alla Terra squarciata, martoriata... Come se fosse la fine del mondo!»

Anche De Luca era sbalordito. Non aveva mai prestato molta attenzione a quell'opera, che pure troneggiava da trent'anni nel cortile della Pigna. Tutto sembrava concordare con il contenuto dei messaggi e con la loro interpretazione.

«So solo che si chiama *Sfera con sfera*» balbettò il gendarme.

Bianchi era sovreccitato. Prese immediatamente il telefono, scattò una foto alla scultura riprendendo anche il Pignone sullo sfondo e si apprestò a inviarla tramite Signal a Louise. Chissà cosa stava facendo? Era riuscita a entrare nell'ex sanatorio e a trovare qualcosa utile all'indagine? Forse quella foto l'avrebbe spinta a rinunciare alle sue ricerche in quel luogo abbandonato e a tornare a Roma. In fondo, era ciò che Massimo desiderava di più. Era sempre più preoccupato per lei e, considerate le sue condizioni psichiche e fisiche, diffidava di quella sua missione condotta in solitaria senza avvertire nessuno. Sebbene ufficialmente assegnata alla Omicidi, come rinforzo del gruppo di Ceylac, si muoveva come un elettrone libero e riteneva a torto di poter fare solo di testa sua.

Stava per inviare l'immagine quando il telefono vibrò. Sullo schermo apparve la scritta *Numero sconosciuto*. Era senz'altro lei; i due investigatori erano connessi, fin dall'inizio, e forse anche lei stava per dargli una buona notizia. Tutto convergeva. Al colmo dell'eccitazione, Massimo parlò per primo.

«Non indovinerai mai cosa ho trovato! Stavo per mandarti la foto...»

«*Sfera con sfera*... Complimenti, comandante Bianchi.»

L'italiano restò di sasso.

*

L'ufficio dell'ultimo direttore della clinica Sancellemoz non aveva rivelato nulla. Non più delle segreterie o degli ambulatori medici. Di certo erano state fatte le pulizie, e in giro, sparse soprattutto sul pavimento, non c'erano altro che scartoffie del tutto inservibili all'indagine. Le due investigatrici, l'una esperta e l'altra improvvisata, si erano sfiancate per niente. Per fortuna avevano potuto beneficiare di un'illuminazione più abbondante, dal momento che il tempo era migliorato. Le nuvole avevano virato dall'antracite al lattiginoso e qua e là lasciavano intravedere l'orizzonte. Louise era perfino riuscita a scorgere una parte del massiccio del Monte Bianco, dalla biblioteca all'ultimo piano.

Anche lì aveva aperto una trentina di libri abbandonati, scuotendoli nella speranza che ne scivolasse fuori un messaggio. Ma inutilmente.

Imprecava contro Vogel, che l'aveva mandata lassù per niente. Che l'avesse volutamente fatta allontanare per poter colpire meglio? O era schiattato, il che era molto più probabile, e i suoi piccoli segreti un tempo imboscati nell'ex sanatorio si erano volatilizzati in occasione del trasloco o sotto i ripetuti assalti dei poco scrupolosi esploratori urbani, che potevano benissimo aver scoperto la prova schiacciante per poi buttarla via senza immaginare la sua importanza.

Eppure, quelle voci di uno scandalo assillavano l'investigatrice. Sentiva che la chiave della vicenda era nascosta lì vicino, sotto il suo naso. I proprietari del luogo non avevano investito dieci milioni di euro per poi mollare tutto di colpo.

«Bah, stiamo perdendo tempo. E non voglio passare qui anche la notte. Andiamo nel seminterrato, sono sicura che là sotto troveremo qualcosa. Per forza.»

«Pietà!» ansimò Léa. «Non ce la faccio più. Ho bisogno di una pausa.»

Anche Louise non era molto più in forma, e l'orecchio stava ricominciando a tormentarla, per non parlare del ginocchio. Il tipo di dolore faceva pensare a una distorsione, se non addirittura a una rottura dei legamenti crociati.

Le due donne tornarono al punto di partenza. La sala ristorante, seppure meglio illuminata, continuava a sembrare altrettanto triste. Sia i pazienti sia il personale medico dovevano aver sofferto seriamente di depressione, e la chiusura del sito non era stata necessariamente un male. Léa si tuffò nella sua dispensa segreta e ne tirò fuori un pacchetto di biscotti al cioccolato. Louise vi si gettò sopra come un morto di fame; non mangiava dalla sera prima. Osservò la ragazza, fragile, sperduta in quel falansterio abbandonato di cemento, e si rivide in lei come in uno specchio deformato. La sua vita non era granché più invidiabile, e dopotutto entrambe non erano altro che due randagie. Louise si scosse: bisognava andare fino in fondo.

«Forza, coraggio, finiamo il lavoro e ti sequestro.»

Un lampo di terrore attraversò le pupille della giovane.

«Mi sequestri?»

«No, no, voglio dire che ti porto via con me. Ti trovo una stanza e stasera ti invito al ristorante. Di fartici andare da sola non se ne parla. E domani...»

«Domani?»

Imbarazzata, Louise si schiarì la voce.

«Sì, cioè, vedremo. Allora, andiamo? Pronta a dare la caccia ai fantasmi?»

«Ti ho già detto che non ne ho nessuna voglia...»

«Ho bisogno che mi fai da guida, Léa. Non ho punti di riferimento, là sotto.»

La giovane esitò per un attimo. Poi si alzò e attraversò la sala mensa. Giunta nella grande hall, si diresse verso una delle scale.

Due minuti dopo, le due donne erano negli umidi corridoi seminterrati dell'ex sanatorio. La torcia del cellulare baluginava sempre più fioca. Superarono velocemente i locali tecnici e la sala caldaie fino alle dispense. Léa scoprì che alcune scatole di conserva erano ancora buone e che avrebbe potuto approfittarne. Nello stesso istante, credette di aver sentito un rumore. Un brivido la percorse. Louise, parzialmente sorda e immersa in uno scatolone traboccante di fatture, non vi prestò la minima attenzione.

Più in là, una porta chiusa con la scritta ARCHIVI si offrì alla loro vista. L'investigatrice si accanì sulla maniglia, rimpiangendo di non aver portato con sé un estintore. Alla fine prese la pistola.

«Tappati le orecchie. Visto il poco spazio, rischi si spaccarti i timpani.»

Léa obbedì spaventata. Louise sparò due colpi proteggendo l'orecchio sano. Non era il caso di rovinarsi anche quello.

La serratura esplose e la porta si aprì docilmente. All'interno, l'umidità faceva a gara con la polvere, rendendo l'aria irrespirabile. Léa starnutì fragorosamente alle spalle di Louise, che fece un salto.

«Scusa...»

Con grande sorpresa dell'investigatrice, gli scaffali rigurgitavano di scatole piene. I proprietari non avevano né trasferito né distrutto i loro preziosi archivi. Classificati in ordine cronologico, i primi risalivano agli anni Ottanta.

«Hai voglia di darmi una mano? In due faremo molto più in fretta.»

Léa aveva un brutto presentimento, forse per via del rumore percepito nella stanza della dispensa. Si sentiva come un topo in trappola – e lì di topi ce n'erano un'infinità, come testimoniavano i continui squittii – senza vie d'uscita eccetto la scala da cui erano scese poco prima. Impossibile fuggire in un'altra direzione, in caso di pericolo. Il disagio cresceva, tanto più che la batteria del cellulare era ormai ridotta a un lumicino e l'oscurità era in agguato. Mentre il panico la afferrava, Léa fu attraversata da un ricordo salvifico.

«Ci sono delle vetrate, in cima ai muri, nella cappella. Non è totalmente interrata, la luce dell'esterno filtra da lì. E la porta è proprio qui di fianco.»

«Okay, buona idea, portiamo via gli scatoloni e li guardiamo lì.»

Non diversamente da quella degli archivi, anche la porta

della cappella cedette senza troppa resistenza alle due pallottole di Vernay. L'investigatrice si trovò di fronte la famosa *cripta* e restò a bocca aperta. Era una vera chiesetta, decorata con affreschi dai colori accesi che andavano dall'ocra alla terra di Siena. Di sicuro i malati avevano trovato un certo conforto tra quelle mura. Anche le vetrate multicolore, aperte in alto come feritoie, distillavano una luce calda, dal momento che il cielo era tornato limpido.

In fondo alla cappella si ammassava un vero e proprio caos: armadi metallici, fotocopiatrici, materassi e perfino una vecchia cucina a gas. Ma perché avevano ridotto così quel luogo di culto? Lì vicino, un pianoforte stonava con il resto dell'ambiente; sicuramente era quello usato da Stravinskij, all'epoca in cui una parte della sua famiglia si era stabilita lì per curare la tubercolosi.

Louise volse gli occhi a sinistra e scoprì il fulcro della cappella: l'altare di granito appollaiato su due pilastri di fronte a un affresco impressionante. Vernay vi riconobbe Gesù nell'atto di scendere dalla croce, sotto lo sguardo minaccioso di un angelo dalle ali spettacolari, senza dubbio l'angelo della Resurrezione. A quella vista, ripensò a Bianchi – sarebbe riuscito a trovare qualcosa in Vaticano? – e ai messaggi incisi sulle lamelle metalliche, all'*Inferno* di Dante, al destino dell'anima e alla fine del mondo.

Léa se ne stava in disparte, per nulla impressionata dall'atmosfera religiosa. Si sentiva sempre più a disagio. Posò uno scatolone sul pianoforte e lo aprì di malavoglia.

«Cosa stiamo cercando?» mormorò.

«Cose insolite rispetto a un centro di riabilitazione come questo. Fatture per della roba improbabile, documenti cancellati, come se si fosse cercato di nascondere qualcosa. Insomma, tutto ciò che può sembrarti anomalo. E guarda bene anche i nomi: avvisami soprattutto se vedi comparire da qualche parte Alban Vogel o Loïc Eyrolles. Per esempio in una lista di ammissione alla degenza. O anche in un elenco di dipendenti, o di operatori esterni.»

«Ma ci vorranno ore!»

Louise non fece commenti. Era già concentrata sui primi documenti, che scandagliava con occhi a raggi laser. Doveva per forza trovare qualcosa, era fondamentale. Non aveva fatto tutto quello che aveva fatto per niente.

*

«Chi parla?»

«Suvvia, Bianchi, faccia un piccolo sforzo…»

Conosceva quella voce. Quel timbro grave e intimidatorio… Ma no, era impossibile…

«Vogel?»

«Bene! Vede? Non è sordo come Vernay.»

L'italiano era incredulo. Il naturalista era tornato dal regno dei morti come nel giorno del Giudizio universale. Era convinto che il cervello ritrovato al Museo dell'Uomo fosse il suo, e che il ricercatore fosse stato spazzato via dalla faccia della Terra proprio come Loïc Eyrolles, Lombardo e Rizzo.

«Dove si trova?»

Bianchi, sicuro che in quel preciso istante Vogel lo stesse spiando, si guardò intorno.

«Faccia quello che le dico, e forse potremo evitare la fine del mondo. E lei magari potrà salvare Louise Vernay.»

«Louise? Louise è in pericolo? La avverto, se le succede qualcosa…»

«Si calmi, Bianchi. Non è il momento di farsi prendere da una crisi di nervi. E poi mi sembra che lei non abbia capito: dobbiamo innanzitutto evitare l'Armageddon! I suoi sentimenti la stanno facendo deragliare…»

«L'Armageddon? Cosa sono queste stronzate? Come nel film catastrofico? La storia del meteorite che colpisce la Terra?»

«Prima di essere il titolo di un film mediocre, è un termine biblico, lo sapeva? Al momento del Giudizio finale, come nel dipinto di Michelangelo che ha avuto modo di ammirare, l'Armageddon indica l'ultima battaglia tra il Bene e il Male. E noi dobbiamo fare tutto il possibile per combattere il male, Massimo.»

A una quarantina di metri di distanza, Bianchi scorse una figura che sembrava osservarlo, con il telefono incollato all'orecchio. Fece uno scatto e si lanciò verso l'individuo. Lo afferrò per la spalla e scuotendolo lo girò verso di sé.

«Che diavolo le prende? È impazzito?»

«Mi scusi... Credevo... L'ho scambiata per... Sono spiacente...»

«Lei è matto! Chiamo la polizia!»

L'agente faticava a riprendere fiato. Era sempre più sotto stress, stretto tra la sorte di Louise e il pericolo imminente che sembrava pesare sul Vaticano e – a sentire Vogel – su ben altro. Vacillò, mentre i suoi bronchi cominciavano a sibilare.

«Vogel... Vogel, dove si trova? Si faccia vedere! Non ha neanche... neanche il coraggio di... di...»

«Prenda il Ventolin, Massimo. Non è il momento di crollare. Ho bisogno di lei. Bisogna agire prima che sia troppo tardi.»

«Louise, Louise... È stato lei a mandarla in quell'ospedale del cazzo... L'ha messa in trappola...»

«No, Bianchi, la responsabilità è sua. È stato lei a decidere di lasciarla andare da sola nel covo del Male. E sarà colpa sua, Bianchi. Sua e di nessun altro.»

*

I minuti passavano, nell'angoscia e con la sensazione di una corsa fatale contro il tempo. La ragazza sfogliava le cartelle del primo scatolone, che risaliva agli anni Dieci del 2000, mentre Louise si dedicava al decennio precedente.

«È strano» esclamò Léa. «Sto guardando la lista del personale che ha lavorato qui tra il 2010 e il 2015, con tutti i cv. Ne ho conosciuti parecchi che erano ancora qui quando sono arrivata, all'inizio del 2016. Quali sono i nomi che mi hai detto?»

«Alban Vogel e Loïc Eyrolles.»

«Uhm… No. In compenso, non mi ero resa conto che ci fossero tanti italiani, qui. È vero che siamo a pochi chilometri dal confine. Alfaro, Bassano, Bellini, Caffarelli, Calvino…»

Louise sollevò la testa dallo scatolone.

«Ridimmi l'ultimo…»

«Ehm… Calvino.»

«E di nome?»

«Maria. Maria Calvino.»

Louise impallidì. Léa, che non si era accorta di nulla, proseguì.

«Ah, ma sì, mi ricordava qualcosa… Era la neurologa, si occupava della riabilitazione dei pazienti con ictus. Mi pare che se ne sia andata via verso il 2013 o il 2014, prima del mio arrivo. Ma ho sentito parlare di lei.»

«Perché?» domandò Vernay con un filo di voce.

«Delle storie sulla sua reputazione. Le chiacchiere vanno alla grande, in un ospedale, sai? Chi va a letto con chi, cose così. Ma nel suo caso non era per quello. Si diceva che i pazienti avessero paura di lei. E anche le infermiere che l'hanno conosciuta non ne parlavano bene. Tipo: "Con quella nuova ci abbiamo guadagnato". Una roba del genere.»

Louise si avvicinò e prese il fascicolo. Maria Calvino, nata il 7 ottobre 1979, laureata nel 2007 presso la facoltà di Medicina dell'università La Sapienza di Roma, prima di specializzarsi in neurologia a Ginevra. Louise sapeva che Maria era svizzera per parte di padre e italiana per parte di madre. Passy si trovava a sessanta chilometri da Ginevra e a trenta appena dal confine con l'Italia. Un luogo intermedio ideale per passare da un Paese all'altro… Vernay osservò la fototessera pinzata sul curriculum. Fissò a lungo lo sguardo di quella che all'epoca sembrava una ragazzina. Chi era veramente? Louise rifiutava di crederci, ma la realtà era lì davanti a lei. Maria Calvino era legata a tutta quella vicenda. Era forse coinvolta nello scandalo di cui aveva sentito parlare Léa? Era verso di lei che Vogel voleva indirizzarla. Verso la donna che considerava ormai da dieci anni come una sorella, che si era presa cura di suo fratello con abnegazione, anche se ora la esortava a prendere una decisione impossibile. Il fascicolo specificava che Maria era stata assunta subito dopo la specializzazione, alla fine del 2010. L'investigatrice ricordava che la dottoressa era arrivata a Liegi nel 2014, quando era stato creato il Coma Science Group, poco tempo prima che Mathieu venisse trasferito in quel nuovissimo reparto. Quattro anni trascorsi a Sancellemoz, dunque. Cosa aveva tramato tra quelle mura?

Finalmente Léa notò il turbamento della poliziotta.

«Tutto bene?»

Louise socchiuse le labbra ma non riuscì a dire una parola, con la gola stretta, la mente frastornata da mille domande senza risposta.

«Vedo che ha trovato quello che cercava.»

Le due donne sobbalzarono.

Una figura vestita di nero da capo a piedi, quasi indistinguibile nella penombra, le teneva sotto tiro con una pistola. Louise accennò un movimento verso la fondina.

«Non fare sciocchezze, Vernay. Dicono che ho il grilletto facile.»

Léa tremava come una foglia. Un attimo ancora e se la sarebbe fatta addosso.

«Lei chi è?»

«Mi chiamano Medusa.»

«Medusa?» ripeté stupidamente Louise, che di certo non si aspettava una risposta di quel tipo.

«Medusa, come la gorgone dallo sguardo mortale della mitologia greca» precisò la sconosciuta.

Léa fu lì lì per svenire.

«Se ti dico che mio *fratello* si chiamava Flegias, alias Luigi Lombardo, capisci meglio?»

L'investigatrice alzò le sopracciglia.

«Il mafioso bastardo ammazzato a Roma? Quello col cranio scoperchiato e il cervello in poltiglia? Un pezzo di merda in meno.»

La sconosciuta arrossì. Una rabbia sorda montò in lei.

«A proposito, quale ginocchio ti sei sfasciata scivolando come una cogliona di sopra?»

Dunque l'investigatrice era stata spiata fin dall'inizio, come temeva. Stava per rispondere quando una fiammella arancione brillò nell'oscurità, seguita da una potente detonazione che lacerò il silenzio sepolcrale della cappella.

Louise crollò a terra urlando di dolore. Il ginocchio destro era in frantumi.

«Cazzo… cazzo era l'altro. L'altro ginocchio!»

«Lo so.»

Léa, terrorizzata, si accovacciò in lacrime vicino al corpo martirizzato di Louise. Da brava infermiera, cercò di sistemare l'investigatrice sul fianco, in posizione di sicurezza, reggendole la testa. Mentre la maneggiava delicatamente, notò il calcio della sua pistola. Non ne aveva mai impugnata una, ma a quella distanza anche un cieco poteva farcela. La SIG Sauer in dotazione alle forze dell'ordine sembrava così facile da usare, tanto più che Louise se n'era appena servita per aprire tre porte. La poliziotta l'aveva sfoderata e aveva sparato, molto semplicemente. Le sarebbe bastato afferrarla e premere il grilletto mirando alla stronza. Ad ogni modo, era la loro unica ancora di salvezza.

Continuando a mimare delle manovre di soccorso immaginarie, la giovane tese lentamente la mano verso la fondina e prese l'arma. Era più pesante di quanto pensasse. Le tremavano le mani; non aveva mai usato una pistola in tutta la sua vita. Poi, il più rapidamente possibile, si girò verso la criminale e tentò di sparare. Ma la resistenza del grilletto la colse di sorpresa. Forse Louise aveva inserito una sicura? Léa ignorava il meccanismo ad azione doppia della SIG, che richiedeva una pressione di diversi chili sul grilletto, durante il primo colpo, per armare il cane e innescare la percussione. E lei era così esile…

Quell'attimo di confusione fu sufficiente. La donna in nero scattò e sferrò una violenta pedata in pieno volto alla ragazza, che fu scagliata contro una colonna. Un istante dopo, un rantolo si levò dal suo corpo smagrito. Era priva di forza, incapace di opporre resistenza.

La sconosciuta raccolse la semiautomatica e si avvicinò a Léa, che sembrava agonizzare. Era un bersaglio facilissimo.

«Brutta tossica di merda, per chi mi hai presa?»

Piegata a terra, Louise osservava in lacrime la scena. Schiacciata dal dolore, disperata per aver trascinato la giovane in quella trappola, si sentiva profondamente impotente. Léa non voleva scendere, perché mai aveva insistito? Aveva fatto l'ennesima cazzata; si portava addosso una sfiga fatale a chiunque la avvicinasse. E questa volta non c'era Bianchi a salvare la situazione.

La spietata sagoma della sconosciuta brandì la SIG della poliziotta e la puntò contro Léa da distanza ravvicinata.

«Eppure non è complicata da usare. Al primo colpo, bisogna premere forte il grilletto.»

Una detonazione assordante risuonò. La pallottola, espulsa a una velocità di centocinquanta metri al secondo, dilaniò il petto della giovane.

«No!» gridò Louise.

Tese le braccia verso la ragazza insanguinata per stringerle la mano. Léa gesticolava tra gli spasmi e sputava sangue. Nei suoi occhi spalancati si leggeva lo stupore.

«E come vedi, a partire dal secondo colpo, il grilletto è molto più morbido.»

Seconda detonazione.

Il cranio esplose, il cervello schizzò sulla colonna immacolata, sotto lo sguardo impavido di Gesù, dell'angelo della Resurrezione e dei santi aureolati.

Per Léa, venticinque anni, il giorno del Giudizio era arrivato.

33

Martedì 23 aprile 2024
Roma
Ore 23 e 45

Città del Vaticano era completamente isolata.

I riflessi bluastri dei lampeggianti si perdevano nella notte romana, tutto intorno alla cinta muraria sopraelevata dello Stato più piccolo del mondo.

Diverse auto della Polizia di Stato bloccavano gli accessi a piazza San Pietro, mentre la maggior parte dei centocinquanta gendarmi del Vaticano erano dispiegati all'interno della minuscola città. Gli altri militari, insieme a un contingente delle famose guardie svizzere, avevano scortato il Santo Padre e i principali prelati della Curia romana fino alla residenza estiva di Castel Gandolfo. A dirigere le operazioni di sicurezza era il generale Gianluca Gauzzi Broccoletti, che stava per affrontare la missione più pericolosa da quando, cinque anni prima, era stato nominato comandante della gendarmeria e direttore dei Servizi di Sicurezza e Protezione Civile del Vaticano. La gestione di quella crisi si stava rivelando una pesantissima responsabilità, per quell'ufficiale generale appena cinquantenne che fino a quel momento era noto soltanto per essere la prima guardia del corpo del papa durante i suoi spostamenti. La situazione inedita superava largamente le sue competenze, e il generale girava in tondo nella sala di controllo tappezzata da una trentina di monitor. Era in contatto costante con il presidente del Governatorato del Vaticano e con il segretario di Stato, due potenti cardinali.

Il microscopico Stato andava progressivamente svuotandosi dei suoi ottocento abitanti, e anche i dintorni della sede della Chiesa cattolica, incastonata nel centro di Roma, erano soggetti a misure eccezionali. I cittadini della riva destra del Tevere erano stati invitati a chiudersi nelle proprie abitazioni. La polizia rispediva a casa chiunque osasse avventurarsi nel quartiere. Il piano d'emergenza prevedeva diversi livelli, dal confinamento nei propri appartamenti alla discesa nelle cantine, fino all'evacuazione generale in caso di pericolo assoluto e imminente. Le forze di sicurezza italiane erano tese e preoccupate, e interagivano a loro volta con il generale Broccoletti e con le autorità della Santa Sede.

La notizia si era diffusa a macchia d'olio sui media di tutto il mondo. A Parigi, Lorrain Ceylac e i membri del suo gruppo della Omicidi seguivano gli eventi romani con stupore e una certa angoscia.

Ceylac aveva cercato di chiamare Bianchi, che evidentemente non poteva rispondere, data la crisi in cui si trovava direttamente coinvolto. Aveva anche telefonato a Louise, ma senza mai riuscire a contattarla: dov'era finita? In teoria doveva essere a casa, a riposo, ma a quanto pare aveva di nuovo fatto di testa sua.

Nello stesso momento, come un'eco, anche Massimo Bianchi si stava accanendo nel tentativo di contattare l'investigatrice. L'avvertimento di Vogel gli aveva trafitto il cuore. Da ore veniva sistematicamente dirottato sulla sua segreteria telefonica. Pieno d'angoscia, cercava di restare concentrato sull'allarme generale che scuoteva il Vaticano, ma faticava a focalizzarsi sul suo obiettivo. Pensieri intrusivi lo tormentavano incessantemente. Si immaginava Louise sulla barca di Caronte, percossa dal remo fino a farsi inghiottire dalle fiamme dell'Inferno, mentre risuonava la risata sardonica di

Satana o, a seconda del momento, di Alban Vogel. La sua mente vaneggiava, e gli giocava dei brutti scherzi. Il naturalista non aveva più richiamato, dopo la conversazione enigmatica e inquietante di sei ore prima. Si era limitato a confermare che *Sfera con sfera* era effettivamente minata. Ma cosa aveva voluto dire definendo il sanatorio di Sancellemoz «il covo del Male»? Cosa aveva dovuto affrontare Louise?

*

Louise aprì un occhio.

Poi l'altro.

Tutto appariva sfocato; sbatté le palpebre per cercare di mettere a fuoco la visione.

Si trovava distesa sul fianco, in un ambiente profondamente ostile. Un lezzo di carne bruciata si mescolava alla puzza di disinfettante. Conosceva quell'odore, aveva dovuto sopportarlo quando le avevano medicato l'orecchio sinistro: era quello della Betadine.

Il suo campo visivo era parzialmente ostruito da un telo di plastica, che lasciava vagamente intravedere parte di una sala operatoria. Dei segnali acustici stridenti si aggiungevano all'atmosfera ansiogena. Louise faceva molta fatica a muoversi; poi si rese conto che delle cinghie la ancoravano saldamente al letto. Era priva di energie e, per quanto si sforzasse di divincolarsi, i suoi movimenti restavano indolenti e apatici.

Faticava anche a riflettere e a farsi un'idea chiara del luogo in cui si trovava. Di colpo, il ricordo dell'esecuzione a bruciapelo di Léa, l'aiuto infermiera e squatter del sanatorio di Sancellemoz, le tornò in mente. Si dibatté furiosamente.

«Calma, Louise. Fossi in te, eviterei con cura i movimenti bruschi.»

La voce ovattata le arrivava a stento, come se la persona le stesse parlando a distanza, da qualche parte alle sue spalle. Da quella posizione, le era impossibile vederla in volto. In più, l'investigatrice era sdraiata sul fianco destro, il che ostruiva parzialmente il suo unico orecchio sano.

«Chi... chi è lei?»

Col passare dei secondi, riacquistava lucidità. Si rese conto di avere un tubicino infilato nel naso, molto probabilmente un respiratore, e un dolore al bassoventre sembrava indicare l'inserimento di un catetere urinario. Tentò nuovamente di liberarsi dai lacci; l'angoscia cominciava a crescere, anche se l'effetto residuale dei potenti sedativi dell'anestesia generale le risparmiava ancora le peggiori sensazioni di terrore.

«Ho due buone notizie, Louise.»

Conosceva quella voce... Il timbro le era familiare, ma i suoi neuroni faticavano ancora a collegarla a una persona precisa. Poi un nuovo furtivo ricordo la infiammò. In mezzo agli scatoloni degli archivi di Sancellemoz, appena prima che la donna vestita di nero facesse irruzione, aveva scoperto qualcosa. Il suo cervello cercava di collegare le due cose. Ma prima di risolvere quell'equazione peraltro semplicissima, un'altra immagine le apparve di colpo: il ginocchio! La mercenaria le aveva spappolato la rotula!

«La prima buona notizia è che ti ho salvato il ginocchio sinistro, grazie a una bella protesi nuova di zecca. Quanto all'altro, che ti sei rovinata cadendo, niente di tragico. Antinfiammatori, un po' di riabilitazione, e tutto andrà a posto.»

«Maria! Maria Calvino! Sei tu?»

Il suo sistema nervoso centrale aveva finalmente elaborato e messo insieme la serie di informazioni, collegando quella voce conosciuta alla scoperta a Sancellemoz: la neurologa italosvizzera aveva lavorato per quattro anni nell'ex sanatorio di Marie Curie.

«Sì, Louise. Come puoi vedere, sei in buone mani, con un'amica. La tua amica. E sono circondata dai migliori professionisti, uno specializzando in neurochirurgia, un anestesista-rianimatore, un'infermiera anestesista e due infermiere che mi assistono per quanto riguarda gli strumenti e le medicazioni.»

«Uno specializzando in… neurochirurgia?»

«Sì, ed è la seconda buona notizia. Sono riuscita a estrarre quella maledetta scheggia di proiettile che si stava avvicinando alle zone vitali della corteccia. In compenso, non ho alcuna competenza in materia di otorinolaringoiatria, quindi per il tuo orecchio interno bisognerà consultare degli specialisti.»

Risvegliandosi, Louise prendeva coscienza con lucidità sempre maggiore della gravità della situazione.

«Che diavolo sta succedendo, Maria? Perché sono legata al letto? Perché non sono in sala post-operatoria?»

Si trattenne dall'aggiungere: «circondata dai miei cari». Insomma, almeno da uno dei suoi cari, Massimo Bianchi. Cosa stava facendo in quel momento? Era anche lui in pericolo?

«Ottima domanda. Vedo che l'effetto dell'anestesia generale sta passando. Il fatto è che l'intervento chirurgico non è ancora terminato, Louise. È appena cominciato. Il ginocchio e il frammento di pallottola erano un assaggio. Per allenarsi. È adesso che si comincia a fare sul serio. E tu sei molto fortunata: hai l'opportunità di vivere questo momento in diretta. Hai già sentito parlare della chirurgia cerebrale a paziente sveglio?»

*

I migliori artificieri d'Italia affollavano il cortile della Pigna. Il reparto Antisabotaggio di Aldo Mancini era arrivato per primo, alle 17 e 30, nel corso dell'evacuazione delle migliaia di turisti che ancora si attardavano nei Musei Vaticani. Gli otto artificieri, con indosso le pesanti tute di kevlar e i caschi balistici, avevano per prima cosa esaminato l'esterno della *Sfera con sfera*, alla ricerca di tracce, segni o indizi di una carica esplosiva. Senza successo. Poi, con infinite precauzioni, per paura di urtare l'eventuale dispositivo e provocarne l'innesco, avevano inserito il tubo flessibile della telecamera endoscopica nei meandri dell'inquietante scultura. Ma, di nuovo, nulla lasciava supporre la presenza di un ordigno esplosivo.

L'arrivo delle squadre di artificieri della polizia nazionale e del genio militare aveva permesso di fare ricerche più approfondite.

Finalmente, intorno a mezzanotte, avevano captato un segnale. Ma era una pessima notizia, la peggiore che si potesse immaginare: avevano rilevato la presenza di una sorgente radioattiva.

Nello stesso istante il cellulare di Bianchi, presente sul posto nonostante il pericolo, ricominciò a vibrare.

«Vogel? Mi dica che ci stiamo sbagliando... Non è possibile... Non può aver fatto una cosa simile! Non una testata atomica...»

Nel pronunciare quelle parole, a cui lui stesso non poteva credere, l'ufficiale italiano venne colto dal terrore. L'angoscia gli strinse lo stomaco in una morsa e la nausea gli risalì fino alle labbra.

«Vuole davvero farci morire tutti?»

«Non sbagli bersaglio, Bianchi. Io sono qui perché il Bene trionfi. A volte, in una guerra totale, le vittime collaterali sono inevitabili.»

Il naturalista era completamente impazzito. Si rendeva conto di quello che diceva?

«Una guerra totale? Ma di cosa sta parlando, Vogel? Quale guerra? In Ucraina? In Israele?»

«Lei è fuori strada, comandante. Parlo della guerra tra le forze occulte che si contendono la Terra dalla notte dei tempi. E noi, noi *sapiens*, sfortunatamente siamo molto spesso i principali agenti del Male. La mia lunga ricerca attraverso il mondo me lo ha dimostrato. Seminiamo il vizio e il terrore, e accumuliamo da secoli migliaia di segreti ben custoditi che, se venissero scoperti, rivelerebbero tutta l'ignominia della nostra specie degenerata.»

Massimo Bianchi era sconvolto. Alzò gli occhi al cielo. La partita si annunciava ancora più difficile di quanto immaginasse: avrebbe dovuto trattare con un pazzo furioso. Entrare nei suoi pensieri, interpretarne le farneticazioni e cercare di farlo ragionare. Ma come far ragionare un uomo totalmente irragionevole?

«Vedo che ha paura, Massimo.»

«Mi sta ancora osservando? È sempre qui?»

«Certamente. Hanno evacuato il Vaticano, ma io conosco questo territorio meglio della maggior parte dei prelati che ci vivono. Soprattutto i sotterranei.»

«I sotterranei? Coltiva i suoi funghi allucinogeni anche nei sotterranei del Vaticano?»

«Diciamo che sono semplicemente una delle persone più esperte del mondo di sotto. In una città la cui vocazione è celebrare i cieli, chi si preoccupa dell'incredibile ricchezza di ciò che vive sottoterra? Nessuno tranne me. E molto presto l'umanità me ne sarà riconoscente.»

*

Louise era in lacrime.

Nell'arco di un secondo, aveva capito che si trovava in balia di quella che per lunghi anni aveva considerato una vera amica. Si era confidata con Maria Calvino come con nessun altro, e per una buona ragione: non era mai riuscita a stringere relazioni durature, in amore come nelle amicizie. Il suo temperamento e le sue dipendenze avevano allontanato la maggior parte delle persone che per un certo periodo le si erano avvicinate o addirittura l'avevano amata. Era paralizzata dalle ferite psicologiche e, nonostante i suoi sforzi sinceri, i traumi la rendevano talvolta irascibile e spesso incontrollabile. Faceva solo di testa sua, questo era certo, e ne avrebbe pagato lo scotto. In quella sordida sala operatoria, impossibilitata ad alzarsi – le sue ginocchia erano inutilizzabili – e dunque a fuggire. Per non parlare di ciò che sembrava accadere dietro il suo cranio, e che non riusciva a vedere per via della posizione, delle cinghie e del telo di plastica che proteggeva il campo operatorio tutto intorno a lei.

«Cosa fai, Maria? Cosa vuoi *farmi*?»

Le lacrime le offuscavano la vista e il loro sale le impregnava le labbra senza che potesse asciugarsele.

«Smettila di piangere, altrimenti renderai tutto molto difficile, tecnicamente. Il tuo destino è nelle tue mani, Louise. Ti consiglio di calmarti. Quello che ti faccio, come dici tu, è per il tuo bene. Come per tutti quelli che hanno beneficiato della mia terapia. Non hai mai sognato di essere una donna equilibrata, che non sia mai più combattuta tra il Bene e il Male? Che possa finalmente affrontare la vita con serenità, nel pieno possesso delle facoltà intellettive? Per me sei un soggetto perfetto, sai? Devi sbarazzarti dei tuoi demoni, che ti divorano fin dall'infanzia, e di quel maledetto incidente che ti rovina la vita. Devi sbarazzarti delle tue dipendenze, anche se ho potuto constatare che da qualche anno le controlli molto meglio.»

L'investigatrice era terrorizzata, si sentiva totalmente inerme, in balia di quella pazza scatenata – non la si poteva definire altrimenti – che per tutti quegli anni si era presa gioco di lei.

«Quindi tutto quello che mi hai raccontato era falso... I sogni premonitori dei tuoi pazienti cosiddetti precog che ci instradavano su determinate piste?»

«Diciamo che ho un po' influenzato uno dei nostri ospiti, Laurent Mallet, molto suggestionabile. È piuttosto facile insinuare dei pensieri in lui, specialmente durante le fasi del sonno. Al risveglio cerebrale è in grado di ripeterli scambiandoli per sogni. Lo stato di semi-coscienza, specifico della sua patologia, lo rende incapace di distinguere ciò che viene effettivamente da lui da ciò che proviene dall'esterno.»

«Mi hai manipolata dall'inizio alla fine...»

«Manipolata? Al contrario! Ti ho permesso di lottare contro il Male, contro chi vuole interferire con la mia ricerca e con quella del *Gyrum Novem*. Contro chi da secoli e secoli snatura l'oggetto delle nostre ricerche. Non ti ho forse mandata a Westminster Abbey nell'imminenza dell'incursione? Quanto al Portogallo, non siete stati capaci di trovare nulla. Un lavoro malfatto, mi dispiace per voi.»

Louise cominciava a provare un profondo malessere. La posizione del corpo, coricato sul fianco, era sempre più scomoda. Soprattutto, sentiva che qualcosa di anomalo stava succedendo sopra di lei, come se le stessero raschiando il cranio.

All'improvviso, il rumore di una sega elettrica invase tutto l'ambiente.

«Merda! Cos'è quell'affare? Che cazzo fai?»

«Calmati, Louise! Più ti muovi, meno probabilità avrai di uscirne viva.»

Al lugubre e spaventoso suono del micidiale strumento si univano le vibrazioni, che Louise poteva percepire in tutto il corpo.

«Non preoccuparti, non sentirai dolore. Sapevi che il cranio, proprio come il cervello, non sente alcun dolore? Ti ho anestetizzato solo il cuoio capelluto, prima di farti lo scalpo.»

Louise urlò. L'assenza di dolore fisico non impediva assolutamente il terrore psichico, e la semplice immagine mentale del proprio cranio segato generava visioni di puro orrore.

«Avrei potuto... aprirti durante l'anestesia generale... per il ginocchio e il proiettile... ma sarebbe durato troppo... Non volevo...»

Le parole della neurologa si perdevano nello stridore di quello strumento di tortura. Louise, praticamente sorda dall'orecchio sinistro, coglieva una parola su due. Non sapeva che una medicazione molto più consistente, applicata in seguito alla rimozione della scheggia di pallottola, le ricopriva la parte laterale sinistra della testa e peggiorava la sua ipoacusia.

«Non volevo... prolungare troppo a lungo l'anestesia... Sono sicura che mi capisci...»

Finalmente il martirio ebbe fine. Ciò che aveva vissuto era dieci volte peggio dell'intervento di un chirurgo odontoiatrico con estrazione totale della metà dei denti. L'assenza di dolore fisico non attenuava in alcun modo l'angoscia profonda provata per via dei rumori e delle vibrazioni percepite fino all'osso.

«Ecco! Craniotomia terminata. Insomma, non è proprio perfetta, ma ti sei mossa, Louise. Ti avevo avvertita: più ti agiti, più è complicato. Toh, Élodie, falle vedere...»

L'infermiera entrò nel campo operatorio e si piazzò di fronte all'investigatrice. Era impossibile distinguere i tratti del suo viso, nascosti sotto una mascherina chirurgica alzata fino agli occhi. La sua divisa azzurrina, dalla cuffietta ai copriscarpe, rafforzava l'atmosfera surreale e profondamente angosciante della situazione. L'infermiera esibì un oggetto sanguinolento, delle dimensioni di una grossa medaglia.

«È un pezzo del tuo cranio, Louise. Non bisogna perderlo, ne avremo bisogno quando ti richiuderò. Cioè, se sarai ancora tra noi...»

*

Vogel aveva riattaccato di nuovo, senza fornire alcuna indicazione che potesse aiutare gli artificieri. Massimo Bianchi sapeva che il naturalista si nascondeva da qualche parte lì vicino, ma dove? Salì su uno dei blindati dell'esercito che stazionavano nei giardini del Vaticano, nelle vicinanze di piazza della Pigna. Il veicolo faceva da quartier generale mobile, in contatto con la sala di controllo del minuscolo Stato, sotto il comando del generale Broccoletti. Alcuni ufficiali superiori della polizia e dell'esercito italiano si erano uniti al capo delle forze di sicurezza vaticane, con il consenso del Santo Padre in persona, allo scopo di aiutarlo a gestire quella situazione eccezionale.

Quanto ad Andrea De Luca, dirigeva le operazioni sul campo dal blindato.

Bianchi gli si rivolse in una pausa tra le comunicazioni con la sala di controllo e gli sminatori.

«Andrea, conosci i sotterranei del Vaticano?»

«I sotterranei? Di cosa stai parlando? Quali sotterranei?»

«Ci sono dei sotterranei sotto gli edifici, no?»

«Sì, certo, per forza. Cantine, depositi, roba così. Ci sono anche sotto la caserma, per esempio. Perché me lo chiedi?»

«Non sto parlando di cantine, ma di gallerie. Di gallerie che potrebbero comunicare tra loro. Come delle catacombe.»

«Ascolta, Massimo, non so dove vuoi arrivare e davvero non ho tempo. Sei consapevole del fatto che abbiamo di sicuro una cazzo di bomba atomica sotto il naso? Proprio dietro le mura dei musei del Belvedere? Ti rendi conto che rischiamo di restarci tutti e, per inciso, di perdere migliaia di opere d'arte che hanno attraversato i secoli se non i millenni?»

De Luca stava perdendo la calma. Non era fatto per sopportare una simile pressione.

«Lo capisci che la Cappella Sistina potrebbe andare in fumo? E che le più grandi testimonianze dei maggiori geni dell'umanità potrebbero essere ridotte in cenere?»

I tre militari dell'esercito che operavano dal blindato spalancarono gli occhi. Quel gendarme da strapazzo e quel pagliaccio di uno sbirro perdevano tempo a litigare, mentre loro dovevano gestire una grave crisi in contatto diretto con il presidente del Consiglio e il presidente della Repubblica! Di fronte alla minaccia nucleare, le autorità stavano procedendo all'evacuazione d'urgenza di diverse decine di migliaia di cittadini romani, che si riversavano in fretta e furia nelle strade. Alle uscite dalla capitale si stavano formando degli ingorghi mostruosi. La notizia era su tutti i media del mondo. Ovviamente la parola «nucleare» era stata accuratamente nascosta, per evitare che mezza Europa fosse colta dal panico. Ma molti commentatori si stupivano di quel piano di evacuazione così massiccio e si interrogavano sulla natura e sulla potenza della bomba individuata nel cuore della Santa Sede.

«Calmati, Andrea, calmati. Non volevo importunarti.»

Bianchi camminava sulle uova; la sua presenza non era richiesta, al contrario. Non aveva più niente da fare lì e doveva assolutamente evitare di farsi tagliare fuori. Calò il suo asso nella manica.

«Ho parlato di nuovo con Vogel. Mi ha richiamato pochi minuti fa.»

«Eh? Cosa ha detto? Ti ha dato qualche informazione sulla bomba?»

«No, no, ma penso che ci sia un collegamento con i sotterranei. Del resto, sembrerebbe che anche Vogel si nasconda da qualche parte qui sotto. Per questo ti ho chiesto delle gallerie.»

De Luca si tolse le cuffie e si accasciò su uno sgabello.

«Che significa? La bomba non sarebbe nella *Sfera*?»

«Sì, è probabile, ma... forse l'ha maneggiata e installata da sottoterra. Per questo non troviamo tracce di esplosivo all'esterno.»

Il volto di Andrea si illuminò.

«E per lo stesso motivo le telecamere di videosorveglianza non mostrano nulla di strano nei filmati delle ultime settimane! Abbiamo tutte le registrazioni, diurne e notturne. Broccoletti ha messo otto gendarmi e quattro guardie svizzere a visionare le immagini. Nulla. Zero. Ma se sono passati da sotto... Cercherò di procurarmi una mappa dei sotterranei. Contatto immediatamente il segretario di Stato della Curia romana: ha pieni poteri e accesso a ogni luogo.»

In quel momento, la radio del gendarme gracchiò. Invece di rimettersi le cuffie, De Luca inserì il vivavoce per permettere a Bianchi di ascoltare.

«Comandante, sono Greco. Abbiamo trovato qualcosa di anomalo nei video. Abbiamo zoomato sulla scultura: una decina di giorni fa la rotazione è cambiata.»

«Prima non lo avevate notato?»

«No, guardavamo le immagini accelerate per analizzare gli andirivieni, ma adesso ci siamo concentrati sulla *Sfera*. Mi sembrava che ci fosse qualcosa di strano, e ora abbiamo capito: non gira più nello stesso senso. Anche la velocità non è più la stessa. Adesso gira in senso antiorario, al ritmo molto preciso di un giro ogni cinque minuti. Prima, era un po' casuale...»

Andrea De Luca aggrottò le sopracciglia.

«Aspetta... Cosa può voler dire?»

«È un conto alla rovescia» disse Bianchi con un filo di voce.

«Va all'indietro nel tempo, fino al punto d'impatto, allo zero che innescherà l'esplosione.»

Un silenzio di morte calò nel blindato. Anche Matteo Greco, in collegamento radio, era impietrito.

«Dobbiamo assolutamente capire come possiamo fermare la rotazione della sfera, Andrea. Dobbiamo trovare la persona che l'ha costruita e che ha installato il meccanismo originario. Forse saprà come disattivarla.»

*

Nonostante Louise morisse d'angoscia, la paura aveva finito per paralizzarla. Aveva afferrato il messaggio: più si agitava, più i gesti della pazza che ora teneva nelle proprie mani il suo cervello rischiavano di danneggiarla per sempre.

Era immobilizzata sul fianco, con il fiato corto e il campo visivo ridotto, costretta a subire gli assalti dell'immaginazione. Perché non vedere nulla si rivelava molto più terrificante che guardare in faccia la realtà. La suggestione data dal rumore, le vibrazioni e l'odore di carne e di sangue suscitavano proiezioni mentali degne dei peggiori film dell'orrore e degli incubi più splatter.

«Mi dispiace, Louise, so che è difficile... In genere, per facilitare la craniotomia a paziente sveglio, si usa l'ipnosi. E di solito lo si fa per richiudere il cranio, non per aprirlo.»

L'investigatrice lottava, gli occhi spalancati. Doveva resistere e cercare di invertire la rotta tramite la sola forza della sua mente e delle sue parole.

«Hai lavorato a Sancellemoz, vero?»

«Sì, Medusa mi ha detto che avevi scovato il mio dossier. Il trucchetto di Vogel ha funzionato.»

«Che... che rapporti hai con Vogel?»

«Diciamo che facciamo, o meglio facevamo parte della stessa organizzazione. Non eravamo per nulla d'accordo sulla direzione da imprimere alle ricerche. Vogel è un fanatico. Per lui la Terra conta più di te, di me e dell'intera umanità.

È pericoloso. Il Male incarnato, Louise. Diversi membri del Cerchio dei nove lo sostenevano, è stato necessario fare un po' di pulizie. E non sono ancora finite.»

Nonostante ragionasse al rallentatore, Louise cominciava a collegare i protagonisti della vicenda. Eyrolles, Lombardo, Rizzo, Vogel, quella Medusa e ovviamente Maria Calvino facevano dunque tutti parte del *Gyrum Novem*. Sei membri identificati, morti o vivi, su un totale di nove... Chi erano gli ultimi tre? Cosa stavano tramando? Evidentemente, alcuni appoggiavano Maria, mentre altri seguivano Vogel...

«Bene, ora mi dedico alle meningi. Di solito è abbastanza indolore, ma a certi pazienti succede di soffrire un po' quando si raggiunge la pia madre. La cosa più semplice è che tu mi dica se senti male, così posso cambiare punto.»

A quelle parole, l'angoscia tornò di colpo e il cuore di Louise cominciò a battere all'impazzata. Immaginare la neurologa nell'atto di affondare il bisturi nei meandri del suo cervello scoperchiato la riempiva di terrore. Una paura primordiale impossibile da reprimere.

«Calmati, cazzo! Hai i battiti a centocinquanta! Rischi di andare in iperventilazione!»

«Maria... Maria, ti supplico... cosa stai facendo? Cosa vuoi fare?»

Dei mormorii si levarono dietro il campo operatorio. Gli assistenti discutevano tra loro e sembravano in disaccordo.

«Va bene, sospenderò l'intervento per qualche minuto. Il tempo necessario perché ti calmi. Altrimenti ti perderò prima di aver provato a liberarti da tutti i tuoi mali.»

«Ma quali mali? Di cosa stai parlando?»

«Te l'ho detto. Sei un caso ideale. Ti aiuterò a riprendere in mano la tua vita. E smettila di tremare come una bambina. Ho parecchia esperienza. Ho usato questa terapia su più di cento malati.»

«Ma quale terapia? Quali... malati?»

«Soddisferò la tua curiosità. Anche perché credo proprio che presto non ricorderai più niente.»

Maria Calvino sperava che quel diversivo avrebbe calmato la paziente, sempre più nervosa e incontrollabile. Il tirocinante che assisteva la neurologa si rifiutava di proseguire l'intervento in quelle condizioni. Bisognava dissipare i dubbi che stavano emergendo da entrambe le parti del campo operatorio. Nutrendo la mente dell'investigatrice, Maria mirava a ricreare le stesse condizioni dell'ipnosi, che permette di deviare l'attenzione del malato focalizzandolo su un oggetto completamente avulso dalla neurochirurgia in corso.

«Non ho scelto Sancellemoz per caso. È uno dei centri nevralgici del *Gyrum Novem*, come Sintra in Portogallo. Sono stati gli americani a scegliere il posto e a finanziare la costruzione dei primi sanatori.»

«La Fondazione Rockefeller...»

«Esatto, Louise, vedo che ti sei documentata alla perfezione. E tra i consulenti medici di Rockefeller c'era un grande specialista di tubercolosi, che lottava contro quella devastante epidemia che ha falciato decine e decine di milioni di vite umane all'inizio del XX secolo: il dottor Duncan MacDougall. Dirigeva il reparto malattie infettive dell'ospedale di Haverhill, vicino a New York. Ebbene, MacDougall era uno dei miei predecessori, nel *Gyrum Novem*. Uno dei nove Cervelli della nostra organizzazione, quello che chiamiamo Dante.»

«Dante?»

Louise era sconvolta, ma i suoi neuroni scoppiettavano nel comprendere finalmente tutti i dettagli della vicenda.

«MacDougall fu un grande pioniere; è stato lui a calcolare il peso dell'anima. Sosteneva che pesasse 21 grammi. È successo nel 1907. E una decina d'anni dopo, in qualità di consigliere della missione americana Rockefeller in Francia, ha perorato la scelta del Plateau d'Assy, sulle Alpi, come sito per la costruzione dei primi sanatori. Ma è stato soprattutto perché il luogo è molto isolato e tranquillo, e quindi poteva garantire ai medici la possibilità di condurre le loro ricerche nella massima discrezione.»

«Quali ricerche?»

«Sull'anima, Louise, ancora non hai capito? Ciò che costituisce la grandezza dell'umanità, ciò che è all'origine del suo genio.»

«La ghiandola... pineale?»

«È stata studiata a lungo, sì, sulla scorta di Cartesio, che ha ispirato la fondazione del *Gyrum Novem*. Ma l'anima è un concetto filosofico e religioso. MacDougall si è perso nelle sue misurazioni. Se l'anima esiste, non pesa nulla. È una componente immateriale della nostra mente, ciò che rende uomini e non animali. È questo il senso della ricerca.»

«E Marie Curie...»

«I miei predecessori hanno fatto di tutto per convincere la sua famiglia a ricoverarla a Sancellemoz, nel momento in cui le sue condizioni si sono aggravate. Per assicurarle una morte serena, all'aria aperta, di fronte alla meravigliosa catena del Monte Bianco. Era una questione delicata: perché mai una malata di leucemia avrebbe dovuto entrare in un sanatorio? Ma ce l'hanno fatta. Speravano di poterne studiare il cervello, dopo la sua morte. Ma era così radioattiva che si sono rifiutati di praticare l'autopsia e l'hanno seppellita direttamente in una cassa di piombo a tenuta stagna e relativamente inviolabile.»

«Finché la squadra sotto il Panthéon...»

«Meglio tardi che mai, no? E non me ne pento. Ciò che ho scoperto è perfettamente in linea con le mie ricerche e conferma la validità della terapia che ho sviluppato.»

«Ma insomma, quale terapia?»

Maria Calvino ignorò la domanda e continuò la sua lunga epopea storica. Sembrava che la strategia funzionasse; Louise non percepì le manovre chirurgiche della neurologa, che aveva ripreso il lavoro senza che l'altra se ne accorgesse, avvinta da quelle rivelazioni.

«Sai, abbiamo studiato molti cervelli. Uno dei predecessori di MacDougall, Rudolf Wagner, ne aveva già di suo sezionati a decine; è stato uno dei primi a cercare di scoprire l'origine del genio umano. In particolare si è dedicato allo studio del cervello del grande matematico Carl Friedrich Gauss e a quello dell'anatomista Georges Cuvier. Ma all'epoca non disponeva dei mezzi tecnici necessari a individuare un'eventuale differenza anche minima rispetto al cervello delle persone comuni. Le dimensioni non c'entravano niente, per esempio...»

«Come... come nel caso del cranio di Cartesio...»

«Esatto: piccola scatola cranica, piccolo encefalo, eppure grande genio. E non c'entrava nulla neanche il peso.»

«Come... il cervello di Einstein... più leggero della media...»

Maria fece un fischio, mentre inseriva il bisturi nella superficie della corteccia. Passare attraverso le meningi non era stato un problema; un quarto dei pazienti provava un lieve dolore, in quella fase, ma palesemente Louise non ne aveva avvertito alcuno.

«Sei molto ben informata, Louise. Hai condotto un'indagine brillante. Hai capito che avevamo recuperato anche il cervello di Einstein, molti anni fa. Grazie a un altro Dante, a un altro dei miei predecessori, il medico legale che ha eseguito l'autopsia dello scienziato: il dottor Thomas Stoltz Harvey. Tra l'altro, pensa un po', anche lui ha rischiato di morire di tubercolosi... Che flagello! Lo sapevi che la tubercolosi continua a uccidere ogni anno un milione e mezzo di persone in tutto il mondo?»

Louise capì che Maria Calvino si stava sforzando di tenere occupata la sua mente, anche a costo di fare delle digressioni.

«Cosa fai, Maria? Hai ricominciato? Mi stai... mi stai sezionando il cervello?»

«Ascoltami bene, Louise. Ti dirò le cose come stanno in modo trasparente. Se ti opero a cielo aperto, in stato di coscienza, è per cercare di evitare la distruzione irreversibile di intere aree funzionali del tuo cervello. Finché potrai riflettere, pensare ed esprimerti normalmente, finché potrai muovere le mani e le dita dei piedi, anche solo debolmente, vorrà dire che sto seguendo un percorso che non presenta rischi per te. Ma se smetti di comportarti in maniera normale, allora dovrò cambiare metodo. Te lo dico un'altra volta: lo sto facendo per il tuo bene. Devi credermi. Se fossimo costretti a riaddormentarti, potrei commettere qualsiasi sbaglio senza accorgermene. Ogni cervello è diverso e, a ogni singolo gesto che faccio, devo essere sicura di non fare errori. Continua ad ascoltarmi, a farmi domande, fai qualche movimento, anche se so che sei bloccata. E tutto andrà bene. Altrimenti resterai invalida a vita. O addirittura diventerai un vegetale che andrà a ingrossare i ranghi dei miei malati di Liegi.»

«I tuoi malati di Liegi… li hai…»

«Alcuni, sì. Ma non sempre sono riuscita a portare a termine la mia terapia.»

«Ma… ma… erano già…»

«In coma o incoscienti, sì. Ma certi ne stavano uscendo. Avevamo delle prove circa il loro stato di coscienza, grazie ai lavori di Steven Laureys. Sai che è stato il mio ultimo predecessore, oltre che il mio maestro? Uno dei più grandi Dante che il *Gyrum Novem* abbia avuto. Ha vilmente abbandonato la sua missione e si è rifugiato in Canada. Ormai si fa vivo solo due o tre volte all'anno. Cerco di andare avanti più o meno da sola.»

«Ma i tuoi pazienti… avrebbero potuto uscire dal coma… e invece tu li hai… li hai…»

«Ce li avevo lì, sotto mano. Stavano tornando alla vita. Era l'istante di grazia tra due mondi, il momento ideale per studiarne il cervello, per cogliere finalmente ciò che costituisce l'essenza stessa della coscienza e rende unica la natura dell'uomo rispetto a tutti gli altri esseri viventi. Ho anche cercato di aiutarli con la mia terapia innovativa, di eliminare quello che poteva ricondurli ai loro traumi, i brutti ricordi, le pulsioni negative, a volte suicidarie. Sfortunatamente, molti non hanno retto e sono ripiombati nel limbo.»

«E… e…»

Louise era attanagliata da un'angoscia che sembrava crescere a ogni istante.

«E… e… mio fratello… Mathieu…»

«Sì, be', appunto.»

L'investigatrice percepì dei cigolii. Una barella entrò nel suo campo visivo, accompagnata da un rack di apparecchiature a LED. Louise scorse una sagoma distesa e immobile. Una sagoma che le era particolarmente familiare, nel vero senso della parola.

*

Gli artificieri avevano interrotto il loro lavoro, in attesa di informazioni strategiche. Se tramite ostruzione o distruzione avessero bloccato il meccanismo che permetteva alla sfera di girare su sé stessa, avrebbero rischiato di provocare l'innesco della carica esplosiva. Sicuramente era tutto collegato.

Poco prima, un ingegnere americano di stanza nella base aerea di Ghedi – non lontano da Brescia e dal lago di Garda – era stato portato in elicottero fino a Roma. Era il solo in grado di istruire le autorità circa la gestione e il controllo di un ordigno contenente componenti nucleari. L'Italia non era dotata di armi atomiche e possedeva soltanto poche decine di testate stoccate per ragioni tattiche dagli Stati Uniti a nome della NATO, perciò non aveva alcuna competenza in materia. Il presidente francese Emmanuel Macron, ovviamente informato della situazione coperta dal segreto militare, aveva subito proposto di inviare i suoi esperti della Direzione delle applicazioni militari del Commissariato per l'Energia Atomica. Ironia della sorte, solo tre settimane prima, quegli uomini lavoravano sotto la direzione di Loïc Eyrolles, che pareva aver permesso a Vogel di procurarsi le cariche prima di essere eliminato.

In attesa che arrivassero i rinforzi dalla Francia, gli italiani e l'americano, alquanto sopraffatti dagli eventi, si muovevano sotto lo sguardo della maestosa pigna che dominava l'omonima piazza. Se tutto fosse esploso, le anime avrebbero varcato la porta invisibile adombrata da Dante e Cartesio? Avrebbero davvero affrontato il Giudizio finale? Perché i militari coinvolti, in particolare i gendarmi vaticani e le guardie svizzere, erano per la maggior parte cattolici ferventi, che andavano a messa tutte le settimane. Quella situazione drammatica evocava le ore buie dell'*Apocalisse* di San Giovanni, e molti pregavano in silenzio.

Il dito di Dio, nella Cappella Sistina così come l'insieme della cittadella che gli era interamente devota, sarebbe riuscito a contrastare gli assalti del Male e a prevenire una catastrofe nucleare?

«Comandante, siamo riusciti a contattare l'artista che ha creato la *Sfera*. Si chiama Arnaldo Pomodoro.»

Subito, nella mente dei militari all'ascolto, sorse l'immagine incongrua dell'ortaggio.

«È un grande scultore che ha prodotto centinaia di opere d'arte esposte in tutto il mondo. Gli hanno dedicato anche una fondazione e un museo. La polizia è andata a casa sua, a Milano. Dice di non essere al corrente di nulla. È qui al telefono, adesso glielo passo. Ma la avverto, è anziano. Molto anziano.»

«Cioè?»

«Sta per compiere novantotto anni.»

«Speriamo che non sia troppo rimbambito» commentò Andrea De Luca.

«No, sto bene, la ringrazio, a quanto sembra le mie rotelle sono a posto.»

De Luca arrossì per la vergogna. Non sapeva che lo scultore fosse già in linea.

«Mi perdoni... Abbiamo bisogno del suo aiuto. La situazione è molto grave, qui in Vaticano.»

«Hanno messo dell'esplosivo nella mia *Sfera*, ho capito bene?»

«Assolutamente, sì.»

De Luca si guardò bene dal menzionare la natura della bomba.

«E pensiamo che il meccanismo di rotazione, che è stato invertito, faccia da conto alla rovescia.»

Silenzio radio.

«Signor Pomodoro? Mi sente?»

Forse era sordo e non aveva fatto in tempo a mettersi l'apparecchio acustico.

«La sento, sì» rispose la voce tremula.

«Può dirci come funziona il meccanismo interno della sua scultura? Si può fermare il sistema di rotazione?»

«Togliete la corrente.»

De Luca si scambiò un'occhiata perplessa con Bianchi.

«Però, signor Pomodoro, è probabile che il dispositivo sia dotato di una batteria autonoma. Altrimenti, sarebbe fin troppo semplice.»

«Non c'è proprio nulla di semplice. Vede, *Sfera con sfera* è la mia opera più importante, ed è per l'appunto un'ode alla complessità. Non troverà niente di facile, nella mia scultura. Le linee si spezzano, no? Come se la superficie liscia e perfetta della grande sfera nascondesse al suo interno la vera complessità del nostro pianeta. I numerosi ingranaggi della piccola sfera esprimono gli sconvolgimenti interni della Terra, che si reinventa. E che forse rinascerà dalle sue ceneri. La nostra Terra sta morendo. Sta lottando. Dispiega un tesoro di complessità per rigenerarsi, per rinnovarsi. L'opera simboleggia tutto questo. La sfera interna rappresenta la rinascita di un mondo meno tormentato, meno distruttivo. Stiamo prosciugando le risorse della Terra, ma la Terra rinascerà.»

Bianchi sentendo queste parole ebbe un'intuizione. Afferrò il microfono.

«Signor Pomodoro, conosce il professor Alban Vogel? È francese. Un naturalista.»

«Naturalista, ha detto? Come Darwin?»

Il cuore del poliziotto fece un balzo, sentendo quel nome. Il grande scultore, dopo una pausa, continuò: «No, temo di non conoscerlo... Ma sa, alla mia età la memoria non è più quella di una volta. Dove potrei averlo incontrato?»

«E il cervello? La sua opera ha qualcosa a che fare con il cervello?»

«È una domanda interessante. Vedo che *Sfera con sfera* non la lascia indifferente... Direi di sì, ovviamente. La grande sfera è la nostra maschera, il nostro viso, e la piccola sfera è la nostra psiche, la nostra cognizione profonda. La faccia liscia dissimula la complessità dei nostri tumulti interiori, il nostro essere strattonati tra la nobiltà di pensiero e le pulsioni. Tra il Bene e il Male, in sostanza. Nella mia scultura, gli spettatori vedono in qualche modo il riflesso della loro anima e affrontano i loro demoni.»

Quel discorso ricordava a Bianchi Alban Vogel e in un certo senso anche i messaggi disseminati dal *Gyrum Novem*. Certo, qui erano solo le parole di un artista che forniva la sua visione creativa. Mentre il naturalista sembrava considerare quelle idee concrete, applicabili.

«Signor Pomodoro, sa se è possibile accedere al basamento della sua scultura dal sottosuolo?»

«Ho creato quella *Sfera* negli anni Sessanta. È stata spostata in Vaticano e mi sembra di ricordare che si trovi lì dov'è ora dagli anni Novanta. Non so nulla di eventuali manipolazioni... Se dovessero chiedermi dove sono tutte le mie sfere sparse per il mondo, non la finiremmo più!»

Bianchi spalancò gli occhi.

«Sfere sparse per il mondo? Cioè?»

«È la mia opera principale, quella che mi ha procurato fama e riconoscimento. Me ne hanno commissionate ovunque. Sono esposte in luoghi simbolici quanto il Vaticano. Di fronte alla sede delle Nazioni Unite a New York, per esempio.»

De Luca fissò con espressione di orrore Massimo Bianchi. Entrambi ebbero lo stesso pensiero terrificante.

«Le Nazioni Unite? La sede dell'ONU? E dove si trovano le altre sfere?»

«Ad esempio al ministero degli Esteri a Roma, non lontano da dov'è lei ora, ma anche a Dublino, Tel Aviv, Teheran, Hakone in Giappone e in diverse città americane.»

Man mano che lo scultore sciorinava i nomi delle città, gli investigatori restavano sempre più interdetti.

«Oltre a New York, ci sono Washington, Richmond, Indianapolis, San Francisco...»

«Ma quindi, se capisco bene, le sue sculture sono sparse in tutto il globo... E formano una specie di linea intorno alla Terra, non è così?»

Il vecchio artista sembrò riflettere.

«Sì, è vero, non mi ero reso conto che la maggior parte di queste città si trovano più o meno alle stesse latitudini...»

Uno dei militari, che stava annotando il contenuto della conversazione, segnò velocemente i punti geografici menzionati da Arnaldo Pomodoro su una cartina del mondo. Il risultato era eloquente.

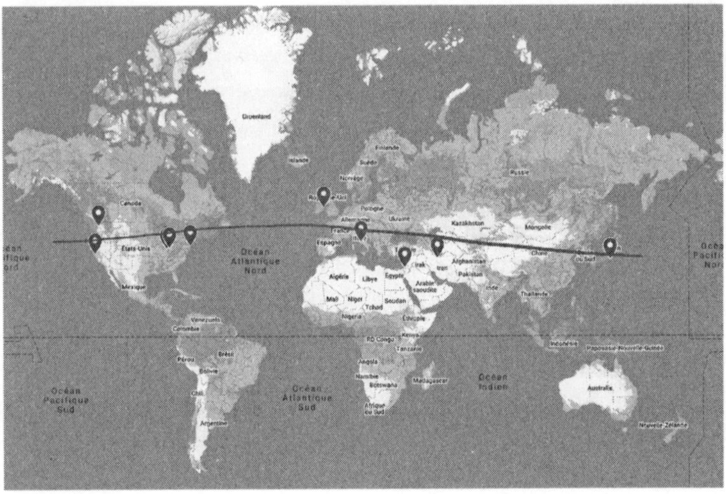

Quella linea: Bianchi aveva già visto quella linea rossa da qualche parte... Nello studio di Vogel al Jardin des Plantes! Adesso ne era certo. L'assistente del ricercatore aveva ricordato gli innumerevoli viaggi del naturalista attraverso il mondo. Dunque Vogel perseguiva un obiettivo che non aveva nulla di scientifico. E se tutte quelle sculture fossero state minate? Se delle cariche nucleari fossero state programmate per esplodere nella sede delle Nazioni Unite, ma anche in California, in Giappone, in Iran, in Israele e perfino a Roma, in diversi punti della città?

Quel pensiero terrorizzante agghiacciò le forze dell'ordine. Bisognava mobilitare gli artificieri e le autorità militari di numerose nazioni e nel contempo ordinare delle evacuazioni di massa in tutto il pianeta...

La capacità di nuocere di Vogel sembrava senza limiti, con il sostegno del *Gyrum Novem*, quell'organizzazione tentacolare paragonabile alla piovra mafiosa. Avrebbe davvero seminato la morte su tutta la Terra?

Fu allora che il cellulare di Bianchi vibrò.

«Allora, comandante? Mi pare che abbia finalmente capito...»

«Vogel? Ha fatto veramente tutto questo? Ha veramente messo l'esplosivo in tutte le sfere del mondo?»

*

Louise era intontita, il suo cervello si perdeva in mille congetture. Continuava a fissare il paziente che avevano sistemato accanto a lei. Si rifiutava di accettare ciò che aveva capito al primo sguardo senza confessarselo.

«Eccovi riuniti, tu e tuo fratello. Lui ci aiuterà, Louise.»

«Mathieu... Mathieu...»

«Vedi? Non l'ho ancora scollegato dalle macchine. Ti ho obbedito, sono tua amica.»

Louise moriva dalla voglia di recuperare il tono muscolare, afferrare un piede di porco e fracassarle la faccia.

«Ora avanzerò nella corteccia. Appena senti che perdi un po' il controllo, dimmelo. E io cambierò strada. Fai molta attenzione.»

Da dietro il telo di plastica che nascondeva il campo operatorio, giunsero nuovi mormorii.

«Okay, adesso Élodie verrà ad allargare le cinghie. Nello stato in cui ti trovi, con le ginocchia al momento inservibili, non c'è rischio che scappi. E se tenti di fare qualcosa, collasserai con il cervello al vento. Rischi di perderne una parte.»

Ogni parola pronunciata da quella matta da legare colpiva Louise come un paletto nel cuore.

L'infermiera ricomparve e allentò la stretta all'altezza dei polsi, delle cosce e delle caviglie.

«Ecco, muovi pure le mani, i piedi, o anche solo le dita... Fai tutti i piccoli movimenti che riesci a fare. Élodie ti osserverà per verificare che tu non abbia nessun danno motorio.»

«Ma che cazzo stai facendo?»

«Be', adesso... sto facendo la stessa cosa che ho fatto a Eyrolles e a Lombardo... ma... delicatamente. Senza ucciderti, stai tranquilla...»

La neurologa scandiva ogni parola; era assorbita dal procedere dell'intervento chirurgico, che seguiva grazie a una piattaforma di microscopia a realtà aumentata. Visualizzava le immagini delle circonvoluzioni cerebrali catturate dalla videocamera endoscopica di cui era dotato il suo bisturi laser.

«L'ho fatto cento volte e la percentuale di successo è... diciamo che sta migliorando. Perdo sempre meno pazienti. Poi, ovviamente, fanno un po' tutti la fine di tuo fratello...»

«Brutta stabarda, ciaffa di merda, io ti... ti sdonfo... ti strudiggo... ti ammasso...»

Maria Calvino spostò subito il bisturi e staccò gli occhi dal microscopio.

«Ho toccato qualcosa» mormorò rivolta alla sua squadra medica.

Tra la sordità e il danno cerebrale, Louise era incapace di capire cosa stessero tramando dietro il suo cranio scoperchiato.

«Forse hai intaccato l'area di Broca... Sta vaneggiando...»

«Ma non sono scesa così in profondità! O magari presenta una connettività associata all'area di Broca negli strati superiori, forse ho toccato delle fibre che sono collegate direttamente... Va be', okay, passerò dalla parte anteriore.»

Louise giaceva a bocca aperta, con gli occhi spalancati. Si librava in una specie di semi-incoscienza; i suoi pensieri vagavano liberi. Nella sua mente si succedevano forme conosciute, ma non era capace di dargli un nome. Sembrava che avesse perso l'uso della lingua francese, e di ogni altro linguaggio intelligibile. Era come se il suo cervello si stesse resettando.

«Continuerò a parlarti, Louise. Se riesci a capirmi, dillo! Dillo ad alta voce!»

Poi, mormorando tra sé, Maria Calvino riprese l'operazione.

«Spero che torni. Non mi sembra di aver fatto cazzate. Credi che abbia tagliato qualche fibra?»

Tre minuti più tardi, dopo una serie di sillabe prive di senso, simili al balbettio di un neonato, il viso di Louise si trasformò. Le convulsioni le deformarono la bocca; tirò fuori la lingua e cominciò a sbavare una schiuma sottile.

«Maria!» gridò Élodie, l'infermiera che stava accanto alla paziente. «Fermati! Non va bene per niente!»

La neurologa sbuffò, alzò bruscamente le lampade scialitiche e indietreggiò.

«Tieni, Damien, continua tu. Sono stufa. Avremmo dovuto fare una risonanza magnetica prima di iniziare, ma era completamente andata, non saremmo comunque riusciti a vedere niente. E non avrebbe mai accettato di seguire le istruzioni, Vedi un po' tu cosa riesci a fare.»

*

«Molto bene, Bianchi. Lei è un uomo di parola.»

Il poliziotto si era seduto dietro un tavolo da lettura, appena più largo di un banco di scuola. Tutto intorno a lui, grandi inferriate proteggevano l'accesso a centinaia di scaffali distribuiti su entrambi i lati di un corridoio che sembrava allungarsi all'infinito. L'odore di carta vecchia saturava l'ambiente e ristagnava sotto il soffitto di cemento sudicio. Non c'erano fonti né d'aria né di luce naturale. D'altronde, fuori era buio pesto, e forse non sarebbe mai più sorto un nuovo giorno.

Quindici minuti prima, Vogel aveva preteso che l'agente lo incontrasse, solo e disarmato. Lì, nel cuore degli archivi segreti del Vaticano che popolavano il sottosuolo esattamente sotto la piazza della Pigna. La *Sfera con sfera* era dunque posizionata esattamente sopra gli ottantacinque chilometri di scaffalature incurvate sotto il peso dei milioni di documenti riservati dell'archivio segreto vaticano, che tanto inchiostro aveva fatto versare nel corso dei secoli. Nello scoprire che la scultura si trovava a perpendicolo su quella miniera d'oro, oggetto di tante fantasie, Bianchi era rimasto senza parole.

«Ha messo la bomba passando da qui?» chiese senza cerimonie.

«I sotterranei comunicano con una serie di cantine, le cantine comunicano con delle vecchie gallerie, le gallerie sfociano nella famosa rete delle catacombe romane. In particolare, nelle catacombe di San Callisto, e più precisamente nella cripta dei Papi, sulla via Appia, a circa sei chilometri da qui. Per garantire la propria sicurezza, nel corso dei secoli la Chiesa ha fatto scavare numerosi tunnel, per poter sfuggire a eventuali assalti. Non è molto difficile trovare i punti di intersezione e individuare gli accessi. E ho ricevuto l'aiuto necessario.»

Bianchi era sbigottito. Tutto era stato meticolosamente preparato, come per le operazioni al Panthéon e all'abbazia di Westminster.

«Perché mi ha fatto venire qui?»

«Voglio darle una possibilità di evitare tutto questo. Bisogna contattare immediatamente i capi di Stato del mondo intero, farli riunire d'urgenza, per esempio in videoconferenza. Se si impegnano a interrompere all'istante la predazione della Terra, disattiverò le cariche. Qui e in tutti gli altri luoghi. Specialmente quella alle Nazioni Unite. Perché, come qui, distruggerebbe uno dei più grandi simboli della storia aberrante dell'umanità, la cui perversa e ignobile deriva sta per infliggere il colpo di grazia al nostro pianeta. E non è una novità: lo testimoniano queste migliaia di faldoni, qui, tutto intorno a noi. Secondo lei, perché molti di questi documenti sono tenuti segreti? Perché contengono molte storie, molte decisioni della Chiesa e trattative con potenti sovrani che hanno passato la loro vita tramando azioni dannose. Questi documenti pullulano di prove dei maneggi condotti unicamente a vantaggio dell'interesse egoistico dei potenti. Gli stessi che poi si sono accaniti contro il nostro pianeta, senza la minima considerazione per il suo futuro. La Terra sta morendo, deve tornare a vivere, e prima di questo deve liberarsi della sua piaga, della sua tubercolosi, dei miliardi di bacilli umani che proliferano senza alcun controllo demografico. A meno che non cessiamo immediatamente di tenerla sotto il nostro giogo.»

«Si rende conto che è assolutamente impossibile? Come pensa di poter fermare tutto dall'oggi al domani? Smettiamo di produrre energia? Di spostarci? Di bere acqua? Di vivere, molto semplicemente? Non ne hanno nemmeno la possibilità! Il mondo è molto più complesso e gli interessi privati degli operatori economici confliggono con l'autorità pubblica.»

«Allora tanto peggio.»

Il naturalista scostò la mano e svelò un telecomando pieno di pulsanti.

Istintivamente Massimo Bianchi indietreggiò. Il terrore incontrollabile si impadronì di lui, senza che potesse impedirlo. L'odore di aria viziata, la polvere ammucchiata su molti degli scaffali, l'assenza di contatti con l'esterno intensificarono i suoi sibili. Gli mancava l'ossigeno, o almeno così pensava. L'asma riflessa, in buona parte psicosomatico, si stava risvegliando di nuovo. Cercò con discrezione il Ventolin.

«Potrei semplicemente premere qui, in questo preciso istante. Non se ne parlerebbe più. Senza aspettare la fine del conto alla rovescia.»

«Quanto tempo rimane?» balbettò l'italiano.

«Quanto basta per fare quello che le ho detto. E se lei provasse a fermarmi prima, non servirebbe a niente. Le cariche non possono essere disattivate senza un'azione coordinata in tutto il mondo che sono il solo a poter ordinare.»

Bianchi faceva sempre più fatica a respirare. Vogel, consapevole della situazione, si sforzò di alleggerire l'atmosfera. Aveva bisogno del poliziotto. Era convinto che fosse l'unico ad avere un'esatta coscienza della sua determinazione e a poter convincere le autorità ai massimi livelli.

«Prenda il Ventolin, comandante. Mentre aspettiamo, le

racconterò una storia. Breve, non si preoccupi. Lei ha assistito alla mia conferenza a Londra, no?»

Bianchi annuì e afferrò il broncodilatatore. Sfortunatamente era vuoto. Lo premette lo stesso, nella speranza che restasse ancora qualche molecola di salbutamolo.

«Ho fatto il giro del mondo. Sul serio, intendo. Credo che non esista Paese dove io non sia stato.»

«Ho visto la cartina geografica, nel suo studio, con tutti i punti verdi e rossi.»

«Sì, so che ha capito a cosa corrispondevano le puntine scarlatte. Ma, al di là del nostro... argomento attuale, sappia che ho esplorato le viscere della Terra come nessun altro. Ho dedicato a questo la mia carriera e perfino la mia vita. E, come la *Sfera* di Pomodoro, ho constatato che la Terra possedeva un tesoro interno costituito da milioni di ingranaggi invisibili. Per esempio, sa che le radici degli alberi comunicano a distanza tramite segnali sia chimici che elettrici, alla velocità di un centimetro al secondo? Possono avvertirsi a vicenda in caso di stress. Quanto ai funghi, si estendono per diverse centinaia di chilometri quadrati e mettono in collegamento intere foreste.»

«È il suo Wood Wide Web, giusto? Dove vuole arrivare, Vogel? È davvero il momento di parlare di queste cose?»

«Sì, comandante. O adesso o mai più. Una manciata di terreno forestale contiene più esseri viventi di quanti siano gli uomini sulla Terra, e un cucchiaino da caffè di quello stesso terreno concentra un chilometro di filamenti fungini. Si rende conto? Per non parlare delle radici degli alberi che emettono schiocchi con cadenza regolare, a una frequenza di 220 hertz. Tutti questi esseri interconnessi, tutti questi modi di interazione, rappresentano una forma di linguaggio e di pensiero molto più elaborata di quanto possa immaginare. E tutti i filamenti, le micorrize e i miceli – senza dimenticare i mixomiceti, di cui nel corso della mia carriera ho potuto osservare la prodigiosa estensione – formano una rete sotterranea paragonabile a quella del nostro cervello.»

«Sì, lo aveva già spiegato a Londra. E quindi? La foresta pensa, la terra riflette, e le ha detto di eliminarci tutti? Ma si sta ascoltando, Vogel? È consapevole delle assurdità che sta dicendo? Si rende conto che la sua follia potrebbe portare alla più grande catastrofe di tutti i tempi?»

«E se fosse lei a non aver capito nulla? Lei, come la maggior parte degli uomini egoisti che pensano solo a sé stessi, ai loro piaceri? Sempre più in alto, sempre più veloce, sempre più forte... Mentre la natura tesse le lodi della lentezza. Gli alberi crescono lentissimamente; a volte ci vuole un secolo perché si alzino di qualche centimetro. Rispettano i tempi geologici, mentre noi acceleriamo la nostra fine, e quella del pianeta, nel giro di pochi decenni. Ma adesso basta. Eccoci entrati tutti senza distinzione *nello stadio neolytico dell'antropocene*.»

L'italiano spalancò gli occhi. Quell'espressione, rinvenuta sulla scena del crimine a Roma, nella tomba di Dante, e perfino pronunciata da Giuseppe Rizzo, era dunque un parto di Vogel?

«Lei è una delle nove teste dell'organizzazione segreta, il *Gyrum Novem*, è così?»

«Ero colui che viene chiamato Darwin. Ma adesso non ho più nulla a che fare con quel covo di furfanti. Da quando il grande maestro Plutone, l'immenso Stephen Hawking, non è più tra noi, tutto è andato a rotoli. Il suo sostituto è un buffone. E delle divergenze profonde hanno eretto muraglie tra noi. Alcuni dei miei ex compagni hanno cercato di mettermi a tacere. Neanche loro hanno capito nulla. Sottovalutano il mio lavoro. Si rifiutano di comprendere, proprio come lei, che la Terra si risveglia ed elabora strategie. Ciò che ho scoperto è che tutte le reti invisibili e sotterranee del pianeta avevano completato la loro interconnessione. Come un cervello maturo, funzionale, potente! Ha sentito parlare dell'ipotesi Gaia?»

Bianchi oscillava tra il panico e l'urgenza; scalpitava, sentendo il pendolo battere ineluttabilmente, e nel contempo si sforzava di controllare l'asma e lo stress.

«Si tratta dell'ipotesi formulata da James Lovelock e Lynn Margulis, con cui ho lavorato. La Terra si comporta come un organismo vivente, con i suoi ritmi e i suoi bisogni; è capace di autoregolarsi. E io ho scoperto dove si trova il cervello della Terra, questo mega-organismo. È qua, sotto i nostri piedi. Intreccia i suoi dendriti e i suoi assoni da millenni. È ormai maturo, come in un adulto, e tramite la congiunzione di tutti quei neuroni invisibili prende delle decisioni. Quanto a me, l'aiuterò a metterle in atto.»

«Facendo esplodere tutto? Ma riesce a immaginare l'impatto sul suo sacrosanto pianeta, se sparge ovunque la radioattività per secoli e secoli? Lei sta delirando, Vogel.»

«Prenda l'esempio di Černobyl', dove anni dopo la catastrofe si è assistito a una delle fioriture di biodiversità più sfolgoranti della storia. Perché molto semplicemente è stato eliminato uno degli elementi più nocivi: l'uomo. E del resto, ora che è di nuovo d'attualità, con questa guerra iniqua tra la Russia e l'Ucraina, il pericolo ritorna. Ed è ancora e sempre a causa dell'uomo. Il suo delirio di onnipotenza, la sua avidità di potere. Questa constatazione è l'unico punto in comune con colei che ha deciso di far fallire i miei progetti. Maria Calvino, alias Dante. La nostra diagnosi è la stessa, ma la sua strategia è, come posso dire, decisamente troppo modesta, e potrebbero volerci dei decenni prima che abbia successo. Lei vuole cercare di salvarci, individualmente. Crede ancora nel trionfo del genio umano, e nel Paradiso. Ma noi non abbiamo più tempo. E poi, soprattutto, Maria Calvino agisce in maniera insensata. Massacra cervelli per niente. Peraltro, temo che la sua cara Louise Vernay, che lei ha spedito da sola nell'antro del diavolo, lo stia sperimentando a sue spese. In questo esatto istante.»

*

«Penso che tu non riesca più a sentirmi, ma continuerò a parlarti. È l'unico modo in cui possiamo sperare di vederti tornare. Damien è uno specializzando decisamente talentuoso, non si può mai dire.»

Le convulsioni di Louise erano cessate, ma il suo volto era diventato completamente inespressivo. Il suo cuore batteva, i suoi parametri vitali sembravano normali; in compenso, il suo cervello sembrava scollegato. Ormai era sotto ogni aspetto identica a suo fratello, che giaceva sul letto accanto.

«Adesso ti spiegherò lo scopo della mia terapia, Louise. E sono sicura che sarai d'accordo con me. Che capirai il senso delle mie azioni. Hai mai sentito parlare di "bug umano"? Be', è un'espressione giornalistica, ma è piuttosto azzeccata. L'idea è semplice: noi siamo sempre stati guidati dal nostro "cervello basso", il nostro sistema limbico, proveniente dalle nostre origini primordiali. Sotto la ghiandola pineale, che appare come una soglia, o come una camera d'equilibrio, tra la cognizione e il cervello alto, quello che ci eleva, che crea il genio umano, si trova ciò che chiamo l'Inferno cerebrale. Sai che Dante lo aveva già capito? Che la *Divina Commedia* è la miglior metafora del funzionamento del cervello che sia mai stata immaginata? In alto il Paradiso, i "salvati" dal Limbo e dall'Inferno, che vivono nella gioia. Essi rispecchiano il meglio dell'umanità, e quindi delle nostre capacità cerebrali. Nei geni come Einstein, Cartesio, Marie Curie e Stephen Hawking, il nostro ultimo gran maestro degno di questo nome, e di cui ho avuto l'onore di sezionare l'encefalo subito dopo la sua morte, queste funzioni cognitive superiori sono ipersviluppate. Al di sotto, invece, vegetano dei nuclei oscuri le cui circonvoluzioni ricordano i cerchi dell'Inferno. E il più inquietante di tutti è il corpo striato. Ti ricordi Louise? Ti ho parlato dello striato, quando sei venuta a Liegi.»

L'investigatrice restava inerte. Dei bip snervanti punteggiavano la logorrea di Maria Calvino, che si era seduta accanto alla paziente, come per confidarsi con lei.

«Ho scoperto un'ipotrofia dello striato in Einstein, Curie, Hawking e molte altre personalità fuori del comune. Ora, lo striato è il motore del nostro sistema di ricompensa. È lui che proietta i nostri neuroni dopaminergici e ci procura il piacere, la soddisfazione immediata. Questo nucleo è *il* bersaglio.

Ogni volta che sperimentiamo una forma di godimento, mangiando prodotti molto zuccherati, bevendo alcol, facendo l'amore, assumendo droghe – capisci di cosa sto parlando, vero Louise? – cioè ogni volta che attiviamo il nostro sistema di ricompensa, rafforziamo lo striato. Lo rendiamo ancora più avido. Ne vuole di più, sempre di più. Questa spirale senza fine si spiega con l'azione dei "rinforzi primari". È stato un certo Wolfram Schultz, dell'università di Friburgo, a dimostrarlo in modo magistrale. E sai, molto prima di Schultz, Dante lo aveva già capito: i peccati capitali, come i cerchi dell'Inferno, corrispondono esattamente ai rinforzi primari: l'ingordigia, generata dal rinforzo del cibo; la lussuria, stimolata dal rinforzo sessuale; l'orgoglio, attizzato dal rinforzo dello status sociale; l'accidia, potenziata dal rinforzo del minimo sforzo... e così via. Questo sistema ci umilia, Louise.»

La sua voce si inceppò. La neurologa sembrava sprofondare in una specie di trance. Le infermiere si scambiarono degli sguardi preoccupati, mentre lo specializzando in neurochirurgia si dava da fare dietro le lenti binoculari del microscopio. Il sudore gli imperlava la nuca. Si stava sforzando di rimediare agli errori della collega più anziana, che non aveva mai ricevuto una formazione da chirurgo... Il suo capo, Steven Laureys, si era sempre opposto a che Maria Calvino, ovvero Dante, praticasse di persona simili interventi. Quel conflitto aveva avvelenato i loro rapporti. Ma la minaccia del *Gyrum Novem* e dei suoi bracci armati, come Flegias e quella Medusa spuntata dal nulla nel sanatorio, senza contare la crudeltà di Rizzo, ossia Cerbero, avevano costretto il neurobiologo a esiliarsi sull'altra sponda dell'Atlantico e a lasciare che la sua allieva ed erede compisse delle azioni che lui disapprovava profondamente.

«Il corpo striato ci riduce allo stato animale, ci spinge verso la comodità, ci ingiunge di volere sempre più potere, soldi, potenza, per soddisfare le nostre pulsioni egoistiche. E non è un caso se questo nucleo è molto meno sviluppato negli uomini di genio. Io ripristinerò l'altruismo e salverò l'umanità. Ma salverò anche il pianeta. Se saremo altruisti e non penseremo solo a noi stessi, ci prenderemo cura degli altri e della Madre Terra. Smetteremo di saccheggiarla senza vergogna al solo scopo di accrescere le nostre ricchezze e di saziare la nostra sete di consumo. È quello che ho cercato di spiegare cento volte a Darwin, cioè a Vogel. Mi ha preso per una pazza. Ma lui... cosa sta per fare? Per colpa di quello squilibrato moriremo tutti! Se solo foste riusciti a neutralizzarlo... Mentre la mia terapia, quando sarà messa a punto, potrà essere praticata fin dalla nascita, sul cervello in pieno sviluppo del neonato. È il momento migliore per salvarci dai nostri istinti più vili. Ho già operato dei neonati, sai? Per il momento, proprio non funziona. Ho smesso, era uno strazio vederli morire tutti tra atroci sofferenze.»

A furia di essere inondata da quell'ignobile sproloquio, Louise ebbe una debole reazione. Una delle sue palpebre tremò. Ma si trattava certamente di un riflesso nervoso, provocato dai gesti del neurochirurgo.

«Ho cominciato a esercitarmi a Sancellemoz sui degenti colpiti da ictus. Ma il numero di decessi e di coma profondi causati dai miei primi tentativi hanno finito per suscitare chiacchiere. A volte si sentivano le urla dei pazienti provenire dalla sala operatoria allestita nel seminterrato. Quella dove ci troviamo in questo preciso istante, Louise. Proprio dietro una pesante porta nascosta, situata nella cripta. Se tu avessi cercato bene, senz'altro l'avresti trovata... Ma sono stata io a trovarti. O meglio, ti ha trovata Medusa. Eravamo a un passo dal fare la congiunzione. Buffo, no?»

Maria Calvino era la sola a trovare la cosa divertente. Il personale medico, pur abituato al carattere imprevedibile del loro capo, si dispiaceva di dover perdere per l'ennesima volta una paziente. Ma Dante era intoccabile. Nessuno osava impedirle di usare le attrezzature.

«Bene, finalmente risponderò con precisione alla domanda che mi hai fatto tante volte: per lottare contro i nostri istinti più sordidi ed egoistici, quelli che generano guerre, stupri, tutta la feccia dell'umanità, pratico un'escissione parziale dello striato. È quello che farò a te. In parole semplici, con l'aiuto del bisturi laser distruggo una piccola parte del nucleo. In questo modo, non è più in grado di proiettare grandi quantità di neuroni dopaminergici. Niente più abbuffate d'alcol, di sesso, di denaro, di potere! E nel tuo caso niente più droga, depressione, negatività, traumi impressi nel tuo cervello limbico. Con il mio approccio, presto non saremo più guidati dal nostro striato! Ti rendi conto che quel piccolissimo nucleo controlla la nostra corteccia prefrontale, i nostri pensieri, il nostro libero arbitrio, le nostre decisioni razionali? Che impone loro la sua legge? È come se l'Inferno dominasse sul Paradiso!»

China sul viso di Louise, Maria le sfiorò la guancia.

«Ho raggiunto il mio obiettivo, Louise. Grazie per avermi aiutata. Ti ho scelta, l'avevi capito. Ho fatto "consegnare" Eyrolles ai tuoi piedi, vicino all'ospedale Georges-Pompidou, affinché tu ti appassionassi al caso. Affinché poi tu facessi tutto quello che ti ordinavo tramite i miei falsi precog. Perché ero sicura che saresti venuta a confidarti con me, per via del tuo amato fratellino. Ti ho mandata a caccia di quel bastardo di Darwin, ossia Vogel, affinché tu lo neutralizzassi per conto mio. Prima che potesse commettere il peggio! Ora, temo che sia troppo tardi... Ah, a proposito di tuo fratello, che ci ha legate per tanti anni...»

La neurologa si raddrizzò di colpo, visibilmente posseduta dalla sua stessa prosa.

«Anche lui ha subìto un intervento. Pensa che ha finito per riemergere dalla sua apatia. È successo cinque o sei anni fa. Avevi ragione a credere in una sua ripresa!»

Louise si agitò. Gli intollerabili discorsi di Maria Calvino risvegliavano alcune sue funzioni mentali.

«Come negli altri casi, ho cercato di approfittare di quella condizione di emersione verso lo stato cosciente per operarlo. Sono riuscita a distruggere una parte del suo striato. Ma lui... si è chiuso a riccio. Un po' come te adesso. E da allora non ha più dato segni di risveglio.»

Le convulsioni di Louise peggiorarono.

«Perciò, credo che sia inutile continuare a farlo soffrire, non sei d'accordo? Ora non ti opponi più, giusto?»

Louise riuscì a muovere le labbra.

«Parla più forte, non ti sento.»

Le sue palpebre si spalancarono bruscamente; gli occhi ruotarono due volte nelle orbite.

«Molto bene. Nessuna opposizione. La tua decisione è presa. Allora addio, bel Mathieu.»

Maria si diresse verso il carrello delle apparecchiature collegate al fratello dell'investigatrice tramite una serie di cavi e flessibili. Il suo viso angelico sembrava in pace, come avveniva da molti anni.

«Va', ti libero. Che la tua anima raggiunga i cieli e le tue ceneri nutrano la Terra...»

«No, nooo!»

Il tremendo shock per il dramma che si stava consumando a poche decine di centimetri da Louise riaccese altre funzioni cerebrali.

Maria staccò il respiratore da Mathieu.

Si udì un lungo bip stridente.

*

Bianchi era crollato.

Sentir menzionare Louise, che pure era soltanto un elemento marginale rispetto alla minaccia che incombeva su gran parte dell'umanità, aveva scatenato una reazione incontrollabile, come la reazione a catena dei nuclei fissili di una bomba atomica.

L'italiano era folle di rabbia, tanto più che la stanchezza e lo stress accumulati erano tutt'altro che d'aiuto. Aveva osservato gli interruttori del telecomando che Vogel stringeva nella mano. Erano di colori diversi, quindi molto probabilmente alcuni servivano a fermare il conto alla rovescia e a disattivare le cariche nucleari. Probabile, ma non certo.

A ogni modo, Bianchi non riusciva più a trattenersi; il pensiero che Louise fosse in pericolo di morte, come Vogel aveva chiaramente lasciato intendere, aveva finito per far saltare le sue ultime difese mentali. L'adrenalina gli scorreva a fiotti nelle vene; impossibile continuare a controllarsi. Il suo cervello alto obbediva agli istinti più profondi. Bianchi non era più del tutto umano: la sua animalità aveva preso il sopravvento.

Aveva afferrato Vogel per il collo e ora lo scuoteva violentemente col rischio che il naturalista innescasse le bombe. Vogel continuava a tenere ben stretto il telecomando.

Bianchi rovesciò all'indietro il ricercatore, che perse l'equilibrio e cadde a terra. L'italiano si gettò su di lui e tentò di strappargielo di mano.

*

Nello stesso istante, dei rumori risuonarono nella stanza.

Louise si sforzò di emergere dal sonno profondo in cui era precipitata.

I rumori aumentarono d'intensità; qualcosa stava succedendo attorno a lei.

Le sembrava di cogliere dei segni di lotta.

Credette di riconoscere una sagoma… Era… Sì, era Bianchi… No, impossibile… Era la realtà, o era il suo inconscio che creava quelle illusioni? Di sicuro stava ancora sognando…

*

Aiutandosi con la mano libera, sempre cercando di resistere agli assalti del poliziotto, Darwin infilò le dita nella tasca interna della giacca.

Ne estrasse un flacone dotato di erogatore spray e ne spruzzò il contenuto sul viso dell'aggressore.

Bianchi si aspettava di provare un violento bruciore agli occhi, presumibilmente da gas lacrimogeno. Era pronto a sopportarlo; gli era già successo.

Invece no.

Il naso, la gola e i polmoni si incendiarono bruscamente, mentre il suo viso diventava scarlatto. Lasciò andare di colpo la presa e si portò le mani al collo.

Il naturalista si rialzò lentamente, mentre il poliziotto ansimava rannicchiato sul pavimento.

I sibili si acuirono, sempre più spaventosi e soffocanti.

«Cosa... cosa mi ha...»

Bianchi non riusciva più a parlare; lottava per riuscire a respirare, col fiato sempre più corto.

Stava vivendo la peggiore crisi d'asma della sua vita, e probabilmente anche l'ultima.

«Le avevo preparato un regalino, comandante. Durante i miei numerosi viaggi intorno al mondo, la Terra mi ha offerto un condensato dei pollini più belli. Ho elaborato un cocktail su misura per lei, spero che lo apprezzerà. In particolare le cellule fertili di graminacee, di betulla, di ambrosia, ma anche una piccola collezione di quegli esserini microscopici a cui, ne sono certo, lei è molto affezionato: gli acari...»

L'italiano si torceva a terra come un lombrico sventrato. Non respirava più e annegava nell'aria.

«E non ho resistito nemmeno alla tentazione di raccogliere una varietà di peli animali piuttosto rari, delle specie endemiche...»

Vogel asperse un'altra volta il viso dell'italiano.

Bianchi, semincosciente, intravide il naturalista tendere l'indice verso la scatolina.

Gli sembrò che stesse per premere uno dei pulsanti.

*

Lo specializzando in neurochirurgia urlò... Impossibile cogliere o capire cosa stesse dicendo. Era in preda al panico.

E poi il silenzio.

Un silenzio di morte.

Louise Vernay si inabissò in un coma profondo, in procinto di raggiungere suo fratello da qualche parte nel nulla.

*

La visuale del poliziotto si restrinse bruscamente.

Una luce bianca lo accecò.

Un tunnel sfavillante lo attirava inesorabilmente.

Stava varcando la porta dell'aldilà, dietro la Pigna, proprio sopra di lui? La sua anima stava evaporando dalla ghiandola pineale?

Il respiro cessò, proprio come i battiti cardiaci.

Poi la luce lo inghiottì tutto intero.

Non seppe mai che Vogel aveva innescato il fuoco nucleare, e che il destino di una parte dell'umanità era stato stravolto, quasi nello stesso istante del suo.

Il *Gyrum Novem* non era riuscito a estirpare il male dal nono cerchio del cervello, allo scopo insensato di sradicare gli istinti più oscuri e le pulsioni più vili della specie dominante, a beneficio del suo genio, la cui natura sarebbe rimasta per sempre un mistero. Ma aveva annientato la maggior parte dei suoi rappresentati nei paesi industrializzati. Al di là della sua follia omicida, per aiutare Gaia a riconquistare la sua libertà, l'organizzazione aveva distrutto la memoria di una civiltà degradata, mossa per secoli dalle compromissioni, dai complotti e da innumerevoli manipolazioni al fine di imporre il potere e la supremazia di una frazione elitaria, opulenta e dispotica nei confronti del resto del genere umano. Gli archivi segreti del Vaticano erano andati in fumo, e con essi secoli di iniqui compromessi volti a consolidare sempre di più il potere a scapito dell'interesse dei più umili. Allo stesso modo, tutti gli archivi dell'Organizzazione delle Nazioni Unite erano ridotti in polvere. Ma a cosa erano serviti? Quell'istituzione era un guscio vuoto, incapace di impedire ai peggiori tiranni di imporre le loro regole. Aveva forse messo fine ai conflitti che infuriavano senza sosta sulla Terra, dall'Ucraina a Israele? Aveva avuto qualche peso nel cammino della storia, al fine di ristabilire la pace e la ragione? Il *Gyrum Novem* voleva punire quella casta superiore per la sua arroganza, che altro non era che impotenza, presunzione e fallimento. I simboli vitali di una intera civiltà erano stati annichiliti, così come molti dei suoi ipocriti artefici. Tale era la grande opera dell'organizzazione dai nove cervelli: devastatrice e sanguinosa. La sua demoniaca cospirazione, ispirata a Dante, aveva sospinto l'Uomo nelle profondità dell'abisso.

Ringraziamenti

Voglio innanzitutto ringraziare chi mi ha spiegato gli aspetti tecnici – in particolare medici e scientifici – come il dottor Marc Rocheman, ex medico di pronto soccorso e anestesista rianimatore, i cui consigli sono stati preziosi. È peraltro un suocero ideale, il che non guasta!

Un grande grazie anche ai tre personaggi di questo libro che esistono realmente e che con grande fiducia hanno accettato – senza rileggere i capitoli a loro dedicati! – di venire raffigurati in questo romanzo nello stesso ruolo che rivestono nella realtà: il fisico e filosofo Étienne Klein, dal pensiero sempre luminoso; il medico e antropologo Philippe Charlier, vero e proprio «Indiana Jones dei cimiteri», che mi aveva già gentilmente aiutato in occasione dei miei libri precedenti; e infine il medico neurologo Steven Laureys, fondatore del Coma Science Group di Liegi, che si sforza da molti anni di decifrare i misteri della nostra coscienza. Queste tre personalità, eclettiche e brillanti, esempi di quella figura di intellettuale colto e raffinato che è ormai merce rara, sono state di grande ispirazione al momento di risolvere gli enigmi posti dai messaggi del *Gyrum Novem*.

Voglio poi ringraziare gli staff di Seuil, e in particolare la mia editor Bénédicte Lombardo, che mi ha dato fiducia fin dall'inizio di questa nuova avventura: la sua esperienza, la sua semplicità, il suo approccio diretto e la sua sagacia hanno permesso di migliorare il manoscritto cogliendo sempre nel segno. Un grande grazie a lei. Grazie anche al suo collaboratore Antoine Toureix, sempre efficiente e cordiale durante tutta la nostra avventura comune.

Voglio anche rendere omaggio agli staff di Points, e specialmente a Natalie Beunat che mi sostiene incondizionatamente da sempre, e segue in maniera meravigliosa le edizioni tascabili dei miei romanzi. Grazie anche a Cécile Boyer-Runge e a Héloïse Offredi per la loro gentilezza e il loro incrollabile sostegno.

Voglio ovviamente ringraziare i miei cari che, come succede con ogni mio nuovo romanzo, rispondono all'appello e sono i miei primi lettori entusiasti e stimolanti, in particolare i miei genitori, ai quali questo libro è dedicato. Mi hanno instillato una inalterabile fiducia nella vita e mi hanno aiutato a plasmare la convinzione che tutto sia possibile, a patto di crederci. Un grazie immenso a loro. Grazie anche a Judith, che mi dona la piena felicità, un amore puro, un briciolo di follia quotidiana e un'ispirazione creativa che mi stimola ogni giorno un po' di più. Un pensiero ai miei due ragazzi, pilastri della mia esistenza, Vincent e Raphaël, che mi aiutano a non invecchiare troppo in fretta e a restare connesso con le realtà di un mondo a cavallo tra il virtuale e il reale.

Infine, voglio ringraziare calorosamente Franck Thilliez, che ha accettato di leggere questo romanzo molto prima che venisse stampato, e il cui entusiastico riscontro mi ha colmato di gioia. Abbiamo molte cose in comune, non soltanto l'età, anche se io sono più vecchio di lui di sei mesi!

Crediti fotografici

Pagina 144: Il terzo occhio di Cartesio © ART Collection / Alamy Stock Photos.

Pagina 246: Il cranio di Cartesio © Fabrice Papillon.

Pagina 349: *Cosmographicus liber*, Petrus Apiani © FAY 2018 / Alamy Stock Photos.

Pagina 375: *Il Giudizio Universale*, affresco di Michelangelo, 1537 © The Picture Art Collection / Alamy Stock Photos.

Pagina 376: © Daily Geek Show.

Pagina 386: *Sfera con sfera*, Arnaldo Pomodoro © Fabrice Papillon.

Pagina 420: Planisfero © Fabrice Papillon.

Finito di stampare nel mese di gennaio 2025
su carta HOLMEN
con fibra vergine proveniente da foreste sostenibili holmen.com/paper
presso Grafica Veneta S.p.A.
Via Malcanton, 2 – Trebaseleghe (PD)
Printed in Italy

Certificato PEFC
Questo prodotto è realizzato con materia prima da foreste gestite in maniera sostenibile e da fonti controllate
PEFC
PEFC/18-31-226
www.pefc.it

GRAFICA VENETA
GV CARBON NEUTRAL

Questo libro è fabbricato da Grafica Veneta S.p.A.
con un processo di stampa e rilegatura certificato 100% carbon neutral
in accordo con PAS 2060 BSI